El oscuro adiós de Teresa Lanza

TONI HILL

El oscuro adiós de Teresa Lanza

Grijalbo

Papel certificado por el Forest Stewardship Council®

Penguin
Random House
Grupo Editorial

Primera edición: febrero de 2021

Printed in Spain – Impreso en España

ISBN: 978-84-253-5991-0
Depósito legal: B-19.206-2020

Compuesto en La Nueva Edimac, S. L.

Impreso en Liberdúplex
Sant Llorenç d'Hortons (Barcelona)

GR59910

Se habían matado por la imposibilidad de encontrar un amor que ninguno de nosotros ha encontrado jamás.

Las vírgenes suicidas,
JEFFREY EUGENIDES

Nadie olvida la verdad; tan solo aprenden a mentir mejor.

Vía revolucionaria,
RICHARD YATES

TERESA

bras en el suelo hasta que nos agrupamos y ya todas se convirtieron en una especie de mancha negra. Era esa masa compacta y oscura la que rezaba en susurros mientras nosotros pensábamos en nuestra suerte. En esos padres, hermanos y novios que estaban vivos, y dábamos gracias de que fueran otros los que habían quedado encerrados por siempre, sus almas vagando a oscuras entre los túneles como soldados en una misión eterna. Yo no tenía ningún familiar que trabajara allí, así que volví a preguntarme cómo se pasaba de ese laberinto cerrado al cielo prometido. Ahora que estoy atrapada acá, me he dicho muchas veces que mis preguntas de entonces no andaban tan desencaminadas. Quizá lo que me pasa es que tampoco soy capaz de encontrar el camino, y es que la muerte me atrapó muy joven y demasiado lejos de Honduras, demasiado lejos de casa.

Sí, no se extrañen. No les está hablando una loca. Seguro que les parecerá raro, yo fui la primera que tuvo que superar todos mis prejuicios al respecto antes de asegurarlo. Ahora ya no: si de algo estoy convencida es de que estoy muerta.

Dejen que les explique. Desde mi experiencia, la muerte no es un pasillo oscuro con una luz al fondo. Esa es otra de las muchas mentiras que se oyen al respecto. De entrada, para que les quede claro, la muerte es algo que una no recuerda. Como sucede en una noche de fiesta en la que se bebe mucho alcohol y llega un punto en que todo se vuelve confuso, y al día siguiente, por más que te esfuerzas, no sabes qué dijiste, ni lo que hiciste, ni cómo llegaste a casa. Así que al menos yo no puedo hablarles de pasillos, visiones o luces cegadoras. Solo de despertar, abrir los ojos y sentir que algo había sucedido, que no era la misma… Es difícil de contar. Ahora que pasó el tiempo, llegué a la conclusión de que los primeros momentos de eso que llaman «estar muerta» deben de ser muy parecidos a las primeras horas de vida. Imagino que los bebés también notan manos calientes que los agarran, oyen voces que no terminan de entender y descubren que se hallan en un lugar distinto a ese donde han habitado los últimos meses. Sí, al principio, estar muerta es como venir al mundo y que nadie te quiera. Se oyen lamentos emotivos, pero nadie te toca con cariño y ni tan siquiera puedes llorar para proclamar tu desconcierto o tu enojo. Te cambian de lugar, te acuestan bajo unos focos cálidos, te encierran en una caja demasiado estrecha. Y empiezas a darte cuenta de que tienen prisa, como si quisieran terminar con todo cuanto antes.

Recuerdo que luego noté que me vestían, que la Deisy me ponía un vestido suyo, no muy nuevo, de color azul. Me habría gustado decirle que prefiero otro, uno de los míos, el de color amarillo pálido tal vez. No derramó ni una lágrima la Deisy. Se la veía seria, como enojada, pero debo decir que sus manos ásperas me trataron con delicadeza. Luego me maquilló mientras susurraba cosas que yo no llegaba a oír a pesar de que me hablaba muy cerca. Sí que entendí que alguien le dijo que había hecho un trabajo excelente. «Está preciosa, tan tranquila…, como si durmiera.» Esto lo dijeron más veces y me retaba bastante, porque cada vez que me llegaban esas palabras sentía un aguijón de esperanza. Como si de verdad estuviera dormida. Como si tuviera que esforzarme por despertar en algún momento. Y, sin embargo, fue al revés. No sé exactamente cuándo, ni mucho menos por qué, pero de pronto me sentí muy agotada y dejé de escuchar. Creo que fue durante el entierro, cuando la misa. Quería observar las caras de los asistentes y solo veía el techo de la iglesia, mientras me avergonzaba por dentro por las palabras del padre Rodrigo. Tuve ganas de decirle que nunca fui un ángel, y que, aunque estaba de acuerdo con él en que Dios se me llevó demasiado pronto, también podía asegurar que no estaba en brazos del Altísimo. Así que me concentré en no seguir escuchando, en escapar de allí o en apagarme del todo para no continuar en aquel extraño capítulo intermedio, a caballo entre el suelo y el cielo prometido. Lo logré solo a medias.

Como si algo dentro de mí no soportara más esa obediencia impuesta, sentí un cambio importante. De repente podía cerrar los oídos al funeral, dejar de ver el techo blanco y en su lugar distinguir los rostros serios de quienes habían ido hasta allí para despedirme. Era una sensación de libertad inusitada poder pasear la mirada sin ser vista, como si estuviera asomada a una ventana, invisible para el resto. Ahí estaba Deisy, mi compañera de piso, con la mirada baja y vestida con una falda negra demasiado corta para ser de luto. Y a su lado, Jimmy, aún con el brazo escayolado de cuando se cayó de la escalera reparando algo en la iglesia. Como Deisy antes, también él parecía enojado. Quizá fuera porque para la tristeza hace falta tiempo… O dinero. «Los pobres nos enfurecemos en lugar de llorar», decía siempre mi madre, «nos quedan ya pocas lágrimas y la pena se nos convierte en rabia». Estaban los dos juntos, en las primeras filas, y distinguí también otras caras conocidas a pesar de que no las buscaba a ellas. Any, la niña de una vecina, estaba sollozando, y me dieron ganas de consolarla. Me dolía que llorara por mí, pobre nena, mientras la miraba sin poder hacer nada por calmarla. Seguí buscando, porque necesitaba hallar a Simón. De golpe pensé que, si lo viera una sola vez más, a lo mejor podría irme de verdad. Me dije que seguramente era eso lo que me impedía marcharme. Simón. Mi Saimon. Tenía que encontrarlo. Él tenía que estar aquí, quizá con sus padres. O solo.

Enfoqué la mirada hacia las filas del fondo sin hacer caso a las palabras del padre Rodrigo, que seguía hablando de una Teresa que ya no era yo, que tal vez nunca lo fue, aterrada por la posibilidad de que el funeral terminara y la gente abandonara la iglesia. Aterrada por perder la última oportunidad de ver al único hombre que quería. Que quise. El único al que querré nunca. ¿Dónde estás, Simón?, me pregunté mientras revisaba caras de gente medio conocida, obstáculos molestos que solo servían para fastidiarme el último deseo de los condenados. ¿Acaso había perdido el derecho a eso?

Y, por fin, a la derecha, en la penúltima fila, descubrí a la señora Lourdes, y ante ella sí me detuve porque en su cara había una expresión que nunca le había visto antes. Un dolor que me paralizó durante unos segundos. Ella, siempre tan reservada, tan discreta para sus cosas, no hacía el menor esfuerzo por ocultar su pena, allí, delante de un montón de extraños. Pena y algo más: sorpresa tal vez, como si no terminara de creerse que estuviera desnudando sus emociones sin el menor pudor. El señor Max, a su lado, la cogió de la mano, y ambos se pusieron de pie, al igual que el resto de los asistentes. Siempre fue tan bueno conmigo el señor Max. Cuidé a doña Cecilia, su mamá, durante sus últimos dos años de vida. De ahí partió todo, pensé. De aquella viejita descarada que me hacía leerle libros y me contaba historias y que un buen día, sin previo aviso, ya no se despertó más. El señor Max se preocupó de que tuviera trabajo, en su casa y en la de algunos de sus amigos, aunque es posible que en esto último fuera la señora Lourdes la que metiera más mano. Y, aunque me asaltó de nuevo la extrañeza de no ver a Simón con sus padres o cerca de ellos, me conmovió descubrir que no eran los únicos que habían venido desde Castellverd, desde ese otro mundo de casas parejas y jardines con flores. Estaba el señor Íñigo, el marido de la señora Mireia, que es hermana de la señora Lourdes, y también la señora Xenia con los mellizos, y Olga, que le susurraba algo al oído. No vi a doña Coral ni a su marido, y no me sorprendió. No me hubiera creído que yo les importara lo más mínimo y me habría incomodado verlos fingir hoy acá. Seguí paseando la mirada porque presentí que la misa terminaba, y con ella lo que intuí que sería mi último acto. Y era de él de quien quería despedirme. No de sus padres, ni de ninguna otra persona; ni siquiera de Jimmy. Solo de Simón. De mi Saimon.

No estaba, y su ausencia me empañó la visión, tal que si mis ojos se hubieran llenado de lágrimas. Necesitaba tanto verlo. Estaba casi segura de que con él lograría esa paz, la misma que me envolvía cuando me abrazaba. Pero ya no hubo forma. La gente empezó a moverse, y noté que el señor Max insistía en salir cuanto antes y casi tiraba de su mujer, y al mismo tiempo sentí una presión que me alejaba de ellos. Se acabó, me dije, resignada a marcharme y a la vez incapaz de renunciar del todo a la esperanza. Regresaba a esa caja de madera más apenada de lo que salí, resignada a que colocaran la tapa y me dejaran dentro para siempre, cuando oí a uno de los hombres de la parroquia, un gordo baboso y marrullero, que le decía a su esposa: «Esto es una vergüenza. Antes a los suicidas no se les daba una misa, ni se les enterraba en tierra sagrada».

Me paré solo un instante, ofendida ante aquel comentario que su mujer intentó contradecir —«Dicen que fue un accidente. Que se cayó...»—, y ya cuando volví a mirar, la caja estaba cerrada y me llegó una corriente de aire, una bocanada con olor a flores mezcladas que casi me tumbó al suelo.

Y entonces, mientras me zafaba de ese aroma dulzón y repugnante que se me pegaba al paladar, me di cuenta de dos cosas. Una era que me enojaba que Saimon no estuviera. Sí, esa era la verdad. Nunca me había enfadado con él, no de verdad al menos, y me dolió hacerlo justo entonces, cuando ya nada tenía remedio.

La otra cosa era igual de dolorosa y más inquietante. Caí en la cuenta de que, si bien sabía a ciencia cierta que había muerto, no tenía la menor idea del cómo. Ni del dónde. Ni del porqué.

Ahora sé algo más. He oído lo que cuentan, eso sí. Oigo, y veo, y pienso, aunque nadie se dé cuenta. Y me muevo, sí, también me muevo, pero no soy capaz de decidir adónde voy. Simplemente aparezco, a la hora de siempre, los viernes, en la casa de la señora Lourdes, por ejemplo. O en la de su hermana Mireia, los miércoles a mediodía. Sé que es jueves cuando me encuentro en el gran salón de la señora Xenia, y recuerdo lo que me costaba limpiar todas las ventanas acristaladas que dan al jardín, y que ahora, desde que no lo hago yo, están siempre empañadas. Recuerdo esas cosas y he oído lo que dicen. Alguna vez hablan de mí. O hablaban, porque va pasando el tiempo y de a poco se olvidan.

Al principio hasta lloraron, al contarse la historia que, a fuerza de repetirla, se ha convertido en verdad y que yo sigo sin creerme del todo. La señora Coral le dijo a su marido que «con las extranjeras nunca se sabe». «Vete a saber qué le había pasado antes», dijo con voz desdeñosa. «Qué historias traen consigo esas chicas, viniendo de tan lejos, de países violentos y sin ley. Vete a saber qué demonios las persiguen.» Nunca me gustó la señora Coral, y, aunque sé que es poco cristiano, me alegré de ver un día martes su casa vacía. Contemplé cómo se llevaban los muebles, cómo lo cerraban todo a cal y canto, y la oí suplicar que no le embargaran las joyas sin sentir la menor compasión. A veces despierto allí y me siento tranquila porque nunca hay nadie, me río pensando en lo mucho que ella se disgustaría si supiera que, al final de todo, la que vive en aquel chalet soy yo. «La señora Teresa», me digo a mí misma cuando observo el pasto amarillo, las escasas plantas que aún resisten y que, de vez en cuando, dan alguna flor que se muere enseguida, deprimida de ver el páramo seco y abandonado donde ha nacido. Pienso en las macetas de mi mamá y en lo mucho que las cuidaba. Supongo que aún lo hace y me enoja no poder verla. Porque, sea esto el purgatorio o una condena eterna, lo cierto es que no consigo salir de estas paredes, de este pueblo que no es exactamente un pueblo sino una serie de calles con casas bonitas, todas con su jardín y su garaje, distintas y a la vez iguales, como si fueran primas más o menos lejanas unidas por la sangre. Aunque la sangre, acá, es más bien el dinero. La mayoría nunca presume de él, solo la señora Coral con ese chalet inmenso con falsas columnas, situado en lo alto, al que yo ya llegaba cansada antes de ponerme a limpiar. Y es que, cuando hicieron la casa, ni ella ni su marido pensaron que el servicio no solía ir en auto y que el minibús que sale de la estación del ferrocarril no llega allá arriba. Te deja al borde de la cuesta, veinte minutos de paso rápido por una vía ascendente de curvas al borde del bosque. Decía que no presumen de dinero, en general, pero lo tienen. Se respira en el aire puro, en las hojas que caen plácidas desde los árboles, en los espacios amplios, soleados y en los autos silenciosos y siempre brillantes. En que, como dijo un día el señor Íñigo a su nene, que lloraba de aburrimiento, «vivir aquí es como estar siempre de fin de semana».

A mí me quedan preguntas que nadie contesta. Preguntas cuyas respuestas han empezado a olvidar, si es que alguna vez las supieron. Preguntas sobre lo que pasó de verdad, lo que me sucedió, los detalles que explican todo lo que yo no sé ni recuerdo sobre mi último día con ellos. Porque dicen que esa noche me desperté en la habitación que tenía alquilada a media hora de aquí. Dicen que Simón no estaba, y debe de ser verdad porque a mí no me gustaba que lo vieran en la casa por las mañanas en días de diario. Ya hubo bastante comadreo entre la gente de la parroquia, como si lo que pasaba en mi cama fuera asunto suyo o del padre Rodrigo. ¿Qué les importaba a ellos? ¿Qué tenían que decir de mí si aún asistía a misa todos los domingos, rezaba cada noche y enseñaba a cantar a los niños? Eso decía Saimon, y tenía razón, pero a mí me ponía nerviosa que no me entendiera. No cuando estaba con él, sino luego, cuando tenía que hacer frente a los rumores, a los cotilleos, a las miradas que disfrazaban la envidia con un manto de virtud. No, no quería que lo vieran salir de casa a la mañana, pero sí me gustaba que viniera a la noche y me abrazara hasta quedarme dormida, me gustaba respirar su olor, que este se pegara a las sábanas y me acompañara en sueños. Así que sí, debe de ser cierto que esa noche Simón se volvió a su casa. Y si eso es verdad, no tengo por qué dudar del resto de la historia, de lo que le contó Olga (nunca me salió lo de «señora» Olga quizá porque era más joven y porque vivía en un piso, un ático en el centro del pueblo en lugar de una casa) a la señora Xenia unos días después, cuando yo llevaba poco tiempo acá y aún no comprendía qué había sucedido ni cómo había terminado en este estado. El trabajo de Olga siempre me dio un poco de miedo. Es doctora, pero trabaja con los muertos. Estudia sus cuerpos para saber de qué murieron. Quizá ahora debería ser mi doctora de cabecera, si pudiera verme. Da igual, lo que importa es que tiene relación con la policía, así que lo que le contó a la señora Xenia no era su opinión sino lo que ellos le habían dicho. Que no, no pudo ser un accidente. A menos que de golpe hubiera sufrido un ataque de sonambulismo, algo bastante improbable. Y yo pensé que tenía razón, porque si me hubiera dado por andar en sueños, alguien se habría percatado antes. Según la policía, esa noche, cuando desperté, me levanté de la cama y fui hacia la ventana, descalza, vestida solo con el camisón. La abrí, algo que en una noche de principios de febrero como aquella, la más fría del año, dijo también, solo podía hacer una estúpida o una loca, y luego me encaramé al alféizar. De eso tendría que acordarme, ¿no creen? De pisar la baldosa fría con los pies desnudos, de notar la pared rugosa en la palma de la mano, de sentir el aire de la noche azotarme las mejillas y revolverme el pelo. Pues no. No recuerdo nada.

Ni de despertarme, ni de abrir la ventana, ni de ninguna de esas cosas.

«Y luego saltó», oí que Olga le decía a la señora Xenia, y por un momento eso sí lo vi. Me recordé abrazada al vacío. El camisón pegado a la piel, el grito petrificado, el piso cada vez más cerca, los ojos cerrados con fuerza en el último momento como si eso pudiera evitar el final. El golpe que hace brincar todo el cuerpo, la cabeza ladeada y el sabor de la sangre en los labios. Los últimos espasmos, como si la boca se llenara desde dentro de todo el aire que te falta. La farola que parpadeaba como la manecilla de un reloj. Tic-tac, tic-tac.

Parpadeaba cada vez más débil hasta que pensé: qué tonta, no es cosa de la farola sino de tu cabeza. Y entonces el mundo se apagó.

Esa tarde, pegada a Olga, que se había servido un vasito de whisky mientras hablaba con la señora Xenia, pude ver todo aquello como si le hubiera pasado a otra. Y cuando Olga dijo algo así como: «No te tortures, Xenia, de verdad, solo ella, solo Teresa sabe por qué lo hizo», les grité a ambas que eso no era verdad, que yo no lo sabía, que no podía entender por qué esa noche, la más fría del año, según se dice, decidí lanzarme de un séptimo hasta la calle, yo, que apenas lograba asomarme a tender la ropa sin que me temblaran las rodillas.

Les grité todo eso, pero ninguna de las dos me oyó. Olga se sirvió otro whisky, después, cuando ya había colgado el teléfono, y se recostó en un sillón con el vaso en la mano, apoyado en el pecho. Cerró los ojos y yo pensé que debía aprovechar el momento. Quizá no me había oído despierta, pero lo haría dormida. Concentré todas las fuerzas, me arrodillé a su lado y se lo dije al oído, muy suavito, para no asustarla. Le susurré: «No sé por qué lo hice. Ni siquiera sé si lo hice de verdad». Lo repetí varias veces, en distintos tonos. No sirvió de nada y me dieron ganas de llorar de rabia. Ella

21

solo se agitó un poco, y el gesto estuvo a punto de volcar el whisky.

«¿Qué querías contarme?», murmuró después, sin que yo supiera por qué. «Niña, ¿qué te pasaba? ¿Qué te hemos hecho?»

Lo peor es que, casi un año más tarde, sigo sin saberlo.

LOS VIVOS

El aviso

Hace más de tres décadas, treinta y cinco años antes de que el nombre del pueblo saltara a todos los periódicos, el principal constructor inmobiliario de Castellverd acuñó el siguiente lema publicitario: «Vive donde siempre habías soñado». La frase, aun sin destacar por su brillantez u originalidad, conseguía transmitir la idea de que aquella antigua urbanización, con apenas una decena de kilómetros cuadrados, ofrecía a sus nuevos residentes algo más que un hogar. Con las llaves del flamante piso se entregaba también un pasaporte invisible que abría las puertas a un ambiente tranquilo, exclusivo, separado de la gran capital por once mil hectáreas entre sierra y parque natural, un auténtico pulmón verde, que se recorrían en apenas veinte minutos de viaje en ferrocarril.

En realidad, de haber sido menos pomposo, el constructor también podría haber usado el eslogan de «Viva donde siempre han veraneado los ricos», aunque es probable que la franqueza hubiera sido un reclamo peor, y, siendo completamente honestos, tampoco habría hecho justicia a los orígenes del lugar, que se remontaban al siglo III antes de Cristo. El topónimo Castellverd aparecía por primera vez en documentos del siglo X, cuando los señores de Vallverd, feudatarios de los condes de Barcelona, construyeron tanto el castillo que le daba nombre como la curiosa iglesia románica dedicada a san Bertrán. A las órdenes de los sucesivos señores de Vallverd, y luego de los posteriores abates benedictinos que se hicieron cargo del castillo y sus tierras, los campesinos de la zona se dedicaron al cultivo de la viña y al comercio del vino durante siglos, hasta que, a finales del siglo XIX, la despiadada plaga de la filoxera conllevó la ruina de la región. Tierras yermas, casas deshabitadas, campesinos pobres... La historia de Castellverd podría haber terminado ahí, dejando como resto un par de edificios románicos en estado semirruinoso, de no haber sido por la construcción del ferrocarril que unía Barcelona con París en 1916, lo que conllevó la parcelación del terreno. En las dos décadas siguientes, las tierras fueron adquiridas por familias de la burguesía barcelonesa para instalar allí sus casas de veraneo, alejadas de la gran ciudad y rodeadas de bosque, que se transformaron en refugios seguros durante el largo trienio de la Guerra Civil.

Fue entonces cuando Castellverd adquirió la pátina de retiro elegante de la que el constructor quiso aprovecharse a finales de los años ochenta y que, para muchos, ha llegado hasta la actualidad. Con los años, la mejora en sus comunicaciones con la capital llevó a algunos de esos veraneantes pudientes a convertir el chalet en lugar de residencia habitual. La autopista —de pago, por supuesto— que horadaba la montaña y comunicaba directamente con una de las rondas de circunvalación fue el empujón definitivo para que muchos decidieran huir de una urbe cada vez más bulliciosa, a la vez que obtenían unas buenas ganancias con la venta de sus grandes pisos de la capital.

Así pues, a finales del siglo pasado, la ya «entidad municipal descentralizada» de Castellverd seguía siendo un espacio privilegiado donde convivían unos cuantos bloques de pisos, edificados con bastante acierto en torno a la plaza y la estación, con las «casitas» bajas, orgullosas e independientes, dispuestas a lo largo de la serpenteante carretera que se internaba en la montaña. Alejados de la uniformidad de los juegos de viviendas unifamiliares, son esos chalets los que mantienen la imagen de riqueza añeja de Castellverd ante los visitantes ocasionales. Los domingueros que aún ahora aprovechan la típica excursión al castillo para curiosear se encuentran con que la discreción es la nota predominante del lugar. Aunque existen algunas construcciones nuevas, que derribaron la antigua vivienda para cambiarla por otra de estilo más moderno, la mayor parte de los residentes se parapetan detrás de verjas altas y antiguas, en villas bien conservadas, algunas con trazos modernistas, provistas de jardines extensos con senderos de piedra donde a menudo se distinguen juguetes olvidados o gatos furtivos.

En algunas, sin embargo, el abandono es patente y el terreno aparece invadido por arbustos voraces que intentan apropiarse del interior a través de las ventanas rotas. Son la prueba triste de que la ruina o los desacuerdos hereditarios acechan también a quienes un día fueron ricos, pero a su manera decadente también contribuyen al encanto del lugar, alejándolo de esos complejos residenciales para nuevos ricos, ostentosos y carentes de solera. Quizá la más desoladora, el estandarte de que existieron tiempos mejores, sea una casa cuyos cimientos han sido elevados en uno de sus lados por las raíces de unos pinos del propio jardín, como si los árboles se rebelaran contra la falta de atención extendiendo sus garras feroces en un ataque encarnizado y tenaz. Las grietas de las paredes, que antaño debieron de ser de un saludable tono rosado y ahora tienen el color de la piel sucia, parecen cicatrices negras, e incluso la valla ha dejado de cumplir su función: las enredaderas se secaron, y entre los hierros viejos se ve con claridad este hogar inestable, agonizante por los años de desidia, invadido por los pájaros y los matorrales. Un contraste evidente con la inmejorable salud de la mayoría de las viviendas circundantes que sirve para recordar a residentes y curiosos que nada puede darse por sentado en este mundo imprevisible.

Dejando a un lado esas casas, tanto las nuevas como las de siempre, el pueblo ofrece poco más. Cerca de la estación de los ferrocarriles se acumulan media docena de comercios, un parque infantil y un par de restaurantes de marcado carácter familiar. Entre las tiendas destaca una especie de colmado-frutería para gourmets, decorado con los consabidos tonos rústicos, y la panadería, regentada desde hace generaciones por los mismos dueños, que se resisten a ceder del todo ante el imparable avance de las baguettes congeladas. Cerca de la plaza, donde se construyeron los pisos, hay un supermercado y algunos bares más, aunque el más conocido es un local instalado lejos del centro, en lo que había sido una vieja casa que por azares de la compraventa acabó en manos de una pareja de varones jóvenes, simpáticos en el trato y hábiles en la cocina. Como su propio nombre indica, El Patio dispone de un bonito espacio exterior arbolado y los fines de semana sirve, según los residentes, sabrosos bocadillos tradicionales y unas tapas caseras con un punto gourmet. En las tardes de invierno, la juventud del lugar se congrega allí para jugar a las cartas, al billar o a un futbolín desvencijado cuyo traqueteo a veces saca de quicio a los clientes más plácidos, que solo quieren tomar una copa a la sombra de los altísimos pinos. Y luego, por supuesto, está el club, un añadido de los últimos quince años: un inmaculado gimnasio y local social con vistas a la montaña, provisto de pistas de tenis y de una piscina de dimensiones olímpicas que permanece cubierta durante siete meses al año.

En realidad, como la mayoría de las zonas residenciales, Castellverd se ha mostrado aparentemente inmune a los cambios. La vida, la de verdad —los trabajos, las prisas, los negocios y las cenas de compromiso—, sucede lejos de sus márgenes, de manera que cuando sus habitantes llegan a casa, ya sea en vehículo privado o en ferrocarril, sienten esa desconexión tan placentera, la sensación de aislarse del mundo exterior. La sierra y el parque natural los protegen del crepitar de una realidad cada vez más vulgar. Eso no quiere decir que no existan problemas o rencillas vecinales, aunque estas nunca han llegado demasiado lejos. En los días previos a la noche de San Juan, por ejemplo, suele haber problemas entre los amantes de la pirotecnia y los propietarios de canes asustadizos. Estos últimos intentaron prohibir los petardos en defensa de sus adoradas mascotas, pero las prohibiciones se llevan mal con el ambiente tolerante de la población y, sobre todo, con la idea, ampliamente extendida, de que «mi chalet es mi castillo». Finalmente, en una asamblea poco concurrida, se llegó al compromiso de reducir la potencia de los petardos, una solución intermedia que para unos ha constituido solo el primer pacto en su guerra a favor del silencio y para otros, una especie de cesión definitiva. La mayor parte de los vecinos ni tan siquiera llegaron a enterarse de la polémica.

Hasta que el crimen colocó el municipio en los televisores de todo el país, el anonimato y la serenidad fueron la nota predominante en Castellverd, un paraíso que pronto se vería profanado: arrasado por tipos con cámara que no respetaban propiedad alguna si con ello obtenían un mejor encuadre, recorrido incesantemente por coches de luces azules y asediado por periodistas que se enconaban en una intensa búsqueda de testimonios que conocieran, aunque fuera de lejos, a alguna de las víctimas o implicados. El pueblo, fiel a su filosofía vital, mantuvo en líneas generales un acuerdo tácito de discreción, lo cual irritó sobremanera a los profesionales de la prensa, que se veían obligados a rellenar las conexiones diarias con detalles nimios y banales en lugar de cotilleos sabrosos. Su olfato les decía que tenía que haber algo más, que aquellas casas en plena montaña escondían más secretos de los que sus propietarios, educados y distantes, estaban dispuestos a admitir, pero estos se resistían a revelarlos con una especie de firmeza de clase que se expresaba a través de comentarios cada vez menos corteses.

Por ejemplo, a pesar de todos sus esfuerzos, de la cantidad de preguntas formuladas casi a traición y del acoso de los medios, nadie habló nunca de un incidente extraño, una especie de mal augurio que, aunque no tenía por qué guardar relación con el drama en sí mismo, resultaba lo bastante siniestro para detenerse en él.

La mañana del viernes 25 de enero, una semana antes de que las luces de la policía sembraran la inquietud en el pueblo, este amaneció invadido por una plaga de carteles; aparecieron clavados a los árboles o pegados en vallas con cinta adhesiva. Había bastantes cerca de la estación del ferrocarril, donde por fuerza tenía que verlos la gente que se desplazaba al trabajo a primera hora. Y había más diseminados por todo el pueblo, como si la persona que los colgó quisiera extender aquel reclamo silencioso a todos los rincones para que el eco de su protesta, por llamarlo de algún modo, llegara a los oídos adecuados. Quienquiera que fuese el autor de aquel montaje macabro se había tomado la molestia de dejar uno de sus pasquines en cinco casas distintas, a pesar de que, para llegar a la última, tuvo que ascender un buen trecho, presumiblemente en mitad de la noche.

Vistos de lejos, los carteles no llamaban demasiado la atención. En realidad, no era raro ver papelitos toscos donde se ofrecían canguros, cuidadoras, reparadores o profesores particulares, aunque estos últimos solían aumentar de cara al verano, no a finales de enero, y ninguno de ellos acostumbraba a incluir una fotografía del anunciante. De todos modos, estos eran distintos porque en ellos se veían las fotocopias baratas, en blanco y negro, de dos fotografías, dispuestas una al lado de la otra, como si se tratara de un libro abierto. Ni siquiera la baja calidad de las reproducciones conseguía sofocar del todo el rostro joven, melancólico, de rasgos armoniosos y belleza plácida impreso en la fotografía de la izquierda, debajo de la cual constaba una fecha del año anterior: 1 de febrero de 2018. Una imagen que pronto quedaba olvidada ante su siniestra némesis, la reproducción de un texto donde se apreciaba una cruz cristiana seguida de un conocido versículo bíblico: «El que cree en mí vivirá, aunque muera; y todo el que vive y cree en mí no morirá jamás». A unos centímetros de distancia, ocupando el ancho de toda la base del cartel, una frase confirmaba el carácter siniestro de lo que era, no tanto la imagen de un libro abierto, sino una falsa esquela. Era una pregunta, escrita a mano con letras desiguales en tinta negra:

¿Quién mató a Teresa Lanza?

Con el paso del tiempo resulta difícil saber cuánta gente llegó a ver los letreros aquel viernes 25 de enero. Sin duda tuvieron que encontrarlos los dueños de las cinco casas donde se colgaron específicamente. Es posible que muchos otros vecinos se acercaran a los árboles, aunque también entra dentro de lo probable que la mayoría pensara que se trataba de una broma de mal gusto. En cualquier caso, alguien avisó al servicio de limpieza y a media mañana aquellas esquelas macabras habían desaparecido, al menos de los lugares más próximos a la estación, de los comercios y de los árboles por donde pasó la brigada. Esta no intentó realizar un trabajo exhaustivo, las órdenes tampoco lo pedían, y retiró los letreros que encontró al paso, que en realidad eran más de los que parecía a primera vista. Así, quienes se habían sorprendido al encontrarlos por la mañana, de camino al trabajo, y los habían olvidado poco después, no hallaron ni rastro de ellos por la tarde, cuando regresaron a sus casas. Pasadas las doce del mediodía, Castellverd había recobrado su aura impoluta y apacible, sin elementos que la distorsionaran y que solo podían ser obra de algún tarado. Los encargados de la limpieza no se molestaron en pensar en quién debía de ser aquella joven, y, a pesar de que alguno tenía que haberse cruzado con Teresa Lanza en carne y hueso durante el tiempo que trabajó por la zona, es probable que pocos supieran su nombre o se acordaran de su cara después de un año sin verla.

Quizá debido al buen trabajo de la brigada de limpieza, Jimmy Nelson, que sí habría reconocido a Teresa y, desde luego, habría sentido interés por el cartel en sí mismo, no vio ninguno hasta bien entrada la tarde, ya terminada su jornada laboral del viernes en casa de los Agirre y después de haber pasado antes un rato arreglando el jardín de Xenia Montfort. Un ejemplar rebelde que había huido del gran cesto donde se acumulaban, en la parte trasera del camioncito de la limpieza, le llegó volando, empujado por un viento fuerte que empezó a soplar poco antes de la puesta de sol. Curiosamente, aquel pedazo de papel anónimo había sobrevolado el pueblo, cual mensaje lanzado por un náufrago, hasta encontrar a una de las pocas personas que podían darle su justo valor.

Fragmento de *Los vivos y los muertos*

La belleza de los jardines

Ese día Jimmy ha llegado a Castellverd en ferrocarril, como hace los viernes alternos, para ocuparse de los jardines de esas dos casas, y, a diferencia de la primera vez que realizó ese trayecto de apenas quince minutos, ya no se ha sorprendido por la enorme diferencia que lo fascinó en sus visitas iniciales. En aquellas tuvo la impresión de que no solo cambiaba el paisaje, sino también las caras; de que el color del cielo se intensificaba y hasta los minutos parecían más largos. Nadie corría porque llegaba tarde ni se oían gritos de puros nervios. Con el tiempo, alguna vez alcanzó a ver a algún conductor impacientarse con el servicio de limpieza que recogía las montañas de hojas que él, entre otros, acumulaba a paladas y luego depositaba en el lugar prescrito a golpe de carretilla. Quizá fueran esas pirámides de hojas muertas lo único que empañaba el aire de vez en cuando, si por casualidad llovía y empezaban a pudrirse. Por eso las recogían a menudo, para que nadie tuviera que respirar el hedor y recordar que, incluso allí, la vida también terminaba, se descomponía y apestaba. Sí, desde el primer día, cuando temió que lo arrestaran por deambular entre las casas, por asomarse a las verjas a pesar de los ladridos de los perros, Jimmy comprendió que ese lugar era otro universo, que se regía por otras reglas, y que la única puerta de acceso a él era convertirse en parte del entorno, en alguien que fuera útil y no llamara la atención.

Y ahora, varios meses después, puede decirse que casi lo ha logrado. Ya nadie se extraña de verlo llegar un par de veces por semana y caminar hasta los chalets con jardín en los que trabaja. Algunos incluso lo saludan y él empieza a distinguir una nota de admiración en sus voces. «No fallas nunca, ¿eh?», le dijo el otro día el señor mayor que suele pasear apoyado en un bastón cuando se cruzó con él cerca de la estación. Es un tipo de baja estatura que siempre va vestido con chaleco y corbata, como si acabara de salir de una de esas series inglesas con casas solariegas y mayordomos ariscos. Pasea a un perro diminuto de ojos saltones y temblor constante y se dirigió a Jimmy como si este fuera allí a entretenerse o como si fuera excepcional que alguien joven cumpliera con su horario. «Sé puntual, educado y nunca discutas», le aconsejó el padre Rodrigo. «Esa gente necesita a otros que trabajen para ellos. Que limpien sus casas. Que cuiden de sus niños o de sus ancianos. Que se ocupen de sus jardines o de repararles todo lo que se rompe. No quieren ensuciarse las manos, y por eso nos dejan entrar en sus vidas. Porque nos necesitan. Sus remilgos son nuestra fuerza. Su falta de tiempo, nuestra oportunidad. Pero en el fondo saben que son sus niños, sus viejos, sus casas y sus plantas. Por eso prefieren tratarte casi como a un miembro de la familia y no como a un simple empleado. Si eres "uno de ellos", ya no están relegando sus responsabilidades en un extraño, y se sienten mucho menos culpables.»

Y es verdad que son amables, al menos cuando se lo encuentran o cuando le hacen una petición que no entra estrictamente en sus obligaciones. «Muéstrate siempre dispuesto, Jimmy. No les digas nunca que no. Si hay algo que no pueden entender es una negativa a una demanda que plantean con educación. Su afecto, su respeto, depende siempre de tu obediencia. Y necesitas que te quieran. Tú sabes que lo necesitas si quieres seguir con ellos.» A Jimmy tampoco le cuesta mucho complacer a sus mayores. Es algo que lleva haciendo desde hace tiempo. El chico que cuida tan bien de su abuela, dicen de él en el barrio los que no saben, los que opinan en función de las apariencias y solo lo conocen desde hace tres años, cuando se instaló allí. Y nadie puede decir que no sea cierto, al menos en la parte más importante: sí cuida bien de esa anciana, que en realidad tampoco pide más que un poco de compañía. Eso fue lo que le dijo el padre Rodrigo y Jimmy lo creyó, como había hecho en los últimos tiempos. Durante estos años ha pensado que dudar del padre Rodrigo era lo mismo que ofender a Dios, y aunque nunca fue creyente, existe en él un poso de respeto a la cadena de mando que es difícil de erradicar. Quizá sea porque, a su manera, el cura es el único que se ha preocupado por ellos en un mundo extraño. Ya es mayor, y todos han oído sus lecciones, sus ejemplos y sus parábolas tantas veces que estos han adquirido la categoría de cuentos, pero nadie puede negarle que, en momentos de necesidad, cuando la soledad era una amenaza en un mundo de reglas desconocidas, había estado allí. Y Jimmy es un chico que ha aprendido el agradecimiento hace poco. Agradece al dios de la genética su buena salud, su cuerpo fuerte, y, a medida que ha ido haciéndose mayor, también otras cosas. Es consciente de que sus ojos azules, resultado de una mezcla de la cual solo conoce la mitad de los ingredientes, son casi un milagro en un chico de tez morena y cabello negrísimo, así como sus dientes blancos, extrañamente perfectos en un pendejo que apenas se los lavó hasta llegar aquí. «Esa sonrisa caribeña», le decía Teresa. «Con ella vas a destrozar los corazones de muchas», le advertía, riéndose. Y a él le dolía esa risa porque demostraba, en el fondo, que Teresa lo veía aún como a un nene y no como a un hombre, y que los cuatro años que los separaban eran un obstáculo insalvable, al menos en esos días, cuando Jimmy aún no había cumplido los dieciséis. No importaba que Jimmy fuera más adulto que la mayoría de los adolescentes del barrio, que el padre Rodrigo lo pusiera de ejemplo o que en los últimos tiempos trabajara y estudiara a la vez, haciendo de todo, desde pintar paredes hasta repartir folletos, desde matar reses hasta lo que ha terminado siendo su empleo principal: cuidar jardines.

Si hay un lugar al que no piensa volver, se dice todos los días, es al puto matadero. Tuvo que trabajar allí durante siete meses y nunca lo ha olvidado. En realidad, no es el acto de matar lo que le perturba, y menos a unos animales que avanzan dóciles, sin oponer resistencia. Son los ojos de las reses una vez muertas los que se le aparecen a veces en sueños. El olor de las tripas abiertas. La sangre que se te mete en las uñas como si quisiera mezclarse con la tuya. Y los chistes soeces, a veces incomprensibles para él, que se contaban los trabajadores en los descansos, como si pasarse el día matando animales los empujara a regodearse en la mierda, a reírse de ella. Le recordaban a otro mundo, a un presente que ya era pasado, a imágenes que había ido arrinconando hasta convertirlas en algo parecido a las de una película: la ficción de una vida protagonizada por alguien distinto.

Pero ahora, en un día como hoy, cuando termina la mitad de la jornada, la que hace en el jardín de la señora Xenia antes de irse a la casa de los Agirre, Jimmy mira sus manos y ve en ellas rastros de tierra, tan persistentes como los de la sangre, y se siente casi feliz. Sabe que podría olvidarse de todo, de su plan y de los consejos del padre Rodrigo, y dedicarse a lo que sabe hacer bien —cuidar de los jardines, complacer a quienes le dan trabajo y atender a la vieja, que cada día anda más perdida—, pero el recuerdo de sus pesadillas le hace pensar que tal vez Dios no lo hizo ir hasta el matadero para mostrarle que en el primer mundo también se podía uno ganar la vida matando. Quizá lo llevó a pasar esa prueba para que no olvidara lo fácil que es hacerlo.

Aunque Jimmy se resiste a admitirlo, cada día le apetece más trabajar en casa de los Agirre. Lo hace solo un día cada dos semanas, los viernes, como hoy, cuando termina con el gran jardín de la señora Xenia, donde apenas ve a nadie. Ella suele estar en casa, pero solo se asoma en algún momento desde la ventana de su cuarto o desde la terraza, y sus hijos están en el colegio. Alguna vez se ha cruzado con el varón que pasaba a toda prisa en la moto dejando un rastro zigzagueante y peligroso, o con la chica, una adolescente más entrada en carnes, tan distinta a su mellizo que nadie diría que son ni tan siquiera hermanos. No sabe ni cómo se llama, y las pocas veces que ha coincidido con ella le ha parecido notar que lo miraba con curiosidad. No es algo infrecuente: las mujeres suelen observarlo, ya sea con descaro o con algo más de timidez. Ella no lo hace de ninguna de las dos maneras. No le está retando, desde luego, pero al mismo tiempo no siente temor alguno. Al fin y al cabo, esa es su casa, y no tiene por qué mostrarse avergonzada ante el chico que viene a «ayudarlos con el jardín». Le encanta esa expresión, la que utilizó la señora Xenia para presentárselo a los Agirre, porque supone la confirmación de lo que le contó el padre Rodrigo: estos ricos de aquí no tienen criados sino «ayudantes», una especie de corte de voluntarios de pago que les hacen la vida más agradable.

De camino a la casa de los Agirre, que se encuentra al final de una calle bastante empinada, Jimmy aprovecha para almorzar y para deambular un poco por el lugar. No va en línea recta, sino que da una vuelta en redondo para acercarse a la casa de la señora Lourdes y su marido, y, una vez allí, a veces se aposta en la verja e intenta escudriñar el interior. Es una casa antigua, de las más viejas de por allí, con un jardín pequeño que en realidad no requiere ayuda. Sabe que sus dueños son los cuñados de los Agirre, que la señora Lourdes y Mireia son hermanas, y al principio pensó que quizá lo recomendarían, como suele hacerse entre parientes. No ha sido así: al parecer, a la señora Lourdes le gusta ocuparse de su pequeño jardín, y, a juzgar por los resultados, no lo hace mal del todo. Lo mantiene cuidado, decente. De todas formas, tampoco importa mucho que él trabaje en la casa o no; lo que de verdad le interesa es rondar por la zona, formar parte del paisaje, estar al tanto de lo que les sucede. Eso es lo que se prometió ante la tumba de Teresa y lo está cumpliendo de sobras. Y, además de hacer honor a la promesa al tiempo que gana dinero, empieza a pasarlo bien. Sobre todo en el lugar adonde se dirige ahora. No es por el jardín, que estaba en un estado penoso y le da bastante trabajo, sino por la compañía, porque sabe que esperándolo allí está Ander, el hijo pequeño de los Agirre.

Jimmy se sorprendió el primer día que fue a trabajar en el jardín y se encontró con aquel crío de cinco años que lo seguía y observaba con los ojos como platos. Quizá porque veía en Jimmy a alguien más parecido a él de lo que eran Íñigo, su rubia esposa, Mireia, o su hijo mayor; alguien de tez similar y que hablaba con su mismo acento. Íñigo se les acercó para asegurarse de que Ander no le molestaba, «no para quieto», le dijo con una sonrisa, y Jimmy anunció, muy serio, que estaba encantado de tener un ayudante. La cara morena de Ander se iluminó, y desde ese día se preparaba para obedecer sus órdenes e imitarlo en todo. Incluso había aprendido a silbar sus mismas canciones, talento que ponía en práctica cuando, con una pequeña carretilla, transportaba montoncitos de hojas que Jimmy acumulaba para él.

La admiración de Ander le ha granjeado, de paso, la confianza de Íñigo. Al principio a Jimmy le extrañó que fuera él quien estuviera siempre en casa, el que se ocupara tanto de Ander como de su hermano, Eneko, cuando este no tenía clase. Apenas si había visto una vez a su mujer, Mireia, que trabajaba todo el día y, según había oído, viajaba por toda Europa con mucha frecuencia. Fue Íñigo quien le contó que habían adoptado a Ander el pasado verano y que por eso ese curso solo iría al colegio unas horas por la mañana.

Y hoy, también, como cada viernes, ve cómo el crío lo espera en la puerta y empieza a dar saltos de alegría en cuanto lo ve llegar, mientras proclama a gritos que «ha venido Jimmy», como si anunciara la aparición de su superhéroe favorito.

El final de la nieve

Desde hace ya tiempo, los viernes por la tarde se han convertido en el momento favorito de la semana para Lourdes Ros. Tiene la impresión de que esas horas solitarias, en su casa, con el móvil en silencio y la única compañía de un par de manuscritos cargados en el *reader*, dan sentido a un universo cargado de compromisos, comités editoriales, almuerzos con agentes literarios, cafés con periodistas, discusiones sobre cubiertas y textos de contra, y listas interminables de correos electrónicos que parecen reproducirse en cuanto se aleja unos minutos de la pantalla. El viernes por la tarde, desde las tres hasta las ocho o las nueve, cuando Max llega, ya sea de la consulta o de sus clases en la facultad, puede dedicarse a lo que de verdad la apasiona en este mundo. Leer, leer y pensar, y, si es posible, encontrar entre la selección de manuscritos que le prepara su asistente una voz, esa voz, que continúa y a la vez subvierte su catálogo. El mismo que ha ido construyendo a lo largo de veinte años, desde que a los treinta y dos tomó las riendas de la editorial fundada por su padre y empezó a convertirla en lo que es hoy en día. Este año se cumple el quincuagésimo aniversario de Pérgamo. Como dice el folleto conmemorativo que mandó ayer a imprenta y que distribuirán a partir del mes de marzo, «50 años de lecturas libres». Y, de estos cincuenta, veinte le corresponden solo a ella. Con sus errores y aciertos, porque ha habido de todo, lo que nadie puede negar es que Lourdes Ros es la cara visible, el alma y la mente de Pérgamo. Aunque en la casa, ubicada en uno de esos pisos amplios del Ensanche barcelonés con techos altos, suelos de madera antigua y ventanales que dan a la tranquila calle de Enric Granados, trabajen otros editores, y aunque la línea de ensayo nunca ha sido del todo suya, Lourdes, Lou para la prensa, las agencias y los autores, es quien da la cara por todo. Como antes hizo su padre, un adinerado hombre de letras que fundó Pérgamo a finales de los años sesenta, el sueño excéntrico de un intelectual con talento y fortuna previa transformado en una realidad que creció mucho más de lo que nadie, su padre incluido, imaginó jamás. «El referente literario de dos generaciones de la democracia española», decían algunos medios, y ella les agradeció que no dejaran constancia de que ese referente atraviesa un período incierto.

Pero los viernes por la tarde puede olvidarse un poco de ambas cosas, sentarse en su butaca preferida con vistas al pequeño jardín, cubrirse con una manta suave y simplemente dedicarse a leer. A veces se trata de la nueva obra de un autor ya contratado; otras, la mayoría, las dedica a la posibilidad de descubrir a alguien nuevo. Todavía ahora, después de veinte años de dedicación exclusiva y otros diez en los que compaginó esa tarea con otras, sigue vibrando en ella la esperanza de hallar un texto que estimule su intelecto y la emocione al mismo tiempo. Algo que la entusiasme, no por su perfección formal o por la originalidad del tema, sino por una mezcla equilibrada de ambas cosas. En el fondo, lo que busca Lourdes, lo que probablemente buscan todos los editores que ella conoce, es un manuscrito al que desees acoger, moldear, vestir y luego colocar en una casa donde debe coexistir con muchos otros. Sin que desentone y sin que sea una réplica de lo que ya tienes allí. No quiere al nuevo Auster, ni al Murakami islandés; persigue una voz, una manera de escribir que sea propia y a la vez encaje de manera natural en la larga lista de autores de la colección de narrativa que Pérgamo tiene en su catálogo.

Se ha preparado un té verde con limón y jengibre y lo deja reposar mientras comprueba que tiene a mano las gafas de leer —en el reposabrazos de la butaca—, el *reader* —en su regazo— y el móvil en silencio. Frente a ella, la tarde corta de invierno y un viento que, por un instante, hace temblar el vidrio de la ventana. A pesar de que tiene la calefacción puesta, nota las manos heladas y las apoya en la taza, donde la infusión va tiñendo el agua de un amarillo cálido. Por mucho que Max diga lo contrario, algo no funciona bien en la calefacción este invierno, y si hay algo que ella odie en el mundo es la sensación de tener frío en casa. Fuera, una ráfaga de aire zarandea el limonero con saña. Un ejército de nubes ha empañado el sol y el paisaje que ve desde el butacón ha cobrado un color desapacible, uniformado y bélico. Pronto anochecerá, piensa. Prefiere la noche a esas tardes fugaces de invierno e instintivamente se abraza a la manta de color gris perla que le regaló su hermana por Navidad. Se ha obligado a sacarla hoy porque Mireia vendrá luego a cenar y no quiere oír sus burlas sobre «esa manta vieja de castañera de cuento» que Lou, a pesar de contar con una nueva, se ha resistido a tirar. Tiene que reconocer que esta es más agradable, más ligera y suave al tacto, pero echa de menos los cuadros de vivos colores de la otra, su peso. Como le sucede a veces con su hermana, esta manta insípida y elegante, con olor a nuevo, le inspira más somnolencia que sensación de hogar.

Un golpe sordo la sobresalta y, un segundo después, sonríe. Oye la voz de Max, aunque no esté, recordándole que la calefacción no puede conseguir gran cosa si alguien, enfatizando el alguien, se deja las ventanas abiertas. Max, que, como la mayoría de los hombres de su generación, cree que siempre tiene razón en casi todo. El topetazo se repite, y ella sabe por qué: la chica que viene a limpiar los viernes por la mañana se ha dejado la ventana de su habitación abierta y el viento la sacude con fuerza. Creyó haberla cerrado cuando subió a cambiarse, pero es obvio que se olvidó. Con un suspiro, aparta la manta y se incorpora, levemente irritada. Sube deprisa la corta escalera que conduce a la parte superior y, antes de entrar en su cuarto, oye el fuerte ruido de nuevo. Teme por el cristal, no sería la primera vez que se rompe, y casi corre hacia la habitación. Se detiene en el umbral, sorprendida. La ventana no solo está cerrada, sino bien cerrada, puede verlo por la posición de la manija, que apunta firmemente hacia abajo. Avanza despacio, notando de repente que la temperatura de la habitación es al menos tres grados inferior a la de la planta de abajo. Como si la ventana hubiera estado abierta, se dice. Pero no lo está. Se esfuerza por recordar sus gestos cuando subió a cambiarse de ropa al llegar a casa. Cierra los ojos y se concentra para evocar un hecho que, en realidad, sabe que no sucedió.

«Se va a enfriar el té», susurra alguien, tal vez la propia Lourdes, que empieza a hablar consigo misma, como las viejas, y suelta por fin el picaporte. Lo ha girado hacia arriba para luego volver a ajustarlo, intentando darse una explicación coherente antes de ir a revisar los de las otras habitaciones. La de invitados y la de su hijo, ambas vacías. Aparentemente impolutas, aunque tampoco tiene ganas de comprobarlo. La verdad es que intenta evitar el cuarto de Simón, porque entrar en él implica la constatación de que, en un día como hoy de finales del mes de enero, ella no tiene ni idea de dónde está su hijo. Odia convertirse, aunque sea por unos segundos, en uno de esos personajes de novela mediocre que de repente, al entrar en un lugar, oír una música o percibir un olor, se sienten avasallados por los recuerdos, como si en algún momento del día pudiera olvidarse de la ausencia de su hijo. Sabe que está bien, o al menos eso le dicen los escuetos mails que le llegan con regularidad incierta, cada tres semanas más o menos. Hace casi un año que Simón se marchó, con destino desconocido; hace casi un año que no lo ve, que no habla con él, y a ratos no puede disimular el intenso enfado que eso le provoca. Por mucho que Max dijera al principio que el chico estaba elaborando su duelo; por mucho que le repita, y ella se repita a sí misma, que Simón tiene ahora casi veinticinco años, la misma edad con la que ella se casó, y es, por tanto, un adulto que puede ir y venir donde le plazca. Nada de eso le sirve cuando se enfrenta al hecho de que lleva más de trescientos cuarenta días sin oír su voz. Desde la mañana en que enterraron a Teresa y él se negó a acompañarlos. Cuando ella y Max volvieron a casa, encontraron una nota escueta: «Me marcho unos días. No os preocupéis, estoy bien. Besos». Al principio no se preocuparon, es verdad, o al menos no demasiado. Intentaron llamarlo por teléfono y él les contestó con una serie de mensajes breves: «Dadme tiempo. Estoy bien, pero necesito alejarme de todo. Ya os iré dando noticias. No voy a hacer ninguna locura, papá, así que no te pongas en plan psiquiatra. Solo necesito tiempo y distancia. Besos a los dos». Más adelante, tras haber pasado un fin de semana fuera, descubrieron que Simón había ido a casa, había hecho la maleta y se había marchado sin mencionar adónde. Diga lo que diga Max, que se ha mostrado excesivamente indulgente desde entonces y lo ha disculpado sin la menor vacilación, Lourdes no puede evitar sentirse enfadada. Traicionada, incluso, ya que en el fondo se le ha escamoteado una función que, según ella, le corresponde: apoyar a su hijo, ayudarlo a salir adelante después de una tragedia; en definitiva, estar a su lado en el momento más difícil de su corta existencia. Admite que su hijo se molesta en dar señales de vida a través de unos mails que siempre espera con ansiedad y que, desde hace unos meses, lee con creciente irritación. ¿Qué pasaría si fueran ellos los que no estuvieran tan bien? ¿Si lo necesitaran para algo? ¿Por qué los hijos nunca piensan en esa posibilidad? Simón se comunica cuando le parece y se supone que ellos deberían estarle agradecidos de que se tome esa molestia. «Sería mucho peor que no tuviéramos noticias de él», dice Max, y ella no puede quitarle la razón, pero a la vez le extraña que su marido no consiga entender su postura: la sensación casi humillante de estar recibiendo migajas de afecto, repartidas por compromiso. A veces, como ahora mismo, también piensa que Max no la entiende porque en el fondo él es mucho mejor persona, más capaz de entender el dolor de Simón, de ponerse en el lugar del hijo antes que en el de la madre. Se dice que quizá sea ella la egoísta, la que carece de empatía, la que busca su propia tranquilidad a toda costa. La que no es capaz de asumir que su hijo quería a Teresa más que a ellos. La que habría preferido que ahora mismo estuviera estudiando en Inglaterra, con una beca que finalmente rechazó para no alejarse de la supuesta mujer de su vida. La que no entiende ya la desesperación que rodea al amor con mayúsculas, que no es otro que el amor joven, rebelde e imperioso.

El té está tibio, tal y como preveía, y Lourdes se dirige al microondas para recalentarlo porque necesita tomar algo reconfortante. Lo que sea para quitarse de encima este frío absurdo que parece haber invadido la casa, junto con esos pensamientos negativos que la han sacudido durante todo el día, desde que a primera hora de la mañana Max dejó aquel obsceno cartel en la mesa donde ella desayunaba. Quién mató a Teresa Lanza. La pregunta, lanzada al vacío, era más bien una acusación anónima, un insulto ultrajante, pero se le ha quedado en la cabeza de una manera insidiosa, porque la respuesta está clara. Nadie mató a aquella chica, nadie salvo ella misma.

Intenta alejar el recuerdo de fotografía borrosa, comprobando que tiene todo lo necesario para la cena de las chicas: la lasaña lista desde ayer, preparada para entrar en el horno; algo de aperitivo y vino de sobra. Seguro que Mireia y Olga se han organizado para el postre, nunca olvidan esos detalles. La verdad es que le apetece verlas. Intuye que le vendrá bien. En los últimos meses apenas si se han reunido todas. Al principio porque no estaban de humor; después llegó lo de Coral, el embargo de la casa y las noticias terribles que llevaron a su marido a prisión. La distancia se alargó con la excusa del verano, que enlazó con el viaje a Colombia de Mireia y su cuñado para ir a buscar al niño, y continuó hasta Navidad. Ella y Xenia siguen hablando casi todas las semanas, claro, y estuvo con Mireia en los ágapes navideños de rigor, pero no han vuelto a reunirse las cinco. Ella, Xenia, Mire, Olga… y Coral, aunque la verdad es que duda mucho que esta última comparezca. No ha abandonado el grupo de WhatsApp que tienen, «Cenas para chicas», pero tampoco ha participado en él desde hace meses. Fue Xenia la que reactivó el grupo hace ahora una semana y Lourdes aceptó el envite: haría su famosa lasaña, su plato estrella. «¿Quién puede resistirse a eso? Guiño, guiño», respondido con caras de sorpresa y besos. Todas menos Coral confirmaron su asistencia.

Con la taza agarrada firmemente entre las manos, Lourdes intenta entrar en calor mientras regresa a su butaca. Le quedan tres horas de lectura antes de empezar a preparar la cena y, para evitar interrupciones indeseadas, se dispone a teclear un mensaje al grupo, concretando la hora:

Nos vemos en mi casa a las 9. Aquí os espero con la superlasaña lista

Y va a escribirle otro a Max para recordarle que no se le espera hasta más tarde de las once cuando le llega un wasap

46

de su segundo de a bordo en Pérgamo, con enlace incluido. El mensaje es escueto:

Lo siento, Lou, pero creo que deberías ver esto

Más adelante, cuando piense en ese momento, creerá que existió una sombra de inquietud, el presentimiento que a veces te embarga antes de una mala noticia. Se dirá que nada había sido normal aquel viernes: ni la esquela anónima y acusatoria, ni el frío ambiental, ni la ventana cerrada, ni el té, que volvió a enfriársele intacto entre las manos. Sobre todo, recordará la incómoda sensación de que tuvo que reprimir las lágrimas, como si hubiera algo en casa que pudiera verla llorar, alguien que se extrañara de su desconsuelo al abrir el enlace, leer la noticia y enterarse de que aquel mismo día, sobre las doce y media de la mañana, Jérôme Dessaint, el «prestigioso autor francés de cincuenta y siete años, caballero de las letras y las artes francesas, ganador del Goncourt y traducido en toda Europa», había muerto de un infarto cerebral en su residencia de Marsella.

La nota de prensa iba acompañada de una foto de Jérôme, la misma que se utilizó en la solapa de su última novela, esa que Pérgamo ya no publicó. Una foto que le sacó ella hace cinco años durante la última tarde que pasaron juntos en París, en medio de una nevada potente que convirtió la Ciudad de la Luz en un espacio apacible y blanco, antes de sellar juntos la ruptura decidida, civilizada y melancólica entre las sábanas del hotel donde se hospedaban. Ya casi nunca nieva en París, piensa Lourdes, y la idea de no volver a ver aquella imagen de la ciudad cubierta de un manto blanco la pone repentinamente triste, como si con Jérôme se hubiera marchado también la belleza elegante de la nieve.

La medalla

Desde el porche, Íñigo no pierde de vista a Ander y a Jimmy. El pequeño observa con atención al mayor, que, con una rodilla hincada en el suelo, se esmera en recortar los parterres de flores que rodean la terraza. Ander no dice nada, como si le hubieran dado la orden de ver, aprender y callar, pero cada pocos minutos el jardinero se vuelve hacia él y le lanza una sonrisa, un comentario o una mueca que lo hace reír. No ha visto a su hijo reírse con nadie tanto como con Jimmy Nelson, y eso lo inquieta un poco; piensa que Ander encuentra en este joven algo que ni él, ni Mireia ni Eneko pueden darle. Quizá sea algo cultural, un vínculo que tiene que ver con los referentes compartidos, o tal vez sea una simple cuestión de entendimiento mutuo. Eso al menos opina Mireia, aunque él duda que esa relación de amistad se hubiera producido con un jardinero de distinto origen. Ander y Jimmy se relacionan de una manera espontánea, se reconocen, se aprecian, y todo ello sin que el jardinero haya hecho más que prestarle un poco de atención. No sucede lo mismo con la maestra de Ander, una chica por lo demás encantadora; ni siquiera con su hermano, que se esfuerza en dejarle todos sus juguetes, en atraerlo hacia las consolas o los videojuegos solo para terminar llorando porque Ander lo ignora, o, en el peor de los casos, se lo quita de encima a empujones y con algún mordisco. Ander, el mismo que lo mira todo con relativo interés y se aburre enseguida, está ahora plantado como un arbusto del jardín, un esqueje prometedor y ansioso por crecer, con la vista fija en quien considera capaz de moldearlo, de enseñarle su camino en un mundo donde él parece sentirse como una planta exótica.

La voz de Mireia le ha reconvenido muchas veces y él se ha visto obligado a admitir, a regañadientes, que era muy posible que ella llevara razón. «Lo observas demasiado, estás demasiado pendiente de él. Ander es feliz aquí, ¿cómo no va a serlo? ¿Te imaginas cómo era el orfanato de Cali donde vivía? Solo dale tiempo. ¿Qué esperabas? ¿Que se rindiera a tus encantos paternos al instante?» Era esa última frase, pronunciada en un tono irónico, levemente seductor, la que conseguía irritarle. Esa velada referencia al superpapá, sobreprotector y sobrepreocupado, en los labios de una mujer como la suya. La seguridad en sí misma de Mireia lo hacía parecer un neurótico, un Woody Allen vasco de metro noventa, y se vengaba de ella luego, una venganza entrecomillada, dulce, placentera para ambos, cuando estaban en la intimidad. La cama es un territorio en el que se entienden con absoluta naturalidad e Íñigo se excita solo con pensar en ello. A Mireia le fascina dejarse llevar, relajarse del control que le impone su trabajo, su posición, su sueldo, su relevancia, y él disfruta dándole exactamente lo que pide, que es también lo que él desea. Sin avergonzarse, sin pedir permiso, sin preguntar, porque ya no hace falta. Ambos saben lo que les gusta; lo supieron casi desde el primer día, hace ya once años, cuando se conocieron en un país tan lejano como Etiopía, donde ella colaboraba ese verano con Médicos Sin Fronteras y él realizaba un reportaje fotográfico de las tribus del sur. En esos tiempos Mireia empezaba su carrera profesional, la misma que la llevaría hacia el éxito en un tiempo récord, mientras que él, seis años mayor, se estaba cansando ya de dar vueltas por el mundo con la cámara al hombro. Al principio mantuvieron una relación a distancia, y mientras tanto los estudios de medicina de Mireia quedaron definitivamente atrás: primero trabajó en un hospital y, posteriormente, su especialidad en una enfermedad como la diabetes y su talento organizativo llamaron la atención de una multinacional farmacéutica con sede en Sant Cugat donde en menos de tres años ha conseguido dirigir un equipo humano formado no solo por médicos, sino también por informáticos y comerciales. Viajes, congresos, una vida laboral exigente que había conseguido compatibilizar con la familia solo porque Íñigo se avino a ello. Y ahora, tal vez, está a punto de dar un paso importante hacia la escena pública. Hace meses que el nombre de Mireia Ros se cita en reuniones políticas como una firme candidata a un puesto importante dentro de la sanidad institucional. Y, aunque nada está decidido, él sabe que Mireia se siente halagada por esa posibilidad; es más, está seguro de que su esposa haría un excelente trabajo en cualquier puesto, aunque en realidad prefiere que lo desempeñe en la Administración pública. Está convencido de que allí se necesitan gestores potentes, de ideas firmes, capaces de compatibilizar los ideales de una sanidad universal con el manejo adecuado de los recursos. El bagaje de Mireia Ros reúne todos los requisitos y su valía profesional está fuera de toda duda. Es algo confidencial, de momento. Íñigo está seguro de que Mireia todavía no lo ha comentado ni con su hermana y él prefiere no meterse en nada que ataña a los Ros Samaniego. De entrada, le parecieron la antítesis de su propia familia: los Agirre Pastor, una dinastía de industriales vascos por parte de padre, un núcleo formado únicamente por varones, él y sus dos hermanos mayores, aparte de su madre, una mujer exigente, de rotundas convicciones católicas, capaz de manejar las riendas de una familia con la misma mano de hierro con que su marido dirige su gran empresa. Recuerda los primeros contactos con los padres y la hermana de Mireia, la casita en Port de la Selva, las tardes frente a un Mediterráneo tranquilo en comparación con su mar del norte. Cielos azules contra tempestuosos grises. Sin embargo, con el tiempo, casi ha llegado a apreciar los enfrentamientos abiertos de su padre y sus hermanos en contraposición con los silencios que disimulan las tensiones entre sus parientes políticos. Está seguro de que Pere Ros jamás ha levantado la voz en su casa: su sarcasmo desdeñoso y elitista se ha mostrado igual de eficaz que las palizas de Gerardo Agirre, con la ventaja de que el primero puede seguir usándolo con sus hijas ya adultas. De todos modos, en el fondo él y Mireia tienen un punto en común: a ninguno de los dos les gustó demasiado su infancia, algo de lo que casi nunca hablan porque en realidad no hace falta. Lo percibieron enseguida, y al menos en el caso de Íñigo sirvió para aumentar su atracción por ella. Quizá su esposa sea la única persona que intuye que detrás del hombretón con quien comparte la vida se esconde un niño débil que no ha podido perdonarse del todo a sí mismo.

Ella no se creía al principio que Íñigo estuviera dispuesto a renunciar a un estilo de vida que lo había llevado por todo el mundo, sobre todo a África y América del Sur; en definitiva, a cualquier lugar que lo alejara de su Euskadi natal. Se sorprendió aún más cuando se enteró de que, en realidad, él no tenía por qué trabajar: bastaban tres viajes al año a San Sebastián para reunirse con los accionistas de la empresa de su padre para firmar las actas y cobrar los beneficios. No tantos como los de sus hermanos, que trabajaban directamente en ella, pero más que suficientes para vivir de rentas, más aun contando con el excelente sueldo de su mujer. En ningún momento le importó cambiar de vida y quedarse en casa, ser el papá que llevaba al niño al colegio y le ayudaba con los deberes, el mismo que había convencido a Mireia de que Eneko necesitaba un hermano a pesar de todas sus reticencias. De ahí la adopción, que, además, se le antojó un proyecto bonito, la posibilidad de dar una buena vida a un niño ya nacido en lugar de traer otro al mundo. Había visto a muchos chavales como Ander y sentía la necesidad de mejorar, aunque fuera en algo, la vida de uno de ellos. Además, Mire no estaba dispuesta a pasar por un nuevo embarazo, por múltiples razones; entre ellas, la lactancia inacabable y el alejamiento de un puesto codiciado por muchos. A su favor, aparte de esos argumentos, tenía los de su médico y la experiencia previa. La gestación de Eneko fue dura, obligándola a permanecer casi inmóvil durante las últimas quince semanas. No, Mireia no quería volver a soportar lo mismo: el padecimiento de las contracciones prematuras, el pánico a que esta vez la cosa no saliera bien. Y así los dos llegaron a la misma civilizada conclusión, que se materializó en el niño que ahora contempla, muy serio, el trabajo del jardinero. Pero incluso la confianza de Mireia, su optimismo despreocupado, han ido cambiando en las últimas semanas a medida que los ataques de ira del niño se han vuelto más frecuentes, más obvios. Imposibles de soslayar. Anoche, por primera vez, ambos estuvieron de acuerdo en que algo no funcionaba bien. En que las cosas no estaban saliendo como preveían.

—Ander, ¿no tienes frío? —le pregunta a distancia.

No hay respuesta. Ni siquiera un movimiento mínimo que anuncie el acuse de recibo. Íñigo no sabe si no lo oye o si directamente no le hace caso. Repite la pregunta, en tono más alto, con el mismo resultado, hasta que Jimmy vuelve la cabeza e insta a Ander a contestar. Este lo hace con un gesto de irritación, un gesto negativo, brusco y rotundo.

—Pues yo diría que hace fresco —insiste—. Voy a por una chaqueta y te la acerco.

—¡No! ¡No vengas!

La orden de su hijo lo sorprende y, ya con sinceridad, le

molesta. Una parte de él, visceral y potente, le empuja a hacer lo contrario de lo que dice el crío; es decir, a coger una chaqueta de casa y ponérsela, lo quiera él o no. Está seguro de que eso es exactamente lo que habría hecho su *aita* si a él se le hubiera pasado por la cabeza la idea de responderle en ese tono. Y, al mismo tiempo, otra lección, aprendida en tiempos recientes, le aconseja huir del conflicto, al menos por temas que no son estrictamente necesarios, y alejarse cuanto sea posible del estilo paterno tradicional. Opta por una solución de compromiso: camina hacia ellos y se queda a unos pasos de distancia. Jimmy lo saluda con un gesto y el niño ni se digna a mirarlo mientras le dice:

—Estamos trabajando. —Lo afirma con tanta seriedad que los dos adultos no pueden evitar sonreír.

—Vale, vale, señor jardinero. Pues cuando termine usted, entre a por la merienda, ¿le parece bien? Ven tú también, Jimmy, y nos tomamos un café. Si tienes tiempo, claro.

Jimmy Nelson asiente y, de reojo, ve a Íñigo retroceder, despacio, como si buscara refugio en la casa. Solo entonces, cuando comprueba que ha cruzado la puerta de la terraza, se dirige a Ander:

—¿Por qué le habló así a su papá?

Sonríe para sus adentros y se dice que esa frase podría haberla pronunciado en el mismo tono la vieja a la que llama «abuela». El niño se encoge de hombros.

—No, dígame —insiste Jimmy—. No está bien, él le hizo una pregunta nomás.

—No es mi papá —murmura Ander, menos desafiante.

—Sí lo es. Claro que lo es. Y mire qué casa tan bonita tienen ustedes. Con esa piscina tan grande. ¡Cómo me gustaría vivir en un sitio como este!

Ander se estremece, tal vez por el frío. Es verdad que se está empezando a levantar viento, aunque en esa zona del jardín aún da un poco el sol. Un tibio sol de invierno.

—Ahora, cuando entre, le pide disculpas, ¿estamos? Y le da un abrazo. No voy a tener a un pendejo malcriado de ayudante, ¿sabe? No a uno que le contesta mal a su papá.

Jimmy se incorpora y sonríe al niño para compensar sus palabras. Le acaricia el cabello, tan negro como el suyo, y le dice:

—Es la hora de regar. Vaya a por esa chaqueta y le espero, ¿okey? Venga, que ya solo nos queda eso y no puedo hacerlo si no me ayuda.

Ander corre adentro y vuelve en apenas dos minutos con una chaqueta de chándal puesta. Se echa una mano al bolsillo mientras Jimmy conecta la manguera. Hay un riego automático para el césped, pero los parterres se riegan a mano. Jimmy plantó en ellos pensamientos y otras flores de invierno, para dar un toque de color a esa zona del jardín. A Ander le encanta hacerlo, juega con el agua y la tierra como si fuera lo más divertido del mundo. Jimmy le da las instrucciones y lo ve apuntar el extremo de la goma, con cuidado, hacia la base de las plantas. Es ya todo un experto y desempeña la tarea como si su vida dependiera de ello. Algo se le cae de la mano y Ander intenta recogerlo sin dejar de mirar al parterre, pero la coordinación le falla un poco y termina mojándose las zapatillas azules de deporte.

—¿Qué es eso? —pregunta Jimmy.

—Para ti.

Es una medallita diminuta, redonda y dorada.

—¿Esto de quién es? ¿No será de su mamá?

Ander sigue con la vista fija en las plantas, y da un paso al lado, para dirigir mejor el chorro de agua.

—Yo no tengo mamá. Me lo dio alguien para ti. Es un regalo.

Se vuelve hacia él un momento, sujetando con firmeza la manguera.

—Teresa dijo que te gustaría.

Las voces de los árboles

El teléfono sonó por primera vez hace una media hora, justo cuando ella y Román atacaban los juegos preliminares: esas gotas de placer difuso, acompañadas de un par de rayas de cocaína, que se traducen en besos cortos y roces fugaces, antes de subir al dormitorio, el mismo que habían compartido durante casi siete años y que en los últimos tiempos, de manera insospechada, él ha vuelto a visitar esporádicamente. Cuando se separaron, Xenia había dado gracias a Dios por la norma que había regido su vida: todo —y ese todo incluía la casa y cuanto había en ella— le pertenecía en exclusiva; lo había pagado ella o, mejor dicho, la serie que la había convertido en una estrella de la televisión. Incluso sus hijos eran solo de ella y de nadie más. El teléfono sonó y la verdad es que ella ni se molestó en mirar quién era porque tenía las manos y el cerebro absortos en otras tareas.

Hay algo excitante y, a la vez, deprimente en acostarse con un ex, piensa Xenia ahora que han terminado y que, desde la cama, oye cómo el ruido del agua en la ducha va borrando sus rastros del cuerpo de su amante. Excitante porque casi adopta los tintes de una relación ilícita, entre otras cosas porque después de todo lo que pasó, de todas las barbaridades que llegó a decir de él, Xenia es consciente de que se moriría de vergüenza si estas citas llegaran a saberse. Y deprimente porque esa vuelta atrás comporta algo de fracaso asumido, la admisión consciente de que el sexo conocido es más sencillo, o al menos más rápido, que la nueva conquista. Xenia no se miente a sí misma ni consigue dejarse engañar por su cuerpo, que reacciona al de él de una manera extrañamente natural, como si no entendiera por qué se habían interrumpido esas actividades que les proporcionaron siempre, incluso en los peores momentos, unas dosis razonables de placer mutuo: sabe que, si Román está con ella, o ella con él, es porque ninguno de los dos tiene un plan mejor. Y porque para ella el sexo siempre ha sido una necesidad que, por triste que suene, cada vez resulta más difícil de satisfacer. Los cincuenta quizá sean los nuevos treinta, pero ella sigue prefiriendo a los amantes de treinta de verdad, o mejor aún, a los de veinte, y en un día como hoy, cuando salió a la terraza y vio al jardinero ocupado en arrancar unos hierbajos de la parte delantera del jardín, supo que debía encontrar a alguien que se acostara con ella para así dejar de pensar. Había salido a caminar como hacía siempre, a primera hora, antes del desayuno, y se había sentido observada por aquellos carteles plagados de cruces que la amedrentaban desde los árboles. «¿Quién mató a Teresa Lanza?», preguntaban. Y Xenia, que había arrancado el que había en la verja de su casa nada más salir, comprendió que durante todo el día no conseguiría huir de lo que implicaba aquella fotografía y aceleró el paso, sobrecogida ante un paisaje que parecía interpelarla directamente a ella. ¿Quién mató a Teresa? ¿Quién la mató? ¿Quién? Por eso regresó jadeante, más cansada de lo habitual y, no por primera vez, se sintió vulnerable en su propia casa. Greta y Dante habían ido al instituto, al menos en teoría; en cualquier caso, el chalet estaba vacío. Solo ella y esas voces que no conseguía acallar.

Supo que necesitaba compañía. A un hombre que se acostara con ella y la hiciera sentir, al menos durante un rato, protegida y deseada, y Román, a pesar de los muchos defectos que ella conoce bien —su egocentrismo, sus ataques de malhumor, su sarcasmo hiriente—, le vino a la cabeza como la opción más rápida y menos comprometida. Además, su ex mantiene una piel suave al tacto y un cuerpo firme, requisitos indispensables para ella, por frívolo que pueda parecer. Y es un mago en la cama, siempre lo fue; un poco abrupto en el momento culminante, es cierto, pero tampoco hay que ponerse demasiado exigente.

En realidad, Xenia nunca ha entendido cómo alguien tan egoísta puede transformarse en un amante generoso, y volver a su naturaleza de costumbre en cuanto recupera la posición vertical. «Deberías vivir siempre tumbado», le dijo ella una vez sin que él llegara a captar la ironía. Lo más surrealista de todo es que él no se da cuenta del cambio y que, si alguien llegara a decírselo, si ella se lo hubiera soltado de manera más clara cuando estaban juntos, habría recibido sin duda una de esas miradas condescendientes que el gran Román Ivars dirigía a quienes consideraba seres de inteligencia inferior, es decir, a casi todo el mundo. Incluso ahora que se halla en el punto más bajo de su vida profesional, con su nombre proscrito en cualquier evento cultural o social, excluido de subvenciones e incluido a cambio en difusas listas negras al lado de compañeros tan ilustres como Woody Allen o Plácido Domingo, Román sigue plantándole cara al presente con la misma pose de superioridad intelectual. Quizá por supervivencia, tal vez porque cambiar ahora significaría una rendición absoluta, la admisión de que quienes lo calumniaron tenían razón. Xenia no puede dejar de admirarlo por ello, y eso que la caída en desgracia de Román se llevó muchas cosas por delante; entre ellas, su propia carrera. No, se corrige justo cuando él sale del cuarto de baño, con el cabello mojado y una toalla blanca atada a la cintura: ella sola se metió en ese lío. Si bien es cierto que hay mucho para echarle en cara en el plano personal, el «tsunami profesional» de Xenia, como lo llama su agente, fue obra exclusivamente de ella. Y, en realidad, aun siendo consciente de las consecuencias, Xenia no se arrepiente. Al menos, no siempre. No del todo. No, al menos, ahora mismo.

—¿Cómo van los ensayos? —pregunta Román.

—De puta pena —dice ella, y cierra los ojos por un instante para enfatizar la desolación—. Si algún día lees en los periódicos que la joven promesa de la dirección teatral Xavi Mistral ha sido degollado, no lo dudes: habrá sido obra mía. Y me plantaré en comisaría con el arma del crimen, una catana ensangrentada, para que la expongan en algún museo del teatro. Como Judit. Iré a la cárcel, sí, pero generaciones de actores y actrices me lo agradecerán.

—Es un niñato engreído —admite él—. Pero sabe lo que hace, o, como mínimo, apunta maneras.

—Todos los hombres os defendéis siempre. —Xenia ahoga un suspiro y lo convierte en una sonrisa maliciosa—. Será porque todos sois unos niñatos engreídos, a cualquier edad.

Él se sienta en la cama y busca con la mirada la ropa que llevaba.

—Será porque algunos tenemos talento —replica, antes de ir a por los pantalones.

—Ah, claro. Pues te diré una cosa, querido: si esta *Eva al desnudo* sale adelante y confirma la «mirada profunda y actual» de un director joven, no será por el cerebro de ese director...

—Será por el tuyo. De eso no me cabe duda. Siempre te dije que debías volver al teatro y nunca me hiciste caso. Eres una bestia en el escenario, Xenia.

—Gracias, amor. Pero tú querías que volviera al teatro contigo, y eso habría acabado con nuestra historia mucho antes. Lo sabes. Además, con el teatro no me hubiera podido permitir esta casa. Y me gusta vivir aquí.

—Ya. —Él, ya vestido de cintura para abajo, se vuelve hacia Xenia—. Me jode un montón que lo hagas con ese cantamañanas, la verdad.

—La vida es dura, cielo. A mí me jode un montón que el niñato pretenda convertir mi personaje en una actriz amargada que impide que jovencitas como Eva lleguen a triunfar. Si Bette Davis levantara la cabeza, empezaría a repartir hostias sin parar, unas cuantas para él y otras tantas para mi querida compañera de cartel.

—¿Qué tal es? Me refiero a ella.

—¿Ariadna? Comprometida. Bisexual. Vegana. Feminista. Guapa a rabiar. Joven y ansiosa, en definitiva.

—No seas bruja —la regaña él—. ¿Es buena?

Ella sabe lo que le pregunta. Nunca han tenido problemas en admitir el talento de los otros; es más, siempre se han enorgullecido de ello. Y sí, para los dos eso disculpa muchas cosas, por injusto que esto les parezca a quienes han nacido sin él.

—Le faltan tablas, pero sabe lo que hace —admite a regañadientes—. Y sería mejor si nuestro director no se empeñara en convertir su papel en el de la víctima de un sistema obsoleto. Ni ella se cree las frases que tiene que soltar. ¡Ahora todas somos víctimas! Margo, es decir, la actriz vieja, es decir, *moi*, sufre por culpa del patriarcado que la desprecia por su edad y la convierte en un mal bicho, y Eva, la joven aspirante, cual Blancanieves ingenua, debe soportar que brujas como Margo las humillen para mantener su mínima cuota de poder.

—No suena tan mal —dice Román.

—Es un puto delirio, no jodas… La gente quiere ver lo que ya conoce. *Eva al desnudo*: el enfrentamiento de una zorra arribista contra una actriz de carácter. No una nueva lectura en la que ambas terminan emborrachándose juntas y despotricando contra los hombres de sus vidas.

—Repito que no suena tan mal —dice él, y por una vez parece sincero.

—No sé. —Ella apoya una mano en su hombro, aún desnudo—. Supongo que lo que pasa es que estoy cagada, Román. Cagada de verdad.

Él arquea una ceja y mueve la cabeza, en un gesto displicente que le provoca unas intensas ganas de clavarle las uñas en la espalda. Román debe de notar algo porque, en contra de su costumbre, se entretiene unos minutos en reconfortarla:

—No digas tonterías. Este papel te devolverá la gloria. Eres la mejor, y lo sabes; de no ser así, el niñato nunca te hubiera llamado. Y menos ahora.

—Ya..., eso me dice mi agente. Pero hace siglos que no subo a un escenario. Que no tengo a un público delante. Que no recibo órdenes de un desconocido. Que no me mido con alguien como Ariadna. Joven, intelectual, sexy. Y desesperada por triunfar. Yo ya estoy cansada, Román.

—Para, para. No hay Ariadna que pueda contigo, ni director que consiga estropearte. Joder, Xenia, no te pongas paranoica. No puedes hablar en serio. Lo que daría yo por algo así.

—Ya, usted perdone. Lo sabía... No puedo quejarme porque tú estás mucho peor. Jódete, Xenia. ¡Te toca sufrir en silencio!

A pesar del sarcasmo, que no puede evitar, ella sabe que Román tiene parte de razón. Los contratos de Ivars fueron cayendo como fichas de dominó en cuanto estalló aquel absurdo escándalo: la dirección de un teatro de ámbito nacional, la cancelación de un proyecto en Argentina, sus clases en diversos centros teatrales, todo por una acusación cuya veracidad sigue estando en el aire y que, en realidad, ya no le importa a nadie. Todo empezó con unas pruebas para la nueva obra que Román preparaba, con la denuncia de una aspirante a actriz que declaró haberse marchado del teatro después de que el director le ofreciera un papel a cambio de sexo. Y aunque a Xenia no le había extrañado nada el avance personal —Román se había acostado con tantas mujeres, que durante unos años, previos a su vida juntos, se rumoreó que no había mujer en el mundo del teatro de la ciudad que no conociera sus partes íntimas—, sí estuvo segura de una cosa: él jamás habría intercambiado un rato de cama por un papel en una de sus producciones. Respetaba demasiado el teatro para hacerlo. Mucho más que a las personas, esa era la verdad. Seguramente el tema no habría llegado más lejos si la chica no hubiera sido la sobrina de una conocida actriz ya retirada, y que a su denuncia pública, amplificada por las redes sociales, se uniera la de un mediocre actorcillo a quien, supuestamente, Román había humillado en los ensayos de su obra anterior usando para ello su homosexualidad, y la de una periodista del mundo cultural que manifestó haberse sentido acosada durante una entrevista con el director. De repente, lo que durante años había sido visto como puro donjuanismo o exigencia, en función del caso, pasaron a ser rasgos de dictador laboral, homofobia y acoso. Xenia estaba segura de que al principio su ex, que ya lo era en aquel momento, no se lo tomó en serio, e incluso reaccionó a las acusaciones con la altivez propia de una estrella del teatro. Poco a poco se dio cuenta del error de minusvalorar la indignación de un público que, en su mayoría, ni siquiera conocía su nombre. Los hilos de la sospecha, una telaraña angosta y despiadada, bien aprovechada por rivales de toda una vida que encontraron el momento de sumarse a una red espesa de la que no podías huir, y en la que, una vez atrapado, solo te cabía patalear. En realidad, Xenia no sabe muy bien de qué vive y tampoco piensa preguntárselo. Su lealtad ya le ha costado suficiente dinero y más de un disgusto.

Él se levanta de la cama y se dirige a buscar la camisa y el suéter. De espaldas parece mayor, piensa ella antes de darse la vuelta para evitar una imagen que podría desmontar sus fantasías futuras.

—¿No me preguntas por los chicos? —le dice antes de que él se despida.

Román se ríe.

—¿Por tus adorables mellizos? Dios mío, Xenia, puedo estar profesionalmente desahuciado, pero eso no me ha vuelto imbécil del todo. Nos odiamos durante todo el tiempo que vivimos juntos y, con absoluta sinceridad, me importa un pimiento cómo estén. Por cierto, ¿aún los dejas dormir juntos de vez en cuando?

Xenia se da la vuelta en la cama en un intento torpe de sepultar esas palabras. Odia que alguien, y aún menos un hombre, critique a sus hijos. Por eso los tuvo sola hace diecisiete años: para no tener que aguantar a un padre con derecho a opinar. Sabe que debería levantarse, tomar una ducha y vestirse, para luego ir a cenar y olvidarse de que esto ha pasado.

—Algún día calcularé el tiempo que tardas en ser desagradable después de follar —le dice sin mirarlo—. Creo que el récord lo tienes en catorce minutos y medio, ducha incluida, cariño.

—El mismo que tardas tú en soltar preguntas tan estúpidas como esa. Amor.

Sonríen a distancia, íntimamente agradecidos de que la convivencia se haya terminado y de que sus caminos puedan separarse. Él le lanza un beso desde la puerta y baja la escalera con paso ligero hacia el amplio salón. Siempre le ha gustado aquel espacio rectangular, separado del jardín por una inmensa cristalera en su parte frontal, provisto de una chimenea que casi nunca se enciende y de un enorme y mullido sofá de color beis, o tierra, o blanco roto, situado estrictamente en el centro, con asientos a ambos lados, para disfrutar de las vistas al exterior o a la chimenea, según apetezca. Durante los años que vivió aquí siempre pensó que algún día, cuando la historia se acabara, echaría de menos esta casa. Pocos directores de teatro podrían permitírsela, y, en realidad, Xenia tampoco habría podido hoy por hoy. Eso pertenecía a una época no tan lejana, cuando ella tenía su propia serie de televisión y su sueldo iba creciendo con cada temporada hasta alcanzar unos niveles pocas veces vistos en el mundo de la televisión. Román se dirige a la puerta: es lo bastante práctico para sentir nostalgia de un pasado más cómodo, pero no tan cínico como para desear quedarse solo por eso. La vida con Xenia y sus hijos había sido un infierno insoportable en los últimos meses, y la sensación de libertad al tener su propio espacio, aunque fuera un piso pequeño de alquiler, compensó con creces la pérdida de estatus. Lanza una última mirada antes de salir y se da cuenta de que el móvil de Xenia está sonando desde el ancho reposabrazos del sofá. No puede evitar mirarlo, y al ver que se trata de una llamada de Lourdes se le ocurre una pequeña travesura, quizá porque en el fondo sí le escuece un poco volver a su cuchitril con vistas y olores de patio interior.

—¡Lou! —exclama al contestar.

—Perdón, ¿me he equivocado? Quería... quería hablar con Xenia.

—Tranquila. Soy Román, ¿te acuerdas? Te la paso enseguida.

Si Lourdes se sorprende de oírlo, no da ninguna señal de ello.

—Un momento, Lou, voy a buscarla —le dice mientras vuelve a subir la escalera hacia el dormitorio. Cubre el aparato con la mano cuando entra para que no oiga los improperios que, con toda seguridad, le lanzará su expareja—. Es Lourdes.

Xenia se incorpora de golpe y Román piensa que así, con la melena caoba despeinada, semidesnuda, furiosa y con ese punto ajado que deja el sexo, le recuerda a la niña del exorcista unos cuantos años después. Se lo calla, por supuesto, y se guarda la comparación por si necesita ofenderla alguna vez.

—¿Qué coño haces con mi móvil?

—Chis —replica él con una media sonrisa—. No querrás que tu amiga Lourdes nos oiga discutir como cuando estábamos juntos.

—¡Capullo! —grita ella, pero al mismo tiempo coge al vuelo el teléfono que él le lanza a la cama.

Román sonríe y se despide con otro beso distante, orgulloso de dejarla medio enfadada: eso siempre alimenta su ego, y bien sabe Dios, o quienquiera que sea el patrón de los directores de teatro en horas bajas, que le hace falta. Pero ha olvidado que Xenia es de venganzas rápidas, y no prevé que, mientras él baja la escalera, ella ya se ha levantado y habla ahora con su amiga desde la puerta del dormitorio, en voz bien alta:

—Sí, era Román. Ahora ya se ha ido. Vino a pedirme pasta, pobre. No..., ni loca. —Ella sube la voz y sus palabras lo atrapan cuando ha llegado al último escalón—. Da mucha pena verlo arrastrarse como un perro por dinero. Pero sí, como suele decirse, todo tiene un límite. Exactamente, una cosa es ser leal y apoyarlo, y otra muy distinta hacer el tonto. Tal cual. Que apechugue.

Él vuelve la cabeza al oírla, apenas un instante, y se encuentra con que Xenia le devuelve aquel beso lejano, lanzado con los dedos: un dardo contra el globo de ego masculino que empezaba a crecer y que él solo es capaz de parchear dedicándole un gesto obsceno, indigno de su edad y su talante. Piensa que la odia justo al mismo tiempo en que cierra de un portazo, con el orgullo maltrecho, y su cuerpo choca contra una ráfaga de viento desapacible que, pese a su fuerza, no logra llevarse consigo los restos de su rencor.

Teresa dijo

La letra le llega a través de los cascos, puestos a todo volumen, en un vagón casi vacío. Tan desierto que Jimmy no tiene reparos en apoyar un pie en el borde del asiento de enfrente y la sien en el cristal sucio. Nota la vibración de la música unida a la del tren y, por una vez, se inhibe de lo que dicen las palabras. Hay demasiadas cosas en su cabeza. Hilos sueltos que convergen en un punto cercano y aterrador. Por un día, agradece alejarse de aquel entorno hermoso, se dice que la belleza nunca es del todo tranquila, que, como advierte el padre Rodrigo, la tentación siempre llega provista de un bonito envoltorio.

Hace unos diez minutos estaba en la estación, plantándole cara al viento. Con la medalla que le dio Ander en la mano, se preguntó a qué carajo se refería ese niño cuando afirmó, todo serio: «Teresa dijo que te gustaría». Y no hubo forma de que contara más, por mucho que Jimmy insistió en preguntarle quién era esa Teresa, cuándo la vio, qué más le dijo... Porque lo peor era que reconocía la medalla, recordaba haberla visto colgando entre los pechos de Teresa. Podría ser otra idéntica, claro, y aun así eso no explicaría aquellas palabras. «Teresa dijo que te gustaría.» Teresa dijo.

Sin querer, empezó a pensar en las cosas que le había dicho Teresa, en las frases sin importancia que le había dedicado cuando se cruzaban. En ese día en que ambos se mancharon con dos cucuruchos de chocolate porque ella se empeñó en comprarse uno, e invitarlo a él, en mitad de un mediodía de agosto. «Saimon siempre dice que si no te has comido un helado al sol es que no has sido un niño feliz.» A él le jodía que lo tratara de niño y no necesitaba que Simón le diera lecciones sobre infancias infelices. Calló y asintió, y juntos se pringaron los dedos intentando apurar aquella bola antes de que el calor la fulminara; se rieron, buscando como locos una sombra y luego una fuente, y se salpicaron de agua el uno al otro, confirmando, sin quererlo, que tal vez Simón tenía razón: la felicidad podía estar en comerse un cucurucho al sol. Jimmy pensaba en todo eso mientras el viento agitaba las ramas de los árboles próximos y por megafonía avisaban que el tren llegaría con retraso. Una lluvia de hojas llenó el andén, y entre ellas, entre aquella alfombra verde, viajaba una hoja de papel que quedó a sus pies. La pisó por inercia y se agachó a recogerla, y es probable que la hubiera arrojado sin mirar a una papelera cercana si no se hubiera tomado la molestia de darle la vuelta.

Ahora, en el tren, su mirada oscila entre ese papel arrugado que ha extendido sobre su muslo izquierdo, alisándolo, cuidándolo como si fuera una esquela de verdad, y la medalla que sostiene en la mano contraria. La aprieta con fuerza como si fuera una fruta, como si así pudiera extraer de ella un jugo que se le escurriera por la muñeca, lamerlo y evocar aquel sabor a risa y chocolate.

Se fija en la fotografía, el engendro borroso y oscuro que no hace justicia a esos recuerdos que él almacena, a pesar de que tampoco son ya nítidos y precisos. Es extraño: cuanto más se esfuerza en evocarla, más difuminadas aparecen las imágenes. Siempre que piensa en Teresa la ve como una tarde que acudió al piso para ayudar a bañar a la vieja, antes de que la asistencia domiciliaria se pusiera en marcha. A la abuela le daba reparo que la duchara un hombre, y, si era sincero consigo mismo, también a él. Así que el padre Rodrigo les aseguró que enviaría a alguien y Jimmy deseó que ese alguien fuera Teresa; lo deseó con tanta intensidad que casi no le sorprendió que fuera ella quien llamó al timbre. Llevaba el cabello recogido en un moño flojo y una blusa de verano, desabrochada por el calor. La medalla se perdía en la curva de sus senos y él ansió con todas sus fuerzas reseguir con la lengua el trazado de la cadena para luego besarle los pezones, ocultos bajo un sujetador blanco que la tela vaporosa no lograba ocultar. Su rostro, en cambio, se le escapa, o mejor dicho, se le aparece como cubierto de un velo que le suaviza la boca y le apaga el brillo de los ojos.

«Quién mató a Teresa Lanza», reza el cartel anónimo. Jimmy tiene otra pregunta mejor: «Quién diablos escribió esto», porque lo otro lo sabe con certeza. Tal vez no con la seguridad que requieren los europeos en sus tribunales. Más que de sobras para la que él necesita en honor a la justicia.

Jimmy dobla el cartel y dentro de su pliegue guarda la medalla. El tren se para y él se da cuenta de que hace rato que la música se calló también. Mira la hora en el móvil: en menos de diez minutos habrá llegado a casa. Intuye que un chico de su edad debería tener planes para el viernes por la noche y no niega que le apetecería salir un rato, acostarse con alguna chica, unirse a los *brothers* que se juntan en el billar o comerse un *shawarma* con algún colega, pero sabe que en cuanto llegue a su casa se dará una ducha para quitarse de encima la tierra y el sudor de todo el día, se preparará algo de cena y se tumbará en el sofá. Ni siquiera le gusta ver la tele, se resigna a ella para hacerle compañía a la abuela, que vive pegada a los escándalos y cotilleos emitidos sin cesar por la única cadena que le interesa. Él fingirá escucharla, asentirá con la cabeza cuando le cuente el último amorío de esos desconocidos a los que conoce más que a sus vecinas de siempre. Luego se pondrá los cascos y dejará que las voces del rap le llenen la cabeza de su poesía callejera, y más tarde, cuando la abuela ya se haya dormido, cuando la casa esté en silencio, intentará escribir lo que otros cantan. No siempre le sale algo, a veces simplemente se duerme. Sin embargo, hay días en que una palabra lleva a otra, un verso se encabalga con el siguiente, una idea se transforma en poema. La mayoría de las veces termina pensando que es una mierda y arranca la hoja del cuaderno, pero siempre hay alguno que le gusta, que le parece bueno de verdad, y ese lo copia, con la aplicación de un niño obediente en otra libreta de tapas duras. Le pone la fecha y no vuelve a leerlo por miedo al desencanto. Se permite la fantasía de pensar que algún día alguien encontrará esos versos, que los leerá y así, de alguna manera, el mundo lo entenderá mejor. Comprenderán lo que hizo —lo que hará, en realidad— y aunque es muy probable que eso no lo disculpe, al menos la gente sabrá que existía otra cara, otro Jimmy Nelson distinto al que les cuentan. Merece la pena confiar en eso.

El tren ha retomado la marcha con lentitud, como si lo empujaran, y él se permite pensar por primera vez en su propio cansancio, el habitual después de un día de trabajo. Algo así le comentó Íñigo cuando llegó con Ander, tal y como le había pedido, y entró en aquella cocina luminosa que parecía sacada de una película. Estaba provista de una barra alta, con cuatro taburetes de asientos de color rojo brillante, contrastando con los acabados en tono gris metálico. No se atrevió a sentarse después de todo un día metido en faena en los jardines. Ander fue a lavarse por indicación de su padre, por una vez sin protestar, así que durante unos minutos se quedaron solos. Íñigo le ofreció una cerveza. «No tenemos refrescos, por los niños, así que solo hay vino, zumo o esto», le dijo con una media sonrisa mientras sacaba una lata de la nevera. Jimmy la agarró al vuelo y, por un instante, mientras la abría, intentó imaginarse viviendo allí, apoyado en la barra y bebiendo a morro de la lata sin preocupaciones. No lo consiguió, la vieja no encajaba en aquel espacio ni siquiera en sueños, pero como Íñigo no sacó vasos, tuvo que abrir el bote con cuidado, por miedo a que salpicara, y bebió directamente de él.

—Oye, quería darte las gracias por lo que estás haciendo. Me refiero a Ander, no al jardín, aunque por eso también. No está siendo fácil.

Íñigo dio un trago largo. Sin estar obeso, era un tipo de manos grandes, cuello recio y complexión corpulenta, y parecía capaz de vaciar una jarra de litro de un solo sorbo. Jimmy no sabía muy bien qué decir, ni allí ni en muchas otras situaciones, así que se encogió de hombros.

—Por eso me gustaría pedirte un favor —prosiguió Íñigo—. La semana que viene daremos una fiesta. Es su cumpleaños, el primero que pasa con nosotros, y me gustaría que vinieras. Si puedes, claro. Será el sábado por la tarde, aquí, en el jardín.

Jimmy asintió con la cabeza.

—Seguro que tienes mejores cosas que hacer un sábado, pero no hace falta que te quedes mucho rato. Solo pásate, sobre las seis. Estoy seguro de que a Ander le hará ilusión. Vamos a intentar que se vaya adaptando… poco a poco.

—Claro. —Jimmy miró alrededor y dio otro trago antes de hablar—. Todo esto es fantástico. Ander ha tenido mucha suerte… Ya se dará cuenta.

—Eso pensamos nosotros. Pero, ya sabes, los niños no traen manual, así que vamos avanzando vía ensayo y error. Ayer llegó del colegio cabreado y estuvo llorando un buen rato. Luego se peleó con su hermano. Bueno, no quiero agobiarte, solo te falta aguantar la chapa de un padre preocupado después del curro. Pero si… si te cuenta algo, si te da alguna pista de qué le pasa, no dudes en compartir la información conmigo, ¿okey?

Íñigo levantó la lata, como si con el brindis sellara un pacto, y Jimmy lo imitó, pensando en la medalla que había guardado minutos antes en el bolsillo. Entonces la sacó y preguntó:

—Hace un momento me dio esto. ¿Es suyo? No me gustaría llevarme algo de su mujer o de alguien de la casa.

Íñigo se acercó a mirarla: en sus manazas la cadenita parecía aún más una bagatela, algo sin el menor valor.

—Ni idea —dijo con expresión perpleja—. De Mireia no es, eso seguro.

—Dijo que se la había dado alguien llamado Teresa.

—¿Teresa? Aquí no hay nadie que se llame así —respondió con naturalidad, y Jimmy dudó en si debía insistir, pero la aparición de Ander, corriendo hacia él, interrumpió el diálogo.

—Eh, le estaba enseñando esto a tu papá —añadió, recuperando la cadena de oro.

El niño frenó en seco.

—Es para Jimmy —dijo, muy serio.

—Ya me lo ha contado. ¿Quién dices que te lo dio? —le preguntó su padre en un tono casual, como si la respuesta no tuviera ninguna importancia.

Ander se encogió de hombros.

—No sé. Pero es para Jimmy. —Frunció el ceño y dio una patada suave en el suelo—. ¡No es tuyo!

Íñigo sonrió y levantó ambas manos en señal de rendición.

—No, no. Se lo has regalado a Jimmy y él se lo va a llevar a casa, ¿verdad? ¿Quieres un zumo antes de que vayamos a buscar a Eneko? —preguntó para disipar la posible tormenta.

Y como el niño lo aceptó, la conversación quedó en ese

punto y la medalla, en manos de Jimmy. La saca ahora de nuevo, al bajar del tren, pensando de dónde ha salido. Le da pereza preguntarle a la Deisy. En realidad, le da pereza acercarse a ella por cualquier motivo, pero intuye que no se le ocurrirá una opción mejor.

Terapia de grupo

Los chicos lo miran con esa expresión de desidia hostil que se extiende desde sus caras hasta sus cuerpos: la postura apática, las piernas abiertas, los brazos delgados caídos a los lados, la mente dispuesta a la dispersión por cualquier motivo. Pero están aquí, piensa Max, para ellos el doctor Esteve. Por mucho que les parezca una idiotez propia del primer mundo, no se atreven a llevarle la contraria al padre Rodrigo y acuden al encuentro como lo harían los mercenarios a la clase teórica de una misión arriesgada.

Al principio le resultó extraño usar esa sala, una especie de aula que pertenece a la parroquia, y más raro aún plantear unas sesiones a unos chavales que oscilaban entre la desconfianza y el aburrimiento. Lo había aceptado como una especie de favor altruista después de conocer al padre Rodrigo, a través de Teresa, y durante las primeras semanas, hace ya más de dos años, estuvo tentado de tirar la toalla en más de una ocasión. Si no lo hizo fue porque odiaba, desde siempre, a la gente floja, a los que echaban mano de la rendición fácil, a los incapaces de asumir un compromiso. Por eso y porque el padre Rodrigo, siempre alerta, reconocía su labor con tanto entusiasmo que era imposible dejarlo sin sentirse un ingrato. En su interior, Max no tenía muy claro si dicha labor merecía tantos elogios. Los efluvios de aquella desgana ambiental a veces se le contagiaban, a pesar de las barreras profesionales que erigía para frenarlos. Por otro lado, en sus momentos de mayor desánimo pensaba que tampoco podía pedírsele más. Era una colaboración voluntaria, quincenal; un par de horas de sesión con un grupo de entre seis y ocho chavales: los que mejor hablaban el idioma, los que en teoría estaban listos para salir al mundo después del internamiento, los que el padre Rodrigo había seleccionado para ser acogidos en la parroquia. Los menas VIP, se decían ellos mismos, con un sentido del humor que podría sonar deudor del cinismo de Oscar Wilde si alguna vez lo hubieran leído. De vez en cuando piensa que frases como esta son las que lo mantienen ligado a un simple acuerdo verbal, a una tarea compleja y sembrada de minas en la que a veces tiene la impresión de ser un peaje obligatorio. Uno de ellos se lo dijo, tiempo atrás: «Si portar mal con doctor Esteve, padre Rodrigo manda a la calle. A la puta calle. No excusas. Y en calle pasan cosas malas». Y él había asentido, con una media sonrisa, recordando a uno de los chicos que un día llegó a agredirle. «No volverá a verlo», le anunció el sacerdote, y así había sido.

Esté uno de acuerdo o no con sus valores, es imposible no quitarse un hipotético sombrero ante la fe de hormigón de ese hombre. Todo él parece hecho de ese material, como si la fortaleza interior necesitara un cuerpo a juego o como si lo hubiera ido modelando tras años de marcarse objetivos utópicos, que luego, gracias a su tenacidad, pasaban a ser realidades tangibles. No le temblaba la voz ante la administración —a Max le constaba que en ciertas instancias sus visitas eran temidas—, pero tampoco ante sus protegidos. Utilizaba la misma resolución para exigir recursos que para castigar a los rebeldes, y poseía una cualidad que a Max le parecía envidiable. Él, que habitaba en el mundo moderno plagado de incertidumbres éticas, no podía menos que admirar ese ideario sin matices que guiaba los pasos del padre Rodrigo. Ni siquiera era algo que hubiera sacado de las Escrituras, a pesar de que las citaba de vez en cuando: su firmeza procedía de su experiencia y de una inquebrantable confianza en sus decisiones. Su objetivo personal era diáfano: sacar a algunos de esos chicos de los centros donde sobrevivían y procurarles un futuro digno. Si para ello tenía que amenazar a un concejal, no dudaba en hacerlo; si se veía en la tesitura de ponerse serio con uno de los chavales, tampoco se lo pensaba dos veces. Las dudas son patrimonio de los débiles, piensa a veces Max. El padre Rodrigo no podía permitírselas. Y con el tiempo él lo había comprendido, aun en contra de sus propias creencias: el proyecto era mucho más importante que el individuo, así que si uno de los elegidos generaba problemas, era mejor eliminarlo. El chico dejaba de vivir en el piso asociado a la parroquia y regresaba al centro del que había salido por el tiempo que le quedara. Era un pacto de reglas claras que los chavales aceptaban y que, pese a momentos de solidaridad *inter pares*, preferían ver confirmado. Les daba una relativa sensación de seguridad saber que, al menos en ese pequeño mundo, los actos y sus consecuencias seguían un patrón definido y estable.

¿Qué hacer con un puñado de adolescentes que habían pasado por un viaje eterno y un internamiento forzoso? ¿Que con toda probabilidad habían tenido que delinquir en algún momento para salir adelante y que veían el mundo que los rodeaba como un paraíso soñado del que no podían formar parte? Esas eran las preguntas que se hacía Max al inicio. El padre Rodrigo tenía la ley de Dios para guiarse, pero era consciente de que los chicos necesitaban algo más. A través de esas reuniones grupales Max intentaba transmitir otros valores: la inutilidad de la violencia, la igualdad entre géneros, la necesidad de fijarse objetivos, la solidaridad... Lo hacía mediante casos prácticos, ejercicios simples y teóricamente amenos, o comentando noticias que hubieran causado algún tipo de revuelo social. El caso de La Manada había sido ampliamente debatido, así como las protestas por su primera sentencia, hacía apenas nueve meses. Max está seguro de que el nuevo juicio, en el Supremo, volverá a dar pie al debate cuando se llegue a una sentencia firme. A los chicos les resulta difícil entender el proceso judicial, las posibilidades de apelación, la necesidad democrática de que incluso tipos como esos tengan un proceso justo. Y luego están las implicaciones sexuales. Esos chavales tienen entre dieciséis y dieciocho años, y aun en el mejor de los casos, sus experiencias con el sexo femenino son escasas. En una de las sesiones más divertidas, Max se trajo a una colega para enseñarles las reglas del ligue en este nuevo universo. Salieron todos cargados de esperanzas y con un lema que, de tantas veces repetido, quedó como broma entre el grupo. «No es no», se respondían cuando uno de ellos se ponía insistente a la hora de pedir un favor.

La sesión de hoy ha sido mucho más improvisada, en parte porque una epidemia de gripe intestinal que corre este enero ha diezmado al grupo. «Barriga mal, toda noche lavabo», comentaban los no afectados, unos cuatro de los siete habituales ahora. Así que Max ha decidido dejar lo que tenía preparado, que tampoco lo convencía mucho, y dedicar la hora y media a una charla más distendida, sin más objetivo que el de comunicarse. A veces tiene la sensación de que esos chicos viven todo el tiempo rodeados de normas y objetivos, de que cada cosa que se les dice pretende ser una lección o una advertencia. Un rato de charla sin agenda previa también puede ser útil. Y al final, como siempre, se les ha unido el padre Rodrigo. Jamás interviene en las sesiones, ni ha cuestionado nunca su contenido, pero suele dejarse caer en los últimos quince minutos y luego se queda charlando un rato con él, a solas. Hay días que le molesta un poco, porque tiene ganas de irse; hoy, en cambio, dispone de tiempo sufi-ciente para hablarle de algo que lleva todo el día royéndole la conciencia. Lou cena con las chicas y él no tiene intención de llegar a casa hasta después de las once. No piensa decír-selo al sacerdote porque está seguro de que lo invitaría a cenar con él y los chicos, y su devoción a la causa llega hasta un punto, que no incluye socializar más de lo necesario. Piensa que debería haber quedado con algún amigo para picar algo y, no por primera vez, se da cuenta de que hace tiempo que no existen esos amigos a los que proponer un plan los viernes por la noche. Es una de las pocas cosas que le fastidia de hacerse mayor, pensar que las amistades han ido quedándose olvidadas por el camino; sustituidas, pero nunca reemplazadas, por colegas de profesión con quienes uno se lleva simplemente bien. Él y Lourdes no pueden que-jarse de vida social: el mundo literario de ella aporta com-promisos más que suficientes. Max sabe que en ellos su pa-pel es el de simple consorte. Un tipo culto y razonablemente atractivo que no desmerece al lado de Lourdes Ros, aunque sea con ella con quien todos quieren hablar. A él le divierte; en realidad, le enorgullece ser el «señor Pérgamo», como lo llamó un día un agente extranjero con tres copas de más. Tiene también su propio círculo, compañeros de profesión y de sus clases en la universidad, pero nadie que sea íntimo. A veces piensa en sus amigos de antes y no logra descifrar el momento en que desaparecieron; tal vez es que nunca fueron tantos, en realidad. Tal vez los fuera alejando, como piensa hacer ahora con el padre Rodrigo si este insiste en prolongar la charla e invitarlo a cenar.

Los chicos salen un poco antes de lo previsto y Max casi se siente obligado a excusarse, «con lo de la gripe, ya sabe». La figura del sacerdote le impone incluso a él.

—Ya, ya. Si estuve a punto de llamarlo para aplazarlo a la semana próxima —le tranquiliza este.

—No va mal tener un día con menos gente. Se sienten más libres. Ha estado bien —asegura Max.

—¿Un café? Si es que a esto se le puede llamar café.

—Pues sí, gracias. Como siempre, solo y sin azúcar.

—¡No sé cómo puede! —bromea el padre Rodrigo—. Yo le echo dos sobres y aun así lo encuentro amargo.

Max se ríe, cortés, aunque a veces, por su formación en medicina, se siente tentado a sugerir que un cambio de dieta no sería del todo inadecuado para un hombre de la edad y la corpulencia del cura. Está seguro de que para el padre Rodrigo el colesterol es un invento; no se lo imagina haciéndose un chequeo médico o poniendo cuidado en lo que come.

Charlan un rato de los chicos, casi como dos profesores en una sala de estudios. Max pone atención a lo que dice: no sería la primera vez que un comentario casual suyo genera una reprimenda hacia alguno de ellos. Por mucho que ha intentado explicar que debe existir una confianza entre él, como terapeuta, y los chicos, como pacientes, el otro no atiende a esa clase de razones, así que hace tiempo ya que desistió de intentarlo y se concentró en solo quejarse de alguien cuando era estrictamente necesario.

—¿Se acuerda de Mohamed, doctor? ¿Ese tan alto que quería ser mecánico de coches? Vino a verme ayer. Ha encontrado trabajo, un buen trabajo para los tiempos que corren, y hasta se ha buscado una novia. ¡A ver si le duran, sobre todo el empleo!

—Era un tipo serio. —Max lo recuerda bien: silencioso hasta resultar inquietante, encerrado en sí mismo… No creía haber logrado gran cosa hasta el día en que se marchó y acudió a despedirse: le dedicó un discurso de agradecimiento sincero que Max guarda en su diminuta cartera de éxitos en esta tarea. A veces Lourdes le dice que debería escribir un libro con sus experiencias aquí; él se ríe: para Lou, todo lo que merece la pena debe acabar en forma de libro—. Está bien que lleguen buenas noticias y no solo las malas.

El padre Rodrigo asiente: de esas últimas tienen demasiadas. Por muchos esfuerzos que se hagan, la delincuencia es un camino fácil para esos chicos, y pocos de ellos son lo bastante listos para que no los pillen.

—Hay algo de lo que quería hablarle —dice Max, y acerca el maletín donde lleva el material, uno negro de piel que le regalaron Lourdes y Simón cuando cumplió los cincuenta, hace ya casi cuatro años. Como todo lo que usa Max, parece recién estrenado—. Alguien ha colgado esto por todo el pueblo. Había uno en la puerta de mi casa esta mañana.

El padre Rodrigo contempla aquella fotocopia barata, la foto de Teresa y la cruz negra, al tiempo que niega con la cabeza, despacio, como si no pudiera creerse lo que ve. Max, que es rápido en juzgar reacciones, intuye que el sacerdote se muestra más apesadumbrado que sorprendido. Mucho menos sorprendido que él cuando la vio esa mañana, pegada con cinta aislante.

—¿Qué tontería de pregunta es esa? ¿«Quién mató a Teresa Lanza»? —lee el sacerdote.

—Es algo… macabro —afirma Max—. Justo a una semana del aniversario de su muerte. No sé si es una broma de mal gusto o una amenaza. Pensé que quizá usted tendría idea de quién ha podido hacerlos.

El padre Rodrigo niega de nuevo, sin vehemencia alguna, y dice en tono reflexivo:

—Es verdad. Ya ha pasado un año. Es raro, ¿no le parece? Los primeros días no conseguía quitármela de la cabeza. Me acosaba. No ella, pobre chica, sino la culpa. ¿Por qué no había acudido a mí?, me repetía. ¿Cómo había llegado a la conclusión de que el suicidio era la única posibilidad? ¿La mejor salida? Un pecado tan monstruoso que significa la condenación eterna. Y ella era tan creyente. Tan buena… Y no lo digo en el sentido trivial que se le da a la palabra, como si no tuviera ningún mérito. Teresa era buena de verdad. Quizá demasiado. —Aparta la hoja de papel, como si así alejara los recuerdos—. Y ahora me doy cuenta de que, un año después, ya ni sé cuándo pensé en ella por última vez. Es cruel la rapidez que nos impone el mundo, doctor, ¿no cree? No hay ni tiempo para el duelo.

—Está claro que alguien no la ha olvidado —dice Max, volviendo a colocar la hoja de papel entre ambos, a la vista del cura—. Quizá alguien de por aquí, alguno de sus amigos...

—No lo creo, doctor. Al menos no creo que nadie haya tenido las ganas y la oportunidad de pergeñar este montaje.

—Estaba su compañera de piso —sugiere Max.

—¿Deisy? Ni hablar. Vivían juntas, nada más. No creo que fueran ni amigas de verdad. No podían ser más distintas. Deisy solo acude a la iglesia cuando necesita algo, como si esto fueran los servicios sociales. Y no le debe de ir mal porque hace meses que no la veo. Ella no perdería ni un segundo haciendo algo así. No..., por Las Torres la gente tiene demasiado trabajo para pensar en venganzas o en bromas siniestras. Con todos los respetos, esto parece más propio de su mundo que del mío, doctor.

Max sonríe. Esa guerra de los mundos es uno de los temas clásicos de discusión entre ambos, como si en lugar de personas distintas, de niveles económicos opuestos, fueran dos especies enfrentadas por el control. No de una manera abierta, claro, sino más insidiosa. Guerra de guerrillas, decía el cura: los de su mundo, la sencilla parroquia de Las Torres, un barrio popular del municipio de Rubí, no podían luchar, aunque sí infiltrarse en las trincheras del enemigo hasta convertirse en imprescindibles; y los otros, los del mundo que representaban Max y Lourdes, tenían que aceptar esa invasión porque los necesitaban. Era un tema del que habían debatido en muchas ocasiones, siempre antes de que Teresa y su hijo Simón iniciaran aquella historia de amor que acabó en tragedia. Lourdes había augurado un mal desenlace mucho antes y él había descartado sus temores, recurriendo a los orígenes de alta burguesía de su esposa para atacar el razonamiento. «Las cosas no han cambiado tanto, Max», le dijo ella, al final, en una de las pocas discusiones agrias en que no habían conseguido alcanzar un acuerdo de mínimos. Ninguno de los dos previó el auténtico final, sin embargo. No, Simón no se había cansado de Teresa, ni se había dado cuenta de que la distancia social no era «una manía de otras épocas». No había tenido tiempo para ello porque Teresa Lanza zanjó el tema antes.

—Tal vez tenga razón —dice Max ahora—. Aunque me temo que en mi mundo, como usted dice, somos pocos los que recordamos a Teresa. Y el que más debe de recordarla no está aquí...

—No hay noticias de cuándo vuelve su hijo, ¿verdad?

—No.

Y de repente Max se da cuenta de que no es a un amigo, sino a su hijo, a quien echa de menos desde hace mucho. Pasar tiempo con Simón había llenado su vida: primero cuando aún era un niño, intentando convertirlo en el hombre que sabía que podía llegar a ser; y luego en la adolescencia, manteniéndose cerca sin agobiar, mucho más pendiente de él de lo que Lou llegó a estar nunca. No lo piensa como reproche hacia su esposa, a quien considera una madre excelente aunque en un estilo más despegado, más distante, heredado sin duda de su propia educación familiar, tan distinta a la relación de hijo único y huérfano de padre que Max tuvo con su madre desde muy pequeño. Él y Simón iban al fútbol, y a conciertos, y al teatro con Lourdes. Simón había sido el sustituto de aquellos amigos íntimos que se quedaron en la adolescencia. Un falso suplente, claro, por mucho que él hubiera creído lo contrario.

Ahora nota la mano fuerte del padre Rodrigo en su hombro y cae en la cuenta de que es la primera vez en bastante tiempo que alguien, aparte de su esposa, establece contacto físico con él.

—No se preocupe, doctor. Si hay algo que me consta es que Simón es un buen chico. Y los buenos hijos siempre terminan volviendo a casa.

Defensa personal

—Imaginad que el tipo os abraza por la espalda —dice Olga a un auditorio jadeante y atento—. A la altura de las axilas, con la intención de levantaros en el aire. Cris, ven, te voy a usar de víctima. Yo seré el malo de la peli. Ponte aquí. ¿Veis? La agarro así.

Olga ejecuta la maniobra y rodea con sus brazos a una de las mujeres que forman su entregada clientela en esas clases que ella misma se ofreció a dar en el CV Club. La iniciativa había surgido un poco por casualidad, charlando en los vestuarios, y la dirección del gimnasio había aceptado su sugerencia. Lo que nadie imaginó, cuando empezó en el trimestre anterior, fue que la idea tendría tanto éxito; de hecho, ya se ha decidido implantarlo de manera regular entre las actividades dirigidas con un instructor profesional a partir de abril, después de que las clases de Olga hayan registrado un lleno absoluto, con lista de espera incluida. Ella las imparte voluntariamente, el último viernes de cada mes; a partir de ahora serán de pago y con horarios más variados.

—Vale. Yo la tengo agarrada así, y como soy un tío y soy más alto y más fuerte, podría levantarla. —Ha escogido a una chica menuda para ese ejemplo, porque Olga, a pesar de su habilidad técnica y de su entrenamiento previo, está lejos de ser alta—. ¿Qué es lo primero que tenemos que hacer?

Mirad: Cris, tú notas que te agarran, y rápidamente colocas tu pie por detrás del mío. Hazlo. Así, muy bien. Ahora ya me estás trabando, ¿lo veis? Por mucho que quiera, ya no puedo levantarla por los aires. Y eso me desconcentra. Pensad siempre en esto, lo he repetido cien veces y lo haré cien más: ellos no están acostumbrados a que reaccionemos; esos miserables están convencidos de que somos muñequitas con las que se puede jugar. Así que la menor acción eficaz por nuestra parte los deja desubicados. Probemos de nuevo ahora que Cris ya sabe lo que hay que hacer.

Repiten el ejercicio y las otras aprovechan para descansar un poco del calentamiento previo y los golpes de boxeo que han practicado antes. En la sala se respira energía, cansancio y sudor. Incluso las mujeres de mayor edad ponen toda su fuerza en ello, como si más que prevenir futuros ataques estuvieran vengándose de algunos previos. Olga mira a Mireia, que observa la maniobra con el ceño fruncido mientras se muerde el labio inferior, un gesto que suele hacer cuando está concentrada.

—Pero no basta con esto —prosigue Olga—. Él sigue teniéndonos cogidas… Perdón, Marcela —dice, dirigiéndose a una chica argentina recién llegada—. Siempre pienso que me acordaré del «coger» y luego se me escapa.

Todas sonríen y Marcela hace un gesto despreocupado. Es una chica fuerte y robusta, de unos veinticinco o treinta años.

—Sigo. Tengo a Cris agarrada y ella acaba de sorprenderme con su reacción. ¿Qué hace ahora? Déjate caer hacia delante, Cris, deja que tu peso muerto se doble hacia el suelo.

Cris obedece y Olga se inclina también, para seguirla.

—Echa la cadera atrás. Así, así… Y ahora mirad bien, el tío está desconcertado, pero sigue agarrándome. ¿Qué podemos hacer? ¿Qué tenemos libres?

—Las manos —apunta Mireia.

—Ajá. Cris, lleva la mano derecha a la parte trasera de mi pierna. Y ahora imaginad que hace eso y empuja con fuerza. ¿Qué pasará?

—Te derribará al suelo —contestan algunas, sorprendidas y contentas.

—Hazlo, Cris. Estoy preparada.

Tal y como estaba previsto, el gesto brusco de Cris desequilibra a Olga, que cae de espaldas sobre la lona. Todas aplauden y se disponen a practicar. Olga se incorpora, satisfecha.

—Cuando hayamos hecho esto un par de veces por parejas os explico cómo seguir. Recordad: no basta con defenderse...

—¡Luego hay que atacar! —gritan todas a coro.

Después de un ejercicio intenso hay pocas cosas más placenteras que una ducha rápida y una sauna silenciosa. Olga adora el calor intenso, la sensación de la madera casi ardiendo, y siente que los músculos se relajan. Mireia le sonríe desde el banco opuesto. Son las únicas ocupantes: la clase especial de los viernes termina tarde y la mayoría de los asistentes se marchan enseguida. A las dos les gusta ese rato de intimidad compartida, el ritual que las lleva del calor intenso a la niebla del baño de vapor, sobre todo en invierno, cuando fuera hace frío. Tienen el tiempo cronometrado a través de un reloj de arena y apenas se hablan. A Olga le gusta esa calma: no es una mujer muy locuaz y el esfuerzo de dar una clase la deja agotada. Su trabajo como patóloga forense implica largos momentos de silencio, aunque tal vez menos de los que la gente cree. Muchos piensan que sus «pacientes» son todos difuntos, pero no caen en que, antes de alcanzar el puesto que ahora ocupa, también evaluó otros casos, como los de las mujeres maltratadas o agredidas. Quizá fue esa parte, la visión recurrente de esos golpes en los cuerpos femeninos, lo que la llevó a la defensa personal, primero como aprendiz y ahora, casi sin haberlo previsto, en el papel de instructora. Pero fuera de su ámbito laboral, Olga sabe que prefiere pasar el tiempo detrás de la pantalla del ordenador, que se convierte en los ojos con los que ve el mundo, a solas, en el despacho o en su propio piso, un ático situado en el centro del pueblo, cerca de la estación y relativamente lejos de las casas de sus amigas. A Olga le gustan las alturas y nunca se ha planteado cambiar su vivienda por un chalet, ni siquiera por uno pequeño. Le parece un despilfarro para alguien que vive solo, como ella, algo que no tiene la menor intención de variar a estas alturas. Treinta y nueve años y ya pienso como una vieja, se dice ella misma, y se dedica a contemplar a Mireia sin mucho disimulo. Su amiga está acostumbrada a que la miren en todas partes: no se puede ser tan guapa y a la vez querer pasar inadvertida. Para Mireia, la admiración de los otros es como un saludo sin importancia; de hecho, se preocuparía si alguien la ignorase de verdad.

A pesar de las habladurías, no hay ni habrá nada entre ellas, aunque Olga temió durante un tiempo que un impulso tonto desbaratara sus intenciones de mantener la relación con Mireia en el plano estrictamente amistoso. No suele mostrarse impetuosa, no con mujeres, aunque le divierte tomar la iniciativa si se trata de un hombre. Nunca ha ocultado su bisexualidad; le parece tan normal como una variación en la dieta y ha disfrutado mucho con personas de ambos géneros. Ahora hace tiempo que no, y no es un problema de trabajo o de salud. Simplemente está pasando por una etapa en la que el deseo es casi inexistente. Desde hace un año sus encuentros sexuales, antes frecuentes, se han reducido a algún polvo por compromiso con viejos amantes. Ni media docena en un año, se dice, recordando a los tres hombres y las dos mujeres que han pasado por su cama en este tiempo, y tan anodinos que ninguno de ellos ha vuelto a llamarla.

—Salgo ya —susurra Mireia—. Hoy no aguanto más.

—Voy contigo.

Olga camina detrás de su amiga y no puede evitar una punzada de deseo al verla en movimiento. Se pregunta si Mireia habrá visto los carteles esta mañana; si, como ella, llevará todo el día pensando en aquella fotografía al lado de la cruz negra, o preguntándose de manera obsesiva quién mató a Teresa Lanza.

La mejor amiga

Llevan una hora hablando, o mejor dicho, Lou le ha contado muchas cosas en casi sesenta minutos, y en algún punto, sin quererlo, la mente de Xenia se ha ausentado de aquel espacio en cuasi penumbra, de aquel rincón confortable y atestado de libros, de aquella conversación que es más un desahogo que un intercambio. Nuestras historias de amor siempre nos parecen más originales que las de los otros, así que durante un período de tiempo incierto Xenia se ha abstraído hacia el pasado, sin moverse y sin decidirse por un destino concreto. Se ha dejado envolver, sin darse cuenta, por una amalgama de instantes compartidos, un barullo de momentos confusos que se remontan a los tiernos dieciocho años de ambas, a cuando se conocieron en la universidad, en esa carrera que ella abandonaría el curso siguiente. Y ha pensado, quizá de manera consciente por primera vez, que a pesar de los distanciamientos temporales a lo largo de los años, Lourdes ha sido la única constante en su vida adulta. Una relación estable, más que con cualquiera de sus parejas; una persona de confianza, quizá un poco aburrida, pero a la vez atenta, presente. Sólida ante sus propios vaivenes y distinta a la mujer que tiene ahora delante. No es que esté deshecha en lágrimas, ni mucho menos; solo se la ve afligida, vulnerable, y como esa es una imagen a la que Xenia no está en absoluto acostumbrada, ahora mismo se nota inquieta, algo incómoda incluso, como si estuviera presenciando la caída de un símbolo, el derrumbe de un muro que siempre estuvo ahí, ocultando un paisaje desolado que había detrás. Una prueba más de que nada, ni siquiera la entereza, se muestra inmune al paso del tiempo. Enseguida se regaña a sí misma, acusándose de egoísmo por ser incapaz de invertir las tornas; de ser, por una maldita vez, el consuelo que la otra necesita. Se te dan mejor las pullas contra Román que las muestras de amistad, se reprende con dureza, y vuelve al ahora, esforzándose por aportar algo útil a la persona que tiene delante.

—Lou... —le dice con suavidad—. ¿Estás segura de que no quieres anular la cena? Me invento cualquier cosa y la pongo en el grupo.

Lourdes se encoge de hombros; luego niega con la cabeza y mira la hora en el teléfono móvil.

—Creo que me irá bien distraerme un poco. Y Max no llegará hasta tarde... No me apetece quedarme sola.

—¡No pensaba dejarte aquí tirada! Solo que no es lo mismo una cena a dos que a cuatro.

—Tampoco es que vaya a ser una fiesta —dice Lourdes, y la ironía que asoma en ella tranquiliza a su amiga.

—Cuatro o cinco. A lo mejor Coral se presenta.

—¡No creo! Con Álvaro en la cárcel, la casa vacía... ¿Tienes idea de dónde vive ahora?

—Hablé con ella al principio de todo y había vuelto a casa de su madre. La niña sigue en el internado, gracias a Dios, aunque Coral no sabía cuánto tiempo más podrían costearlo. No se me ocurría qué decirle, te lo juro.

Nunca sabes qué decirles a las amigas en momentos de crisis, vuelve a mortificarse Xenia. En cambio, estuvo al lado del idiota de Román, quizá porque era un hombre. Quizá porque llevaba esa clase de lealtad impresa en los genes: lealtad al marido, al padre, al hijo...

—Pues entonces habrá que ir preparando la mesa, ¿no te parece? —propone en voz alta—. Deben de estar a punto de llegar. Por cierto, ¿crees que habrán visto los carteles?

La pregunta estaba en sus labios desde que llegó hace un rato y ha tenido que morderse la lengua para no interrumpir la historia de Lourdes y su amante al menos cinco veces.

—Supongo que sí —admite su amiga—. No quiero hablar de esto ahora, Xenia. Mi cabeza no da para más hoy. Si a algún tarado de esos de su iglesia se le ha ocurrido la broma, mejor para él.

—¿Crees de verdad que ha sido eso? ¿Una broma?

Lourdes la mira con los ojos enrojecidos, como si tuviera unas décimas de fiebre.

—No lo sé, Xenia. Me pareció de muy mal gusto cuando me lo enseñó Max esta mañana, y luego vi que había más, de camino al tren.

—Llamé al zoquete del alcalde para que los quitaran.

—¿Fuiste tú?

Xenia asiente con la cabeza al tiempo que se levanta.

—No te muevas —dice en el tono que usaría una enfermera—. Yo me ocupo de todo.

Lourdes oye a su amiga trastear en la cocina y no puede evitar que el ruido de armarios, platos y copas la ponga un poco nerviosa. Tal vez Xenia tenía razón y habría sido mejor anular esa cena. De hecho, ella misma lo pensó, pero algo se le ha rebelado por dentro ante la idea de alterar los planes previstos. Serán un par de horas a lo sumo, ciento veinte minutos de disimulo que la ayudarán a asumir la noticia, a interiorizarla, a guardarla en algún cajón interior de su memoria. Su asistente ya se ha ocupado de la parte formal, con un comunicado en el que lamentan la triste noticia del fallecimiento de un autor clave para Pérgamo y envían sus condolencias a familia y amigos, todo coronado por una cita de la última novela suya que publicaron: «Solo importan las muertes ajenas; la nuestra no es más que un espejismo». Recuerda haber subrayado esa frase cuando leyó el manuscrito en francés y la ha propuesto enseguida, a pesar de que la mayor parte de la obra de Jérôme versaba sobre la muerte.

No es lo único que recuerda de él, claro. Su sonrisa, por ejemplo, esa que siempre le llamó la atención porque se le antojaba una sonrisa a medias. Nunca llegaba del todo a los ojos, como si Jérôme estuviera ensayando ante un espejo y no consiguiera dominar del todo el gesto. En realidad, piensa Lourdes ahora, esa siempre fue la lucha de Jérôme: encajar en un mundo que le resultaba hostil, atacar su propia incomprensión con ráfagas de cólera o encerrándose en sí mismo, ocultar su fragilidad debajo de una serie de capas y mostrarla solo ante unos pocos, que al percibirla se sentían especiales, únicos. Escogidos.

Mientras ve a Xenia haciendo un sinfín de viajes de la cocina al comedor, como si fuera incapaz de transportar dos cosas a la vez, y oye sus quejas sobre el espejo terrible que, según ella, la hace parecer una bruja, se recuerda a sí misma en aquella tarde de viernes de finales de otoño, cuatro años atrás, igualmente inquieta y con una maleta de fin de semana hecha, decidida a hablar con Max en cuanto este llegara de la consulta. Quería contárselo todo, vaciar su sentimiento de culpa, admitir que estaba enamorada de otro y que debía irse con él, vivir con él, continuar el viaje a su lado. Ella y Jérôme llevaban entonces unos cuantos meses viéndose con cualquier excusa. Él, superando su fobia a los aviones, había volado varias veces y se habían encontrado en distintos aeropuertos, y ella, como una adolescente, contaba las horas que pasaban juntos y hacía acopio de instantes para luego soportar la rutina. Con Max fingía que las cosas seguían igual que siempre. Hacía el amor con él en un estado de asombro constante ante su propia duplicidad, un cinismo recién descubierto, capaz de sacrificar fríamente aquellos momentos de intimidad rutinaria a cambio de la tranquilidad para poder continuar viendo a Jérôme. El sexo como salvoconducto, pensaba, hasta que de repente, dos días atrás, después de una conversación telefónica con su amante, decidió que no podía más, que el doble juego la abrumaba, y ahora, con la maleta de fin de semana lista, solo calculaba tener el tiempo necesario de dar la noticia, huir durante dos días y regresar el domingo por la noche para sellar el final de su matrimonio. Pero Max no llegaba: como si de alguna manera anticipara lo que le aguardaba, esa tarde se demoró muchísimo, y ella tuvo que salir sin verlo, a toda prisa, para no perder el avión. Max nunca supo que si aquel día hubiera aparecido en casa a la hora prevista es posible que su matrimonio hubiera terminado ahí, porque ella es muy consciente de que las palabras, una vez pronunciadas, cuestan de borrar.

—Lou, ¿es cosa mía o aquí hace un frío horrible? Casi me hielo en la cocina —exclama Xenia.

—Le he dicho cien veces a Max que la calefacción no funciona bien —responde Lourdes, volviendo al presente—. Espera, ya te ayudo.

—No te muevas, hazme el favor. Si ya lo tengo todo listo… Esperamos a que lleguen para poner la lasaña a gratinar, ¿no? Dios —dice Xenia, restregándose las manos—, sí que hace frío. Estoy completamente destemplada ahora mismo. Me fumo un cigarrillo, ¿eh? Antes de que llegue tu hermana y me mire como si la estuviera acuchillando. Llámame tonta, pero estoy convencida de que me hace entrar en calor.

Y es cuando coge su bolso para sacar de él el paquete y el mechero que recuerda un detalle que se le olvidó al salir de su casa antes de lo previsto. Un vicio la lleva a pensar en otro, y cae en la cuenta de que en la mesita del comedor descansa aún una bolsita con restos de cocaína que sobró de su encuentro con Román. Bien expuesto todo, para que sus hijos lo vean; un ejemplo ideal para dos adolescentes de diecisiete años.

—¡Mierda! —exclama, y se muerde el labio con decisión—. ¡Qué burra eres, Xenia, hostia!

Lourdes la observa sin entender nada y sin pedir explicaciones. Está habituada a los exabruptos de su amiga: son ya muchos años y ha aprendido a quererla tal y como es. En ese momento suena el timbre y se levanta a abrir, pero a medio camino lo piensa mejor.

—¿Te importa recibirlas tú? Voy al baño a adecentarme un poco o creerán que la muerta soy yo.

Con el móvil en la mano, indecisa entre llamar a su hija y levantar la liebre o dejarlo todo en manos del destino, Xenia se dirige a la puerta. Al otro lado, Mireia y Olga sonríen. La noche acaba de empezar.

La cita

No hay manera de disimular las ojeras, piensa Coral mientras se mira fijamente al espejo. Su escrutinio es despiadado y tiene un punto de masoquismo, mezclado con grandes dosis de autocompasión. Lleva en ese estado desde hace semanas, meses incluso, pero hasta ahora había conseguido salir al mundo con un aspecto digno (razonable, dadas las circunstancias). Tampoco nadie esperaba de ella que apareciera deslumbrante, tal y como solía hacer antes, cuando para todo el mundo no era Coral Alonso, sino la señora Torné. En los últimos días, en las últimas noches de insomnio absoluto, cualquier atisbo de dignidad, de normalidad, se ha esfumado para dejar paso al rostro que ahora la mira desde el espejo. La viva imagen del fracaso.

Esta vez, para colmo, no puede echar la culpa a nadie más que a sí misma, piensa, regodeándose aún más en su desdicha. Por supuesto que, en un sentido general, Álvaro es el culpable de todo (Álvaro y sus negocios fraudulentos, sus cuentas en lugares ignotos, sus chanchullos y su falta de previsión para una emergencia como la que están viviendo), pero de lo que pasó la semana pasada nadie es responsable sino ella misma. Y ahora, mientras intenta recomponer su imagen para seguir adelante, para enfrentarse con un poco de autoestima a la cena con sus amigas, no puede evitar que el cristal se le llene de otras caras, que en sus oídos resuenen otras voces burlándose de ella. Zorra estúpida. Zorra estúpida.

Cierra con pestillo la puerta del cuarto de baño, tan pequeño que sus decenas de cremas y potingues ocupan toda la pila del lavabo, para aislarse y aislar el resto del piso, para que su madre no oiga unos insultos que, en realidad, solo escucha ella misma.

Supo que no debía acudir a la cita desde el mismo momento en que esta se concertó, y aun así decidió ir. Quizá porque, en los últimos tiempos, su vida parecía haberse deslizado hacia un territorio cenagoso y oscuro, envuelto en una bruma densa, cargada de insectos invisibles que zumbaban a su alrededor sin concederle ni un instante de tregua. La prensa, los abogados, las noticias, las llamadas. Los insultos, numerosos y públicos; las muestras de simpatía, en cambio, escasas y siempre privadas. Un enjambre que no se detenía ni siquiera de noche; al revés, el silencio había demostrado ser más traicionero: cuando estaba en la cama, a solas en la que había sido su habitación de niña, el barullo exterior se convertía en una plaga silenciosa e interna, un hervidero de dudas, de temores y de vergüenza. Sobre todo de vergüenza.

Coral Alonso nunca pensó que sentiría tanta, ni tampoco que ese sentimiento fuera tan persistente, tan inmune al agua, al jabón, a la ropa cara, a las enormes gafas de sol y a los restos de un menguado amor propio que luchaba por conservar. La sentía en todo momento: al levantarse de una cama que había dejado de ser la suya hacía una eternidad, al ver a su madre mojando las galletas en la leche del desayuno, usando el mismo tazón con el asa rota que recordaba de veinte años atrás. La había experimentado con mayor fuerza durante los larguísimos interrogatorios, ante la mirada gélida de aquella jueza horrible que a ratos la trataba de delincuente y, a ratos, como a una absoluta imbécil, una débil mental que firmaba papeles siguiendo las indicaciones de un marido sin preguntarle nada. Pues no, señora; ella no sabía, ni preguntó, ni le importaron nunca los negocios de Álvaro, ni leyó jamás los documentos que él o su abogado le ponían delante de las narices. ¿Sabe de qué me preocupaba?, le habría gustado decirle a aquel espantajo de jueza, a sus gafas de miope profunda y a su cabello salpicado de canas. De no llevar jamás una blusa tan ridícula como la suya, ni un corte de pelo como ese, que me hiciera parecer una bollera amargada. De prestar atención a las zorritas que aparecían en la agenda de Álvaro, de registrar su móvil y sus mensajes (¡esos sí que los leía de cabo a rabo!); de saber cuándo era el momento de mostrarse sensual y cuándo había que ponerse firme para reclamar lo que era suyo y alejar a esas amenazas de tetas grandes y muslos jóvenes. Porque si había algo que decir a favor de Álvaro, incluso ahora, es que siempre reaccionó con esa obediencia intrínseca de muchos hombres temerosos del escándalo. Iba en su ADN, tanto el follar con cualquiera si tenía ocasión como levantar un muro de piedra ante alguna de sus conquistas si su esposa insinuaba que la cosa estaba yendo demasiado lejos. A veces ya ni hacía falta: lo decidía él motu proprio, y ella se preocupaba (y sí, de eso se preocupaba mucho) de recompensarlo por ello. Le habría dicho todo eso a la jueza, y le habría enseñado cómo hacer una felación prolongada sin atragantarse, cómo prepararse para el sexo anal y aprender a disfrutarlo; cuándo recurrir a la liposucción, al ácido hialurónico y al leve retoque de párpados, labios y papada, que a la jueza le irían más que bien. ¿Acaso se creía que conservar a un marido como Álvaro no era una tarea a tiempo completo? ¿Una dedicación exclusiva y exhaustiva? ¿Una carrera de fondo en la que no estaba permitido el menor descuido porque el relevo, más joven, más descarado y más apetecible, acechaba en cualquier recodo de la pista?

Nunca le había dicho nada de eso, claro, ni a la jueza ni a casi nadie, porque, en el fondo, también ese papel de esposa insegura había comenzado a causarle vergüenza. La peor, sin embargo, la había vivido en la cárcel, cuando fue a visitar a Álvaro. Las primeras veces se repetía que todo tenía que ser un error, porque en el fondo Coral solo entendía el crimen como algo sórdido, sucio y pobre. Algo que no tenía nada que ver con ella, ni con Álvaro, ni con su vida juntos. E incluso un tiempo después, a pesar de las evidencias, una parte de su ser seguía resistiéndose a considerar como ilegales las actividades de su marido. Eran negocios, simples transacciones de dinero entre hombres elegantes, tratos despiadados que despertaban todo tipo de rencores, y un desafortunado accidente de aquel obrero que no utilizó la protección adecuada… ¿Cómo podían equipararse a las fechorías de esos traficantes de drogas, ladrones o asesinos? Extranjeros en su mayor parte, algunos con un aspecto tan patibulario que la simple idea de compartir con ellos un espacio cerrado le alteraba los nervios. Habría compadecido a Álvaro si no hubiera estado tan enfadada con él y tan avergonzada de guardar cola con aquellas otras mujeres, tan distintas a las que trataba en el antiguo colegio de Olivia, a sus amigas, a su círculo. A su vida.

Cuando se dirigía a la cita, aquella a la que Álvaro le había prohibido acudir, sintió por primera vez en mucho tiempo que estaba dejando atrás ese papel ultrajante de esposa mantenida para enfrentarse al mundo real. «Esto no durará mucho. Pero, mientras tanto, no vayas a ningún sitio ni hables con nadie sin tu abogada delante», le había ordenado él en la cárcel, sentados ambos en torno a una mesa verdosa, exactamente igual que aquellos viejos pupitres de los colegios públicos, y rodeados de gentuza. Lo peor había sido constatar que la figura de Álvaro empezaba a fundirse con el ambiente: después de seis meses, su aspecto ya había adquirido un tono desaliñado, de fracaso, indistinguible al del resto, y sus promesas de que todo pasaría se asemejaban a las de los borrachos cuando pedían «una sola copa más». Coral ya lo había intuido en visitas anteriores y en la última se horrorizó al confirmarlo. Más todavía cuando le oyó decir que empezaba a acostumbrarse, que los chicos no eran mala gente —«Me han echado un cable un par de veces»—, tan solo unos tipos sin suerte. Que gracias a ellos el tiempo se le pasaba más rápido y que se había apuntado a un club de lectura que organizaban en la biblioteca del centro. En cuanto escuchó esto último, Coral llegó a la conclusión de que los consejos de Álvaro ya no le servían. Quizá él quisiera rendirse, asumir lo que le venía encima y aguantar, o quizá se creía sus propias historias optimistas en las que la vida volvería pronto a ser como era antes. Ella no pensaba seguir su ejemplo, y el primer paso de su decisión era la desobediencia.

Llegó al piso a la hora prevista, a las cinco, tal y como había anotado en un papelito cuando recibió la llamada. Era una dirección que había tenido que buscar en el teléfono móvil: una calle vulgar en un barrio más ordinario aún de un municipio industrial que no recordaba haber pisado nunca. En otro momento habría ido en taxi, pero esa nueva vida no admitía gastos superfluos. Mientras subía la escalera notó un nudo en la boca del estómago, casi igual al que le quitó el hambre la primera vez que salió a cenar con Álvaro once años atrás (ella, una azafata de congresos que a sus treinta y dos años empezaba a ser mayor para aguantar tantas horas de pie; él, ya un rico constructor de cuarenta y cinco, un tipo seguro de sí mismo, con vinculaciones políticas, relativamente atractivo, divorciado y, lo mejor de todo, sin hijos). Ahuyentó el recuerdo y se regodeó en la sensación de que, por primera vez en meses, pesaba más en ella el temor que la maldita vergüenza.

Llamó al timbre y se relajó al ver que al otro lado aparecía un hombre joven, muy moreno (bronceado de esquí, se dijo para tranquilizarse), de cabello bien cortado, afeitado reciente, camisa impecable y traje oscuro.

—¿Coral? —le dijo, sonriente—. Soy Luis Talión. La estábamos esperando. Pase, por favor.

El interior del piso la intranquilizó un poco más, y por ello titubeó durante un segundo antes de avanzar por el largo pasillo de paredes despintadas en las que se adivinaban restos de empapelados anteriores. No era en absoluto el lugar donde uno esperaba encontrar a un hombre como aquel.

—Sígame, si es tan amable —la animó él, dirigiéndose con paso decidido hacia la puerta del fondo—. Disculpe por el aspecto del piso. Acabamos de comprar el edificio completo y aún no hemos empezado las obras de remodelación. Todavía estamos dándole vueltas a si es mejor derruir el inmueble. Ya sabe…

Fue en ese momento cuando la garra del estómago se cerró con más fuerza. Por su cabeza pasaron imágenes recientes en las que no había reparado: los buzones sin nombre, la escalera vacía, la ausencia total de ruido. Por un instante pensó en dar la vuelta, pero al mirar por encima del hombro se percató de que había otro hombre en el recibidor, ocupando el hueco opuesto del pasillo por el que avanzaban. Era un tipo corpulento, de apariencia eslava, más parecido a los nuevos compañeros de Álvaro que al joven que la precedía. Intuyó que se había colocado allí para obstruir el paso, como un portero de discoteca.

El joven ejecutivo abrió la puerta y aguardó cortésmente a que ella accediera al interior para cerrarla. Coral notó que le sudaban las manos en pleno mes de enero.

—Señora Torné. Creo que nunca hemos llegado a conocernos en persona.

La voz procedía del otro lado del escritorio, de un señor mayor, enclenque y vestido con traje, chaleco y corbata. Su tez pálida y la delgadez extrema le recordaron a los secuestrados cuando emergían por fin de las profundidades de un zulo y parpadeaban, deslumbrados, al enfrentarse con la luz del sol. No había claridad en aquella habitación, apenas una lámpara vieja de escasa potencia. Coral avanzó hacia él, insegura, y se frotó las manos antes de estrechar la que el hombre le ofrecía. Él era de los que daban una mano y luego rodeaban el apretón con la otra, y ella sintió aquellos dedos fríos y delgados como lombrices cerrándose en torno a los suyos durante unos largos segundos. Buscó con la mirada al chico más joven, quien lo contemplaba todo con una sonrisa formal.

—Lamento que nos veamos en estas circunstancias, señora Torné. Ya conoce a Luis, mi ayudante. Él la llamó para concertar este encuentro, a petición mía, por supuesto. Me temo que no tenemos nada para ofrecerle, ni siquiera un café.

—Es igual —dijo ella antes de tomar asiento frente a la mesa, en una especie de butaca de cuero sorprendentemente cómoda—. Su ayudante me dijo que usted quería verme, que tenía información relativa a los negocios del señor Torné, algo que podría ayudarnos…

—¿Le dijiste eso? —preguntó el viejo, y antes de que el otro pudiera responder, prosiguió—: No, no… ¿Usted fuma?

Ella suspiró, aliviada.

—Sí. ¿No le importa si…?

—En absoluto. Iba a encender uno yo, si no le molesta. Vamos a ahogar entre los dos al pobre Luis. Pero se lo merece, por engañarla.

Coral había soltado ya la primera bocanada de humo. Pocas veces la había necesitado tanto.

—¿Engañarme?

Luis se encogió de hombros y sonrió, afable. Seguía de pie, aunque se había movido de la puerta al respaldo de la silla que ocupaba el viejo. Por un momento, Coral tuvo la impresión de que era una especie de ángel protector, listo para encender el mechero, llevar y traer papeles o hacer llamadas incómodas.

—Bueno, no fue del todo un engaño, la verdad, aunque tampoco algo absolutamente cierto. No puedo ayudar a su marido. En cambio, puedo ayudarla a usted. Si llegamos a un acuerdo, claro.

El viejo dio una calada profunda que consumió un cuarto del cigarrillo y luego, mientras exhalaba el humo despacio, lo apoyó en un cenicero grande y limpio.

—Disculpe, sé que su ayudante me dijo su nombre, pero ahora mismo... —dijo Coral.

—Oh, la vejez me hace perder los buenos modales, señora Torné. Claro que no tiene por qué acordarse. Felipe Mayoral, abogado, para servirla.

Ella asintió al recordar la breve charla telefónica: «Al señor Mayoral le gustaría hablar con usted pronto. En privado. Tiene algo que puede interesarle. En relación con el caso de su marido, sí. Sería un placer que aceptara verlo. No se arrepentirá».

—Encantada. ¿Y qué es lo que quiere, señor Mayoral? ¿Para qué quería verme?

—En realidad, no es que quisiera recibirla, señora Torné. Por lo general, no me gusta ver a nadie, excepto a las personas que me conocen bien. Y a mis clientes, por supuesto. No es nada personal —añadió al ver el gesto levemente ofendido de su interlocutora—. Es usted mucho más agradable que la mayoría de la gente.

Si aquello era lo más aproximado a un cumplido, podían ahorrarse las cortesías de rigor, pensó Coral. Iba a decir algo parecido, pero no se atrevió. Había oído la puerta y, al apagar el cigarrillo, atisbó la parte trasera de la habitación. El eslavo estaba ahora dentro, junto a la puerta, en una especie de guardia silenciosa. Ninguno de los otros dos le prestaba la menor atención. De repente se sintió atrapada: en un piso vacío de una escalera en ruinas, rodeada de tres desconocidos en una habitación desnuda y oscura.

—No tiene buena cara. ¿Se encuentra bien? —preguntó el viejo.

—¿Qué… quieren de mí? Ha dicho que podía ayudarme…

—Me gustaría empezar diciéndole lo mucho que lamento todo esto. El mundo de los negocios se ha vuelto imposible hoy en día. Me sabe mal decirlo, pero para una inmensa mayoría de la opinión pública el hecho de ser rico equivale sin duda a ser deshonesto. Corrupto. Defraudador. Antes nos llamaban «avispados». Hombres con iniciativa, gente con contactos. Nos admiraban y respetaban en lugar de investigarnos y recelar de nosotros. Su marido era un gran hombre de negocios. Bueno, en realidad, aún lo es. No debería estar pasando por este calvario. Ni su familia tampoco.

—Todo irá bien —murmuró Coral. Era un mantra que se repetía a menudo en los momentos de más tensión o desánimo—. Álvaro no ha hecho nada malo…

Mayoral se rio, y con la risa tuvo un fuerte ataque de tos del que tardó unos segundos en recuperarse.

—Disculpe. No he podido evitar reírme… Puedo estar de acuerdo con usted en que su marido no ha hecho nada malo. No, según mi punto de vista y del de mucha gente. Pero siento contradecirla en lo primero que ha dicho, señora Torné: nada va a ir bien. Al menos no para los dos.

Ella lo miró, cansada y sin entender, cansada de no entender.

—Le contaré algo —prosiguió el hombre—. Su marido y yo nos conocimos hace tiempo. Mantuvimos una provechosa relación comercial algunos años atrás. Yo le presenté a mucha gente. Gente rica, ansiosa por invertir en los proyectos que su marido tenía en mente. Y él era entusiasta, inspiraba confianza. Tenía don de gentes. Me dicen que incluso en la cárcel está haciendo amigos y veo que no ha cambiado. ¡Es una cualidad envidiable, créame! Yo nunca la tuve. La gente, en general, me disgusta, así que admiro mucho a quienes son capaces de llevar una vida social. Me parece que a usted tampoco le gusta mucho el trato con los demás, ¿verdad?

Coral no estaba preparada para preguntas de ese tipo, y ni siquiera era un tema al que hubiera dedicado mucho tiempo de reflexión, pero de repente se vio impelida a asentir. En esos últimos meses había echado de menos muchas cosas, tanto materiales como de serenidad espiritual. Pocas veces había pensado en la gente: en sus amigas, en los conocidos del club.

—¿Ve? En el fondo somos más numerosos de lo que parece. Los misántropos, quiero decir. Deberíamos formar un club privado solo para nosotros, aunque temo que la mera idea sea ya un contrasentido. Un club para gente que odia a la gente. ¡Las reuniones serían apasionantes!

El hombre volvió a reírse y ella intentó emularlo. Solo consiguió esbozar una sonrisa torpe.

—No sé… si le entiendo —balbuceó—. Dígame qué quiere. Por favor.

—Se lo explico enseguida. —El abogado cambió el tono y pasó de la falsa afabilidad a un matiz más neutro que ella casi agradeció—. Hace años yo presenté a su marido a gente muy importante. Ellos confiaron en él, gracias a mi intercesión. Los negocios fueron muy provechosos para todos. Ahora, en cambio…

—¿Ahora qué?

Coral se había olvidado del tercer hombre, pero de repente sintió su presencia justo a su espalda.

—Ahora no se fían. Y llevan razón, no puedo negárselo. La cárcel, la amenaza de una condena… Nos ha llegado el rumor de que su marido podría llegar a un pacto con la fiscalía. Él les entregaría algún nombre importante, de esos que los medios disfrutan despedazando, y a cambio su condena se reduciría.

—¿Y qué quiere que haga yo? No tengo ni idea de cuáles son los planes de Álvaro, ni él me tiene en cuenta para nada. —Se adelantó en el asiento, ansiosa por hacerse entender—. Así que es con él con quien debe hablar y no conmigo. Con él o con su abogada. Yo solo quiero que esto termine lo antes posible. Que salga de la cárcel y podamos marcharnos adonde sea…, lejos de aquí. Cuanto más lejos, mejor.

—Pero es que es aquí donde sus propios intereses y los de su marido se desvían, señora Torné. Mire, lo mejor para usted sería que su marido permaneciese en la cárcel el tiempo que le toque. Sé que suena descarnado, pero, por desgracia, así es. Usted estaría mucho más tranquila si él se olvidara de tratos y asumiera su condena sin intentar reducirla. Sus antiguos amigos se lo agradecerían mucho.

—Le repito que es con él con quien debe hablar. Y si no quiere nada más…

Coral se levantó de la butaca, en parte porque ansiaba irse y, de paso, alejarse del tipo que tenía pegado al respaldo. Olía a sudor y eso era algo que ella solo podía soportar durante pocos minutos.

—¿Adónde va? —preguntó el señor Mayoral—. Si acabamos de empezar la reunión.

La mirada del ayudante se volvió tensa, como si estuviera viendo algo monstruoso al fondo del cuarto, a su espalda. Eso solo hizo que en ella creciera la urgencia por desaparecer. Las palabras de Álvaro volvieron a su mente: «Hazme caso. Lo digo por tu bien».

—Siéntese, señora Torné. Por favor, no sea maleducada.

—Disculpe, ya he oído lo que quería decirme y no me interesa —afirmó, sintiéndose orgullosa de sí misma por ser capaz de mostrarse asertiva a pesar de que el miedo seguía acariciándole la nuca.

Luis Talión la observaba y ella notó que aquel joven atractivo intentaba transmitirle algo. Casi se lo rogaba con aquellos ojos oscuros, antes de levantar la mano derecha y pedirle calma con la mano, en un gesto respetuoso, educado.

—Siéntese solo unos minutos más —le dijo el joven—. Se lo pido por favor.

Ella exhaló un suspiro afectado y tomó asiento en el borde de la butaca, como si estuviera haciendo una concesión máxima. El viejo hizo un gesto hacia su ayudante y este le acercó un objeto de vidrio. Algo tan incongruente, a ojos de Coral, como un gran reloj de arena.

—Señora Torné —le dijo sin mirarla—, voy a hacerle una pregunta y espero que tenga la paciencia de responderme. ¿Sabe usted por casualidad cuánto tiempo se tarda en morir asfixiado? Dicen que entre dos y seis minutos, dependiendo del peso, la complexión, las ganas de vivir…

Coral vio que el viejo le daba la vuelta al reloj y tuvo tiempo aún de atisbar cómo los granos de arena empezaban a caer antes de que el hombre a su espalda le cubriera la cabeza con una bolsa transparente y la apretara alrededor de su cuello. Ella inspiró con fuerza y el plástico se le pegó a la cara, sofocándola aún más. Con los ojos muy abiertos, pateó la parte delantera del escritorio y llevó las manos hacia atrás, intentando deshacerse de aquellas tenazas que oprimían su cuello. Por un segundo sintió que la presión se aflojaba un poco y consiguió tomar aire de nuevo, llenar unos pulmones que pedían oxígeno a gritos. El pánico parecía devorar el aire aún más deprisa y el sabor del plástico se le metió en la garganta, provocándole una arcada que estuvo a punto de ahogarla del todo. Las cosas empezaron a desdibujarse y tuvo la sensación de estar sumergida en un foso profundo, lleno de agua. Pateó de nuevo el suelo, como si así pudiera darse impulso y salir a la superficie, y se retorció en la butaca en un último esfuerzo, porque incluso entonces el cuerpo seguía reaccionando como un ente ajeno, empeñado en una búsqueda frenética e inútil de aire. Frente a ella, la arena del reloj seguía cayendo, marcando los segundos que le quedaban de vida, hasta que una mano, la del joven asistente, lo derribó sobre la mesa con brusquedad y, a la vez, la presión cedió. Ella jadeó, tosió y consiguió zafarse de aquella bolsa asesina.

—Luis es siempre muy prudente —dijo el viejo mientras ella boqueaba, mareada, y se llevaba la mano a la boca para no vomitar—. Yo habría apurado un poco más, apenas alcanzamos los dos minutos. Seguro que a usted se le ha hecho más largo, señora Torné. Y ahora que por fin ha logrado entender lo que está en juego, ¿podemos hablar en serio, zorra estúpida?

Zorra estúpida. Sí, tal vez lo sea, piensa Coral mientras termina de maquillarse. Zorra estúpida y desesperada más bien, se dice a sí misma varias veces, delante del espejo, antes de decidirse a abrir la puerta y salir. Al otro lado su madre la mira con absoluto desconcierto y Coral comprende que la mujer, con su intuición de madre, ha captado que su hija ya no es la misma, que tiene ya más miedo que vergüenza y que está dispuesta a cualquier cosa para salvar su vida. Humillarse incluso ante quienes eran, hasta hace poco, sus mejores amigas.

El cortaflores

Aunque el horario del supermercado indica que sus puertas se cierran a las nueve y media, son casi las diez cuando Jimmy ve salir al personal desde la acera de enfrente. Aguarda unos minutos mientras Deisy se despide de sus compañeras, la observa a distancia mientras enciende un cigarrillo y solo la llama cuando ella se ha alejado del grupo y ha tomado sin prisa el camino hacia su casa, cargada con una bolsa grande y, en apariencia, pesada. Deisy oye que alguien dice su nombre y se detiene para mirar a su alrededor, pero es de noche y sus ojos deben de estar tan cansados como sus piernas, así que no logra reconocerlo.

—Acá —dice él antes de cruzar la calle hacia ella.

—¡Vaya! Si es el cortaflores Nelson. ¿No me trajiste unas cuantas, huevón? ¿Acaso no sabes tú que a una chica como yo solo se la puede venir a buscar con un buen ramo en la mano?

Es brava, la Deisy, piensa él, e incluso después de una semana de jornadas eternas sigue siendo atractiva a su manera. Menuda y voluptuosa, con los labios siempre recién pintados de un rojo furioso, listos para besar y dejar huella. Al menos hoy no se ha echado esa colonia que roba discretamente de la sección de perfumería, un tufo tan dulce que marea.

Jimmy abre los brazos y compone una mueca de disculpa por la ausencia de flores.

—Dale, no importa —comenta ella, sonriendo—. En casa del herrero, cuchillo de palo. Te perdono si me llevas esto al menos —le dice, refiriéndose a la gran bolsa amarilla que ha dejado en el suelo—. No puedo con mi alma hoy, niño. Y mañana otra vez. Por suerte, no me toca madrugar.

Dice esto último despacio, como si fuera importante, un mensaje que va más allá de la simple información y contiene una invitación implícita. Aunque también podría no ser así. Con Deisy nunca se sabe, y en realidad él no ha ido a verla para eso. Ya tuvieron lo que querían justo después de que Teresa muriera, y se acabó por pura repetición de la fórmula. Como una canción que se te mete en la cabeza muy fuerte durante un tiempo y que meses después ya no soportas escuchar más. Sin rencores y sin reincidencias, al menos por su parte. Ahora caminan juntos, despacio y en silencio, hasta que cruzan la plaza y unos chavales que rodean uno de los bancos les silban al pasar.

—Cerdos —murmura ella—. Ojalá se ahogaran con sus silbiditos. Todas las noches lo mismo. Luego los encuentras de a uno y no son capaces de levantar ni la vista ni lo otro. ¡Sobre todo lo otro! —añade, subiendo la voz.

Jimmy prefiere ignorarlos y acelera el paso. Hubo un tiempo en que el cuerpo le pedía pelea y cualquier excusa era buena. Hasta se había labrado una reputación, porque si algo sabía era pegar lo justo para causar dolor sin hacer auténtico daño. Ahora hace mucho que no se mete en líos de esa clase y no tiene la menor intención de cambiar, a pesar de que algo le dice que su buena fama se va perdiendo con más rapidez de la deseada. Oye con claridad el insulto dirigido a él que procede de uno de ellos, un ñero huevón al que en otro tiempo habría partido la jeta y que ahora se atreve a vacilarle, amparado en el grupo y en la oscuridad. Nada que no se pueda arreglar más tarde, piensa él, o en otro momento. No porque le haya ofendido, a estas alturas ha oído muchas veces lo de «cortaflores maricón», sino solo por conservar esa aura que le permite vivir tranquilo.

—Dale, Nelson, son solo unos sorocos aburridos —le anima Deisy, y ambos dejan la plaza y a aquel elefante azul llamado Bodum, «Dumbo» al revés.

El bloque de Las Torres donde vive ella, donde vivía Teresa, está a un par de manzanas, y da a otra plaza, más pequeña. A Jimmy le cuesta pasar por ella, recuerda el cuerpo en la acera y siente como si pisara su tumba. Intenta mirar al frente, a la puerta, y acaba tropezando con un desnivel de las malditas baldosas del suelo.

—No quieres subir, ¿verdad? —le pregunta ella al tiempo que enciende otro cigarrillo.

—La verdad es que no.

—Pues dale, dime qué quieres, Nelson. No tengo el cuerpo para misterios y seguro que no viniste a buscarme para traerme la compra. Apúrate, que la noche está fría.

Es verdad. Ahora, parados delante de la puerta del bloque, Jimmy nota el viento, que parece doblar la esquina directo hacia ellos. A lo lejos, las ramas de un par de árboles cansados y viejos se agitan en un rumor que recuerda a los suspiros del diablo.

—Hoy me dieron esto —dice, sacando la medalla del bolsillo de la cazadora.

Deisy lo mira, incrédula.

—¿Y viniste a regalármela? —pregunta.

—No seas tonta. Quiero que la veas.

Ella la coge y mueve la palma de la mano hasta que la luz de una farola que emerge de la fachada le da de pleno.

—¿De dónde la sacaste?

—Es la de ella, ¿verdad?

—Deja a los muertos en paz, Nelson. Ellos no quieren cuentas con nadie.

—¿Es la de Teresa o no, joder?

—¡Eh! Sin gritos, mamón. —Ella le devuelve la medalla y agarra la bolsa con firmeza—. Me voy a mi casa.

—Solo dime eso… Tú la vestiste para el entierro, ¿no?

—Sí. Sí. ¡Sí! Yo la vestí. Y le puse su medalla porque siempre la llevaba. La policía la devolvió. —Deisy se encara con él, desafiante—. Y por eso esta no puede ser la misma, a menos que alguien haya andado trasteando con su tumba. ¡Será otra igual!

—¡Mírala bien! —le ordena él—. Mira lo que pone detrás —prosigue en un tono menos autoritario.

—No me acuerdo de lo que ponía detrás, Nelson. Y, en el fondo, no importa un carajo. —Toma aire y el viento se alía con ella, se vuelve más fuerte, más sonoro, para enfatizar sus palabras—. Métete esto en la cabeza, Nelson: Teresa se murió. Se murió y ya. Se subió a esa ventana, saltó y chao. No fue la primera ni será la última.

—Teresa era única —replica él.

—¿No has pensado que quizá por eso no aguantó más? Basta, Nelson. No sé en qué andan con el padre Rodrigo, ni por qué se empeñan en no dejarla descansar en paz, pero a mí no me metan en su lío.

—¿De verdad crees que saltó? ¡Ni siquiera estabas en casa esa noche, andabas puteando por ahí!

—Vete a la mierda, Jimmy Nelson. ¿Me oíste? ¡A la mierda! Por mí puedes pasarte la vida llorando. Llévale flores a la tumba, si quieres. Cómete la cabeza con tus dudas y arrúnchate con sus recuerdos. Pero no vuelvas a buscarme, ¿está claro?

Deisy desaparece antes de que Jimmy pueda contestar. Desde fuera, él ve la luz de la portería y oye la puerta del ascensor al abrirse. Luego la luz se apaga y el viento sigue.

La llave del piso se le atasca. Le sucede a menudo, más aún cuando está nerviosa o cansada. «¡Que te jodan, Nelson!», le dice a la cerradura que por fin, después de varios traqueteos, cede con el mismo chasquido que haría una rama al quebrarse. Deisy arrastra la bolsa con el pie y termina volcándola sobre la alfombra nueva del recibidor. «¡Mierda!», exclama, y se contiene de propinarle una patada al recordar que dentro aún hay una docena de huevos. En momentos así entiende a su madre, que la zurraba al llegar a casa solo por desahogarse. Está segura de que ella haría lo mismo y por eso no va a tener hijos. Ya se ha ocupado de ello en alguna ocasión. Medio sonríe al pensar qué diría el huevón de Nelson si llegara a enterarse de ese bebito suyo que no llegó a nacer. O el padre Rodrigo, que se llena la boca con los pecados ajenos sin pararse a pensar que la vida no es un capítulo del catecismo en el que a los buenos se les abren las puertas del paraíso. «Ni la de casa puedo abrir, maldita sea», susurra en voz muy baja. Pero las ganas de hacer daño no se le pasan. Le gustaría pisotear la bolsa o arrojar el tarro de frijoles contra el espejo, actos que solo servirían para joderse a sí misma. «Es mucho mejor que lloren otros», dice varias veces, repitiéndolo como un mantra que recita a menudo.

Y por eso decide hacer la llamada. Es demasiado pronto, lo sabe, apenas hace tres meses desde la última vez y corre el riesgo de que la cuerda se rompa de tanto tirar, de que se parta en cachos el maldito cántaro o de que se joda todo antes de tiempo, pero no puede evitarlo. No es tanto el dinero, sino la satisfacción que da el poder.

Nadie contesta, como es habitual; nunca le da la satisfacción de oír la voz teñida de miedo, así que deja el mensaje a pesar de que se había prometido que esperaría hasta el verano, para las vacaciones: «Creo que va siendo hora de que volvamos a vernos. El dinero dura poco y necesito su aportación. Ya sabe, a cambio de seguir calladita. Siete mil estarían bien, aunque estoy dispuesta a negociar… Bueno, como ve, mantengo el mismo número; no tarde mucho en llamarme. La última vez me tuvo sin noticias durante casi una semana, y eso no me gustó nada. No voy a ser tan paciente ahora, téngalo en cuenta. Así que hoy, antes de acostarse, piense en mí. Y en Teresa. Y en lo poco que en realidad le pido a cambio de que pueda usted descansar en paz por las noches».

La cena

Cuando Lourdes se levanta de la mesa a buscar la lasaña, sus invitadas llevan ya un buen rato dando cuenta de los aperitivos y del vino. Durante casi una hora la conversación ha fluido sin obstáculos, pasando de los saludos iniciales, los cuánto tiempo y los te veo genial, a saltar de un tema a otro, como una pieza musical improvisada al momento, armónica por lo que tiene de cotidiana y amenizada por los solos de Xenia sobre los ensayos de su próxima obra, que siempre son agradecidos y jugosos, el desinterés simulado de Mireia y el silencio participativo de Olga. Es una chica lista, que no habla demasiado, propensa a la timidez, pero con puntos de humor muy apreciables. Morena, de cabello muy corto y porte andrógino, Olga siempre le ha parecido alguien envuelto en un aura de misterio, que procede en parte de una profesión poco habitual y de la que jamás comenta nada, y en parte de una ropa carísima, tan especial que parece confeccionada solo para ella. El estilo es algo que Lou ha admirado siempre, y Olga Serna lo posee a carretadas. El cabello corto y negrísimo, el maquillaje con un punto extremo, los trajes pantalón ceñidos, siempre oscuros, combinados con camisetas básicas de un blanco tan inmaculado que se diría que siempre las está estrenando. Según Mireia, que fue quien la conoció y la presentó al resto, Olga es una excelente patóloga forense y, pese a su relativa juventud, había trabajado en algunos casos importantes debido a la precisión de sus diagnósticos y al prestigio de su testimonio. Su naturaleza afable esconde, siempre en palabras de su hermana, a una profesional brillante y muy capaz a la hora de prestar declaración. Lourdes siempre ha sospechado que detrás de esa máscara de éxito incuestionable se oculta algo más. Una personalidad sensible que se revela solo en privado. Hace tiempo, después de una cena en su casa a la que Lourdes había invitado a una de sus autoras, Olga le hizo llegar una carta en la que, de una manera muy emotiva, le agradecía haberle dado la oportunidad de departir con aquella mujer fascinante. Lourdes llevaba años sin recibir una carta y el simple hecho ya le pareció apreciable. Por definición, le gusta la gente que se expresa mejor por escrito, aunque en el caso de Olga, eso va acompañado de una discreción tan extrema que en alguna ocasión se le ha antojado excesiva. La reserva es, sin duda, una virtud, pero el modo en que Olga protege su privacidad incluso de ellas resulta significativo. Jamás ha mencionado una relación, una pareja pasada, o un ligue presente o futuro. «No le interesan mucho estas cosas», le había dicho Mire, y ella, educadamente, nunca ha preguntado. No es extraño que su hermana y Olga Serna se entiendan bien, ambas independientes y muy capaces, dos mujeres que pisan fuerte en un mundo de hombres, y a veces ella ha creído ver en los ojos oscuros de esa amiga un brillo puntual ante algún comentario de Mireia. «Esas dos están liadas», había dicho Xenia alguna vez, en confianza, cuando el alcohol le soltaba la lengua. Lourdes no lo cree: Mire es feliz con Íñigo, eso lo sabe, y no está segura de que a Olga la guíe tanto la atracción física como la admiración por otra mujer tan profesional como ella, pero con una familia, alguien que ha conseguido también el éxito personal.

En definitiva, una charla banal y, por ello, apetecible,

necesaria como la lluvia en terreno seco. Incluso ella, olvidándose un momento de cualquier mala noticia, les ha contado el viaje que hizo con Max en fin de año: una escapada a Viena en la que, sinceramente, ambos simularon disfrutar de un frío glacial. La ciudad, iluminada con los colorines típicos de esos días, parecía una postal navideña, pero después de un rato de sonrisas congeladas y ojos llorosos, ambos optaron por refugiarse en cafeterías y museos, por comer *sacher* y comentar la obra de Munch o la de Schiele. Habían visitado Viena juntos, muchos años atrás, en un soleado mes de septiembre, y ambos la recordaban como una ciudad con encanto, levemente decadente en su porte señorial. Esa Navidad, sin embargo, comprobaron que el invierno lo oscurecía todo, que el hielo tenía su encanto solo en fotografía y que la belleza majestuosa más bien les resultaba plomiza. Durante la larguísima espera del vuelo de regreso, que se retrasó horas, se convencieron de no repetir viajes ya realizados porque nadie podía quitarles la sensación de que las ciudades envejecían peor que ellos.

Y ahora, cuando su hermana ha tomado las riendas de la conversación para hablarles de los problemas con Ander, ella ha decidido que es hora de servir el plato principal. Las observa un momento a distancia, antes de entrar en la cocina, y recibe a cambio la mirada inquieta de Xenia, que le pregunta sin palabras cómo se siente. Ella sonríe y respira hondo, intentando transmitir que todo va bien. Pero no es así: en cuanto cruza el umbral de la cocina y las voces disminuyen de volumen, como si hablaran en susurros, no puede evitar pensar que a estas horas, mientras ella se entretiene en una tarea doméstica tan banal, Jérôme está tumbado en una camilla fría, o en el tanatorio, sometido a los humillantes rituales que acompañan a la muerte. Ese pensamiento es tan poderoso que tiene que agacharse para no caer; se queda en cuclillas ante el horno abierto, y el olor caliente a queso fundido que emana de él le revuelve el estómago. Tarda un par de minutos en recuperarse, y en ellos no puede dejar de pensar que es ridículo, repugnante incluso, que ella tenga que fingir como lo está haciendo durante todo el fin de semana. Que deba permanecer anclada a su casa cuando su mente está a kilómetros de distancia, despidiéndose de alguien por quien estuvo a punto de cambiar su vida. Al menos te mereces eso, Jérôme, se dice, convencida. Y, sin poder evitarlo, esa necesidad imperiosa de huir, de subirse a un tren o un avión hacia Marsella solo para estar presente, para que su cuerpo y su mente vayan al unísono en lugar de deambular por realidades distintas, le recuerda a los carteles en los árboles que vio por la mañana, después de que Max le mostrara el que habían colgado en su puerta. Sí, una parte de ella desea huir también de eso.

—¿Todo bien? ¿Te ayudo con la bandeja?

La voz de Xenia la devuelve una vez más al presente. Aún agachada, frente al horno, Lourdes levanta la vista hasta su amiga y casi asiente con la cabeza. Por un momento siente la tentación de dejar el resto de la cena en manos de Xenia, pero sabe que si cede, si se deja llevar por lo que el cuerpo le pide a gritos, volverá a la mesa y lo contará todo. No desea hacerlo, no tiene ánimos para someter una historia de amor fallida y teóricamente superada al escrutinio de su hermana y de Olga. No quiere compasión, ni comprensión, ni palabras de ánimo. Quizá la única muestra de respeto que pueda ofrecerle a Jérôme en un día como este sea sufrir en silencio en lugar de lanzarse en pos del consuelo fácil de los vivos que la aprecian.

—No te preocupes —le dice por fin—. Ha sido solo un segundo. Voy enseguida. Ahí hay más vino, si hace falta.

Xenia obedece a regañadientes y vuelve al comedor, donde prosigue la conversación entre Olga y Mireia, que en los últimos minutos ha seguido girando en torno a Ander. Aunque hay pocos temas que le importen menos en el mundo que la adaptación de un niño colombiano a la vida de aquí, Xenia se sienta de nuevo, dispuesta a fingir interés, sobre todo porque Mireia, en su nuevo papel de madre preocupada, la interpela de manera directa.

—¿Sabes con quién se lleva genial? —le pregunta—. Con Jimmy, el jardinero que me recomendaste. Es algo increíble cómo lo quiere... Le hace caso, le ayuda y no para de hablar de él. Con los demás es..., no sé. Arisco. Raro. Rebelde.

—Lo siento, pero el mérito no es mío —responde Xenia—. Fue Olga quien me habló del jardinero. Por cierto, ¿de dónde lo sacaste?

Olga se encoge de hombros.

—Tenemos un amigo común, nada más. Me dijo que Jimmy buscaba trabajo de jardinero y me preguntó si yo conocía a alguien a quien le pudiera interesar. Me alegro de haber acertado.

Mireia se sirve otra copa de vino y da un sorbo rápido antes de seguir hablando, porque no es Jimmy quien le interesa, sino Ander y sus circunstancias. Resulta raro verla inquieta, la verdad, y por una vez Xenia la percibe más vacilante, menos perfecta. Quizá ese crío esté aportando algo del caos necesario para que esa pareja en apariencia idílica y su primogénito, reposado y educadísimo, empiecen a parecer seres humanos de verdad.

—Bueno, tampoco debe de ser fácil para él, ¿no crees? El cambio de todo: una familia, una casa, otro país... —apunta Olga con timidez.

En la mirada de Mireia, cargada de impaciencia, reaparece la mujer de siempre.

—Ya. Lo sabemos... Mira, han pasado seis meses y no puedo engañarme: la cosa va a peor. Hace dos días atacó a Eneko, le dio un mordisco en el muslo. Sí, ya sé que todos los hermanos se pelean, no me cabe duda, pero tendríais que haberlo visto: parecía un cachorro rabioso. Ni Íñigo podía sujetarlo cuando empezó a lanzar todos los juguetes contra la pared. Y todo porque quería que «ella» le leyera un cuento. No yo, ni Íñigo, ni Eneko, pobrecito, sino una tal «ella» que no existe. Y cuando Eneko se lo dijo, saltó encima de él y le mordió en el muslo.

—¡Pobre! —comenta Xenia, y nadie sabe muy bien si se refiere al hermano mayor agredido o al indómito agresor—. No sé qué decirte. Con los míos pasaba al contrario: se querían demasiado. Y se protegían en todo. Aún lo hacen. Si regañabas a uno, aparecía la otra defendiéndolo, y viceversa. Era como luchar contra un dúo de mocosos aliados. Todos contra una, que soy siempre yo, claro.

Por un momento, Mireia se estremece al pensar en la posibilidad de estar atravesando este período sola, sin Íñigo a su lado, aunque se recupera enseguida porque sabe que eso jamás habría sucedido. Ella nunca habría tenido hijos sin alguien a su lado, simplemente porque la maternidad nunca fue un empeño vital propio, sino la consecuencia de compartir la vida con un hombre que quería formar una familia.

—Tuvo que ser duro —admite—. Si te digo la verdad, ahora mismo creo que preferiría esa alianza a lo que está ocurriendo en casa. Hasta me he tomado unos días de fiesta la semana que viene. Íñigo se va a Sanse, a una de sus reuniones, y yo quiero estar en casa, dedicarle más tiempo. Ah, por cierto, y con esto ya dejo el tema de Ander antes de aburriros aún más, la semana que viene es su cumpleaños, así que daremos una fiestecita en el jardín. La psicóloga nos ha dicho que sería bueno que viniera mucha gente, que eso contribuye a que se sientan seguros y queridos. —No puede evitar que sus frases queden teñidas de un leve tono de escepticismo—. El viernes lo celebrará en el cole, con sus compañeros. A ver si así las cosas mejoran allí también. Ander se niega a jugar con ellos o les pega directamente, de manera que no albergo grandes esperanzas. Ya sé que es un rollo para un sábado por la tarde, pero si os dejarais caer un rato, os lo agradecería. Íñigo pensaba invitar hasta a Jimmy... Supongo que lo habrá hecho hoy. No hace falta que traigáis nada, ni que estéis mucho rato, es solo que él vea que no cuenta únicamente con nosotros tres. Que forma parte de una gran familia. Algo que es complicado en realidad, con todos los hermanos de Íñigo fuera y mis padres negándose a abandonar el apartamento de Port de la Selva aunque se lo pidas de rodillas. Lou, ¿podrías insistirles un poco? —pregunta en voz más alta, dirigiéndose a su hermana ausente—. A ver si a ti te hacen más caso —concluye, antes de dar un generoso sorbo a la copa de Enate.

—Claro —dice Olga, y Xenia asiente también, casi asombrada de oír a Mireia pidiendo un favor.

Se dice que, por raro que parezca, la inseguridad la favorece, suaviza un poco unos rasgos que a veces tienden a la altivez y con ello pierden parte del encanto. Lourdes y ella han compartido la misma broma muchas veces: Mireia es tan hermosa como un busto clásico, sí... ¿Y quién querría follarse a una estatua griega? Existe otra, más cruel para la propia Lourdes, que esta ha compartido alguna vez con su amiga. Dada la gran diferencia de edad entre ambas hermanas, casi catorce años, Lou comentó un día que la espera de sus padres había merecido la pena, ya que Mire era la versión mejorada de la que ya tenían: más alta, más rubia, más guapa, más lista y más afortunada. Todo lo cual, y en eso ambas estuvieron de acuerdo, la volvía menos sensible, menos empática con las debilidades comunes que afectaban al prójimo.

Xenia recuerda la última discusión que tuvieron, cuando el tema de Román estaba en su punto álgido, y las sentencias rígidas, casi órdenes, que salieron de su boca. Al evocarlo siente una súbita simpatía por ese niño al que apenas ha visto un par de veces: quizá su rebeldía sea la consecuencia de verse sumergido en un mundo tan organizado, en una familia tan exquisitamente educada y perfecta en la que él, en su condición de recién llegado, no puede ni tan siquiera aspirar a encajar. Xenia podría contarles alguna cosa sobre inseguridades estos días, concluye mientras se sirve otra generosa copa de vino.

—Iré por ti, cielo —dice Xenia, levantando la copa en dirección a Mire—. Y eso que juré que hay dos lugares que no volvería a pisar en mi vida: los parques infantiles y las fiestas de cumpleaños de alguien menor de edad. Tantos niños juntos me provocan ansiedad, como las palomas. Gritan, se alborotan, se ensucian y siempre hay alguno que llora.

Lourdes aparece con la fuente del horno y murmura un «haré lo que pueda, Mire, pero ya sabes cómo son» en referencia a sus padres, mientras la deja sobre la mesa.

—¡Ya está aquí la lasaña! —exclama Olga—. Dios, qué pinta… Por suerte, soy incapaz de cocinar algo así. ¡A lo máximo que llego es a una ensalada con muchas cosas!

Lou la mira con simpatía. Olga es de esas personas que resultan agradables en todo momento, y eso, hoy, es algo que la reconforta más que nunca. También es verdad que no miente: la lasaña, humeante en la bandeja, presenta un aspecto tan delicioso que incluso ella misma, sin un ápice de apetito, es capaz de reconocerlo.

—Vaya, se me olvidó la espátula —dice cuando se disponía a cortar el primer pedazo.

—Tranquila, voy yo —se ofrece Xenia.

—Xenia, ¿te pasa algo? Llevas toda la noche haciendo de pinche de cocina y mirando a mi hermana como si fuera a romperse. —La pregunta de Mireia es, en realidad, un intento torpe de bromear que viene de un momentáneo exceso de vino y quizá del comentario anterior de su amiga sobre las fiestas infantiles—. No te ofendas, pero no es nada tu estilo.

Hay un silencio súbito en el que solo Olga parece comprender que sí, que algo sucede, pero que es mejor no inmiscuirse.

—¿Me estás llamando holgazana? —pregunta Xenia en tono frívolo antes de desaparecer en dirección a la cocina—. ¡Lou, sírvele a tu hermana una ración más pequeña! —grita cuando ya no pueden verla.

—Bueno, nunca te había visto tan dispuesta —insiste Mire—. Nos has dicho que has puesto la mesa, que has preparado los entrantes, has ido dos veces a buscar más vino y ahora has saltado a por la espátula. ¡Hija, me recuerdas a Teresa!

Y es en ese momento cuando se oye el estropicio, aunque ni siquiera Lourdes, que se encuentra de pie, apoyada en la mesa, de cara al salón, es capaz de averiguar dónde se ha originado el ruido. Xenia grita desde la cocina un «yo no he sido» innecesario, porque el ruido procedía sin duda de más cerca. Olga y Mireia se vuelven hacia el mismo lado, mientras la primera susurra algo así como: «Eso es lo que hace mi gato a todas horas, me da unos sustos de muerte, el muy salvaje». Pero en casa de Lourdes no hay gatos, ni ningún otro animal doméstico al que echarle la culpa.

La anfitriona rodea la mesa despacio, y unos pasos más adelante descubre los pedazos en el suelo de algo que no sabe identificar hasta que se agacha a coger uno. Suelta una exclamación de sorpresa, no tanto por la defunción del objeto, que no podría importarle menos, sino por la incapacidad de explicar cómo ese jarroncito, un recuerdo absurdo y olvidado en un estante, ha podido caerse solo. Mira hacia el lugar donde lo recordaba, y de ahí a las otras, completamente incrédula. En ese aturdimiento momentáneo se vuelve hacia la otra parte del salón, casi esperando encontrar a alguien y a la vez segura de lo contrario. Parpadea varias veces y vuelve hacia la mesa, y mientras Xenia recoge los pedazos que quedaban en el suelo, tiene la sensación de que allí, no muy lejos de ellas, hay alguien más. Casi oye un «fue sin querer» o tal vez lo imagina, así que cierra los ojos, algo mareada, y la oscuridad se le llena de imágenes que no es capaz de alejar. La voz de Teresa, y el día en que estuvo sentada a esa mesa, poco después de la Navidad del año anterior. Teresa hablándole de Simón, envuelta en una especie de halo de amor que en su momento le pareció irritante, incomprensible. Teresa entrevista de lejos en aquella caja de madera, presa como una muñeca y cubierta de lazos de flores. Teresa, mil veces imaginada, enfrentándose desde la ventana a una helada noche vacía.

Mireia la observa con preocupación y extiende la mano para apoyarla en la de su hermana.

—Lou, ¿te encuentras bien? —pregunta Olga, solícita.

Lourdes nota que está a punto de romper a llorar, o tal vez ni siquiera eso, porque en verdad esta noche solo le quedan fuerzas para dejarse caer en la silla.

—¿Es por esto? —pregunta Olga al tiempo que saca un papel doblado del bolsillo del pantalón.

Mireia lo mira con curiosidad, como si lo viese por vez primera.

—¿No lo sabías? —pregunta Xenia—. Esta mañana estaba el pueblo lleno. Había un montón en los árboles, en las farolas. Yo tenía uno en la puerta de casa. En cuanto volví de caminar, llamé a los municipales para que los quitaran.

—Salí en coche, a toda prisa, y he venido directamente, sin pasar por casa —explica Mire, que ahora sostiene el cartel en la mano—. ¡Por Dios, qué mal gusto! ¿Quién diablos ha hecho esto?

Nadie sabe responderle. En esos segundos Lourdes ha

conseguido recomponerse del todo y se dispone a cortar la lasaña.

—¡Es siniestro! —insiste Mire—. Además de falso. Nadie mató a esa pobre chica. Se suicidó o se cayó, ¿no? Al menos esa fue la conclusión.

Olga asiente y recoge el cartel; lo dobla de nuevo, dejando la parte de la cara visible, y dice:

—Supongo que la pregunta va más allá, ¿no os parece? Como si insinuara que alguien provocó ese suicidio.

Xenia se sirve más vino aunque aún tiene la copa a medias.

—Es imposible saber por qué se suicida la gente. O por qué algunos no lo hacen cuando el mundo sería mucho mejor sin ellos.

—Pero dejan ese rastro de culpa, en realidad —interviene Lourdes—. Al menos entre la gente que los quería. Nunca… nunca se marchan del todo.

Por un instante recuerda la frase de Jérôme: «Solo importan las muertes ajenas; la nuestra no es más que un espejismo».

—¿Has sabido algo de Simón? —pregunta su hermana, y en cuanto lo hace se da cuenta de que su asociación de ideas ha sido más bien inoportuna. Pero Lourdes, que ya ha servido tres generosas porciones de lasaña, no parece tomárselo a mal.

—Lo de siempre. —Lou se encoge de hombros—. Que está bien, dondequiera que se encuentre, y que ya volverá. Nos manda un abrazo. Debo de tener acumulados unos cien abrazos a estas alturas.

—¿Y no os extraña que alguien se haya entretenido en hacer este montaje? —pregunta Olga en un tono más formal—. Y no lo han colgado al azar, al menos no todos ellos. Había uno en mi puerta y otro en la casa vacía de Coral.

—Y en la mía —añade Xenia.

—Max lo vio esta mañana, cuando iba a trabajar. Seguro que Íñigo ha encontrado el vuestro también, aunque tú no lo hayas visto.

—¿Y qué se supone que pretende? —pregunta Mireia—. Esa chica venía a limpiar nuestras casas, ¿es por eso?

—No solo eso, Mire —la interrumpe su hermana—. Sabes que no fue solo la chica que limpiaba.

—Claro que lo sé. Se enamoró de Simón y él de ella, y se iban a vivir juntos, y fue todo un desastre y un horror. ¡Pobre chico! Pero yo apenas la conocía: Íñigo se encarga de esa parte. Y tampoco es que fuera amiga vuestra. Tú no te ibas de cañas con ella, ¿verdad, Xenia?

Xenia bebe y no responde, aunque la respuesta es obvia. No, ella y Teresa no fueron amigas. Como tampoco lo fue de Olga, ni de Lourdes. En realidad, siempre ha pensado que sabían muy poco de ella. Que había nacido en Honduras, que había cuidado a la madre de Max, que era muy responsable y buena chica. Un currículum de cuatro líneas para alguien que, apenas una semana después, tendría las llaves de tu casa.

—Quizá solo quieren que no la olvidemos —interviene Olga—. La semana que viene se cumple un año de su muerte. El 1 de febrero. A lo mejor os parece raro, pero he estado pensando en ella últimamente. Era tan joven…

—Se puede ser joven y neurótica. De hecho, en realidad casi todas lo son, aunque, por suerte, la mayoría no se lanzan al vacío desde una puta ventana —replica Xenia con la voz ya algo tomada por el vino—. El teatro está lleno de muchachas suicidas, pero si no te importa, lo hablamos luego. Me voy a emborrachar si no empiezo a comer. Para seguir hablando de Ofelias y Julietas necesito algo sólido en el estómago.

O una raya en el baño, piensa acto seguido, más para mortificarse por su olvido que porque le apetezca de verdad.

En ese momento el timbre de la puerta las sobresalta a todas, y es Mireia, que está más cerca, quien se acerca a abrir.

Ninguna de las otras consigue ver quién hay al otro lado ya que la espalda de Mire les oculta el panorama durante unos segundos de silencio.

—Ya supongo que no me esperabais.

Es la voz de Coral, y su aparición desplaza el eje de la cena de la mesa a la puerta. Lourdes, la anfitriona perfecta, se levanta de una manera automática.

—¡Coral! Te echábamos de menos —miente, pues nadie ha mencionado su nombre en la hora larga que llevan juntas, mientras camina a su encuentro—. En realidad, llegas justo a tiempo: iba a servir la lasaña. Dame el abrigo y siéntate, cariño. Lo noto húmedo. ¿Está lloviendo?

Los mellizos

Como era de esperar, Greta vio la bolsita con polvo blanco y la tarjeta de crédito de su madre en cuanto llegó a casa y se dejó caer en el sofá, agotada después de una sesión de pesas, otra de cardio y una hora de estiramientos que le dolieron más que todo lo anterior. En la sala de al lado estaba la clase de defensa personal, que le interesaba bastante, pero ella prefería sudar encima de la bicicleta a los ejercicios por parejas. Tocar a gente desconocida le parecía repulsivo. Cuando entró en casa no había ni rastro de su hermano y, a pesar de que ella estaba muerta de hambre, decidió concederle treinta minutos de margen. No le importaba cenar sola, pero hacerlo con Dante siempre era una opción mejor. En realidad, lo primero que Greta percibió al sentarse fue un olor no del todo desconocido. Tenía el olfato de un perro cazador y el aroma de la colonia de Román, detestada durante años, había quedado impregnado en los cojines como la nicotina en la ropa de los fumadores. Tardó cinco segundos en sacar el móvil del bolsillo de los tejanos y mandar un wasap a su hermano:

Decidido: X es una loser. Román y ella han vuelto a follar.
Asco ++++

Dante no respondió, para variar, y fue entonces, al dejar el teléfono sobre la mesita de vidrio en forma de media luna, cuando descubrió las pruebas de la fiesta.

Joder, mamá, pensó sonriente antes de meter el dedo y llevarse una pizca a la boca. Y encima seguro que esto es una mierda. ¡Putas drogas de abuelos! Tu camello te tima, mamá, se dijo, riéndose al imaginar la frase estampada en una camiseta. Titubeó un momento antes de cogerlo todo y subirlo a la habitación de su madre. Era mejor que Dante no lo viera. Dijeran lo que dijeran, Edipo no era solo una leyenda, y bastante desnortado andaba Dante últimamente para encima añadir más desconcierto a su vida. «¡Al menos podrías haber hecho la cama, mami!», exclamó en voz alta al ver las sábanas revueltas y la almohada caída a un lado como un pene flácido. Sabía de sobras que X. guardaba las drogas en un cajoncito del armario de su baño privado —tampoco eran tantas, un poco de hierba y la ocasional dosis de coca—, así que lo devolvió al neceser donde su madre debería haberlo dejado antes de irse. Lo hizo con el sentimiento de superioridad, cada vez más asentado en ella, que la invadía siempre que resolvía algún embrollo relativo a su madre o hermano, o, como en ese caso, se anticipaba a él, actuando como una especie de mezcla entre el vigilante de pasillos y el amigo leal. Lo que no dejó en el neceser ni en la cómoda ni en ningún otro sitio fue la tarjeta de crédito de X., porque había aprendido hacía ya tiempo que una cosa era ser buena hija y otra muy distinta no recibir nada a cambio. Disponía de casi media hora para escoger algún capricho moderado en Amazon: estaba segura de que cuando llegara el cargo a la cuenta de su madre, esta preferiría no preguntar. Y si lo hacía..., bueno, Greta sabría cómo acallar las protestas. Todo ello, unido a las horas de ejercicio en el gimnasio que habían liberado endorfinas para animar a un pabellón entero de depresivos, la puso de buen humor y, armada con un yogur desnatado, la tablet y la tarjeta de crédito, se encerró en su cuarto dispuesta a comprar algo, lo que fuera, como recompensa por sus desvelos en pro de la comunidad familiar.

Y allá ha seguido, buscando con denuedo y sin decidirse por nada en concreto, con un *budget* de cien euros como máximo, porque tiene la teoría de que su madre pasa por alto los cargos inferiores a ese, hasta las nueve y media más o menos, cuando la voz de Dante ha resonado desde abajo junto con otra que Greta conoce bien. Mierda, se dice con fastidio, imitando a su madre sin ser consciente de ello, al imaginar la perspectiva de una cena con Dante y su mejor amigo desde hace más de un año. Al menos podrías avisar de que venías con ese capullo.

Fastidiada porque la posibilidad de una cena a solas con su hermano parece haberse esfumado, Greta baja a la cocina con el único fin de prepararse una ensalada, coger una lata de cola cero y volver a refugiarse cuanto antes en su madriguera. Se acerca a Dante, que está de espaldas, frente a la nevera abierta, y apoya una mano en su hombro.

—¡Joder, Greta! —exclama él, sobresaltado.

—Vivo aquí, ¿recuerdas?

—Ya… Vives aquí y siempre estás en casa, pero tampoco hace falta que aparezcas como un fantasma. Oye, ¿sabes dónde está el orégano?

—En la nevera seguro que no. —Greta señala un estante de madera lleno de tarritos de especias.

—Allí no hay, lista.

—Pues entonces se habrá acabado. Las cosas se terminan algún día, ¿sabes? Incluido el tarro del orégano.

—¿Cenas con nosotros?

Greta se vuelve al oír la voz y se encuentra cara a cara con Mateo Solar, Mat para todo el mundo. Como si no fuera bastante malo aguantarlo en el instituto, desde hace ya bastante tiempo tiene que verlo por casa más a menudo de lo que le gustaría.

—Ni loca —responde sin disimulo—. Me preparo algo rápido y me lo llevo a mi cuarto.

—¿Qué le pasa a tu gemela conmigo, Dante? —pregunta él. Lleva una lata de cerveza abierta en la mano.

—Melliza —corrigen los dos al unísono, como un coro griego.

En realidad, no haría falta la puntualización porque físicamente son bastante distintos. Aunque ninguno de los dos destaca por la estatura, Dante es de complexión delgada, fibroso e inquieto; Greta, en cambio, necesita extenuarse en el gimnasio y vigilar todo lo que come para mantener el peso en los límites de lo aceptable. En el resto de los rasgos existe un parecido superficial: el pelo castaño y la piel blanca, casi nórdica; los rasgos de la cara pequeños y delicados, como si se resistieran a abandonar la infancia, y los ojos claros, azules los de ella y más tendentes al gris verdoso los de su hermano. Contrastan ambos con la tez morena y la altura de Mat, con sus ojos oscuros y el cabello negro, peinado a un lado a partir de esa raya que parece haber sido trazada con precisión milimétrica. Incluso sus manos son como garras, piensa Greta con disgusto al verlo apretar la lata de cerveza con fuerza. Sabe que la gente lo encuentra guapo, y si es sincera consigo misma entiende el porqué, pero no puede evitar sentirse más intimidada que atraída por aquel ejemplar que exuda testosterona por todos sus poros. MachoMat, lo llama siempre para sus adentros con todo el asco del mundo.

—Vale, vale…, melliza. ¡Perdón! ¿Me pillas otra? —Se lo pregunta a Greta directamente, quizá porque es la que está más cerca de la nevera, y ella se la da sin mirarlo. Los dedos de él rozan los suyos al cogerla: están fríos y algo húmedos, de la lata anterior. Asquerosos.

—A ver, tíos, ¿me dejáis la cocina para mí sola cinco minutos? —pregunta—. Mete las pizzas en el horno y largaos, Dante. Necesito un poco de espacio.

—¡Deja cocinar a la master chef! —dice Mat—. Tiene que concentrarse. ¿Seguro que no podemos quedarnos a mirar? Podríamos aprender algo, ¿no te parece?

—Búscate un tutorial en YouTube —murmura ella, pero ninguno de los dos le hace caso.

Se oye el pitido de un móvil y MachoMat se lleva las manos a los bolsillos, al tiempo que sale de la cocina para hablar en paz.

—¿Viste mi mensaje? —pregunta Greta. Ha sacado media docena de tomates cherry y ahora se dispone a cortarlos por la mitad sobre la tabla de madera.

Dante asiente con la mirada puesta en el horno, ya cerrado.

—No hace falta que te quedes ahí plantado como un bobo —le pica ella. Sabe que algunos electrodomésticos lo fascinan desde niño: podía pasarse una hora viendo girar el bombo de la lavadora a distintas velocidades.

—Ya lo sé. —Se vuelve hacia ella y de un salto le roba un tomate ya partido.

Greta le propina un manotazo flojo y él le coge la mano. A ella no le molesta el contacto con Dante: es de las pocas personas en el mundo de quien soporta un abrazo o una caricia.

—¿De verdad que no quieres cenar aquí con nosotros? —le pregunta.

—Sabes que no. ¿Por qué lo has traído? —Ella baja la voz—. Sabías que X. saldría hoy. Lleva toda la semana dando la vara con esa cena.

—Habíamos quedado para salir luego y se invitó solo —dice Dante, encogiéndose de hombros—. Es un buen tío.

—Es un capullo. Y tira de ti como si fueras su mascota. Solo te falta mover el rabo cada vez que abre la boca.

Dante enrojece un poco. Esa conversación la han tenido antes, varias veces en el último año, y empieza a estar cansado.

—Oye, que no tengas amigos no es culpa mía. No puedes pasarte la vida encerrada en tu cuarto o en el gimnasio.

—¡Dante! —La voz de MachoMat resuena aún más dado que los mellizos hablan en susurros.

Ella emite un par de silbidos cortos y chasquea los dedos.

—Dante, Dante, ven, perrito… ¡Venga!

Él le lanza una mirada de furia, pero acude al encuentro de su amigo. Greta no oye más y se concentra en colocar todas las hortalizas, debidamente cortadas, en la ensaladera. Sin saber muy bien por qué, tiene la impresión de que su hermano y MachoMat están discutiendo, o al menos intercambiando opiniones, que es lo máximo a lo que Dante se atreve. A veces piensa que su mellizo lleva años buscando una figura paterna; le pasó también con Simón cuando este le dio clases, a pesar de que por edad podía haber sido más su hermano mayor. Lo seguía por todas partes, exactamente igual que hace ahora con Mateo Solar. Greta aguza el oído, pero no llega a captar las palabras, aunque sí una cierta tensión en el tono: se diría que mantienen una disputa de enamorados o un acuerdo de fusión entre dos grandes empresas. Y mientras da los últimos toques a la ensalada, Greta se ríe por dentro al recordar la conversación que tuvo con su madre hace apenas dos días en la que Xenia, con tanta buena voluntad como desacierto, le preguntó a ella si le gustaban las chicas:

—Sabes que no hay ningún problema, ¿verdad? —había añadido con aquel tono falso de madre preocupadísima—. Que puedes contármelo.

—Mamá, para tu información: que esté gorda y no sea muy guapa no significa que sea lesbi, ¿lo pillas? Son cosas distintas.

—No digas tonterías. Y no lo tomes como una acusación, es solo que estoy preocupada por ti, por tu vida social. O mejor dicho, por tu no vida social. Y no estás tan gorda —añadió un par de segundos después.

De lo de guapa, claro, no comentó nada. Greta estaba acostumbrada a esas miradas compasivas que le lanzaba su madre desde que era niña, unos ojos teñidos de un mensaje que venía a decir: «Pobrecita, qué vida te espera con esa cara y ese cuerpo». Al principio la herían mucho más; con el tiempo fueron perdiendo puntería, y ahora, en la mayoría de las ocasiones, le resbalan sin dejar la menor huella.

Ese día no pudo evitar reírse. En boca de Xenia, que debía de pesar apenas cuarenta y ocho kilos y tenía una figura más que decente, aunque de pocas curvas, la frase sonó como una mentira que ni siquiera llegaba a ser piadosa. Ahora se pregunta si también habrá investigado los gustos sexuales de su hermano. Está segura de que no es así.

El pitido del horno indica que las pizzas ya están listas y Dante acude a él, seguido de cerca por su amigo, que entra más serio de lo que se fue. Por un instante, parece el dueño y señor de la cocina, aburrido mientras los sirvientes preparan la cena, y Greta busca la manera de derribarlo de esa especie de trono.

—¿Pasa algo? Traes mala cara, ¿os ha fallado el plan? —le pregunta.

—¿Qué plan? ¿Qué has oído?

La respuesta de Mateo es tan agresiva que ella se sorprende:

—Eh, calma, tío. Era una pregunta. Ya veo que sí. ¿Te ha dejado plantado tu polvo de esta noche?

—A ti te flipa escuchar, ¿no? Enterarte de secretitos y luego esparcirlos por ahí. Como todas las tías que no follan. Hablas de polvos sin tener ni idea de lo que son, ¿verdad?

Es un ataque gratuito y Greta espera que su hermano la

defienda. Dante finge estar ocupado con las pizzas y ella coge su ensalada.

—Nada de lo que digáis puede interesarme, Mat, en serio. En plan... me la sudan tus putos secretos si es que los tienes, ¿lo captas?

—Mejor así —dice él, y pasa por su lado a coger otra cerveza—. Por cierto, ¿sigues siendo amiga del negrito?

—¡Eres gilipollas! —exclama Greta.

Mat se vuelve y le sonríe, antes de dirigirse a Dante:

—Yo no permitiría que mi hermana se juntara con esa chusma. Bastante tenemos con aguantarlos en el instituto, solo falta que tengamos que hacernos amigos suyos.

—Déjalo, Mat —murmura Dante.

—Déjalo, déjalo... Todos sois iguales. Lo que estamos dejando es que nos invadan la casa.

—Eres un puto racista, tío —estalla Greta. Apoya de nuevo la ensaladera en la mesa con un golpe seco—. Y mira, hablando de invasiones de casa, vas a dejar esa cerveza y a largarte ahora mismo.

Él se ríe.

—¿Me estás echando? Eh, tío, ¿tu hermana me está echando?

—Parad los dos —replica Dante, y ella percibe que lo dice en serio—. ¿Podemos cenar en paz?

—No con él aquí. Ni de coña.

—¿Por qué no te vas a tu cuarto, tía? —pregunta Mat—. Te juro que no me acercaría ahí ni que me pagaras por ello.

Greta los mira a ambos. Ha habido en el pasado algún roce entre ella y Mat, pero nunca hasta este punto.

—También es mi casa, Greta.

Ella siente una rabia incontenible. Su hermano la mira de frente, serio, con los labios apretados. Es el mismo Dante que la enseñó a ir en bicicleta sin ruedines y que se metía en su cama si ella tenía pesadillas. El mismo que le pasaba magdalenas de contrabando cuando X. se ponía estricta con su dieta y le racionaba los dulces. Su aliado contra el mundo, contra el colegio, contra Román. Y ahora no lo reconoce. El Dante de verdad no habría vacilado ni un momento en ponerse de su lado, igual que tampoco habría dudado en calificar a ese imbécil como lo que es: un puto racista de mierda. Y otras cosas que se rumorean, en las que ella prefiere no pensar. Dicen que MachoMat es, además de un ídolo sexy, un camello de anabolizantes y otras sustancias. También dicen que Dante se ha convertido en el segundo de a bordo; Dante el Ayudante, oyó que lo llamaban, aunque nadie se atrevió a decírselo a ella a la cara.

—Eh, vale, me he pasado —admite Mateo—. En serio, no me hagas caso. Sí. El polvo me ha dejado plantado y la he pagado contigo. Mis disculpas, en serio. Si quieres, me voy.

De repente parece el chico formal de siempre, ese que cae bien a ciertos profesores mayores y a las madres bobas. Dante suelta un suspiro de alivio y Greta opta por no contestar.

La petición

Los resabios de la buena educación son un recurso infalible, piensa Xenia. Ella, que en sus años mozos había despotricado contra lo que calificaba de hipocresía social, ahora reconoce su eficacia. El manto falso y reconfortante que aportan las buenas maneras en situaciones difíciles. La confianza que se siente al percibir que, en cualquier caso, pasado ya el momento de tensión, Lourdes no desfallecerá, y que su papel de experta maestra de ceremonias será exactamente lo que necesitan para que la irrupción por sorpresa de Coral quede neutralizada por su elegante discreción. De momento, al menos así ha sido y de paso ha servido para arrinconar esa horrenda historia del cartel y el recuerdo de Teresa.

Coral se ha sentado a la mesa. Xenia, como las otras, ha hecho el esfuerzo de disimular la expresión espontánea de asombro, mezclada con compasión, que ha sentido al verla, y ha intentado no mirarla mucho mientras comían. No es que Coral haya sido nunca una mujer guapa; incluso en sus mejores años, cuando el dinero entraba en las cuentas de su marido a espuertas, había en ella un aire artificioso, como de falsa nobleza antigua, que la deslucía. Una impostura en los movimientos, una lentitud en las palabras, que hacían pensar que detrás de las joyas, del bolso Louis Vuitton de turno que movía de un lado a otro a todas horas, o del modelito carísimo que nunca era del todo apropiado, se ocultaba alguien distinto. Alguien que había crecido con imitaciones mucho más baratas y había tomado como modelo a señoras de otra época.

Román la llamaba siempre «la Montiel» por su manera afectada de hablar, como de dama añeja. Ahora, a pesar del maquillaje y del traje de chaqueta, demasiado formal para una cena entre amigas, la cara de Coral muestra los estragos de un mal año. Como si hubiera pasado una enfermedad de la que aún no se ha recuperado del todo, sus mejillas son un poco más flácidas, las ojeras más marcadas, y las larguísimas uñas postizas han dejado paso a las suyas naturales: mordidas y feas a pesar de la capa de esmalte. Al principio, cuando se conocieron en el gimnasio del club, Lourdes y ella se mantuvieron a distancia, a pesar de que Coral insistía en tender la red de la amistad. No pudieron, sin embargo, obviar la invitación a la gran casa que Coral y Álvaro se habían construido y que inauguraron, meses después de instalarse en ella, con una fiesta de verano en la piscina. Xenia aún estaba con Román, y recordaba la discusión que surgió cuando él sacó su vena más visceral, que bordeaba el anarquismo, y se negó en redondo a «hacerles la pelota a esos pijos de mierda». Y ella, que unos días antes pensaba más o menos lo mismo, se molestó ante aquella reivindicación de artista puro, expresada desde un sofá valorado en unos cuantos miles de euros que, le recordó, había pagado ella a tocateja sin que él protestara. Román terminó asistiendo y, lo que es peor, disfrutando del evento, lo mismo que todos los demás. Incluso se hizo amigo de Álvaro, con el tiempo. Por supuesto que existía algo casi indecoroso en aquella ostentación, en los camareros del catering vestidos de uniforme, en la barra libre y en la decoración de la zona que rodeaba la piscina, reconvertida en una isla paradisíaca con palmeras artificiales y unos falsos nenúfares con luz que al anochecer se encendieron como luciérnagas en el agua. Era todo tan kitsch que los invitados pudieron desterrar la envidia y entregarse a disfrutar por fuera y criticar por dentro. Coral y su niña, una réplica de ella en tamaño reducido, saludaban a los recién llegados como si fueran miembros de la realeza, y Álvaro las contemplaba con orgullo sin por ello disimular que muchas de las invitadas se le antojaban igual de atractivas. A Xenia le encantó ver a Román ligeramente celoso y se divirtió, como hacía siempre en aquellos días, con la popularidad que generaba la televisión. Xenia Montfort, la estrella de la serie que llevaba su nombre, *Xenia de noche*, y que conseguía todos los domingos, a última hora, unos shares de audiencia rayanos en lo espectacular. Las aventuras de una exesposa empeñada en recuperar a su hombre habían empezado como una sitcom sin demasiado presupuesto, pero el ingenio de los guiones y la personalidad arrolladora de la protagonista la habían convertido en el producto estrella de la cadena. Todo el mundo conocía a Xenia, y a ella le encantaba aquel papel de mujer liberada, autosuficiente, franca y al mismo tiempo con las dosis de inseguridad necesarias para conectar con un amplio espectro de público.

Y, claro, después de aquella primera fiesta, comentada y criticada por ella y por las otras, no le quedó más remedio que invitar a Coral a una cenita íntima, solo para cuatro amigas, que celebraría en su casa. Coral se mostró tan agradecida que Xenia casi se conmovió, y entre una cosa y otra acabaron incluyéndola en el grupo. Claro que nunca fueron tan amigas como con Lourdes, o como lo son Mireia y Olga, y alguna vez tuvieron que morderse la lengua ante la «ingenuidad» de Coral en todo lo que se refería al mundo del arte, la literatura o el teatro, pero tampoco podían negar que habían terminado cobrándole afecto. Se sentía tan feliz de pertenecer a aquel grupo, como si fueran las primeras amigas de su vida, que resultaba cruel desengañarla. Y ninguna de ellas era cruel, al menos con quienes aceptaban en su círculo. Ni ella en sus peores momentos, cuando no soportaba a nadie y tendía al exabrupto, ni Mireia, que podía ser impaciente o irónica, ni desde luego Lourdes u Olga tenían la maldad suficiente para que se llevara un chasco o quitarle la ilusión. También hay que decir a favor de Coral que tampoco parecía aburrirse nunca y que, con evidente esfuerzo, empezó a leer algunos libros que le prestaba Lourdes. Se mostraba ansiosa por encajar en ese mundo de mujeres profesionales y autosuficientes, alejadas de su rol de ama de casa rica e ignorante de los asuntos de su marido. Xenia intuye que debió de quedarse helada cuando Álvaro fue detenido y todo el entramado de comisiones, cohechos y cuentas en paraísos fiscales salió a la luz; cuando luego perdieron los coches y la casa; cuando todo su mundo se disolvió como el hielo de un cóctel en una fiesta de blanco.

—Coral, ¿cómo estás? —La pregunta de Mireia, formulada tras un rato de silencio y en voz súbitamente alta, suena brusca incluso para ella misma—. Quiero decir…, no sé, a lo mejor prefieres no hablar de todo lo que ha pasado. —Y añade, dirigiéndose a las otras—: Pero yo me siento mal si no pregunto.

La aludida cruza los cubiertos en el plato y luego lo aparta un poco. Apenas ha comido aunque ha elogiado un par de veces, casi en susurros, la habilidad de la cocinera. Luego se encoge de hombros y Xenia, gran observadora de expresiones faciales, comprende que Coral está agotada: probablemente triste, sorprendida e incluso ofendida, pero sobre todo cansada.

—El lunes… —empieza—. El lunes fui a ver a Álvaro. A la cárcel. No había ido desde las primeras semanas. No me sentía capaz. ¿Os molesta si fumo? Lo había dejado, pero ahora...

Mireia odia el olor a tabaco, todas lo saben, y sin embargo no dice nada.

—Te traigo un cenicero de la cocina —dice Lourdes.

Coral enciende un cigarrillo que saca de un paquete arrugado. Le tiembla un poco la mano y aspira con fuerza. La bocanada de humo se esparce por la mesa mientras ella sigue en silencio unos segundos más. Nunca tuvo facilidad de palabra y está claro que le cuesta encontrar la manera de proseguir.

—No sé... Todo es tan distinto. A ratos estoy enfadada. Con él, sobre todo. Y con el mundo... La mayoría de los días no consigo levantarme de la cama. Mi madre da vueltas por casa y yo solo quiero dormir. Suerte que Olivia sigue fuera, en el colegio. Al menos no tengo que preocuparme por ella.

—Has hecho bien viniendo hoy —le asegura Lourdes, que ha vuelto con un bonito cenicero con forma de concha—. Llámame cuando quieras, ya lo sabes.

—No he tenido ganas de hablar con nadie. —Se calla, una vez más, y entorna los ojos—. Todo el mundo habla a mi alrededor. Mi abogado, la abogada de Álvaro... La policía. Mi madre, la prensa. Hablan, hablan, hablan, con palabras que ni siquiera entiendo. Y esperan que les dé respuestas que no conozco.

—¿Tenéis abogados distintos? —pregunta Olga en tono profesional.

Coral asiente y apoya el cigarrillo en el borde del cenicero.

—Eso me aconsejaron. De momento parece que Álvaro no me incluyó en ninguna de sus actividades. Mi nombre solo aparece en algunas cuentas personales, no en las de negocios. Pero ¿quién sabe? Cada día hay una noticia nueva. Algo que no sabíamos, un nuevo escándalo. Por eso dejé de ir a verlo, no podía soportarlo. El viaje a Madrid. Luego llegar a esa cárcel en medio de la nada y ponerme a hacer cola con las mujeres de esos...

—¿Y cómo estaba Álvaro? —pregunta Xenia. A pesar de que las noticias han tratado extensamente el escándalo, que implica a un par de políticos y a otro empresario, le cuesta imaginarlo en la cárcel.

Coral se encoge de hombros de nuevo.

—Él dice que bien. Más delgado. Al principio estaba loco por salir. Nunca lo había visto así, llorando como un niño. El otro día, en cambio, lo vi más... conforme. Resistiendo, me dijo. Integrándose en la cárcel... ¿No os parece horrible? Ni siquiera me preguntó por Olivia. Ella está en el internado al que la mandamos el año pasado. Al menos él se preocupó de pagar dos cursos enteros, así, por adelantado, antes de que el embargo de las cuentas fuera total. Supongo que allí estará mejor que en casa. —Se ríe con amargura—. Ya no sé ni dónde está mi casa.

—Pero sigues viviendo con tu madre, ¿no? —pregunta Lourdes.

Coral asiente con la cabeza.

—Cada mañana, cuando me despierto y me veo en mi cuarto de niña, me entran ganas de meter la cabeza debajo de la almohada. —Saca otro cigarrillo del paquete y lo enciende, ya sin pedir permiso—. Pero no puedo permitirme otra cosa. Esa es la verdad. Tenía algo ahorrado, en una cuenta para Olivia. Eso al menos no lo han tocado... ¿Sabéis una cosa? Arruinarse resulta carísimo —sentencia con una sonrisa irónica—. Los abogados siguen cobrando. Y luego... surgen otros problemas.

Nadie dice nada. Coral fuma en silencio y Lourdes se levanta para recoger los platos. Esta vez Xenia no hace el gesto de levantarse a ayudarla porque Mireia se le adelanta.

—Necesito dinero —dice Coral, y de repente la frase no es tanto la constatación de un hecho como una petición. Lanzada al aire, a nadie en particular y a todas en general—. Me da mucha vergüenza, pero lo necesito de verdad.

Lourdes mira a su hermana y ambas se van hacia la cocina, en silencio, cargadas con los platos sucios.

—Ya que hoy hay barra libre de humo, voy a aprovechar —dice Xenia, y busca el bolso con la mirada.

—Nos vamos a ahogar —comenta Olga.

—Voy a fumar a la ventana, tranquila. Dios, ¿por qué siempre bebo demasiado vino?

Olga se levanta.

—Disculpa un segundo. Necesito ir al baño.

Coral se queda sentada a la mesa, con el cigarrillo en la mano, súbitamente sola. Siente la necesidad de desaparecer, de esfumarse sin pasar por la puerta, de desvanecerse en el aire, y al mismo tiempo tiene la impresión de que sus pies han echado raíces en aquel salón que tantas veces desdeñó mentalmente por pequeño y que ahora percibe enorme, como si una distancia inmensa la separara de la puerta. Es eso, la injusticia de todo (el maldito contraste entre lo que tuvo y lo que tiene, unido a la consciencia de que es muy probable que también ella, en otro momento, habría buscado una excusa para que el silencio fuera la respuesta sin tener que decirla), lo que la enciende por dentro. Ella debería estar fumando en la puerta, o en la cocina, o en el cuarto de baño, en lugar de permanecer allí, vencida, sin poder moverse.

Pasan un par de minutos y nadie regresa. Xenia sigue fumando en la ventana, al fondo del salón, dándole la espalda, y Coral se dice que la única respuesta posible a esa desbandada es una huida inmediata. Con esfuerzo consigue arrancar los pies del suelo y caminar hacia la puerta. Descuelga el abrigo del enorme perchero de madera donde Lourdes lo colgó y, con el bolso en la mano, abre la puerta de la calle sin decir nada.

Xenia se vuelve hacia Coral al oír el ruido y algo la empuja a llamarla, pero hasta ella llega la voz de Olga, que ha salido del baño:

—Déjalo, Xenia. Es mejor así.

La noche

Y sintió que la llamaba una voz en la ventana

La noche del viernes es una de las más frías de ese invierno. El viento de la tarde y la leve llovizna se han calmado para dejar paso a un cielo nítido y a unas temperaturas bajas, casi insólitas hasta entonces. El día, que amaneció con las esquelas colgadas en los troncos de los árboles, finaliza en el mismo tono fúnebre, con la sensación de que el invierno, que había remoloneado hasta entonces, empezaba a tomar cuerpo. Claro que, en el interior de las casas, uno podía vivir ajeno a él, e incluso disfrutarlo. Abrir un poco la ventana, sacar la mano y cerrarla enseguida al notar la caricia de la noche; meterse en la cama, abrigarse bien y solazarse mentalmente en la previsión de un fin de semana que justo comenzaba a dar sus primeros pasos. O bien aprovechar la noche, refugiarse en su oscuridad para dar rienda suelta a esas fantasías que a la luz del día parecen sórdidas y que, en cambio, por la noche, se convierten en sueños posibles.

Y sintió que la llamaba una voz en la ventana
Descalza, caminó a oscuras

Clic. El chasquido de la cámara resuena por encima del agua de la ducha y ella finge sorprenderse, como si no supiera que Íñigo está al otro lado de la mampara corrida, la espalda apoyada en la pared, junto al toallero, y una vieja Polaroid que llevaba años sin usar en la mano. Cada disparo va seguido de un zumbido sordo, cuando la cámara expulsa su fruto.

Mireia se enjabona y luego pasea el chorro por todo su cuerpo.

—Mójate la cabeza —le dice él, y a ella le fastidia que rompa el encanto del momento con órdenes absurdas.

Aun así, obedece; eso forma parte del juego, y por la voz de Íñigo, por su mirada levemente colocada que ella conoce bien, supo desde que entró en casa que esa noche su marido tenía ganas de jugar.

Ella se pone de espaldas a él, su cabello rubio se convierte en una cascada y el vapor llena el espacio. Clic. Zzzz. Clic.

—Date la vuelta. Coge la pastilla de jabón —susurra él, y ella sabe sin verlo que se ha quitado el pantalón corto y está también desnudo—. Mírame y tócate.

Y sintió que la llamaba una voz en la ventana
Descalza, caminó a oscuras; fuera, el viento aullaba

¿Cómo pueden ser distintos los silencios?, se pregunta Coral. Recuerda haber disfrutado del que se respiraba en su casa de Castellverd. Como era la más alejada del pueblo, desde su terraza se veían las montañas y el viejo castillo con la ermita (una estampa algo deprimente, pensaba al principio, hasta que Lourdes la envidió públicamente por ella). En las noches de invierno, desde la terraza de la planta superior, la quietud era tan absoluta que ella se sentía invadida por un sosiego adormecedor y relajante. Ahora, sin embargo, en el piso de su madre ese mismo silencio está poblado de sombras que la mantienen despierta, desvelada, al borde del llanto histérico. Quizá porque esta noche se siente abandonada por todo y por todos excepto por unos tipos que han vuelto a recordarle, a través de un breve mensaje, que tiene una misión que cumplir para ellos.

Indignada, Coral da vueltas en la cama (es demasiado estrecha, está demasiado encajonada en un cuarto que ya era pequeño cuando ella era una cría) y tiene la absoluta convicción de que el mundo se ha aliado para darle la espalda. Empezando por Álvaro, que días atrás escuchó su petición, que fue transformándose en súplica, con una mirada desdeñosa, preludio de una respuesta tajante. Ella le contó la entrevista con el viejo Mayoral, le transmitió sus palabras, le narró la sensación opresiva de falta de aire y el pánico extremo en que vivía desde entonces… «¿Te crees que yo aquí no tengo miedo, Cory?», la interrumpió él. «¿Que no pienso que cualquiera de esos tipos puede rajarme cada vez que entro en la ducha? ¿Tú los has visto? Yo vivo con ellos.» No hubo manera de arrancarle la promesa, ni siquiera cuando Coral usó lágrimas de verdad, que luego se transformaron en insultos. «No has venido a verme desde hace semanas», sentenció él. «Vete lejos, Cory, espabílate. Haz algo por una vez en tu vida, aunque sea solo por ti misma.»

La había dejado sola. Tan sola como sus amigas en la mesa esa noche. Tan sola como se sentía ahora, insomne, abandonada, a merced de unos brutos que tampoco demostraban la menor piedad por ella. Ni siquiera podía culparlos: si sus aliados naturales la despreciaban, ¿por qué iban ellos a ser distintos?

Y sintió que la llamaba una voz en la ventana
Descalza, caminó a oscuras; fuera, el viento aullaba
No entendía sus palabras

—Y cuando salí de la cocina, Coral ya se había marchado —finaliza Lourdes, y añade—: Tengo un dolor de cabeza horrible.

—Tómate algo si quieres —le dice Max—, aunque lo que mejor te irá es acostarte. Va, ven a la cama.

Ella asiente débilmente mientras se masajea el cuello con una mano. El día ha sido demasiado largo, demasiado intenso, y Coral ha terminado de rematarlo con aquella aparición, aquella huida.

—¿Crees que estará bien? —le pregunta a su marido, como si el hecho de que fuera psiquiatra otorgara mayor peso a su opinión.

Él no contesta, al menos no enseguida. Sentado en la cama, con el iPad en las manos, revisa un artículo que le llegó por correo electrónico.

—Max... —insiste ella.

—Acuéstate, Lou.

—¿Me estás escuchando?

Max identifica el tono de impaciencia, de irritación; son demasiados años juntos para no hacerlo.

—¿Qué quieres que te diga? —le dice por fin—. Dudo que se sienta exactamente bien. Está metida en un lío, con o sin culpa; ha venido a pediros ayuda y vosotras...

—Vino a pedir dinero, no ayuda —lo interrumpe ella—. No es lo mismo.

—Vale. En cualquier caso, se la negasteis.

—No nos dio tiempo.

—¡Lou! —Max sonríe y la mira por encima de las gafas. Él no lo sabe, pero es algo que ella encuentra sexy, aunque hoy lo último en lo que puede pensar es en ningún tipo de actividad sexual.

Ella suspira y empieza a desnudarse. Duda entre si tomar una ducha o dejarlo para el día siguiente. Opta por esto último: el día ya ha sido bastante largo y necesita que la noche le ponga punto final. Sin embargo, aún le queda algo por decir, una frase que lleva aplazando desde que Max llegó a casa, justo cuando se iban las chicas.

—¿Te acuerdas de Jérôme Dessaint? —pregunta sin mirarlo, deliberadamente de espaldas a él—. Uno de nuestros autores.

—Creo que sí. Publicaste algo suyo hace tiempo, ¿no?

Ella no lo ve, así que puede proseguir mientras se quita los pendientes:

—Ha muerto esta mañana. Un infarto cerebral.

—Vaya. Lo siento.

Max está usando el tono automático que adopta cuando su mente se concentra en otra cosa, algo que normalmente la irrita, pero que hoy encuentra perfecto.

—El entierro es el lunes, en Marsella.

—Ajá.

Lourdes se vuelve hacia su marido y camina hacia la cama, ya en ropa interior.

—No sé si debería ir. Aún lo estoy pensando. Por un lado, me da pereza, la verdad.

—No me extraña.

—Por otro..., estará su editor francés, ya sabes, Philippe Blanc, y algún otro autor mío. Su agente española va a ir seguro, me lo confirmó antes.

—Me encanta cuando hablas de «tus autores», como si fueran mascotas. —Él aparta la mirada de la pantalla y da una suave palmada a la sábana—. ¿Por qué no te acuestas? Ya lo decidirás mañana.

Es entonces cuando llega un correo electrónico a la cuenta de Max. Es tan escueto que consta solo de nueve palabras:

El viernes próximo vuelvo a casa. Un abrazo,
Simón

Y sintió que la llamaba una voz en la ventana
Descalza, caminó a oscuras; fuera, el viento aullaba
No entendía sus palabras
Pero era una voz profunda

Xenia entra en casa, un poco aturdida por el vino y un par de gin-tonics que se ha tomado después de cenar. Tiene sueño y al mismo tiempo odia irse a la cama borracha; prefiere aguantar un rato despierta, tumbada en el sofá. De repente recuerda la cocaína y ve que no está donde la dejó; eso la tranquiliza lo suficiente para dejarse caer sobre los mullidos cojines blancos, descalzarse y pulsar el mando del televisor y del DVD. La cara de Bette Davis se asoma a la pantalla: aquellos ojos penetrantes, de ojeras pronunciadas, el estilo inconfundible de quien siempre fue una estrella. ¡Y el idiota de su director diciéndole que esa versión de *Eva al desnudo* estaba anticuada! ¿Qué sabrás tú de lo que es el miedo a perder, gilipollas? Se da cuenta de que lo ha dicho en voz alta y piensa que, si sigue así, acabará no como la Davis, sino como Gloria Swanson, hablando con un amante fantasma. Al menos tendría donde escoger, se dice con ironía satisfecha. Piensa en Lourdes, afectada por la muerte de su único lío extraconyugal, con una mezcla de simpatía y exasperación. Xenia no sería capaz ahora mismo de contar el número de todos sus amantes, aunque sabe que solo se arrepiente de verdad del único al que, aún hoy por hoy, a veces echa de menos. Lourdes siempre ha sido igual, murmura para sus adentros. Claro que Max siempre ha estado ahí, el novio de juventud convertido en marido eterno y estable. Reconoce que no ha sido una mala apuesta: Max Esteve es de esos hombres que saben cuidarse y que, con el tiempo, pasó de ser un jovencito sin demasiada gracia a convertirse en un maduro de muy buen ver. Las canas a lo Richard Gere lo favorecen. Se pregunta, y no por primera vez, si en la vida del doctor Esteve hay enfermeras sensuales o estudiantes admiradoras… Xenia está segura de que la respuesta es afirmativa con el noventa y nueve por ciento de los hombres. Max pertenece al limitadísimo resto porcentual. O eso parece: ella no pondría la mano en el fuego por nadie. Empezando por sí misma.

Observa las caras de los actores en ese blanco y negro adorable que resalta sus mejores rasgos, alejado de la crueldad del color natural, y decide meterse en la cama. Si no fuera por los mellizos, dormiría en el sofá, pero se le antoja muy patético que la encuentren allí por la mañana, tirada sobre los cojines, vestida y sin desmaquillar. Así que se arrastra escaleras arriba y pasa por delante de la habitación de Greta, que duerme con la puerta completamente cerrada. Vive con la puerta atrancada, piensa con preocupación. Nunca ha conseguido entender a su hija, ni cuando tenía cinco años y robaba comida de la cocina, a hurtadillas, como una refugiada afgana hambrienta. Suerte que está Dante, se dice, pese a que en los últimos meses también lo nota distinto, más despistado… Él suele dejar la puerta semiabierta, y Xenia la empuja un poco solo para cerciorarse de que su hijo está acostado y a salvo.

La imagen la descoloca y, a continuación, la enfurece. Recuerda el comentario maligno de Román: «¿Aún los dejas dormir juntos de vez en cuando?». Y con el regusto amargo del último gin-tonic, sin pensarlo demasiado, enciende la luz del cuarto para que su hija, que no debería estar acostada allí, se levante y vuelva a su cuarto. No, no le valen excusas y sabe que es algo que suelen hacer desde que eran niños, pero ahora tenéis diecisiete años, joder, y cada uno debe dormir en su puta cama. Siente el potente impulso de abofetear a Greta, que la mira con expresión somnolienta y desdeñosa cuando pasa por su lado. En el fondo sabe que no se atreve a hacerlo porque su hija es lo bastante fuerte para devolverle el golpe sin la menor vacilación. «No hay quien razone contigo cuando estás pedo, mamá», le suelta ya desde la puerta de su habitación, y su mellizo se ríe.

Siempre ha sido así. Ellos dos contra el mundo. Ellos dos contra ella.

Y sintió que la llamaba una voz en la ventana
Descalza, caminó a oscuras; fuera, el viento aullaba
No entendía sus palabras
Pero era una voz profunda
Grito azul de luna blanca

Desde la azotea, a pesar del frío, Olga se deja mecer por el silencio. Sabe que aún le quedan al menos un par de horas para dormirse. Eso si tiene suerte. Si no, deambulará por el piso, se preparará una infusión, intentará dejar la mente en blanco y resistir la tentación de tomarse un par de pastillas que podrían poner fin a esa tortura cotidiana. Y así pasarán las horas, con una lentitud pavorosa a la que no termina de acostumbrarse, y eso que lleva un año, más o menos, de insomnio agudo.

Lo peor no es no dormir, y lo sabe. Lo peor es que a esas horas acuden a ella todas las ideas negras. Sobre todo en un día como hoy, en que las cosas no han salido tal y como preveía.

Olga mira hacia abajo. Piensa, no por primera vez, que una caída desde allí resultaría mortal. Acabaría con todo, y la gente, sus escasos amigos, pensarían que siempre fue rara. Respira hondo y deja que los pulmones se llenen del aire frío. Intenta relajarse, mirar al cielo, ahuyentar esa ridícula fascinación por el vacío que parece poseerla de un año a esta parte. Sabe que no es capaz de hacerlo. Ella, que ha conseguido enfrentarse a toda clase de situaciones profesionales, que ha probado casi todas las drogas, que ha tenido múltiples y, a veces, arriesgadas experiencias sexuales, que no ha demostrado el menor escrúpulo a la hora de hacer su trabajo, acaba demostrando menos valor que una jovencita lánguida.

No puede hacerlo, y por eso la idea la subyuga. Una vez, meses atrás, consiguió al menos dar el primer paso: encaramarse al murete de ladrillo y sentarse en él. La invadió una excitación absoluta, maravillosa, y se dijo que ya solo faltaba lo más fácil. Solo tenía que apoyar ambas manos, darse un poco de impulso y simplemente dejarse caer. Saltar hacia la nada.

La idea le causó un pánico tan intenso que tardó casi una hora en conseguir moverse. Darse la vuelta y apoyar los pies en el suelo de la azotea la aterraba casi tanto como saltar y, por fin, optó por una salida patética. Mientras se echaba hacia atrás, pensó que si existiera un dios de los suicidas, este la castigaría haciéndola morir desnucada en aquella huida cobarde. Pero en la vida de Olga no hay dioses, nunca los ha habido, y lo único que sacó de aquello fue un hombro dolorido y el orgullo por los suelos. Eso le sirvió de lección durante un tiempo y le hizo darse cuenta de que para dar el paso definitivo hacía falta un valor que ella, a diferencia de otras personas que había conocido e incluso amado a lo largo de su vida, no poseía.

Esa noche se dio cuenta de que su principal problema era que, a diferencia de los suicidas de verdad, ella no tenía una razón para matarse, de la misma manera que no la tenía para vivir. Soy como una sombra, pensó. Lo he probado todo y no me importa nada. Bien, tal vez ahora sí…

Un rato después, cuando el frío arrecie, descenderá de la azotea. En lugar de meterse en la cama, entrará en el estudio y encenderá la luz provocando un maullido de queja en su gato, que odia que lo despierten. Verá las fotocopias de la esquela que le sobraron por la mañana, cuando recorrió el pueblo con ellas, y no será capaz de tirarlas, a pesar de que no le han servido de mucho. Luego se sentará a su mesa y volverá a leer el último mensaje que le mandó Teresa Lanza, unas horas antes de su muerte.

Tengo un problema que consultarle. Podemos hablar más tarde?

Olga no llegó a responder simplemente porque estaba ocupada y no lo vio hasta muy tarde. Tan tarde, que se dijo que ya no merecía la pena. Ya hablaría con Teresa al día siguiente. Ya la llamaría por la mañana.

Y sintió que la llamaba una voz en la ventana.
Descalza, caminó a oscuras; fuera, el viento aullaba.
No entendía sus palabras,
Pero era una voz profunda.
Grito azul de luna blanca.
Una voz que decía: «¡Salta!».

Es lo máximo que ha conseguido escribir esta noche, después de un buen rato de intentar concentrarse. Jimmy tiene más ideas sueltas, palabras que le gustan y que intenta colocar, pero, al hacerlo, todo parece perder el sentido, como si lo que quisiera decir y los versos que lo expresan hubieran entrado en una especie de combate estéril. Quizá sea porque no hay poesía en la muerte, al menos no en la de alguien a quien amabas, y su propia naturaleza también se rebela contra el intento.

No es poesía lo que le sugiere la muerte de Teresa, ni misterio, por mucho que el padre Rodrigo repita que no puede estar seguro, que él no es Dios ni su enviado para repartir justicia, que sus propios actos serán condenados aquí en la tierra y lo alejarán del futuro, de todo lo que podría ser. Ya lo pensó antes, cuando dejó a Deisy en casa y deambuló por el barrio, a la espera de que aquellos idiotas que se habían metido con él se separaran. Pegarle a un borracho no es que sea un acto muy digno, pero hay veces que Jimmy no está para remilgos. Tampoco le dio demasiado: el otro andaba tan pedo que después de un par de zarandeos se puso a vomitar como un cerdo, y eso sí que arruinaba el placer de la violencia.

No, en la muerte de Teresa no había ni poesía ni misterio. La muerte de Teresa no pide versos, se dice antes de romper la hoja de papel y lanzar los pedazos al cubo donde suelen terminar sus esbozos poéticos. Luego se dirige al cajón de una vieja cómoda y saca algo que sabe manejar mucho mejor que el bolígrafo.

Mientras sostiene la pistola, Jimmy piensa que la muerte de Teresa solo pide una cosa. «Bum», susurra, sonriente, mientras apunta con el arma hacia un blanco invisible.

TERESA

Saimon vuelve. Y a partir de esta frase este mundo frío empieza a tener un sentido. Un significado. Una razón que va más allá de mis propias preguntas. Saimon vuelve, y con él, los recuerdos, las caricias olvidadas, y esa especie de nudo que se me ponía en el pecho las primeras veces que estuvimos juntos. Vuelven los nervios y los minutos que se hacen horas. Vuelve la sensación de que mi cabeza no está para nada más, de que el tiempo de la espera es torpe y lento y gris. Vuelve el deseo, más ansioso que nunca, de verlo y de oír su voz.

Saimon vuelve, y su regreso es el mejor motivo para seguir aquí muerta.

Y ahora que sé el final triste de nuestra historia, pienso en el principio y me digo que, contra lo que suele ser habitual, es mucho más borroso. No creo que pueda fijar una fecha, como hacen otras, ponerle una crucecita en el almanaque, festejar el aniversario del primer día que lo vi. No puedo porque conocí a Simón mucho antes de fijarme en él de verdad. Para mí era el nieto de doña Cecilia, el chico que a veces se quedaba con ella cuando yo debía salir, para que no estuviera sola. El señor Max la visitaba todas las semanas, a veces más de un día, y en alguna ocasión comentaba: «Le diré a Simón que pase a verte. La verdad es que el pobre va loco con los estudios». Y doña Ceci lo disculpaba, le decía que los jóvenes tenían que hacer otras cosas en lugar de ir a pasar la tarde con una vieja, que los ojos de la juventud no deberían ensuciarse con imágenes de ancianos. Creo que ninguno de los dos pensaba en mí cuando hablaban. En mí, que era solo un año mayor que Simón y que me pasaba los días metida en la casa, haciéndole compañía a una anciana de más de ochenta.

Pero no quiero criticar a la señora Ceci, Dios la tenga en su gloria, porque no creo que exista ya en el mundo alguien más bondadoso, más amable. Incluso en sus últimos meses, cuando la memoria empezaba a fallarle y se despertaba a medianoche creyendo que era de día, o me confundía con una prima suya también llamada Teresa, resultaba sencillo convencerla de la verdad. Me creía, la pobre, y se volvía a la cama o me pedía perdón. «Ay, nena, si ya no sé lo que me digo. Suerte que estás tú aquí», me decía, tristona. Creo que Dios fue justo con ella y le paró el corazón antes de borrarle la mente, antes de que dejara de ser la mujer que fue hasta casi el final.

Si hay algo que recuerdo de la señora Ceci es su amor a los libros y las palabras. Le encantaba que le leyera y decía que mi acento era ideal para algunas de sus novelas favoritas. Me hizo leerle no sé cuántas veces *El amor en los tiempos del cólera*, y aún me acuerdo de ese «olor de las almendras amargas que recuerda a los amores contrariados». Hasta ese momento nunca me había detenido a pensar en la belleza de las frases, en lo que pueden decirnos las palabras. A veces, la señora Ceci me hacía parar en plena lectura; me animaba a repetir un párrafo despacio y me preguntaba por su significado. Había sido maestra, la señora Ceci, maestra en la universidad de acá, y creo que disfrutaba enseñándome el sentido oculto de los textos. Le gustaban las buenas historias, pero de vez en cuando yo notaba que se aburría un poco, y entonces me decía, por ejemplo: «Nena, ya estoy harta de tanto monje y tanta divagación filosófica. ¡Que les den a los muertos de la abadía! Hoy el cuerpo me pide una de esas de pasión». Y me hacía sacar del fondo de su biblioteca unas novelas con señores de torso desnudo en la cubierta, historias que yo me sonrojaba al leerle en voz alta, aunque debo admitir que alguna vez me las llevaba a la cama para saber cómo terminaba aquel amor desatado, loco, que siempre sucedía entre los brumosos parajes de Escocia o en las ardientes plantaciones del sur de Estados Unidos. Nunca en Barcelona, claro, y nunca con una asistenta hondureña como protagonista.

Saimon me contó después que la primera vez que se fijó en mí, el primer día que me vio realmente, fue un día que se presentó a ver a su abuela. Se cruzó con su padre en la entrada y por eso no le oí, ni la señora Ceci tampoco; así que en cuanto creímos que su hijo se había ido, me puse a leerle uno de sus libros favoritos, *El gran Gatsby*, que habíamos interrumpido a su llegada. Y Simón se quedó en la puerta, sin decir nada, escuchando mi voz, y luego, cuando en una pausa lo descubrí ahí, me animó a seguir con la mirada. Meses después, a veces me pedía que le leyera un fragmento de algún libro después de hacer el amor. Le pedí al señor Max algunas de esas novelas después de que su mamá se muriera. Eran libros antiguos, hermosos, y siempre, cuando releía algún fragmento, me acordaba de la señora Ceci. Porque no solo leíamos, claro, no fue solo el valor de esas historias lo que me enseñó aquella viejita. También me hizo ver que yo era hermosa, y más lista de que lo que yo misma pensaba, y me forzó a pensar en un futuro. «¿Qué harás cuando yo no esté, nena? No vas a pasarte la vida cuidando viejos. Yo no soy rica, así que esto no va a ser un cuento victoriano en el que la jovencita buena y guapa hereda una cuantiosa fortuna. Tienes que pensar en el futuro. Debes trazarte un plan.»

Simón me miró distinto ese día, y de repente, aunque seguí leyendo, también yo empecé a pensar en él ya no como el nieto de doña Cecilia, sino como un varón hecho y derecho. De todos modos, nunca pasó nada hasta mucho más tarde, hasta meses después de que la señora Ceci falleciera, cuando yo trabajaba ya en las casas de Castellverd. Fue el señor Max quien me dijo que no me preocupara cuando murió su madre, y entre él y la señora Lourdes me buscaron trabajo en las casas de sus amigos y parientes. Y es que yo no me sentía con cuerpo para cuidar de otro anciano, no tan pronto, no después de lo mucho que había querido a la señora Ceci, y me vino bien ese cambio de escenario que me llevó a vivir con Deisy en Las Torres y a coger el tren todos los días para ir a Castellverd. Y debo decir que, en parte, me gustaba la idea de que ese tren me llevase de nuevo hasta Simón. No porque pensase que iba a suceder nada de lo que después pasó, sino solo porque me divertía soñar con ello.

Fue en el verano, y ahora pienso que nunca se me ocurrió que esos días de calor serían los últimos, que al verano siguiente yo ya viviría entre paredes frías. Entonces se me antojó que era casi el primero porque nunca había vivido algo parecido. Comenzó la tarde del viernes 26 de junio, eso sí lo recuerdo bien, porque el señor Max y su esposa habían ido a pasar fuera el puente de San Juan. Yo fui a limpiar el viernes, como todas las semanas, y, estando yo allí, llegó Simón. Él había terminado ya los exámenes y estaba cansado pero muy contento, todavía nervioso. A mí aún me quedaba un rato en la casa y su presencia, solo, sin nadie más, también me agitaba. Se duchó y bajó de nuevo, y debo admitir que me entretuve más de la cuenta, como una pendeja, remoloneando con el plumero por encima de los cientos de libros de la biblioteca. Creo que la señora Lourdes nunca supo que fue en esa butaca en la que siempre se sienta donde Simón me besó por primera vez. No fue un beso robado ni nada parecido: Simón jamás se habría atrevido a acercarse si yo no le hubiera invitado con una sonrisa. Pero es que no pude evitarla al verlo con el cabello rubio mojado, con los músculos asomando por debajo de la *t-shirt* blanca, con esas manos limpias y fuertes. Le sonreí como había leído que sonreían las señoritas de las plantaciones, y debo decir que él me entendió. Hacía calor, recuerdo una sed intensa que solo se saciaba con besos, y que luego me sentó con suavidad en la butaca y él se puso de rodillas, como un príncipe, a mis pies. Y que mientras él bebía por debajo de mi falda, yo deslizaba las manos por su pelo húmedo y me llevaba los dedos a los labios. Por la ventana abierta se sentía el aroma de menta fresca y de lavanda que hay plantadas en el patio, y ese olor se mezcló con el placer hasta fundirse, hasta que sentí que mis gemidos sabían a hierbas, y que su boca era como una lluvia caliente que me empapaba entera. Y que más tarde, cuando la butaca resultó ser demasiado incómoda, seguimos arriba, en la cama que yo había hecho, a lo largo de una tarde que se transformó en noche y luego en otro día entero. Yo ignoraba aún que todo mi cuerpo era capaz de alcanzar un placer agudo y sin límites, que este podía iniciarse de manera sutil y suave en mis pezones e ir poseyéndome entera; estremecer mis piernas hasta electrizarme las puntas de los pies, pasear por mi nuca y arquearme la espalda cuando la agonía de sus caricias llegaba a su punto máximo, para luego ceder y recomenzar, despacio, como si mi cuerpo entero fuera su instrumento y él, el único músico que sabía tocarlo. Yo no era virgen, pero hasta ese fin de semana no entendí que el sexo podía llegar a ser algo más que el simple acople de dos cuerpos que se desean. Que el sexo de verdad era juego, y tortura, y búsqueda, y sonrisas, y silencios y confesiones, y el anhelo abrumador de que nunca termine mezclado con la necesidad de que acabe ya, porque la mente enloquecía ante aquel exceso loco y se llenaba de colores brillantes, de sensaciones que para mí eran nuevas. Entendí por qué las religiones quieren controlarlo, porque supe que nadie que haya vivido ese calor intenso, esa entrega desaforada, esa necesidad agotadora e insaciable, puede seguir amando a Dios por encima de todo.

El sábado a mediodía él se empeñó en prepararme el desayuno y yo intenté no pensar, detener los mil temores y dedicarme solo a vivir el momento. Él, yo, la casa vacía hasta el domingo. Me dije que el lunes se acabaría el sueño y me abracé a la almohada para retenerlo. Debí de quedarme dormida mientras lo esperaba y, al despertar, lo vi a mi lado, en silencio, observándome, y de alguna manera tuve la sensación de que ya no iba a abandonarme nunca. Y, de hecho, tenía razón: él se quedó a mi lado a partir de ese momento. No a todas horas, claro, aunque yo tenía la sensación de que, dondequiera que fuese, él venía conmigo. Pasamos juntos casi todo el verano sin querer pensar en que el otoño llegaría, como todos los años. Yo seguí trabajando durante todo el mes de julio, y él tomó la costumbre de venir a buscarme en la moto. Luego nos íbamos a la playa y pasábamos la tarde allí, sobre una arena caliente y acogedora, o peleando contra las olas de un mar frío que no conseguía apagarnos. Incluso ahora lo veo, en bañador, con esa sonrisa llena de sol, sumergiéndose conmigo en las aguas azules. Entonces no sabía que sería el último verano de mi vida, y aun así lo gocé como si lo presintiera… O simplemente fui feliz, feliz de verdad, sin más miedo que el que traían las nubes de otoño que se acercaban día tras día. Yo sabía que a Saimon le habían concedido una beca en Inglaterra, que debía marcharse a finales de agosto, y a medida que se llegaba la fecha me invadía una especie de añoranza tonta, la sensación de que, cuando se fuera, me quedaría mucho más sola de lo que estaba antes. Pero nunca dije nada. De verdad. Nunca se lo conté porque no quería estropear los días de sol con una tormenta de verano. Por eso yo fui la primera sorprendida cuando, sobre la tercera semana de agosto, él me dijo que no pensaba irse. Me lo confesó mirándome a los ojos, después de una cena ligera en el pequeño jardín de su casa, una noche de mucho calor. Sus padres estaban en Port de la Selva, con los abuelos de Saimon, y regresaban en un par de días con la intención de despedirse de ese hijo que había decidido renunciar a esa beca para quedarse conmigo. Admito que ni siquiera pensé en cómo se lo tomarían porque la noticia me dejó sin habla y casi sin pensamientos. Las palabras de Saimon, sus planes, la seguridad de que debíamos seguir juntos, vivir juntos, casi me cortaron la digestión. «Tengo dinero», me dijo, «y el piso de la abuela quedará libre en abril del año que viene. Haré el doctorado aquí, y mientras tanto tú puedes empezar a estudiar algo también.» Me recordó a la señora Ceci y una parte de mí me dijo que la anciana acertó y, a la vez, se equivocó en sus augurios. Ella no me legó una fortuna para cambiar mi vida, sino algo mejor. Sin saberlo, me legó un nieto al que yo adoraba, con o sin dinero, con o sin casa. El vértigo de sus planes me mareaba y me apoyé en él, dejé caer la cabeza sobre su pecho y sentí el bateo de su corazón. Con cada latido se esfumaban mis temores, las advertencias del padre Rodrigo, las pullas de Deisy, y empezaba a nacer otra Teresa, una sin miedo, orgullosa, intensamente feliz. Saimon no se marchaba, Saimon se quedaba a mi lado.

No pensé entonces que sería yo la que me iría, la que volaría por los aires hacia este frío reino de los muertos donde solo puedo ser una sombra, un rumor rápido, una presencia torpe que oye, ve y calla, aunque a veces se enfurezca y, en general, más bien se aburra.

Nunca leí historias de fantasmas, a la señora Cecilia no le gustaban y a mí siempre me dieron miedo. Ahora sé por qué una buena persona puede convertirse en un espectro malvado. Es la impotencia de estar aquí sin que nadie te haga caso, de oír que hablan de ti como si no estuvieras; comprobar que sus vidas siguen adelante sin que tu presencia invisible las afecte en modo alguno. No sé si existe otro infierno, si Dios me tiene preparado un destino aún peor que deambular de casa en casa, o si todo terminará el día en que por fin sepa qué sucedió. Rezaría para que ese momento llegue pronto si recordara las oraciones, pero estas también se han esfumado de mi memoria, como tantas otras cosas. Hay algo caprichoso en mis recuerdos: como si fuera una anciana enferma, puedo ver con claridad mi infancia, decir el nombre de mi primera maestra, evocar instantes de felicidad con Saimon. Puedo pensar en Deisy y sentir su envidia, puedo sonreír ante el amor leal de Jimmy, que siempre estuvo ahí. Sin embargo, no soy capaz de decir por qué de repente me atenaza una furia ciega, o el deseo de hacer daño, de romper cosas, de sacudir esas casas y a sus habitantes. O a veces lo contrario: sus problemas me despiertan ternura y me gustaría consolarlos, decirles que en realidad nada importa tanto, que duerman tranquilos. Que no saben la suerte que tienen de estar vivos.

Sé que debo tener cuidado, sobre todo con ese niño que llegó a la casa después de que yo me fuera y que, sin embargo, me ve con absoluta claridad, como si estuviera también en mi mundo de sombras. Las primeras veces me dio miedo e intenté esconderme, y él pensó que era un juego deliberado, que yo lo retaba a encontrarme y no paró de buscar hasta dar conmigo. Ahora a veces me alegro, porque incluso los muertos necesitamos que alguien nos espere en alguna parte. Él lo hace los miércoles; ha entendido ya que es el único día de la semana en que aparezco en su casa. He intentado explicarle que solo él puede verme y oírme, y con el tiempo ha empezado a creerme. Los niños intuyen cuándo deben callar, y él es listo, aunque me da la impresión de que, como yo, tampoco acaba de entender por qué está allí. La verdad es que nunca me gustaron mucho los niños, ni siquiera recuerdo haber pensado en que tal vez Saimon y yo tendríamos hijos algún día, pero Ander parece ver en mí a alguien en quien puede confiar, y eso me gusta. Me hace sentir bien, a pesar de que sé que muchos días se queda triste cuando me marcho. Siempre se enoja cuando eso sucede, y no quiere entenderlo por mucho que se lo explique. Es bonito que alguien te necesite, pienso a ratos, y me esfuerzo por recordar los cuentos que oía de pequeña para entretenerlo. A él parece bastarle con mi presencia, con mi voz que le susurra: «Ya llegué». Se le ilumina la cara y deja lo que está haciendo para encerrarse en su cuarto porque sabe que allí, sin nadie más, podemos estar tranquilos. Si su padre intenta sacarlo o abre la puerta, se pone rabioso y yo no sé qué hacer para calmarlo. Le digo que esas son las reglas de nuestro juego y que debemos seguirlas al pie de la letra o no podré regresar. Sin embargo, los niños prefieren inventar sus propias normas, jugar a su manera, y me cuesta calmarlo si por alguna razón el rato que pasamos juntos los miércoles después de la comida se acorta porque el señor Íñigo se empeña en hacer algo con él.

A veces Ander me habla de Jimmy, del pobre Jimmy Nelson, y en un arranque peligroso me compadecí y le di la medalla para él. No sé si hice bien. Creo que los muertos deberíamos mantenernos al margen de todo, flotar como motas de polvo, resignarnos al olvido, no acercarnos a quienes están vivos. Porque hay algo que también comprobé en estos últimos doce meses, algo que me perturba cada día más.

Los muertos no somos una buena compañía, al menos yo no lo soy. Al principio no me di cuenta, y, distraída, acariciaba los pétalos de una flor o me acercaba demasiado a un pajarillo que se había posado en la ventana. Ya no me atrevo a hacerlo. He visto cómo el frío, mi frío propio, se apodera de ellos en forma de condena súbita. Los pétalos se convierten en cartones secos, el gorrión se desploma como si fuera una piedra rígida sin que yo pueda hacer nada por evitarlo. Y yo rabio al pensar que el único don que me han dejado es el de contagiar la muerte a los seres más débiles.

No quiero pensar en ello.

No quiero pensar en nada.

Solo en Saimon.

Saimon vuelve.

LOS VIVOS

La búsqueda

A lo largo de la semana siguiente, la que desembocaría en el sábado fatídico en que todo cambió, Castellverd recuperó su emblemático estado de placidez. Las falsas esquelas desaparecieron del pueblo llevadas por la ventolera del viernes por la noche sin que la mayoría de sus habitantes les concedieran ni siquiera un recuerdo. Nadie en su sano juicio podría haber previsto que, ocho días después, las luces azules sumirían el pueblo en un ambiente tenso, plagado de sospechas y de medias palabras, de miradas de reojo; que las sirenas de los coches de policía aullarían como coyotes a cualquier hora del día o la noche. Y que el helicóptero, aquel zumbido constante que se aproximaba y alejaba con insistencia, transformaría Castellverd en una especie de lugar asediado, sometido al escrutinio también desde el cielo.

Después de un fin de semana inestable, el invierno también volvió a su templanza habitual. Noches de frío seco y días de sol, mañanas frescas de cielos despejados, hermosos y optimistas, que invitaban a salir al exterior, al buen ánimo y a la empatía. A pesar de que no era la mejor época para las terrazas, los chicos de El Patio vieron aumentar su clientela por las mañanas, ya que a algunos jubilados forofos del paseo matutino les había dado por detenerse allí al final del ejercicio, para recuperar calorías y prolongar en lo posible la parte social de esos encuentros. Los dueños no cayeron en ello, pero esa nueva oleada de parroquianos les había hecho perder al menos una clienta. Xenia Montfort, que salía a hacer marcha a primera hora de la mañana, solía pasarse por allí hasta que un buen día contempló, con bastante horror, que sus costumbres se parecían a las de los jubilados y huyó de un local que se había convertido en una especie de centro cívico.

A lo largo de esos días, la última semana en que Castellverd disfrutó del anonimato elegante que lo había rodeado siempre, nada hacía presagiar que el sábado por la noche iba a suponer un punto y aparte en aquel lugar idílico y residencial. El final de la paz. El inicio del miedo y la sospecha cuando, a las 20.10 del sábado 2 de febrero, se produjo la primera llamada de alerta a la comisaría de Sant Cugat del Vallès. La realizó Íñigo Agirre, quien comunicó la desaparición de su hijo Ander, de seis años de edad. Su voz denotaba la preocupación lógica de un padre consternado, aunque al mismo tiempo, en sus primeras declaraciones, la agente que tomó nota de la denuncia advirtió que quien llamaba estaba convencido de que su hijo se había escapado por voluntad propia. En realidad, Íñigo Agirre confirmó que llevaban más de una hora buscándolo, seguros de que se había adentrado en el bosque. Ese día se celebraba la fiesta de cumpleaños del propio niño, y este, al parecer, aprovechó un momento de follón general para escabullirse a través del jardín, coger la bicicleta de su hermano y marcharse sin ser visto.

El señor Agirre no se mostró muy exacto con las horas, y la agente dedujo que habían tardado un rato en darse cuenta de la ausencia del pequeño, un dato que se confirmó más tarde, durante las primeras declaraciones que ya tomó la persona que se encargó del caso, la sargento Alicia Ramis. En primer lugar, pensaron que estaría en su habitación, jugando en compañía de su hermano mayor. Cuando este último bajó de nuevo al jardín, donde los adultos que quedaban en la fiesta ya recogían los restos de los envoltorios, los globos y el confeti, y preguntó por Ander, todos empezaron a inquietarse y salieron a buscarlo. Algo más de una hora después, al ver que no estaba en los sitios habituales que solía frecuentar, la preocupación creció e Íñigo llamó a la comisaría. A partir de ahí se puso en marcha el dispositivo de búsqueda habitual, y tres coches se desplazaron hasta Castellverd. Aun entonces, y a pesar del nerviosismo reinante entre los familiares del niño desaparecido, la situación emocional revelaba una relativa serenidad porque, según confirmó también la propia madre del niño, Mireia Ros, Ander era relativamente propenso a ese tipo de huidas.

En esos momentos, a pesar de la aparente calma tensa, la alarma fue extendiéndose hacia los habitantes de los chalets de la zona. Algunos se ofrecieron a participar en la búsqueda, otros cerraron sus verjas e intentaron aislarse de aquel sobresalto súbito que perturbaba la velada sabatina. En cualquier caso, el pueblo presenció la aparición de aquellas luces frías y azules, que con su parpadeo parecían contagiar la inquietud. Con el avance de la noche, sin embargo, el lugar quedó en silencio, sepultado por el peso de las dudas y los interrogantes que ya empezaban a abrirse.

El grupo de voluntarios, entre los que estaba Íñigo Agirre y varios de los invitados a la fiesta de cumpleaños, además de los agentes, se dividió por el bosque a pesar de la avanzada hora. En la casa quedó la madre, Mireia Ros, por si Ander regresaba. No permaneció sola: estuvo acompañada primero por sus propios padres, que habían ido a pasar el fin de semana completo, y por su hijo mayor. A las 22.00 seguían sin noticias, y poco después, definitivamente antes de las once, sonó el disparo.

La quietud era tal que la detonación, procedente del bosque, los sobresaltó a todos. Fue entonces cuando los agentes se alarmaron de verdad e intentaron ponerse de acuerdo en el punto de origen de aquel ruido súbito y desasosegante. El anuncio de un peligro que cambiaba su enfoque del tema, hasta entonces centrado en encontrar a un niño huido, tal vez víctima de un accidente fortuito. Los niños no llevan armas, por rebeldes que sean, pensó Alicia Ramis, la agente al mando, quien de inmediato pidió refuerzos y trató de parar un momento, aunque fuera solo para discernir de dónde provenía el inquietante sonido.

Un rato después, sobre las 23.25 de la noche, uno de sus compañeros dio la voz de alarma y Alicia Ramis supo que habían hallado un cadáver. Rezó para que no fuera el del niño, porque no se sentía capaz de enfrentarse al cuerpo muerto de un crío de seis años, y lo mismo debió de hacer el padre, que se abrió paso entre los arbustos y llegó hasta ellos justo cuando acababan de comprobar que el cuerpo no pertenecía a un niño pequeño sino a una persona adulta. En ese mismo momento, Ramis decidió llamar a su jefe, el subinspector Carles Asens, porque, a pesar de su experiencia o quizá gracias a ella, comprendió que un homicidio y la desaparición de un niño en el mismo día eran motivo suficiente para sacar del descanso a un superior que tenía el fin de semana libre.

De madrugada, cuando se había procedido al levantamiento del cadáver, se supo que otro de los agentes había encontrado la bicicleta, con una rueda pinchada, en un desnivel boscoso, cercano a uno de los múltiples senderos que se adentraban en el parque, no demasiado lejos de la carretera principal. La noticia de la desaparición de un niño de seis años, mezclada con la muerte violenta de una persona residente en el lugar, aún no oficialmente identificada, llegó a los informativos de la mañana, a pesar de que la orden entre los presentes era mantener una discreción absoluta. Un par de periodistas se desplazaron temprano hasta el pueblo, convirtiéndose en el preámbulo de lo que vendría a partir de ese momento: el primer capítulo de una historia de sospechas, confidencias traicioneras y puertas cerradas a cal y canto.

Para entonces nadie se acordaba ya de esa semana previa, de tiempo amable e inocente, de esos seis últimos días en que Castellverd y sus gentes vivieron en el plácido y feliz anonimato que los había caracterizado siempre. Y al mirar hacia atrás, algo que los implicados tuvieron que hacer por voluntad propia y también por mandato judicial, resultó obvio que el lunes 28 de enero, cuando el día amaneció con un sol luminoso y casi excesivo para la época del año, nadie en el pueblo pensó que la semana terminaría con una procesión de coches de policía escoltando la ambulancia donde viajaba el cuerpo de alguien a quien todos conocían, porque llevaba años viviendo en el pueblo.

Fragmento de *Los vivos y los muertos*

La brisa del remordimiento

Lunes, 28 de enero

Para Lourdes Ros, la semana comienza con sentimientos encontrados, aunque la alegría por el retorno de Simón ha ido relegando toda añoranza del pasado con una rapidez que ni ella misma llega a entender. Atrás quedan los reproches, los disgustos, los meses de fríos abrazos electrónicos, y con ellos se desvanece también un poco la tristeza por el fallecimiento de Jérôme. Al final no fue a Marsella. Tras meditar sobre ello todo el sábado, acabó concluyendo que, dado que Jérôme ya no era un autor de Pérgamo, el viaje suponía un coste de dinero y de tiempo que no tenía justificación formal. Y desde el punto de vista emocional, pasado el primer impacto de la noticia, la muerte de un hombre al que llevaba años sin ver había ido tomando una perspectiva más moderada, más justa. Sin contradecir la frase de Jérôme, se dijo con cierta amargura que, por desgracia, las muertes ajenas a veces tampoco son tan importantes. En realidad, y ella lo sabe, esta semana que recién se estrena todo palidece ante la gran noticia. El regreso anunciado de Simón la ha puesto de un humor expectante, incompatible con nostalgias de antiguos amores. Durante el sábado y el domingo se ha sentido generosa, expansiva, y lo mismo le ha sucedido a Max. De repente parecen dos críos ilusionados por la llegada de un regalo, o dos padres primerizos que esperan el retorno de su vástago después de su primera acampada con el colegio. Es absurdo pero real, y solo parcialmente manchado por un temor vago, una inquietud contra la que ella no puede luchar del todo: el resquemor a que el Simón que llegue sea distinto del que partió.

Pero hoy lunes, a pesar de la pereza matutina, en su ánimo predomina la felicidad, y es quizá el deseo inconsciente de compartirla lo que la lleva a llamar a sus padres antes de salir de casa para comunicarles que Simón vuelve a casa y, de paso, insistir en que acudan el sábado a la fiesta que da su hermana por el cumpleaños de Ander. «Max puede ir a buscaros a la estación si papá no quiere conducir», le dice a su madre. Su padre no quiere ni oír hablar de trenes: su enérgica voz de fondo anuncia que, después de un año sin ver a su nieto mayor, está dispuesto a coger el coche y abandonar aquel retiro dorado en la Costa Brava para pasar unas horas con él. Lourdes, satisfecha ante la noticia, piensa en llamar a su hermana para decírselo y luego, en un arranque poco habitual en ella, decide pasar por su casa esa misma tarde o en algún momento del día siguiente. Se dice que así verá a sus sobrinos, a quienes, en honor a la verdad, visita poco. La diferencia de edad entre ellas también se nota en esos momentos vitales tan alejados. Cuando Simón tenía la edad de Eneko, Mireia aún estudiaba y le hacía de canguro, y ahora Lourdes se reprocha a veces no actuar de auténtica tía con sus sobrinos: quedárselos algún día en casa o, simplemente, estar más pendiente de ellos. Es posible que la autosuficiencia de su hermana no ayude a ello, ni tampoco el hecho de que sea Íñigo quien se ocupa de los niños en términos generales. Como muchas mujeres de su generación, que han trabajado y criado hijos a la vez, Lourdes desconfía un poco de quienes afirman que lo segundo requiere dedicación exclusiva. Un prejuicio que quizá se recrudece ante la figura de un hombre desempeñando esa tarea. Jamás se le habría ocurrido decirlo en voz alta, pero alguna vez se le ha pasado por la cabeza la pregunta de qué hace un tipo hecho y derecho todo el día en casa, solo pendiente de las actividades infantiles; aún más, un hombretón como su cuñado, que había viajado por todo el mundo antes de frenar en seco y centrarse solo en la vida familiar. Las pocas veces que caía en ello se le antojaba extraño, como si hubiera algo en aquella trama familiar que no terminara de encajarle, como si esa fachada, siempre afable y pendiente de su familia, escondiera algo. Max siempre le dice que la gente, a diferencia de los personajes de las novelas que edita, no tiene por qué ser coherente ni esconder un misterio, pero ella sabe bien a qué se refiere. Algo le dice que, en una ficción de intriga, alguien tan bonachón como Íñigo, tan dedicado a su hermana y a sus hijos, sería el malo de la historia. Es un resquemor que ya sintió hace años, cuando los Ros y los Agirre, que viajaron desde San Sebastián para conocer a quienes serían su familia política, se desagradaron de una manera instintiva, visceral, a los pocos minutos de conocerse. Pere Ros no es un hombre fácil, ella lo sabe bien, y sin embargo suele ser una persona atractiva para quienes lo tratan. Desprende energía, un aire de *bon vivant* algo trasnochado, y la gente disfruta escuchando sus anécdotas. Sin embargo, el encanto de su padre se estrelló contra el muro de acero de Gerardo Agirre, alguien incapaz de apreciar la frivolidad. Todos los Ros intentaron entenderlo, porque sabían que la vida de aquel empresario vasco había quedado marcada por el secuestro al que lo sometieron los terroristas años atrás, cuando Íñigo no era más que un niño —cinco largos meses de encierro en los que el industrial casi perdió la razón y buscó consuelo en un Dios que seguía pautando sus actos muchos años después—, y aun así respiraron aliviados cuando él y su esposa tomaron el avión de vuelta a su casa llevándose con ellos un aire gris que había empañado su estancia en la casa de sus padres en Port de la Selva. No era extraño que Íñigo hubiera huido de ese hogar en cuanto tuvo oportunidad, en eso todos estuvieron de acuerdo, ni que apenas se acercara por su tierra si no era por motivos económicos; lo que sí resultaba raro, al menos para ella, es que se conformara con una existencia de ama de casa del siglo pasado cuando desde muy joven había sido un tipo independiente, un fotógrafo arriesgado que había ido saltando de país en país, de conflicto en conflicto, poniéndose siempre en el ojo del huracán y alcanzando un merecido prestigio por sus crónicas gráficas.

Ese lunes, Lourdes decide obviar las dudas, porque, en realidad, hay otra mancha que le empaña el optimismo y que necesita discutir con su hermana en persona. Por mucho que lo ha intentado a lo largo del fin de semana, la imagen de Coral huyendo de su casa la sigue incomodando, y una conversación más larga con Max no contribuyó a despejar esa sensación. Ya no es tanto una cuestión de dinero, su marido sabe bien que no están para grandes dispendios, no con las ventas de libros en caída libre desde hace ya varios años. Es más bien un remordimiento asociado a la falta de solidaridad. Dios, ni siquiera le preguntaron cuánto necesitaba o a qué venía aquella urgencia. Se retiraron de escena, las cuatro, dejándola sola en la mesa como si fuera una apestada. Max no lo dijo con esas palabras; como era su costumbre, se limitó a insinuar que tal vez Coral no había obtenido de sus amigas —enfatizando el sustantivo— el apoyo que esperaba. Para Max, hablar de apoyo es más sencillo, se ha repetido ella varias veces. Al fin y al cabo, parte de su trabajo como psiquiatra se centra en ello. En opinión de Lourdes, bastante más pragmática que su marido, cuando alguien pide dinero, no quiere recibir un abrazo o un hombro en el que llorar, sino volverse a casa con un cheque o un buen montón de efectivo en la cartera. Dicho esto, sí que se arrepiente de no haber sabido articular una respuesta mejor, más empática, menos cobarde, que escapar a la cocina y dejar que el silencio se convierta en respuesta. Tal vez exista una forma de ayudarla, o al menos de interesarse un poco más por sus necesidades, económicas o de otra índole.

Con eso en la cabeza, intercambia un par de mensajes con Xenia mientras va en el tren y queda para desayunar con ella al día siguiente, en El Patio. Aunque Xenia protesta un poco, se citan temprano, sobre las ocho y media, y Lourdes decide aplazar la visita a su hermana hasta el martes por la tarde, cuando haya hablado de esto con su amiga. Así, como suele sucederle, cuando llega a su despacho de Pérgamo, el mundo exterior queda ya fuera de su ámbito de interés. Es sentarse en su silla, revisar la agenda semanal y entrar en un universo paralelo, poblado de libros, reseñas, cifras de ventas, agentes, reuniones, autores y más reuniones. Sobre todo autores, piensa al constatar en su calendario algo que ya sospechaba: una cita con Cristóbal Duque, a las doce, aprovechando que el hombre debía venir a la ciudad a resolver otros asuntos. Hace años, la perspectiva le habría echado por tierra el buen ánimo, pero ahora ya ha aprendido a disociarse en dos: la Lourdes Ros que puede estar contenta, incluso ilusionada, por un tema personal, y la Lourdes Ros, directora editorial de Pérgamo, que se blinda para un encuentro incómodo.

Hay un proverbio de su padre que, a pesar de su cinismo, ha resultado ser relativamente cierto. «Solo hay dos tipos de autores», solía decir, «los que tienen éxito y los que no. Y al final, en algún momento tanto unos como otros se convierten en unos cabrones exigentes: unos por arrogancia, otros por resentimiento.» Lourdes no opina lo mismo, y está segura de que su padre, en el fondo, tampoco, aunque su talante dinámico lo llevó a mantener estrechos lazos de amistad con los autores nacionales, relaciones que a veces se deshacían de manera abrupta, con peleas homéricas en las cuales les echaba en cara su desagradecimiento si se enteraba de que habían entrado en contacto con otros editores, como si más que autores de su catálogo fueran hijos malcriados que buscasen un padre mejor. Ella nunca ha tenido esta clase de sentimientos de propiedad: los escritores, como seres humanos libres, van y vienen. Lo que sí le molesta es que algunos, como es el caso de Cristóbal Duque, se crean merecedores de algo que tal vez se comentó en algún momento pero que jamás se prometió de manera firme. El próximo Premio Pérgamo de novela, un galardón que ha conseguido mantener el prestigio y el interés de la prensa y los libreros, no será para Duque por mucho que tanto él como su agente lleven meses insinuándolo. Lourdes se lo dejó claro por email ya antes de leer el manuscrito, y su lectura disipó cualquier duda al respecto, pero está convencida de que Cristóbal Duque volverá a insistir en ello hoy. Y Lourdes Ros, que es mucho más paciente que su padre, mucho más flexible en el trato con los autores y autoras que publican con ella, se rebela de manera natural ante la insistencia ajena con menos aspavientos que su predecesor, pero con la misma tozudez.

Los desafíos

Hay algo en la mente analítica de Olga que se activa ante los retos intelectuales. Le sucede desde niña, cuando devoraba novelas de misterio y ya, a pesar de su corta edad, descubría al culpable porque los escritores, en el fondo, tendían a repetirse en sus esquemas. Al contrario que la mayoría de los lectores, Olga deseaba adivinar el final y se enfadaba cuando este la sorprendía, y aunque en ocasiones le reprochaba al autor no haber jugado limpio, en general el enfado iba dirigido hacia sí misma: por haber pasado por alto el detalle crucial, por no haber estado atenta; en definitiva, por haber fracasado en su tarea, que no era tanto disfrutar del libro como ganarle la partida al detective de turno. No sabría decir si fue esa exigencia, esa necesidad de control ya presente en ella desde una edad muy temprana, lo que la ha llevado a dedicarse a su trabajo actual y a destacar en él. Lo que sí intuye con bastante seguridad es que ha contribuido a convertirla en la mujer que es.

Hace años que sabe que en ella falta algo: ese componente de ingenuidad que permite a la gente seguir adelante, avanzar sin tener en cuenta que a todos nos aguarda el mismo desenlace. Lo ha buscado, sobre eso no tiene dudas. A lo largo de su vida ha explorado con calculada desesperación el mundo del sexo, el caos de las drogas; ha partido en viajes improvisados a rincones remotos, se ha interesado por religiones clásicas y exóticas, ha buscado un dios en la filosofía o en el arte, e incluso durante un tiempo intentó imitar la felicidad ajena, siempre en busca de esa chispa que prendiera en ella un fuego que nunca ha llegado a arder. Ahora, al final de la treintena, hace ya un par de años que ha empezado a claudicar, que se ha rendido ante la evidencia de que, al igual que existen personas ciegas a algunos colores o sin oído musical, ella padece una tara mayor. Su cerebro analítico, privilegiado, lleva consigo una incapacidad para el entusiasmo, la carencia de algo parecido a la ilusión que periódicamente despierta en ella la pulsión de acabar con todo, de poner fin a una vida que nunca será feliz.

Incluso suicidarse tiene un componente de esperanza, se ha dicho alguna vez. La gente se mata para dejar de sufrir. Olga no ha conseguido nunca alcanzar ese punto de padecimiento, porque si bien es inmune a la alegría desatada, también lo es a la agonía del dolor emocional. Tal vez por eso aún no ha dado el paso irrevocable, esa línea que, intuye, cruzará algún día aunque sea solo por ejercer el dominio definitivo sobre su propia existencia. Elegir el momento de tu muerte. Cerrar tu historia con el final adecuado anticipándote al azar o a la enfermedad súbita. En su vida, como en las novelas, tampoco quiere sorpresas.

Por todo eso le fascina tanto la muerte de Teresa Lanza. Durante algún tiempo se negó a pensar en ella. La ofendía que una chica cualquiera hubiera hecho gala del coraje que a ella le faltaba. Con el tiempo, aquella primera idea fue dando paso a otra, mucho más intensa y desafiante: la curiosidad. Intentó alejarse de la Teresa que conocía y tomar su muerte como un reto a su intelecto. Tenía que existir algún motivo, algo que explicase el salto al vacío. Una buena razón para morir. Quizá la misma que quería contarle si ella le hubiera devuelto el mensaje a tiempo.

Si hay algo que su naturaleza le impide es darse por vencida. Por ardua que sea la tarea, no desistirá, no mientras crea que existe una posibilidad de averiguar la verdad. Sabe que el reto que se ha impuesto va más allá de cualquier investigación al uso: lo que pretende, en realidad, es penetrar en la mente de una persona muerta, entender por qué quiso matarse, averiguar qué fue lo que la empujó a dar el paso final. Descubrir lo que solo saben los muertos. Ella está acostumbrada a analizar las evidencias que le muestran los cadáveres: sus exámenes minuciosos siempre arrojan datos que le permiten hacerse una idea de cómo era esa persona, de sus hábitos alimentarios, de su tipo de vida. Incluso la parte emocional deja a veces huellas en un cuerpo, porque el cerebro no es un elemento desconectado del resto. Pero hay muchas cosas que un análisis forense no puede desvelar. Si creyera en médiums o fuerzas sobrenaturales, recurriría a ellos, pero Olga solo mantiene la fe en lo tangible. Sus esfuerzos para confiar en divinidades tampoco han dado el menor fruto.

Piensa en todo ello mientras conduce hasta su punto de destino, y en la posibilidad, difusa y nunca creída del todo, de que Teresa no se suicidara. La investigación formal, que ella consiguió gracias a sus contactos con los Mossos, cerraba el caso sin la menor duda, y ahora, atrapada en un atasco inesperado, Olga repasa mentalmente los puntos más importantes de esa última noche.

Fue un jueves cualquiera. Por la mañana, Teresa trabajó, como siempre, en casa de Xenia Montfort, sin coincidir con ella. Xenia tenía hora en la peluquería a las nueve y luego tomó el aperitivo con el director de teatro, un primer contacto para discutir un nuevo proyecto, la puesta en escena de *Eva al desnudo*, un encuentro que se prolongó hasta más allá de la comida. Los mellizos la vieron al regresar del instituto, cuando Teresa ya se iba. No es probable que esos chicos de dieciséis años hubieran percibido nada extraño y, de hecho, no lo hicieron. En realidad, según ellos, y no había por qué dudarlo, apenas se saludaron. Tal y como solía hacer los días que limpiaba en esa casa, les había dejado preparado algo de comer, lo que significaba que doce horas antes de saltar al vacío, Teresa hizo unos macarrones con carne y los metió en el horno, cubiertos de queso rallado, para que los mellizos solo tuvieran que gratinarlos. Y no solo eso: Xenia le había dejado una bolsa de ropa usada de sus hijos, algo que había hecho ya anteriormente, para que Teresa se ocupara de llevarla a la parroquia.

A partir de ese momento Teresa volvió a su piso, y después de comer dedicó la tarde a las tareas del curso online de enfermería que estaba siguiendo. A pesar de que la idea del suicidio ya debía de estar apoderándose de su cabeza, pasó al menos tres horas y media enfrascada en un aprendizaje que jamás terminaría. A las cinco y diez le escribió el mensaje a ella. Olga estaba en una reunión de trabajo que se convirtió luego en una cena y no le prestó atención hasta llegar a casa, mucho más tarde, tanto que no consideró prudente responder a esas horas. Ojalá lo hubiera hecho, ha pensado mil veces. Ojalá hubiera advertido la urgencia, la necesidad… Es consciente de que era imposible saberlo: nada en él indicaba que el asunto del que Teresa quería hablar no pudiera esperar hasta el día siguiente.

Sobre las seis y media llegó Simón, el último que la vio con vida. Hacía mal día y no salieron del apartamento. Aprovechando que la compañera de Teresa, Deisy Hernández, no estaba en casa, se metieron en la cama y disfrutaron de la intimidad que les concedía un piso vacío. Según el testimonio de Simón, que constaba detalladamente en el informe policial, la única señal de alarma que podría haber detectado fue un comentario casual de Teresa sobre la muerte, sobre la elección de cuándo y cómo morir. Él no supo muy bien a qué venía ese tema, menos aún después de hacer el amor durante más de dos horas, y lo atribuyó a los conflictos que Teresa, como creyente, tenía con ciertas ideas del mundo ateo. Ella dijo algo así como: «No podemos ocupar el lugar de Dios, es Él quien debería decidir, no nosotros», frase a la que él respondió que quizá Dios se servía de nosotros para ejecutar su voluntad: quizá era Él quien metía en la cabeza de algunos la posibilidad de terminar con su vida. Luego cambió de tema, porque no le apetecía hablar de muertos mientras contemplaba el cuerpo desnudo de Teresa en la cama, y ella tampoco añadió nada más. Estuvieron juntos hasta pasadas las nueve. A pesar del frío, que arreciaba como nunca, Teresa insistió en que se fuera y él fingió enfadarse: bromeó diciendo que lo condenaba a la congelación encima de la moto, que se arrepentiría de su crueldad cuando hallaran su cuerpo helado, convertido en un iceberg de carne y hierro. Por una vez, Teresa se mostró inflexible: al parecer, le molestaba que los vecinos lo vieran salir por la mañana. Él le dio un beso de despedida sin saber que sería el último; le dijo, en tono de falsa amenaza, que en menos de tres meses ya no podría echarlo porque vivirían juntos. En cuanto terminara el contrato de los arrendatarios del antiguo piso de su abuela, Simón y Teresa se mudarían allí. Ella lo abrazó con fuerza ya en la puerta, como si quisiera retenerlo, y por un momento Simón pensó que tal vez ella terminaría cediendo: era verdad que le daba una pereza enorme coger la moto con aquel frío para recorrer los ocho kilómetros que separaban el piso de Teresa de su casa de Castellverd. Remoloneó un poco más, intentando seducirla para que ella cambiara de opinión. Sin embargo, sucedió al revés: Teresa lo empujó, aduciendo que cuanto más tardara en irse, más frío haría. Él se rindió y se marchó.

Fue la última persona que habló con ella. Según los indicios, Teresa tomó una ducha y volvió a acostarse. A Olga le resulta imposible pensar que se durmió, aunque también le cuesta imaginarla en la cama, luchando contra la idea que iba fortaleciéndose en su mente, sin llamar a nadie. Ni a su compañera de piso, ni a Simón; ni siquiera al padre Rodrigo, a quien la unía una estrecha relación de confianza desde hacía años. Tal vez incubara ese suicidio o tal vez su mente desconectó durante una hora y luego la despertó el intenso deseo de morir. Eso nunca lo sabrían. Un libro abierto en la mesita de noche indicaba que, tal vez, en algún momento entre las diez y las once y media, pasó un rato leyendo *El gran Gatsby*.

Sobre las doce menos veinte de la noche se levantó de la cama, descalza y en camisón, abrió la ventana de su cuarto y saltó. El choque contra el suelo fue como una explosión que alarmó a los vecinos de las primeras plantas. Uno de ellos se asomó, a pesar de las bajas temperaturas, y la vio tirada en la acera. Al mismo tiempo, una brigada de limpieza nocturna pasaba por allí y el ruido de los cepillos sofocó los gritos del pobre vecino, que intentaba avisarlos. Por fin, aterido de frío, el hombre bajó a la calle en pijama y chaquetón mientras su mujer, demostrando ser mucho más sensata, llamaba al 112. El vecino le tomó el pulso, como había visto hacer en las películas, y se convenció de que aquella chica estaba muerta. Llevado por un impulso de buen samaritano, le pidió a voces a su mujer que bajara algo con lo que cubrirla, porque se le antojaba impúdico tenerla ahí, así, en el suelo. En realidad, a pesar de que aún no era medianoche, no había mucha gente por los alrededores: la temperatura había bajado de manera abrupta y los noticiarios del día siguiente no hablarían del suicidio de Teresa, sino del ambiente glacial de una «noche polar». La esposa no lo pensó mucho y le tiró por el balcón una manta vieja, de un intenso y casi obsceno color rojo, y con ella tapó a la muchacha sin llegar a reconocerla del todo porque, después de comprobar que estaba muerta, no quiso mirar más. La brigada de limpieza paró en seco, y durante la espera —apenas ocho minutos, según uno de ellos, más si atendemos a la declaración del vecino—, sus dos integrantes intentaron no mirar el bulto inmóvil sin llegar a conseguirlo. Aquel color vivo e intenso que rompía el fondo gris era tan potente que se les metió en las pupilas. Olga habló con uno de ellos meses después y el pobre tipo solo recordaba eso: una mancha roja que, desde entonces, se había transformado en el telón de fondo de todas sus pesadillas.

Olga no habría necesitado ver el informe de la autopsia para saber lo que un impacto de esa índole puede provocar en un cuerpo, pero lo hizo de todos modos porque fue incapaz de resistirse. Tal y como había imaginado, dicho informe, rutinario donde los haya, no aportaba nada nuevo y, sin embargo, ella estuvo a punto de llorar al leerlo, al contrastar aquel lenguaje aséptico con la Teresa viva y joven que había conocido.

Olga consigue ver un hueco donde aparcar. Está un poco lejos de su destino, pero no le importa demasiado. Cada vez aborrece más conducir y se dice que caminar un poco le sentará bien. En ese paseo podría evitar el bloque de pisos donde vivía Teresa, el apartamento que ahora ocupa solo Deisy. Sabe que no lo hará, que, una vez más, se parará delante y mirará hacia arriba, como si las respuestas a sus preguntas aún flotaran en el aire. Mira la hora antes de salir del coche: a pesar del atasco, le da tiempo a tomarse un café con Rafa Lagos, ahora el subinspector Lagos, tal y como tenía previsto, antes de acudir a su siguiente cita en la casa parroquial. Los lunes siempre son un buen día para el padre Rodrigo.

Rafa la espera en un bar, tan sonriente como siempre. Y más guapo aún que la última vez que lo vio. Debe de ser uno de los tipos más atractivos con los que me he acostado, piensa ella, alguien que, si yo fuera normal, habría merecido una oportunidad en serio. Ha mantenido casi siempre relaciones cordiales con los cuerpos de seguridad, ya sea con los Mossos, la Policía Nacional o la Guardia Civil. Dejando a un lado las exigencias de los mandos, que a veces pervierten el orden y los tiempos que requieren las cosas, y los recursos limitados con que se cuenta, los agentes suelen hacer un buen trabajo. Con sus limitaciones, por supuesto; nadie es perfecto, ni son superhéroes, a pesar de que a veces, solo en fotografía, lo parezcan.

Es el caso de Rafa Lagos, que debe seguir dedicando cada día un par de horas a fortalecer los músculos. Olga sonríe para sus adentros pensando que, con toda probabilidad, de pequeño leía cómics de Superman. Da la impresión de que en cualquier momento se despojará de la ropa de calle y saldrá por la ventana, con el uniforme rojo y azul ajustado a su espléndido cuerpo, con el objetivo de machacar a los malos. Su mayor atractivo, para ella al menos, no es tanto el hombro trabajado hasta la extenuación, ni esos bíceps que la camisa de vestir apenas consigue disimular un poco, sino la mirada franca y los dientes perfectos. Olga nunca supo qué le vio él cuando ella se le acercó en sus primeros momentos de inquietud, hace casi un año, poco después de que el caso de Teresa Lanza se cerrara como un suicidio. «Inexplicado», recuerda que le dijo ella, y él se encogió de hombros: al fin y al cabo, su misión no consistía en explicar las muertes. Como diría el padre Rodrigo, eso es trabajo de Dios.

—Me alegro de verte —le dice ella, y toma asiento en la silla de enfrente.

—Y yo. Han pasado al menos cinco meses desde la última vez.

Olga asume el reproche implícito y se encoge de hombros. No está aquí para hablar de sí misma ni de él, y esperaba que Rafa no llevara la conversación hacia el análisis de pareja. Se habían visto varias veces meses atrás. Habían follado como leones, habían compartido algún fin de semana memorable. Y ya. Punto. Se acabó.

—Me dijiste por teléfono que había algo que quizá me interesaría saber —dice ella, desviando cualquier posible intento de divagar sobre los porqués y los «qué te pasó».

—Efectivamente. —Lagos vuelve a sonreír y ella sabe que ha captado el tono. Aun así, se lanza a un último intento—: No has cambiado nada.

—Rafa...

—A sus órdenes. —Hace una pausa, como si necesitara unos segundos para volver a su rol profesional, el único que a ella le interesa ya—. Teresa Lanza. La chica hondureña que se tiró desde la ventana de su cuarto hace un año. ¿Aún te interesa?

—Sí. —Olga intenta controlar la ansiedad, que esas simples dos letras no transmitan lo que se ha convertido, y ella lo sabe, en una obsesión.

—Fue hace un año, ¿verdad?

—El uno de febrero. Rafa, dime...

—Voy. Tranquila. El caso estaba cerrado, y sigue estándolo, oficialmente. Pero la vida te da sorpresas y el otro día el nombre de esa chica saltó por otro lado. Has oído hablar del caso Torné, supongo.

—¿Álvaro Torné? ¿Qué tiene eso que ver con Teresa?

—Bueno, ella trabajaba en su casa, ¿no?

—Y en la mía.

—Sí. Espero que tú no tengas los mismos chanchullos que él... Aunque verte esposada tendría su gracia.

—¿Quieres ir al grano, por favor?

—Perdona. —Y en realidad parece arrepentido—. El nombre de Teresa Lanza figura en una de las cuentas que míster Torné tenía fuera de aquí. Es posible que ella no lo supiera, pero en realidad era una mujer rica.

—¿Qué? —La noticia la pilla tan desprevenida que ahora es ella la que necesita unos instantes para procesarla.

—No puedo darte muchos datos más. El caso es un lío de

cojones, con sociedades interpuestas, testaferros y varios nombres muy importantes asomando como saltamontes de vez en cuando. Y si digo muy importante, quiero que pienses en gente que está muy muy arriba. Gente en teoría intocable. Pero esa cuenta es distinta; por lo que sé, diría que era una especie de fondo de seguridad para el propio Álvaro: una cuenta personal, abierta en un banco hondureño, donde ingresaba mensualmente una cantidad fija desde una de sus sociedades. No es una fortuna, pero asciende a un buen pico. Mucho más de lo que ahorraré yo de aquí a la jubilación.

—Pero... Teresa no podía saber nada de eso.

—¡Claro que no! Ella no tenía ni idea, supongo. No es difícil que firmara algún papel creyendo que era un contrato o cualquier otra cosa.

—Sus papeles —lo interrumpe ella—. Coral dijo que ellos se ocuparían de los papeles de Teresa Lanza. Coral Alonso, la esposa de Álvaro —añade a modo de puntualización.

—Pues eso mismo. Me pregunto si se habría matado de haber sabido el dinero que tenía a su nombre. Que conste que para el propio Álvaro esa muerte fue una putada de las que no se olvidan.

—El dinero sigue ahí —murmura Olga.

—Bueno, no es que recuperarlo resulte sencillo, la verdad. Yo no soy de Delitos Económicos, pero creo que la muerte súbita de esa chica les complicó bastante la vida. Ahora quizá ya no importa, es probable que se le embargara de todos modos, junto con el resto de sus bienes conocidos. Hace tiempo, cuando el tipo vio que empezaban las sospechas sobre sus actividades, podría haberle sido útil en caso de huida. A él o a su mujer. En realidad, lo más gracioso es que ahora mismo esa pasta sigue a nombre de Teresa Lanza Mejía y, en teoría, pertenece a sus herederos, los cuales no tienen ni la más remota idea de que les corresponde. No tenía hijos ni marido, ¿verdad?

Olga niega con la cabeza, pensativa.

—Pues sería de sus padres. O de sus hermanos. Aunque el lío legal que deberían acometer para conseguirlo sobrepasa a los mortales comunes. Por cierto, ni una palabra de esto o me cortan el cuello. El caso Torné va a ser largo y más escandaloso de lo que tú y yo podamos imaginar. Los encargados no sueltan prenda ni quieren la menor filtración. Tuvieron que recurrir a mí porque llevé el suicidio de Teresa Lanza. Como hiciste tú.

La conversación termina porque ambos deben irse, y porque de repente no saben muy bien cómo despedirse. No hay lugar para próximas citas, y Olga está demasiado turbada por la noticia para intentar disimularlo con un mínimo de cortesía. Tampoco quiere mostrarse borde o desagradecida; solo necesita un rato a solas antes de ir a ver al padre Rodrigo.

Hace ya más de tres meses que lo visita con regularidad. Empezó a hacerlo justo después del verano pasado, cuando la obsesión por la muerte de Teresa llegó a su punto máximo, y se empeñó en recabar de nuevo los testimonios de quienes la conocieron. Se acercó a Deisy Hernández, la compañera de piso, y a quienes habían tratado con Teresa en Las Torres, incluido Jimmy Nelson. De todos ellos, por extraño que resulte, Olga simpatizó con el sacerdote y con su filosofía de vida, y se convirtió en una ayuda económica para los proyectos que él intenta desarrollar. A veces piensa que los hombres como el padre Rodrigo saben identificar las almas perturbadas entre quienes acuden a ellos y teme que, de una manera sibilina, se esté aprovechando de ella, pero la verdad es que el hombre jamás le ha pedido nada y que fue Olga la que decidió colaborar. Para ella el dinero no es un problema; para el cura y sus chicos, sin embargo, significa un cambio real. Ropa nueva, comida más sana, alojamiento para uno más. Cosas tangibles que ella podía ver, porque, sin que nadie se lo pidiera, el sacerdote le indicaba en qué se había gastado su aportación. En el fondo, Olga le envidiaba: aquel hombre batallador e incansable tenía una misión vital tan importante que no podía permitirse el lujo del desaliento. Su entusiasmo era contagioso, y los días en que iba a verlo ella salía de sus encuentros sintiéndose extrañamente optimista, eficaz, como si con él saldara parte de una deuda invisible con el mundo. Al mismo tiempo, ella le confesó sus miedos, sus elucubraciones, todo aquello que pensaba sobre sí misma. El padre Rodrigo la escuchaba con más atención que un psiquiatra y no le recetaba medicinas ni padrenuestros. Solo se aseguraba de que ella supiera que siempre estaría ahí, dispuesto a atenderla.

Las doce es buena hora para el cura porque los chicos que viven en la casa parroquial han salido ya, y, salvo imprevistos, pueden disfrutar de una hora de charla tranquila. Él suele esperarla con café recién hecho y unas galletas que hornea una fiel devota, una incitación a la gula en toda regla. Hoy no es una excepción: Olga llama a su puerta cuando pasan apenas dos minutos de la hora acordada y oye el borboteo en la vieja cafetera nada más entrar en la amplia cocina. Las pastas ya están dispuestas en un plato llano de loza blanca sobre el hule de siempre, de un pálido color verde. Por la ventana de la cocina entra un sol luminoso que da a la escena ese aire de estampa religiosa perfecta, como si alguien desde fuera bendijera la mesa y a quienes la comparten. En cuanto se sientan, ella percibe, sin embargo, que su anfitrión no está tranquilo. Se lo confirman sus primeras palabras después de los saludos habituales.

—Creía que habíamos quedado en dejar en manos de Dios lo que es de Dios —le dice, y por un momento Olga no sabe a qué se refiere—. Que los muertos descansen en paz.

—¿Por qué lo dice?

—Porque intuyo que en tu cabeza sigue pesando la idea

de descubrir la verdad. El doctor Esteve me enseñó el otro día unos carteles que aparecieron colgados el viernes por todo Castellverd. Y yo pensé en ti.

Olga toma aire y lo exhala con lentitud. No tiene demasiadas ganas de hablar de eso porque fue un movimiento estúpido, llevado por su frustración. Quería poner de nuevo el caso sobre la mesa, observar las reacciones de sus amigas, pero, como era de esperar, no había sacado nada en claro de ello.

—El doctor supuso que era cosa de alguien de aquí —prosigue el cura—, pero yo enseguida pensé en ti. Cuando viniste a verme por primera vez, lo hiciste por eso. Querías averiguar cosas sobre Teresa, intentabas desesperadamente saber por qué murió... Ya te dije entonces que no era cosa tuya, ni de nadie.

—Fue una tontería, padre. Pero tiene razón en una cosa: no quiero dejar en manos de Dios lo que sucedió aquí, en la tierra. Necesito saber.

El padre Rodrigo suspira, y hay algo de exasperación en el gesto.

—¿Por qué no os olvidáis de ella de una vez? Si hubiera querido explicarse, lo habría hecho. Teresa decidió llevarse su angustia consigo, ¿por qué no respetáis eso?

Olga no responde. Hay cosas que no quiere contar porque sabe que, si lo hiciera, el padre Rodrigo hallaría en ellas una causa directa y eso es algo que ella no podría soportar. Su desilusión con la vida no es la imitación de la conducta de nadie, ni una reacción a sucesos del pasado. Ni siquiera quiere admitir en ella un componente genético porque eso la convertiría en una mera copia, en alguien que no posee voluntad ni criterio propio.

—¿Por qué me habla en plural, padre? —dice para desviar el tema—. ¿Quién más, aparte de mí, sigue recordando a Teresa Lanza?

No es habitual que el cura desvíe la mirada, que busque un punto de fuga para no enfrentarse a la cara de su interlocutor. Ahora lo hace, y el gesto inquieta a Olga, que aguarda con ansia sus siguientes palabras.

—Es verdad —afirma el padre Rodrigo, aún mirando por la ventana, hacia ese sol frío de invierno que se empeña en brillar como si renegara de la estación—. Hay algo que no te he dicho hasta ahora y creo que debería hacerlo. Estoy preocupado por Jimmy Nelson.

Nelson Santiago

Jimmy ignora que en ese momento están hablando de él, y es algo que sin duda le interesaría, sobre todo porque el padre Rodrigo lo conoce bien. Poca gente sabe su historia; en realidad, tan solo el cura está al tanto de ella, si bien a grandes rasgos, y hasta hace poco él había confiado siempre en su discreción. Le gustaría seguir haciéndolo. Es algo que los curas tienen que cumplir, ¿no?, piensa a veces. Guardar los secretos de la gente, escuchar sus confesiones, absolver sin juzgar. Eso es lo que Jimmy ha oído toda su vida, pero a pesar de eso, lleva semanas preocupado. No quiere que su mejor amigo aquí, si es que puede llamarlo así dada la diferencia de edad y de estatus, resulte ser un traidor. Un chivato.

No termina de fiarse del padre Rodrigo, y la charla que mantuvieron el sábado por la tarde no hizo sino aumentar su desconfianza. El cura fue a buscarlo al local donde los chavales practican boxeo y lo pilló allí, golpeando el saco con saña. Jimmy pensó que iba a echarle el sermón por el chico al que cacheteó la noche anterior, porque en ese barrio las sombras tenían oídos finos y lenguas largas, y se preparó para el consabido rapapolvo que ninguno de los dos se creía ya. Se sorprendió un poco, por tanto, al comprender que el buen hombre no quería hablar de eso, ya fuera porque no se había enterado o porque le daba lo mismo.

El padre Rodrigo esperó a que se duchara y se entretuvo mirando a los otros chicos que practicaban el combate cuerpo a cuerpo, dando indicaciones a unos y a otros como si fuera el entrenador de la sala. Jimmy oía aquel vozarrón desde el vestuario, y sonrió al pensar que el padre actuaba en eso como en todo: fingía saber, había oído algo, y compensaba lo que desconocía con un tono potente y autoritario que le confería aires de experto. También creía saber muchas cosas de los chicos y estos fingían obedecerlo para no verlo encabronado. Se corrigió a sí mismo: no le hacían caso solo por eso. Existía también una mezcla de agradecimiento y respeto que explicaba su acatamiento a las normas. Jimmy lo sentía así, al menos, y lo sintió desde que lo conoció, a los quince años recién cumplidos, cuando por fuera era apenas un pendejo y por dentro, más viejo de lo que era ahora. Se pueden «descumplir» años en tu interior, pensó Jimmy. En parte, él se sentía ahora más joven de lo que lo había sido nunca. Lo único que no había alcanzado a recuperar era la infancia. Esa no volvía. Esa se la quitaron. El niño Nelson Santiago, de diez años, la perdió la misma mañana en que unos tiros lo dejaron huérfano y fue adoptado de inmediato por la guerrilla que los había disparado. Le esperaban cuatro años de entrenamiento militar, de misiones aisladas junto con otros chavales no mayores que él; cuatro años y medio de obediencia ciega, de castigos crueles, de actos que ahora se le antojan un sueño. De desfiles bajo un sol que quemaba hasta las pestañas, de acciones violentas junto a críos que habían cambiado los palos por armas de verdad. Cuatro años y medio de mierda.

El padre Rodrigo siguió pendiente un rato más de uno de los combates después de que él saliera de la ducha. No era propio del cura, que solía ir al grano, y eso lo alarmó un poco. Sabía que ese hombre solo se tomaba su tiempo cuando no tenía un mensaje claro que transmitir. Por fin pareció darse cuenta de que Jimmy ya estaba listo, esperándolo, y juntos abandonaron el local. Anochecía tan pronto que las calles estaban a oscuras y las farolas, perezosas, aún no se habían encendido. Los rótulos de los comercios iluminaban a medias la plaza y el pobre elefante azul se veía casi negro debido a la falta de luz. No hacía frío, no según los termómetros y la opinión de los oriundos de Las Torres; para Jimmy, criado en el calor más bochornoso, el llamado fresco de la tarde siempre lo destemplaba, más aún después de hacer ejercicio. Quería un café con leche y el padre Rodrigo lo invitó.

—Eh, puedo pagárselo yo —bromeó Jimmy—. Me estoy haciendo rico.

—¿Rico? ¿Te crees que el dinero se contagia? —dijo, en el mismo tono, el sacerdote—. Ojalá fuera así. Después de millones de reuniones con gente de pasta yo debería ser Rockefeller.

Jimmy, que no tenía ni idea de quién era Rockefeller, respiró aliviado. Ninguna bronca del padre Rodrigo comenzaba con una invitación y un chiste malo. Se bebió el contenido de la taza con avidez, a pesar de que estaba ardiendo, como a él le gustaba. En la cafetería ya lo conocían, y también a su acompañante, que engulló media docena de minicruasanes de chocolate como si fueran caramelos.

—¿Cómo va todo, Jimmy? ¿En casa? ¿En el trabajo? ¿Alguna novedad?

Él ya se había tranquilizado entonces, así que le habló de la vieja, pobre, que cada día andaba más averiada; del empleo con la brigada municipal de parques y jardines, que de momento se había parado hasta la primavera, y de su única fuente de ingresos, además del paro, que eran las dos casas en Castellverd y otras dos en La Floresta. No era mucho; entre eso y la pensión de la abuela, iban tirando.

El padre Rodrigo asentía y, de hecho, Jimmy pensó que no le estaba contando nada nuevo: todo eso lo sabía o podía deducirlo. Iba a visitar a la anciana de vez en cuando; al fin y al cabo, el invento de unir a una vieja sola con un joven sin techo había salido de su cabeza. No lo hacía a menudo, claro, Jimmy había sido uno de los pocos casos elegidos de una estrategia que no llegó a fructificar. Los ancianos eran demasiado desconfiados y los jóvenes, demasiado irresponsables. Sabía que también se lo había propuesto a Teresa y que ella lo rechazó y prefirió irse a vivir con la Deisy. «No quiero más vejez en mi vida», le había confesado a Jimmy. «Ahora no.» Confiado, Jimmy terminó hablando de Ander y de la fiesta de cumpleaños a la que lo habían invitado el sábado próximo.

—Es terrible ese pendejo, padre, se lo juro. Y no se entera de la suerte que tuvo. ¡Esa casa! Dios, dan ganas de sacudirlo cuando se enrabieta, pero es un buen chico. Solo está asustado. Yo le entiendo.

El padre Rodrigo asintió. Nunca había querido profundizar mucho en los recuerdos de Jimmy, no hacía falta. Las heridas en su cuerpo eran marcas de un pasado doloroso; recordaba la expresión de sus ojos cuando lo conoció: apagada, seca, como un árbol al que nadie le había dedicado ni una gota de agua en años. Ni siquiera Dios a través de la lluvia. La organización que lo rescató de la guerrilla tampoco quiso dar más información de la necesaria. Todos sabían o, cuando menos, intuían lo que había pasado en esos años, lo que había hecho, lo que le habían obligado a hacer. La tortura como estilo de vida, como forma de supervivencia. Lo habían capturado en una zona remota de Colombia, después de que una misión de rescate de un médico secuestrado terminara con éxito. Jimmy —entonces Nelson Santiago— sabía lo que le esperaba por la derrota: no había piedad con los inútiles. Así que se dejó llevar, primero a Miami, de allí a Madrid, y luego a Barcelona, a una institución que el padre Rodrigo conocía bien.

—Si es un buen chico, todo se arreglará —dijo por fin, dispuesto a encarar el tema—. Jimmy, escucha, debo hacerte una pregunta, y es importante. ¿Tuviste algo que ver con esos carteles que se colgaron en el pueblo donde trabajaba Teresa?

El rodeo había sido largo, inusual; el disparo, en cambio, era directo. Jimmy se removió en su asiento, tan incómodo como Ander cuando su padre lo regañaba.

—No fui yo. Se lo juro. Los vi solo cuando me iba. ¿Cómo se enteró?

Dedujo que el padre Rodrigo lo creía, o al menos se esforzaba por hacerlo. Eso le gustaba de él: siempre te daba la oportunidad de decir la verdad. O de mentir, claro. Jimmy nunca fue embustero, se le antojaba una cobardía.

—Lo suponía. Debía preguntarlo, de todos modos.

—Yo no necesito pegar carteles. Tengo mis propias respuestas.

El padre Rodrigo suspiró. Aquel era otro aspecto del tema, uno en el que el cura no se cansaba de insistir.

—Tus respuestas no son forzosamente las correctas, Jimmy. Te lo he dicho cientos de veces. No hay nada que acuse a...

—Eso ya lo hablamos, padre. Usted tiene su opinión y yo, la mía.

No por primera vez el sacerdote pensó que el chico asustado que había conocido se esfumaba por momentos. Ante él tenía a un adulto, tan joven como ignorante, tan decidido como terco. Impermeable a las influencias ajenas, incluso a las suyas. Le daba miedo ese Jimmy Nelson, que aunaba un pasado violento con la resolución propia de un hombre frustrado. No hay nada más doloroso que los amores imposibles, se dijo el cura. Y el de Jimmy por Teresa lo fue desde el inicio: un pozo sin fondo de desilusión ante el que el chico solo podía atisbar el hueco negro. Ya antes de que Simón

Esteve apareciera en la vida de la joven, Teresa quería a Jimmy con ese afecto entrañable que inspiran los perrillos apaleados; nunca como a un hombre. El padre Rodrigo había presenciado el intento de romance, al principio sin inquietud. Todos los hombres tenían alguna Teresa en sus vidas, un amor incompleto, irrealizable, cercano y, a la vez, tan distante como una estrella del firmamento. Entendió la frustración de Jimmy, su retirada ante aquel joven rico y con estudios que conquistó a la mujer que él amaba. Simpatizó con su dolor, incluso con su furia; lo que no podía hacer era tolerar su venganza.

—Simón Esteve volverá algún día —dijo despacio—. Y no quiero que te metas en un lío cuando eso pase. No dejaré que lo hagas.

—Yo me enteraré antes, padre. No podrá impedirlo.

—¡Maldita sea, Jimmy! —Dio una palmada a la mesa y las tazas saltaron debido al impacto—. ¿No te das cuenta de que si le sucede algo tendré que denunciarte?

Jimmy asintió, muy serio, y luego sonrió. No era una sonrisa amable, ni siquiera franca, y no le llegaba a los ojos, que por un instante perdieron su brillo azulado y se convirtieron en dos charcos de agua sucia.

—Ella me mandó un mensaje —susurró, y el padre Rodrigo sintió el escalofrío que lo envuelve a uno cuando se da cuenta de que está hablando con alguien que ha perdido la razón—. A través de ese niño, de Ander. Teresa sabe que estoy aquí y confía en mí.

—Por todos los santos, Jimmy, Teresa murió. Fue una tragedia, un disparate, un momento inexplicable de delirio... No cometas el mismo error que ella. No saltes al vacío. No te condenes para siempre.

Jimmy se encogió de hombros.

—Hay cosas que un hombre de verdad debe hacer. Usted mismo me lo enseñó, padre.

—Nunca he abogado por la venganza.

—Usted lo llama así. Yo lo llamo justicia, padre. Justicia de la calle, de la de verdad.

—Te lo he dicho ya muchas veces y no quieres enterarte. Aun en el caso de que Teresa se suicidara por algo que le hizo su novio, eso no te da derecho a condenarlo. Son actos de los que ya responderá ante Dios.

—Dios nunca tiene tiempo para nosotros, padre. ¿Acaso no se ha dado cuenta?

No se separaron en buenos términos; la conversación agonizó después de esa frase y ambos firmaron una tregua, la misma que habían sellado ya demasiadas veces en los últimos tiempos.

—Jimmy —le dijo el cura cuando ya sus caminos se separaban—, no puedo dejar que sigas alimentando esa ira. Lo comprendes, ¿verdad?

—¿Y qué piensa hacer, padre? ¿Echarme un cubo de agua para apagar el fuego?

El padre Rodrigo negó con la cabeza, aparentemente tranquilo, pero un segundo después agarraba a Jimmy de la pechera del anorak con las dos manos y lo acercaba con fuerza hacia él.

—Haré lo que sea necesario, ¿me oyes? ¡Lo que haga falta! Te ayudé a conseguir casa y trabajo, también puedo dejarte sin ellos, puedo...

—Ríndase, padre —respondió Jimmy—. Ríndase y acepte que no puede impedírmelo. No sé cuándo volverá, ni si tendrá el valor de hacerlo. Pero el día que ese hijoputa asome la cabeza por acá, estará muerto. Usted lo sabe y yo también. Y así Teresa podrá descansar en paz.

Descansar en paz. También él lo hará cuando todo esto haya terminado. Lo que más le fastidia es que todo debió quedar zanjado hace meses, antes de que el blanquito cobarde tuviera tiempo de largarse. Jimmy se había lastimado el hombro, y el otro se marchó tan rápido que no le dio tiempo a reaccionar. Ningún hombre de verdad haría eso. Ningún hombre digno y decente se esfumaría sin dejar rastro y faltaría hasta al entierro de su novia a menos que llevara la culpa tatuada en la cara.

Desde la habitación contigua, la vieja le pide agua y él cumple el encargo con rapidez, a ver si así se le quita de encima la modorra que lo acompaña en esos días ociosos. Oye el pitido del wasap y se lleva el móvil consigo a la cocina. Abre el mensaje mientras rellena el vaso con el contenido de la jarra de plástico. Es la Deisy.

> Necesito q m acompañes a un sitio el jueves. Es importante.
> Hay pasta de x medio, para ti tb. T llamo y hablamos?

Amigas y hermanos

Aunque a esas horas hace un poco de fresco, Lourdes escoge una mesa exterior situada en un rincón de El Patio y espera con ligera ansiedad que le sirvan el café con leche y las tostadas. Por lo general, odia salir de casa sin haber desayunado, y por eso ha llegado más pronto a la cita, con la intención de tener algo en el estómago antes de que Xenia se presente. Sabe que es bastante probable que su amiga aparezca entre cinco y diez minutos tarde, una leve impuntualidad que es marca de la casa, y ha aprendido a aprovecharse de ello. Por suerte, Xenia sigue fiel a su costumbre, y cuando Lourdes la ve, vestida con el pantalón estrecho de fitness que la hace parecer extremadamente delgada y una sudadera también ajustada de color negro, con capucha, ella ya ha conseguido dar un par de sorbos al café y devorar media tostada con mantequilla y mermelada. Siempre tiene un hambre voraz por las mañanas. Xenia la saluda con energía desde el otro extremo del jardín arbolado: es una de esas personas tan activas a primera hora con las que Lourdes sabe que sería incapaz de convivir. Solo verla andar a toda prisa hacia la mesa con una sonrisa animosa ya le cansa.

—¡Estoy muerta! —exclama Xenia al dejarse caer en la silla—. Menos mal que aún no ha llegado el Imserso. Dios, el otro día miré a mi alrededor ¡y podía ser la hija de la mayoría! ¿Ya has pedido? ¡No me digas que tengo que levantarme! Mi cuerpo no da para más: llevo una hora de marcha. He ido hasta el parque y…

—Xenia, *dear*, dame un respiro. ¿Qué quieres? —pregunta al instante, por temor a haber sido demasiado brusca—. Yo te lo pido.

No hace falta, porque el chico ha visto desde el porche a la nueva clienta y ya se dirige hacia ellas. Xenia pide un café con leche sin lactosa y un minibocadillo de jamón ibérico.

—Pero mini de verdad, ¿eh? Que no me recorro el dichoso pueblo como una loca todos los días para luego recuperar calorías.

Lourdes sonríe e intercambia una mirada de complicidad con el camarero.

—Simón vuelve el viernes —le dice a su amiga antes de que esta se lance a hablar de nuevo.

Por una vez la noticia parece tomar a Xenia por sorpresa y dejarla muda durante unos largos segundos.

—Vaya… —dice por fin—. ¿Desde cuándo lo sabes?

—Nos escribió el viernes por la noche, ya tarde, y de nuevo el domingo para confirmarlo. No nos ha dicho dónde ha estado, pero calcula que estará en casa por la tarde, sobre las cinco.

Xenia absorbe la información en silencio, como si todos esos detalles fueran importantes.

—Iba a ponerlo en el chat del grupo —añade Lourdes—, y en el último momento decidí no hacerlo. Se me antojó raro, después de la cena. Después de lo de Coral.

—Ya… —Xenia hace un gesto displicente con la mano, como si entrar en ese tema le diera pereza.

—No sé. No estoy satisfecha con lo que pasó, la verdad. A lo mejor son solo manías mías, y te aseguro que no estamos para dar dinero alegremente, pero…

—Pero es eso lo que ella quería —afirma Xenia, contundente—. Mira, entiendo que esté metida en un lío por culpa de su marido, que ha resultado ser lo que se veía a kilómetros de distancia: un fullero. No digo que ella tenga la culpa, ni mucho menos, ¿eh? Ni siquiera digo que debería haberlo sabido, o al menos sospechado, porque la conocemos y, seamos sinceras, tenemos claro que Coral es bastante simple. Y te puedo asegurar que me dio pena, pobre. ¿Viste sus uñas? Intentaba fingir normalidad y la actuación se quedaba en eso, en un mero ensayo. Pero la verdad es la que es: vino a pedirnos pasta porque la necesita y, lo que es yo, no pienso meterme en eso.

Lourdes no puede negar que ella ha pensado lo mismo, varias veces, a lo largo de estos días.

—¿No te parece que podríamos ir a verla? ¿Llamarla o algo así? —pregunta con cierta timidez, pues la firmeza de Xenia siempre la desarma.

—¿Para decirle qué, Lou? —Abre comillas en el aire e imposta un tono repelente que a Lourdes no termina de gustarle; es la voz de la Xenia diva, dando lecciones a su público desde lo alto de un escenario—. «¿No vamos a dejarte dinero porque, dada tu situación, no sería un préstamo sino un *crowdfunding* a fondo perdido? Eso sí, somos tus amigas y puedes llorar en nuestro hombro y contárnoslo todo.» Va, ahorrémonos la hipocresía, por favor. Prefiero ser una egoísta digna.

La conversación se interrumpe con la llegada del café y el minibocadillo, en realidad no tan pequeño, al que Xenia da un mordisco sin protestar.

—Está buenísimo, rey —le dice al camarero antes de que este se vaya.

—Creo que yo iré a verla —murmura Lourdes despacio. Buscaba complicidad y no la ha encontrado; una parte de ella se siente decepcionada.

Xenia mastica en silencio. Deja el bocadillo en el plato,

como si la frase de Lourdes le hubiera quitado el hambre por un momento.

—La Virgen de Lourdes al rescate —añade con cierta malicia.

—No digas tonterías —replica Lou, y hace un esfuerzo por explicar su postura en un tono amable, impregnado de sensatez—: Escúchame un momento. No se trata de ir a hacer milagros. Solo de demostrar un poco de apoyo.

—El problema es que Coral no quiere apoyo. Es decir, solo lo quiere de entrante y si va acompañado de una buena cantidad de dinero como plato principal. Y un «no te preocupes de devolvérmelo» de postre.

—Eso no es del todo verdad. —Lourdes intenta explicarse y escoge, tal vez, el peor de los temas—. Cuando pasó lo de tu serie…

—¿Qué? Haz el favor de no comparar.

—¿Me dejas terminar? —pregunta Lourdes, a punto de perder la paciencia—. No estoy comparando los problemas, solo los estados emocionales. Tú te sentiste sola, incomprendida. No es tan distinto a cómo debe encontrarse ella ahora.

Xenia toma aire y su amiga confirma que ha sido un error. Se prepara para escuchar un discurso torrencial, un vendaval de desagravios que casi se sabe ya de memoria.

—Lo es. A mí me embistió un batallón de feministas enloquecidas en todas las redes. Algunas se organizaron y mandaron cartas pidiendo la retirada de la serie solo porque me limité a decir que muchas actrices me habían quitado papeles alegremente cuando yo era joven, chupándosela al tipo de turno, algo que yo siempre me negué a hacer. Y que me parecía el colmo que ahora fueran de víctimas las mismas que tenían asumido que las oportunidades eran como los champiñones y había que arrodillarse para cogerlos. Entre ellas, y eso me lo callé, la tía de la niñata aquella que se metió con Román acusándolo de lo que ya sabes. La grande e incuestionable Clara Bertrán, que cuando teníamos veinte años se tomó la molestia de salir a cenar la noche antes con el señor que debía decidir cuál de las dos sería Julieta, un tipo de más de cincuenta y que no era, ya te lo digo, un madurito interesante, sino una bola de sebo que no se veía ni las rodillas y tan tímido que casi parecía autista. Han pasado años y recuerdo lo que me dijo Clara como si lo oyera ahora. Durante la prueba fue tan evidente que ambos «simpatizaban» que me sentí como una estúpida y, a la salida, no pude callarme. ¿Sabes qué me contestó? —Cambia el timbre de voz, como hace siempre, para imitar a esa actriz a la que detesta—: «Nena, con tantos aspavientos no llegarás a nada. Y te diré una cosa: al final, como los gatos, todas las pollas son pardas». Esa era la misma que después apareció indignada, envuelta en el manto de la lucha feminista, arremetiendo contra mí, y secundada por hordas de tías furibundas que pedían mi cabeza clavada en una pica. Yo no negué que existieran casos de acoso en ningún momento: solo me limité a decir que algunas vivieron muy bien, y no se quejaron nunca, cuando el talento se medía por el tamaño de sus tetas; y que otras, como yo, salimos adelante sin dejarnos sobar. Da igual, al final las buenas resultaron ser ellas y la serie, mi serie, se fue a la mierda solo por atreverme a decir la pura verdad. —Hace una pausa antes de concluir—: Lo que sí te digo es que el cohecho, la corrupción y los sobres bajo mano de Álvaro Torné y los políticos de la Generalitat no tienen nada que ver conmigo.

Lourdes ha aguantado ese discurso en el pasado, lo ha oído en varias ocasiones con alguna diferencia leve, y siempre se ha mostrado solidaria con su amiga porque cree de verdad que la reacción contra ella fue incomprensiblemente acerada: una venganza contra una mujer triunfadora, víctima tanto de la envidia profesional como de un comentario del todo inoportuno hecho en el peor momento. Un comentario que, incluso a sus propios oídos, criticaba más a las víctimas que a los que las agredían, aunque ese es un tema que Xenia debatió con su propia hermana, casi a gritos, más de un año atrás, y que ahora prefiere ignorar.

—Nadie te lo niega —comienza Lourdes en un tono más desabrido que otras veces—. No estaba hablando de Torné y sus chanchullos, por mí puede quedarse en la cárcel el tiempo que haga falta. Yo te hablaba de Coral. Tú te sentiste atacada por los medios y en las redes, y con razón. Lo de la serie fue un despropósito, sin ninguna duda, pero, si somos sinceras, tú decidiste colocarte en el ojo del huracán. Quizá no calculaste las consecuencias; estoy segura de que no imaginabas el follón que se te vendría encima por ponerte en la diana. En cambio, Coral no decidió nada: se encontró un día con la Policía Judicial en casa, con sus bienes embargados y con un alud de acusaciones de las que, como tú bien has dicho, no entiende ni jota. Tú y yo lo sabemos. Creo que no está de más demostrar un poco de...

Lourdes busca otra palabra porque la primera que se le ocurre no le gusta.

—¿Compasión? —termina Xenia, pronunciando el sustantivo que su amiga quería evitar—. Mira, como me has puesto de ejemplo, te diré que yo no necesitaba ni necesito compasión. Me dices que «decidí». No, Lourdes, decir la verdad no es una decisión, es un estilo de vida. Y esa verdad no sentó bien a un montón de fieras que se lanzaron a raparme la cabeza como si yo fuera una colaboracionista en la Francia ocupada. Tú no te acuerdas de las barbaridades que me soltaron, y yo intento olvidarlas para no morirme de pánico el día del estreno. Coral no decidió nada, claro, porque ella se ha pasado la vida sin tomar una sola decisión, pendiente de sí misma y de las amiguitas de Álvaro, envuelta en una puta burbuja de dinero negro, flotando de Pilates al terapeuta y de este al cirujano para un «arreglito» en los párpados. Ahora la burbuja de mierda le ha estallado en los morros y la pobre Coral se ha manchado el vestido. Yo no te digo que no lo sienta, Lou, jamás le habría deseado eso, pero te aseguro que no entra en mis planes donar un solo euro a su causa, ni me gusta oír que la comparas conmigo. Tú haz lo que quieras, por supuesto.

Lourdes podría seguir discutiendo, diciendo cosas de las que con toda probabilidad se arrepentiría luego. En esto, la edad y la experiencia son un grado, así que se muerde la lengua. Al fin y al cabo, Xenia tiene todo el derecho a no querer interesarse más por su amiga común.

—Vale, vale —cede y mira el móvil para no ver la cara encendida de Xenia—. Es igual, dejémoslo. Iré a verla yo mañana. De todos modos, se marchó de mi casa. No creo que esté mal que la llame para preguntar.

—Haz lo que quieras —repite Xenia, que de repente también parece cansada de una conversación que se ha complicado más de lo que pensaba. Deja pasar unos segundos y luego intenta suavizar las cosas, porque siempre le molesta despedirse enfadada de Lourdes—. Me alegro de que Simón vuelva, de verdad. Ya iba siendo hora.

Pero por una vez su tono no es del todo convincente, quizá porque aún sigue molesta, ofendida por lo anterior.

—Yo también —dice Lourdes—. Más de lo que creía. —Y en un esfuerzo por finalizar el desayuno en un tono menos crispado, añade—: Creo que él y yo tenemos mucho de que hablar. Cuando pasó lo de Teresa no nos dio tiempo, Simón se marchó enseguida… He pensado muchas veces que igual se fue por alguna razón concreta, no solo por el disgusto. No sé, a lo mejor es que ese cartel se me ha metido en la cabeza más de lo que creía, aunque con otra pregunta. ¿Por qué se mató Teresa Lanza?

Xenia esboza una sonrisa tensa y se encoge de hombros.

—Ya sé que no me harás caso, y menos hoy, pero te aseguro que a veces es mejor dejar las cosas como están. No hurgar en el pasado. Olvidar.

—Eso no es algo que pueda hacerse por obligación, Xenia. No cuando hay tantas preguntas en el aire. Para olvidar es necesario saber.

—Créeme, Lou, cuanto más sabes de algo, más difícil es dejarlo atrás. Deja, pago yo, les debo un desayuno de hace días —añade al ver que su amiga coge el bolso—. Por cierto, ¿no encontraste por casualidad una tarjeta de crédito en tu casa? Llevo unos días buscándola por la mía como una loca.

Lourdes promete que lo mirará porque no es la primera vez que Xenia se olvida algo en su casa. La despedida es rápida, pretendidamente cordial, y mientras camina hacia la estación, intentando digerir aquel desayuno no del todo agradable, medita sobre las palabras de su amiga, su gesto envarado, su consejo de olvidar. No se puede, piensa; al menos ella no es del todo capaz de hacerlo, de ignorar todo lo relativo a aquella joven muerta a pesar de haberlo intentado durante todo un año. No, se dice, no es momento de olvidar, sino de sacar a la luz y de pedir perdón, porque, sea lo que fuere lo que pasó, nadie está del todo libre de culpa. Ni siquiera ella.

Quizá sea ese el peor rastro de los suicidios, piensa, ya sentada en el tren hacia Barcelona, mientras ve pasar el paisaje mil veces recorrido en dirección al túnel que atraviesa la montaña: la sensación de que la culpa es un pozo en el que podemos caer, un abismo profundo que nos atrae y repele a la vez. Y, antes de que el tren salga de nuevo hacia la luz, se da cuenta de que, hasta el año anterior, había idealizado el aura de los suicidas basándose en los autores que habían optado por ese final abrupto. La realidad, por supuesto, era distinta, y resultaba casi imposible conciliar la imagen de Sylvia Plath, de Pavese, de Woolf o de tantos otros con el recuerdo de una chica como Teresa Lanza.

A pesar de que muchos de sus compañeros opinen lo contrario, Greta disfruta estudiando. No todo, por supuesto, hay temas que le interesan más que otros, pero cuando alguno consigue despertar su curiosidad se convierte en una buscadora incansable. El problema es que su abanico de intereses es tan amplio que no ha conseguido decidir qué carrera cursar el año que viene. Fue la indecisión, más que la pereza, lo que la llevó a decidir tomarse un año sabático, lo cual causó un nuevo enfrentamiento con Xenia, que no veía la necesidad de un descanso prolongado a los dieciocho años. «A esa edad yo nunca estaba cansada», objetó sin el menor asomo de comprensión. Solo cuando Dante se sumó a la idea, y ambos empezaron a planear un año fuera, en Toronto concretamente, para perfeccionar el inglés y ver un poco de mundo, se avino a ello a regañadientes y recordándoles tres veces por semana que «sin la serie, las cosas tenían que ser distintas» y que «caprichos como ese tenían que acabarse». Greta no es tonta y es consciente de la merma de ingresos. Aun así, existe fondo suficiente para que ella y su hermano estudien con tranquilidad e incluso dediquen un año a esa «chorrada sabática», como la llama su madre. Contra lo que pueda parecer, Xenia no es una mujer derrochadora. Aparte de la casa, donde no reparó en gastos, y de algunos modelitos estrafalarios, no ha dilapidado mucho en viajes ni joyas, ni siquiera en hombres o drogas (y mucho menos en cirugías estéticas, que la horrorizan desde que se enganchó a una serie llamada *Nip/Tuck*), y por otra parte ganó muchísimo dinero con las diez temporadas de *Xenia de noche*, llegando a ser la actriz mejor pagada de la televisión durante los siete últimos años del programa. Tiene, además, un avispado asesor fiscal que le ha recomendado inversiones ventajosas, y en un momento de la crisis de diez años atrás compró un par de pisos céntricos en Barcelona, que ahora alquila a través de un portal turístico por un buen pico mensual. Con el tiempo los venderá, piensa Greta, y solo con el rédito ya podrían vivir. Por eso los lamentos y las advertencias de su madre la sacan de quicio. Como el numerito del viernes, cuando la encontró durmiendo en el cuarto de Dante.

«Esto no es normal», intentó explicarle su madre al día siguiente, por la tarde, cuando amainó la resaca y se sintió en condiciones de iniciar uno de sus diálogos de madre-hija, aunque esta vez, para ser justos, también incluyó a Dante en el sermón. Greta soltó un bufido que decía a las claras que no estaba por la labor de aguantar discusiones sobre el concepto de «normalidad», no al menos con una madre que se había dejado los restos de cocaína en la mesita del salón y que se había estado tirando a un tipo al que echó de casa, literalmente, ante los aplausos, también literales, de sus dos hijos. «Las pequeñas hienas», los llamaba Román. Y había sido él, en realidad, quien le metió a Xenia en la cabeza la idea de que dos hermanos adolescentes no debían compartir cama. El teatro griego estaba tan lleno de incestos como una mala serie de sobremesa, y Xenia empezó a ver raro lo que en aquella casa siempre había sido, precisamente, algo «normal». Su madre jamás se había atrevido a sugerir nada extraño, entre otras cosas, piensa Greta, porque encuentra a su hija tan desprovista de atractivo que no puede considerarla una tentación para nadie. Pero, fuera por la razón que fuese, el sábado pasado Xenia estaba decidida a zanjar el tema para siempre, en una conversación con los dos juntos. Lo que ni su madre ni ella misma esperaban es que la pelea final no tuviera lugar entre ellas, sino con un Dante explosivo, colérico y deslenguado. Un Dante asustado, se dijo su melliza, sin saber muy bien a qué tenía miedo. El mismo Dante que la noche anterior la había llamado para que se metiera en su cama, como hacían antes a menudo, hasta que las maliciosas

insinuaciones de Román los llenaran de una vergüenza iné-
dita, como a Adán y a Eva cuando se descubrieron desnudos
en el paraíso.

Nunca hemos hecho nada malo, piensa Greta, aunque
una parte de ella, la más sincera y brutal, debe admitir que
la noche del viernes fue bastante extraña. Ella se metió en su
habitación, como ahora, y desde allí oyó las voces de Dante
y su amigo. No entendió lo bastante para averiguar qué sucedía, pero sí para ponerse en guardia. Hablaban, o mejor
dicho, discutían; o, para ser más exactos, MachoMat abron-
caba y su mellizo intentaba defenderse. La cena no duró
demasiado y ella supo que el invitado se había ido furioso.
El portazo fue demasiado evidente para pasarlo por alto.
Dante siguió despierto hasta pasadas las doce, recorriendo
la casa como un perro enjaulado, y por una vez ella se negó
a bajar. No pudo negarse también a su llamada, a la misma
contraseña que usaban desde niños. «¿Me cuentas un cuento?», preguntó él desde el otro lado de la puerta, y ella pensó
que esa era su manera de buscar la reconciliación. Y como
en el fondo la estaba deseando, solo se demoró unos minutos, para castigarlo un poco, antes de ir a su cuarto.

Dante ya se había acostado y, por un momento, ella tuvo
la impresión de que se había equivocado, de que no la esperaba o de que quizá había creído que ella no acudiría esa vez,
porque estaba leyendo algo que dejó en el suelo en cuanto la
vio entrar. Se acomodó a su lado, sus hombros se rozaban, y
él le susurró al oído:

—Hoy el monstruo estaba debajo de mi cama.

Greta sonrió.

—El monstruo ya se ha ido —le dijo.

Y entonces él se echó a llorar, a sollozar de verdad, algo
que no pasaba desde hacía años. Ella siempre había sido la
llorona de la familia, la que se emocionaba con las películas
y acababa con los ojos enrojecidos.

—¿Qué pasa, Dante? —murmuró, y como él no contestaba, hizo el mismo gesto que había realizado él tantas veces en el pasado: se volvió hacia su mellizo y le dio un beso en la frente.

Entonces él le acarició la cara con el dorso de los dedos.

—Siempre serás mi aliada contra los monstruos —le dijo en voz baja, y ella asintió a pesar de que empezaba a dudar de su capacidad de vencerlos.

Hacía tiempo que no estaban tan juntos, tan cerca, y ella no podía decir que se sintiera extraña. Tampoco completamente a gusto. Y odió, una vez más, que el paso de los años le impidiera disfrutar de los mejores momentos que recordaba de su infancia: en su cama o en la de Dante, peleando o abrazándose, siempre juntos.

No hablaron mucho más, quizá porque ambos sentían la misma tristeza, compartían la misma sensación de que aquella noche tenía que ser la última porque, en el fondo, la edad los alejaba de eso, tal y como los había separado de los parques acuáticos o de los juegos de infancia. Greta hizo amago de marcharse y él la retuvo.

—No me dejes a solas con el monstruo —le pidió, y ella volvió a besarlo, esa vez en los labios, para frenar el miedo que exhalaba por ellos y que empezaba a notar en su propia piel.

Percibió un leve olor a menta, o quizá a lavanda, y se acurrucó contra él, más cerca de lo que habían estado nunca, los corazones enfrentados latiendo a la vez. Dante volvió a acariciarla, y fue ella entonces la que le cogió la mano y acercó el dorso a sus propios labios, buscando el origen de una fragancia cuya procedencia ignoraba. No venía de él, y sin embargo allí estaba. Y después de eso, como si los dos se hubieran puesto de acuerdo, cerraron los ojos y siguieron así, notando la respiración del otro y acompasándola a la propia, como cuando aún no habían nacido y flotaban en un espacio oscuro, sin reglas, que quizá también olía a hierba fresca.

Los gritos de Xenia los despertaron al mismo tiempo que la luz potente del techo que su madre había encendido en un intento de exponer la vergüenza. Greta se marchó a su cama, y hasta bien entrado el día siguiente no volvió a cruzar palabra con ninguno de los dos. La discusión entre Xenia y su mellizo fue intensa, tanto que fue ella quien permaneció callada, intentando entender qué le pasaba a Dante, cuál era la inquietud que lo impulsaba a dar respuestas obscenas, impropias de él; a insultar a su madre acusándola de cosas que ni siquiera ella, en sus enfrentamientos más sonados, se habría atrevido a enunciar jamás. Y no es que fuera una contendiente tímida a la hora de discutir o de planear actos que fastidiaran a X. cuando creía que lo merecía. Pero la explosión de Dante rebasó cualquier límite hasta tal punto que por única vez en la vida Greta se alió con su madre, se puso de pie y lo hizo callar de un bofetón, el primero que había dado en sus diecisiete años de vida. Al hacerlo sintió que una cuerda se rompía, que la expresión sorprendida de su mellizo era un punto y aparte. Que su infancia, lo mejor de ella, se deshacía con el impacto de su palma contra la mejilla. Luego se echó a llorar, y fue Xenia quien la consoló esa vez, abrazándola como no lo hacía desde que era una niña.

Pensar en eso, en esa escena de alianzas nuevas y traiciones propias, la lleva a recordar un detalle que en condiciones normales jamás habría olvidado. Debe devolverle a su madre la tarjeta de crédito, la que cogió con la cocaína y usó para comprarse unos cascos inalámbricos. Tiene que estar por algún lugar de su habitación y se alarma cuando no la encuentra ni en la mesita de noche, ni en el escritorio, ni en la ropa que llevaba, ni en ningún rincón del cuarto. Revisa el suelo, deshace la cama, registra espacios tan improbables como la funda de la almohada, hasta que, una hora más tarde, se da por vencida. La tarjeta de crédito no está allí.

A pesar de que el día no pasará a la historia como uno de los mejores de su vida, Lourdes decide cumplir con lo que se había prometido a sí misma y se dirige, tal y como tenía previsto, a casa de su hermana, en cuanto desciende del tren que la ha traído de vuelta a Castellverd después de haber pasado el día entero en el despacho. Espera que el encuentro no acabe en una tercera discusión, como la que ha mantenido con Xenia a primera hora o con Cristóbal Duque antes de comer. Dios, ese hombre casi le ha hecho perder los nervios... No le ha bastado con postularse, de nuevo, como el candidato idóneo para el premio, sino que, ante su sutil y firme negativa, ha tenido la desfachatez de sugerir que «seguro que se lo dais a alguna chica nueva, es lo que se lleva ahora, ¿no?». Y, por una vez, Lourdes no se ha mordido la lengua, porque está hasta el gorro de esa cantinela por parte de señores de mediana edad cuya mejor obra se publicó a finales del siglo pasado y que nunca cuestionaron que los hombres hayan acaparado la mayor parte de los premios durante décadas. ¡Durante siglos!, piensa, harta de esas mezquindades que tal vez tengan un punto literario, la esencia de Salieri, pero que sin duda también son un signo de egoísmo bastante irritante.

Mientras recuerda su mesurada e irónica respuesta, que venía a decir exactamente lo que acaba de pensar de manera más personalizada, Lourdes siente una vez más la tentación de demorar el paso o de resolver el tema con una llamada, más tarde. No lo hace porque, incluso tras el fracaso de su conversación matutina con Xenia, sigue convencida de que tiene razón, y porque se ha propuesto ver más a los niños, y porque en su fuero interno desea que, ahora que Simón vuelve a casa, se traben de una vez por todas unos lazos familiares que han ido deshilachándose con los años. Se detiene un momento ante la puerta del jardín, aunque sabe que no está cerrada con llave, antes de abrirla y tomar el sendero de piedra que lo cruza. Desde allí contempla la casa, iluminada por una luz en el porche.

Es una de las más grandes de Castellverd, sin duda alguna, y bonita dentro de su simplicidad. Se nota que en su diseño y construcción se aliaron el dinero y un gusto más bien ascético, en absoluto ostentoso. Es un chalet cuadrado, de formas simples y puras, sin aristas ni derroches de imaginación arquitectónica. El tejado tradicional le da un aire acogedor, de casita de cuento, y el conjunto desprende un aire de solidez que recuerda al de los viejos caseríos. El balcón que recorre la planta superior destaca por la barandilla, pintada de un bonito color verde que contrasta con el blanco de las paredes y a la vez armoniza con los árboles que rodean la casa. Es distinta a la suya, un antiguo chalet con todos los elementos que se llevaban en los años cuarenta del siglo pasado, pero también a la de Xenia, moderna, acristalada y con cierto aire de mansión hollywoodiense. Desde luego, no tiene nada que ver con el delirio arquitectónico de los Torné y aquellas columnas de color amarillo huevo que parecían convertir la casa en algo que estaba a medio camino entre un templo romano y una tarta nupcial. Sonríe al recordar a Xenia, ya algo bebida, en la fiesta de inauguración. En mitad del show caribeño, cuando se encendieron los nenúfares en torno a la piscina y una orquesta se puso a tocar *Blue Moon*, su amiga se subió en una silla, con el enésimo cóctel en la mano, y, mirando hacia el infinito, declamó, copa en ristre: «A Dios pongo por testigo que nadie me alejará de Tara... Y que no volveré a pasar sed». Lourdes no está muy segura de que el momento fuera muy apreciado por Álvaro y Coral, pero para ella dio en el clavo: la casa tenía algo de mansión sureña, y la fiesta, poblada de camareros uniformados de blanco, hacía pensar en la puesta de largo de una heredera tan caprichosa como Escarlata O'Hara, un personaje que ella siempre ha detestado. Por su cabeza pasa un cuento de Cheever, *El nadador*, y por un momento acaricia la súbita idea de editar una versión ilustrada de ese relato en que un tipo nada de piscina en piscina, de chalet en chalet, y va mostrando poco a poco la superficialidad de su entorno y su propia desesperación vital. Sonríe, porque la idea no le parece en absoluto mala y se promete volver a pensar en ella más adelante.

Íñigo la recibe con una sorpresa más que comprensible, vestido con un pantalón de chándal y una camiseta manchada de agua. Al parecer, ni el invierno más crudo de aquí puede con él.

—Estaba con los niños —dice en tono de disculpa—. Acabo de bañarlos. Pero Mire llegará enseguida. Me ha llamado hace quince minutos. ¿Me perdonas un momento? Voy a asegurarme de que se están poniendo el pijama sin matarse y bajo enseguida.

Claro, piensa Lourdes. Las siete y media. El baño de los niños, luego la cena. Oye ruido procedente de arriba, voces infantiles que protestan, y se dice que no ha escogido la mejor hora para ir de visita.

—Hay vino blanco en la nevera. Sírvete lo que quieras. —Cambia el tono y dirige su chorro de voz hacia arriba, hacia unos niños invisibles que se pelean—. Eneko, deja las cosas de tu hermano en paz, ¿quieres? ¡No seas pesado tú también!

Íñigo desaparece en la escalera y Lourdes se acerca a la nevera, tan grande y moderna que parece una nave espacial. No ha dado ni un sorbo al vino blanco cuando aparecen los niños, con el pelo algo húmedo y vestidos con pijamas del mismo color azul. La piel oscura de Ander es casi brillante y contrasta con la palidez del mayor, un crío muy delgado, de bracitos enclenques y piernas débiles.

—¡Tía Lou! —dice Eneko—. ¿Quieres ver a los gatitos? *Aita*, ¿podemos bajar?

—Dejad tranquila a vuestra tía —advierte Íñigo.

—¿Tenéis gatitos? —pregunta ella—. Claro que quiero verlos.

—Están abajo. En el sótano. ¡Ven!

Ander no ha dicho nada, pero la perspectiva de ver a los gatos parece gustarle, así que Lourdes deja la copa en la mesa y los sigue, escaleras abajo.

—Los encontramos el sábado por la mañana —dice su cuñado—. La gata se coló en el sótano para parir y allí siguen. Y no os acerquéis demasiado u os llevaréis un zarpazo por plastas.

—Ahí están —susurra Eneko, señalando hacia un rincón.

Los niños entran en silencio, como si se esforzaran por no despertar a los bebés, y Lourdes hace lo mismo. A su espalda, Íñigo enciende la luz. Ella sabe que ahí tiene él su cuarto oscuro, para las fotos. Al parecer, los gatos están al otro lado, una parte que se utiliza como trastero, y un maullido fatigado lo confirma.

—Mira —dice Eneko.

Son una monada: tres mininos diminutos, atigrados, acostados junto a una señora gata que mira a los humanos fijamente en su papel de madre orgullosa y vigilante.

—Les hemos puesto una cama —dice Eneko, cogiendo a Lourdes de la mano—. Allí. Pero creo que no les gusta.

Es una caja de madera, de esas que suelen contener botellas de vino, a la que han añadido un par de toallas para que sea más cómoda.

—Llevamos cuatro días pendientes de esto —comenta Íñigo al tiempo que deja un tazón con leche y comida para la madre cerca de esa caja.

—Qué preciosidad —dice Lourdes. Se agacha frente a los animales y sonríe.

Se ha situado entre sus dos sobrinos y, de reojo, atisba la carita de Ander, su expresión infantil casi hipnotizada contemplando aquella especie de belén gatuno.

—Si los tocas, la mamá se enfada —la avisa su sobrino mayor.

—Claro, tiene que protegerlos. Eso hacemos todas las mamás. —Lourdes se vuelve hacia el más pequeño y se dirige a él—: Oye, Ander, me han dicho que tu cumpleaños es ya mismo. ¿Sabes qué quieres que te regalemos o prefieres una sorpresa? —le pregunta.

Él no contesta, y casi se diría que ni siquiera la ha oído. Al otro lado de Lourdes, Eneko se encoge de hombros.

—Tranquila. Está *empanao* —dice—. A la que ve a los gatos ya no te hace ni caso.

Y para probar su afirmación, extiende el brazo para propinar una palmada en el cogote de su hermano.

Íñigo interviene a tiempo:

—¡Eh, eh! Tranquilo tú también. Venga, vamos arriba. Dejad a los pobres bichos en paz. Creo que he oído el coche de mamá entrando en el garaje.

No hay manera de despegar a Ander de su sitio; a pesar de que todos avanzan hacia la escalera, él sigue allí, inmune a los adultos, como si estuviera manteniendo un duelo de miradas con la madre gata. Solo cuando Íñigo apaga y enciende la luz, se vuelve hacia ellos.

—Vamos —le dice Lourdes, que ha retrocedido un par de pasos para convencerlo y ahora extiende la mano hacia él—. Los gatitos tienen que dormir. Y tú tienes que cenar. Además, aún no me has dicho qué quieres de regalo…

Es solo un segundo, una mirada súbita y rápida que desaparece enseguida. Sin embargo, al percibirla, Lourdes comprende al instante la preocupación de su hermana. Los ojos negrísimos de Ander la han mirado con una mezcla de rabia y condescendencia que transmitía un mensaje claro: «Me importa un comino tu dichoso regalo». Es más la expresión de un adolescente desafiante que la de un niño que aún no ha cumplido los seis años. Hay todo un mundo ahí, piensa ella, y comprende que por la cabeza de ese crío corren ideas que desconocen, recuerdos que ni tan solo pueden adivinar. Dura un instante, tan poco que alguien menos sensible que ella habría dudado de si fue real. Apenas un segundo después, la máscara de niño vuelve a apoderarse de sus rasgos y él le coge la mano para ir hacia la puerta.

Íñigo tenía razón. Desde el pequeño descansillo adonde desemboca la escalera, justo en una esquina del gran espacio que es a la vez cocina, comedor y salón, Lourdes ve a su hermana y, sin poder evitarlo, su mente viaja en el tiempo, a esos días en que era pequeña, mucho antes de que Mire naciera, y ella observaba de lejos a su padre cuando este llegaba a casa. Mireia es mucho más guapa, sin duda, pero la expresión de su figura —el ceño fruncido y los labios apretados, la mano tensa sujetando el teléfono móvil, la mirada fija en un punto de la pantalla como si con ella fuera capaz de paralizar el mecanismo del mundo— le recuerda a ese padre al que no se podía molestar hasta que él lo autorizaba. Hasta que su cuerpo y su mente se encontraban en casa, no disociados en el espacio: uno en el hogar, la otra aún pendiente de los asuntos de Pérgamo. Los niños parecen identificarlo tan bien como ella lo hacía de pequeña, y han ido hacia el sofá a disfrutar de su media hora de videoconsola, algo que ya reclamaban mientras subían la escalera del sótano.

—Cielo, mira quién ha venido —le dice Íñigo.

Mireia extiende la mano sin apartar la vista del móvil en una petición muda de tiempo. Luego teclea con rapidez, le da a «Enviar» y respira hondo. Entonces se percata de que tienen visita y sonríe.

—Lou, qué sorpresa. —Su expresión cambia de inmediato—. ¿Pasa algo?

—No, no. Nada, todo bien.

Mireia asiente y va hacia el sofá. Le da un beso en la nuca a cada uno de los niños y Lourdes se dice que unos segundos antes ha sido injusta. ¿Por qué seguimos esperando a esa mujer madre que no tiene en su cabeza más inquietudes que las de su prole?, se pregunta. ¿Por qué lo juzgamos todo en función de un patrón que ya no existe?

—Media hora de esto y se acabó, ¿eh? —les advierte Mire a sus hijos en tono cariñoso pero contundente—. Mientras papá hace la cena y yo hablo con la tía Lou. ¿Te quedas a cenar, hermana mayor?

—No, tranquila. He venido solo a comentarte algo. ¿Te pongo una copa de vino?

—¡Sí, por favor! Estoy muerta. Quedarse tres días en casa tiene su precio.

Mireia se incorpora y va hacia su hermana. Lourdes recuerda que lo comentó durante la cena y asiente.

—¿Te vas mañana? —le pregunta a su cuñado.

—A primera hora —responde él mientras saca unas pechugas de pollo de la nevera—. Voy en coche esta vez.

—¿Salimos un momento al poche, Mire? —sugiere Lourdes—. Hace muy buena noche.

Es verdad que la noche es clara: no es que pueda verse un cielo estrellado, pero la luna brilla con bastante intensidad, sin nubes que la opaquen. Mireia y Lourdes observan el cielo, casi sin darse cuenta, como atraídas por aquel resplandor blanco.

—He hablado con mamá —dice Lou—. Vendrán el sábado a la fiesta de Ander.

Mireia se encoge de hombros y bebe.

—Me lo ha dicho hoy. Claro, ¿cómo iba a perdérselo papá si estará Simón?

—Hace un año que no lo ven —responde su hermana—. Que no lo vemos.

—Ya. Sí, supongo que es normal. Aunque habría estado bien que me dijera que también le hace ilusión ver a Ander. Y a Eneko. Pero se le olvidó mencionarlos. Supongo que no pueden evitarlo.

—Bueno, la verdad es que pasaron mucho tiempo con Simón cuando era pequeño. Ahora viven fuera, son mayores. Las cosas cambian.

—Y yo llegué tarde —dice Mireia con un deje de ironía no del todo amable—. Nací tarde, crecí tarde, tuve hijos tarde... ¿Qué se le va a hacer? No es que las cosas cambien, es que siempre han sido así.

—Ellos quieren a todos los nietos, Mire. No se lo tengas en cuenta.

Mireia no contesta y se apoya en la mesa de madera, sin llegar a sentarse del todo.

—Lo importante es que vienen —concluye Lourdes.

—No. Lo importante es por qué vienen, aunque hace tiempo que lo tengo asumido. El cumpleaños de Ander no merecía la pena, papá se cansa de conducir, estamos muy lejos... Ver a tu hijo ya es otra cosa.

Lourdes acusa el reproche hacia sus padres sin encontrar argumentos para defenderlos. Lo que dice su hermana es cierto, y, a la vez, parcialmente injusto. Simón fue el único nieto durante años y sus padres aún vivían en Barcelona cuando él era pequeño. Además, aunque su padre dejó la editorial en sus manos sin volver a ella más que de visita ocasional, en esos primeros tiempos era ella quien lo visitaba a menudo para pedirle consejo, solicitar su opinión, enterarse de los porqués y los cómos de un montón de decisiones previas. Era obvio que ella y su padre estaban más unidos, al menos en tiempo compartido, de lo que lo estuvo su hermana.

—Las cosas también son como son por alguna razón —dice Lourdes en voz alta, sin darse cuenta de que la frase es la conclusión a todo un razonamiento que ha hecho solo en su cabeza.

—Sí. Podrían esforzarse un poco en que no se notara tanto, de todos modos. Siempre tengo la impresión de que, haga lo que haga, nunca es suficiente.

—Mire, no… Te doy la razón en lo de los niños, pero es que también podrías reprochármelo a mí. De hecho, en parte por eso he venido hoy, quería preguntarle a Ander qué quiere para su cumpleaños. Ser la pequeña tiene sus ventajas e inconvenientes, y uno de estos últimos es que nos pillas con el paso cambiado.

—No es solo por ser la menor. Es también un tema de afinidad, Lou. Tú y papá hablabais de las grandes obras de la literatura cuando yo tenía cinco años. Creo que empecé a odiar los libros entonces. Mis cuentos infantiles no le interesaban nada. Aún me acuerdo de una noche en que se puso como una fiera al oírme leer uno en voz alta. «¡Menudas idioteces hacen para los niños!», gritaba. Me lo quitó de las manos y lo tiró al suelo. «Si lees estas bobadas, terminarás siendo una niña tonta», me dijo para consolarme.

—Papá era terrible. Pero no creas que conmigo era mucho más respetuoso. Si yo defendía algo que no le gustaba, perdía la paciencia igualmente. De eso es posible que tú no te acuerdes.

—¿Sí? Pues no. No me acuerdo. Solo os veía a los dos compartiendo un mundo que yo no entendía.

—Tenías cinco años y yo, casi veinte. No podíamos hacer las mismas cosas.

—Exacto. Como te he dicho antes, empecé la vida llegando tarde. —Mireia desvía la mirada y apura la copa de vino—. Es hora de cenar. ¿Querías decirme algo más?

Lourdes quería hablarle de Coral, sí, pero después del

desayuno con Xenia ha decidido ocuparse ella de ese tema. Tampoco tiene por qué arrastrar a las demás en sus remordimientos.

—Sí y no —dice para tantear a su hermana—. Llevo unos días preocupada por Coral. Me sabe mal cómo se marchó.

Despúes de la diatriba matutina de Xenia, le sorprende que su hermana asienta con la cabeza, y le extraña más aún lo que dice después:

—La llamé el domingo y estuvimos hablando un rato. No sé si está muy bien asesorada legalmente, si te digo la verdad. Le pasé el número de una abogada que conozco.

De repente, en medio de aquella paz nocturna y silenciosa, Lourdes se siente como una boba. Mientras ella le daba vueltas al tema, lo consultaba con Max, lo debatía consigo misma y lo discutía con Xenia, su hermana había actuado sin vacilar y con su eficacia habitual. Por un momento se siente aliviada, tan reconciliada con Mireia que le entran ganas de abrazarla.

—No mencionó el tema del dinero —prosigue Mire—. Ni yo tampoco, claro. En eso sí que no tengo ninguna intención de ayudarla, y creo que ya lo intuyó.

Lo dice con tanta rotundidad que Lourdes no puede menos que admirarla. Firme, eficiente, segura de sí misma, proactiva; tan solo le falta un atisbo de empatía en el tono, pero eso, aquí y ahora, es lo de menos.

—Me alegro de que hablarais. Soy tan tonta que no me atrevía a llamarla después de lo que pasó.

Mireia la mira y sonríe con un poco de suficiencia.

—Pues ya está, otro tema resuelto. —Se incorpora de la mesa con la copa en la mano—. Voy a cenar. Supongo que iréis a buscar a Simón al aeropuerto, ¿no? Creo que el vuelo llega sobre las tres y media o las cuatro.

La mirada de su hermana hace que se muerda la lengua, en sentido literal, unos segundos demasiado tarde.

—¿Cómo…? ¿Cómo lo sabes? Ni siquiera sabemos de dónde viene, solo que estaría en casa sobre las cinco.

Mireia se encoge de hombros, molesta consigo misma. Odia las meteduras de pata, las ajenas y las propias.

—Se me escapó. Lo siento, Lou, aunque diría que ahora ya no tiene importancia. Simón vuela a Barcelona desde Tegucigalpa. Ha estado por allí todo este tiempo: fue a Honduras y de ahí ha viajado a los países más cercanos.

La cara de Lourdes se ha convertido en una máscara y su cuerpo, en una especie de estatua rígida.

—Lou, tranquila, está perfectamente. Hemos seguido en contacto por email o por teléfono, eso es todo. Él me pidió que no os dijera nada y le hice caso, ya está. Si hubiera pasado algo grave, te lo habría contado; pero no ha sido así. Es mejor que sea él quien te dé las explicaciones —añade con intención de zanjar el tema.

—Durante todo este año… ¿no me has dicho nada? —Lourdes está tan sorprendida que el enfado tarda en abrirse paso, en circular del corazón a la cabeza y de esta a la lengua—. ¿Cómo has podido ocultármelo? ¡Joder, Mire!

—Eh, escucha un momento. Yo fui la canguro de tu hijo durante años y siempre hemos hablado mucho. Me llamó cuando quiso, un par de meses después de irse; me contó dónde estaba con la condición de que no os dijera nada. ¿Qué querías que hiciera? Es un adulto, Lou, me limité a respetar su decisión. Le insistí en que os escribiera regularmente y me consta que lo ha hecho, así que encima no te ofendas conmigo… Y no tengo ahora el cuerpo para broncas, ¿vale?

Lourdes intenta procesar la información, lógica y razonada, que choca contra sus sentimientos más viscerales. Por muy contundente que se muestre Mireia, ella encuentra mil razones para enfadarse con solo pensar en las noches que dedicó a preguntarse por dónde andaba su único hijo; eso sin contar con otra rabia, más profunda, que procede de la sensación de haber sido ignorada durante casi un año. Mientras Simón y Mireia hablaban, a ella, como gran favor, se le enviaba un mensaje rutinario lleno de abrazos. Sí, claro que está enfadada, y ofendida, y a punto de llorar, y en ese momento zarandearía a Mireia hasta borrarle aquella expresión arrogante y tozuda de su bonita cara. Se contiene, claro, y escucha a su hermana decir algo que debe de llevar años clavado en el pecho, una espina que ahora convierte en un dardo, certero y lanzado con frialdad:

—Piénsalo con calma, Lou. Tú misma lo dijiste antes: las cosas son como son por alguna razón. Y tal vez por eso duelen, porque una entiende las razones y no puede evitarlas. Por eso y porque el papel de segundona no le gusta a nadie. Te lo digo yo, que en esto te llevo ventaja. Treinta y ocho años de ventaja.

La caricia helada

Mireia apenas ha oído marcharse a su marido. Ha tenido que salir muy temprano, antes de las seis, porque a esa hora ella abrió los ojos y su lado de la cama estaba casi frío. Ha sido un despertar sobresaltado, la huida hacia la consciencia de un sueño asfixiante e inconexo: imágenes extrañas de ella y su hermana de pequeñas, en el chalet donde ahora viven Lourdes y Max. Ambas corrían por la casa hacia el estudio de su padre; y ella se quedaba rezagada y no podía encontrarlo. Una pesadilla angustiosa porque Mireia sentía que tenía que llegar y no era capaz de hacerlo, y porque durante todo ese rato esperaba que alguien volviera a por ella. Avanzaba siguiendo el rastro de sus voces, cruzaba la puerta de una habitación y luego esta se desdoblaba, generando otra idéntica, con la misma puerta al fondo que, de nuevo, volvía a llevarla a una estancia vacía y oscura. Cada vez debía armarse de valor para cruzarla y acceder a la siguiente. Se había despertado justo cuando estaba en la última, porque en ella no había otra puerta, sino solo una ventana. Sintió que había llegado al final, que la única manera de seguir buscándolos era asomarse y ver qué había al otro lado, pero ella era demasiado pequeña y no alcanzaba a abrirla. A lo lejos sonaban las risas familiares de sus padres y de Lourdes, juntos, disfrutando de una casa sin acordarse de que faltaba alguien, de que la pequeña Mireia no estaba con ellos. Por fin había dado un salto y los había visto a través del cristal: estaban abajo, en el pequeño jardín, y su padre le había gritado desde allí, medio enfadado: «¿Qué diablos haces ahí arriba, Mire? Ven con nosotros. ¡Salta!».

No hacía falta ser un genio del psicoanálisis para interpretarlo, y Mireia se propuso olvidarlo desde primera hora de la mañana. Es posible que su subconsciente la traicionara, incluso despierta, porque de repente se le ha ocurrido la idea de pasar el día sola con Ander. No llevarlo al colegio, sino hacer lo que él quisiera: un día para los dos, igual que los que había disfrutado con Eneko cuando este era apenas un bebé. Así que ha dejado que su hijo mayor se vistiera y saliera a la puerta, donde lo recoge el autobús escolar, y en cuanto este ha desaparecido de su vista le propone el plan a Ander. Como si fuera una travesura, un secreto entre los dos del que no les puede decir nada ni a Eneko ni a papá.

—¿Te apetece saltarte el cole? Podemos ir a comer al parque. De excursión, solos tú y yo.

Ander asiente, más sorprendido que entusiasmado, y durante una hora ambos remolonean por el comedor. Bajan un momento a ver a los gatos, que siguen dormidos, y cuando vuelven a subir, él le enseña su videojuego favorito. Ella le hace cosquillas para incordiarlo cada vez que su hijo le gana una partida. Mireia ha dejado el móvil del trabajo en silencio, obedeciendo a un plan consciente de no dejarse atrapar por correos inesperados o llamadas supuestamente urgentes. Aun así, le echa un vistazo rápido de vez en cuando, y, sobre las once y media, no puede evitar detenerse durante unos minutos para evaluar un mensaje que, en realidad, sí es importante. O lo sería si ella estuviera en la oficina. Es curioso que en un equipo tan amplio, formado mayoritariamente por investigadores y profesionales de la medicina, aunque también por desarrolladores de software para centros hospi-

talarios, las pequeñas rencillas y las supuestas ofensas personales sigan teniendo lugar. El laboratorio para el que trabaja
Mireia y, concretamente, el área que dirige, especializada en
tratamientos innovadores para la diabetes crónica, debería
estar a un nivel superior, y sin embargo Mireia ha aprendido
ya que los informáticos pueden verse a sí mismos como ar-
tistas temperamentales e impacientes, y que los investigadores de laboratorio tienden a chocar con ellos porque su rigor
y su paciencia desafían las elucubraciones geniales de los
primeros. Si a eso le añadimos el equipo comercial, siempre
pendiente de sus objetivos, las reuniones de las tres subáreas
podían llegar a ser de lo más explosivas. Mireia ha conseguido trabar alianzas en todas ellas y actuar con mesura, aunque también con firmeza cuando la ocasión lo requería. Curiosamente, fue su más estrecha colaboradora quien acabó
generándole más problemas, y su despido, propiciado por
ella, aún resuena en los silenciosos espacios del moderno edificio. Mireia no se arrepiente en absoluto de habérsela quitado de encima; es más, lamenta no haberlo hecho antes, porque ahora está segura de que esa mujer había sido un lastre
invisible en su gestión desde el minuto cero. Pero sus aliados
siguen allí, y a veces, como ahora, aprovechan sus dos días
de ausencia para remover las aguas con correos como el que
acaba de recibir. Mientras Ander la espera para la siguiente
partida, la última según han acordado, ella lo reenvía a uno
de sus colaboradores precedido de: «Mira de resolver esto,
por favor. Esta tarde hablamos si hace falta. ¡Hasta el viernes!». Por un momento se detiene a pensar en qué medida
puede cambiar su vida si deja la empresa privada y se pasa al
sector público; no quiere hacerse ilusiones a pesar de que, en
el fondo, se siente satisfecha de que hayan recurrido a ella.
Ya veremos, se dice Mireia, poco amiga de anticiparse a los
acontecimientos en temas laborales, mientras termina de preparar la mochila con los sándwiches y las bebidas.

—¿Vienes o no? —pregunta su hijo, exigente, y ella da un salto y aterriza a su lado, finge quitarle el mando y ambos se enzarzan en una falsa pelea que los hace rodar del sofá a la alfombra, entre risas.

—Te lo doy, te lo doy —dice ella, vencida, mientras el niño, de rodillas sobre su estómago, se atribuye el papel de vencedor—. Pero en cuanto termine esta, nos vestimos y nos vamos al parque, ¿vale? He hecho unos bocadillos y nos los llevamos para comer.

Todo se retrasa, claro, porque ninguno de los dos tiene excesiva prisa por ir a pasear. De vez en cuando, Mireia mira su móvil personal, a la espera de un mensaje de Íñigo, el típico «ya he llegado, no te preocupes». Ella no es una mujer que tienda al drama, de hecho, no posee demasiada imaginación, pero le extraña que su marido no dé alguna señal de vida. Al final, el espíritu organizativo de Mireia logra su propósito y, pasadas las doce y media, salen de casa montados en las bicicletas. Ella habría preferido ir a pie, pero Ander se ha empeñado en coger la bici de su hermano, a pesar de que resulta un poco grande incluso después de ajustar el sillín a la altura correcta. Mireia no transige en el tema casco, a pesar de que eso conlleva unos minutos más de discusión, y se ponen en marcha bajo un sol empañado de enero, en dirección al parque. Él se adelanta y ella lo ve subir, orgullosa, por la carretera que comunica Castellverd con el inmenso parque al que han ido muchas veces, siempre en domingo. Es un gusto recorrer el mismo camino un miércoles al mediodía, sin apenas nadie, tomar el sendero del Torrent de la Budellera y cruzar por debajo del puente hasta llegar a la iglesia y luego bajar hacia el pantano de Vallvidrera a través de unas sendas que, vacías de gente, presentan otro aspecto más boscoso, más salvaje. Mireia le grita que no acelere, que no se aleje mucho, y respira aliviada al ver que él la espera. No es que ella sea una experta ciclista; prefiere ir detrás porque no quiere perder de vista a ese niño de casi seis años, a pesar de que se muestra más hábil en todos los deportes que otros críos mayores que él, incluido su hermano. Siente una punzada de remordimiento al pensar en Eneko sentado en clase mientras ellos van de excursión: odia sentirse injusta. ¿Es posible tratar a dos hijos igual? ¿Quererlos exactamente lo mismo? Lo ha pensado alguna vez, a pesar de que una parte de ella se resiste a los análisis baratos y a las preguntas que no tienen respuesta. No hay manera de avanzar si una invierte el tiempo en plantearse por qué hace o deja de hacer las cosas. Esa es Lourdes, no yo, decide Mireia con un poco de sorna y un pequeño atisbo de compasión, velozmente desplazado a un rincón de la consciencia. Diga lo que diga Lourdes, ella no tiene nada que reprocharse; de eso está convencida.

Por fin llegan al pantano, cansados y hambrientos, y Mireia busca una mesa al sol porque a la sombra hace fresco y lo último que quiere llevarse de recuerdo del día es un resfriado de Ander. Este come en silencio; parece contento, a su manera, sin grandes demostraciones de alegría, y sin demasiadas ganas de contestar preguntas. Ella intenta averiguar si le gusta el colegio, si la profesora le cae bien; él responde con monosílabos y, después de unos minutos, Mireia desiste. La idea de ser una madre tediosa la aterra y se dispone a disfrutar del paisaje, de las encinas, los robles y los pinos, y de la comida. Hay algo casi mágico en aquel lugar tan cercano a Barcelona y a la vez plagado de tortugas, patos e incluso jabalíes. Estos últimos siempre la han intranquilizado, aunque sabe que son inofensivos, y espera no cruzarse con ninguno.

Cuando terminan de comer, Mireia se acerca a un roble y se sienta a su sombra; nota el sol a través de las ramas que se mueven con suavidad, mecidas por un viento afable. Ander persigue lagartijas al borde del pantano y ella confía en que vaya con cuidado porque el agua lo aterra a él tanto como a ella los bichejos que la rodean; al niño lo fascinan todos los animales, por repugnantes que a Mireia le parezcan. Piensa en lo bueno que es que se entretenga solo, sin exigir la presencia constante de un adulto para llevar a cabo sus juegos. Lo observa moverse con lentitud y precaución, como lo haría un gato, y luego entorna los ojos y se deja acompañar por los sonidos del bosque vacío durante un rato, en el que de vez en cuando busca a su hijo con la mirada y siempre da con él. En algún momento se queda adormilada porque de repente vuelve a encontrarse apostada en la ventana, aunque esta vez ha crecido y es capaz de abrirla y saludar a la familia sin el menor apuro. Nota una mano en el hombro que la sacude y vuelve en sí, abandonando aquel sueño reparador que de alguna manera la tranquiliza más allá del descanso físico. Ya no es una niña pequeña olvidada, sino una adulta independiente, responsable y satisfecha.

—¡Tenemos que ir a casa! —le dice Ander, plantado a su lado. Da la impresión de tener una prisa inusitada.

—Claro, ya vamos... —susurra ella, perezosa—. Recogemos esto y nos marchamos.

—¡No, tenemos que irnos ya! —exclama él, y hace el gesto de correr hacia la bicicleta. Mireia lo retiene.

—¿Se puede saber a qué viene esta urgencia?

Él no le contesta, la mira con expresión desabrida y aquellos ojos oscuros, desafiantes, que podrían ser los de un cachorro a punto de morder. Se suelta con decisión y camina deprisa hacia donde están las bicis.

—¡Ander, un momento! —lo llama ella, al tiempo que se levanta y va hacia la mesa—. No podemos dejar esto así... No, no vas a coger la bici. ¡Espera cinco minutos, haz el favor! ¿Tienes que apagar un fuego o qué?

El niño murmura algo, aunque no se entiende bien lo que dice porque se le atropellan las palabras. Mireia recoge rápidamente los restos de la comida y los guarda en una bolsa de plástico que llevaba para eso.

—¡Va! —la exhorta él mientras da una patada en el suelo—. Eres lenta.

—Ah, no. Ya lo último que me faltaba es que encima te enfades. Ahora nos esperaremos un poco más, hasta que yo decida que es hora de marcharnos. Y si tienes prisa, no sabes cuánto lo siento.

Él va hacia su madre y le da un manotazo, tan fuerte que consigue tirar al suelo la bolsa con la basura. Mireia cuenta hasta tres mentalmente para no hacer lo mismo.

—Me vas a ayudar a recoger esto, guapo. Lo sabes, ¿verdad?

Pero Ander ya no la escucha, se le nota en su agitación y en su mirada perdida, y ella sabe que obligarlo puede conllevar un bucle de rabietas, amenazas y lloros, que es lo último que desea después de una mañana tan especial. Le cuesta no estallar, y piensa que, por suerte, no hay nadie alrededor. Cuando estos ataques de Ander se dan en público, algo no del todo infrecuente, lo peor son las miradas condescendientes de quienes los rodean. Los mismos que resolverían el tema con un bofetón o al revés, con toda la calma del mundo. Mireia no se siente capaz de hacer ninguna de las dos cosas; solo de recomponer la bolsa rota y meter en ella la piel de plátano y alguna cosa más que había salido volando.

—¡...me espera en casa! —grita él, y ella no llega a entender del todo quién diablos está esperando a Ander si apenas son las tres y cuarto: Eneko no llega hasta las cinco y media e Íñigo está de viaje.

—¡No hay nadie en casa, Ander! Por favor, no digas tonterías.

—¡Está Teresa!

Lo ha dicho claramente, con una voz casi de adulto, alejada del soniquete infantil, y Mireia tarda unos segundos en reaccionar porque no sabe a qué Teresa puede referirse. Ese breve lapso de tiempo es todo lo que Ander necesita para montarse en la bicicleta y, sin el casco, emprender el camino de vuelta a casa a todo correr, zigzagueando por el sendero de tierra mientras Mireia, atónita y súbitamente asustada, se sube a la bicicleta para salir tras él. Sale tan disparada en pos de su hijo que, apenas dos minutos después, cae en la cuenta de que se ha dejado la mochila en el banco y se ve obligada a frenar en seco porque en ella, entre otras cosas, están las llaves de casa. Le grita a su hijo que se detenga, odiándose por ese papel de madre histérica, antes de dar media vuelta. Más enfadada que nunca antes, casi avergonzada de sí misma y de su hijo, Mireia retrocede con furia y retoma el mismo camino después de haber cogido la mochila olvidada.

El bosque permanece inmune a su rabia; es más, unos pajaritos impertinentes entonan un canto que ella percibe como una burla. Ander ha desaparecido ya, engullido por los recodos, y lo único que ella puede hacer es acelerar el pedaleo con la intención de alcanzarlo, o al menos de verlo, aunque sea a lo lejos, y cerciorarse de que sigue la senda correcta. La parte más racional de Mireia está tranquila; es consciente de que Ander es lo bastante diestro para llegar a su destino sin problemas, y, sobre todo, porque es allí adonde quiere ir. La otra parte, la menos lógica, imagina caídas súbitas, intuye el peligro que hay en el punto en que el bosque enlaza con la carretera general; teme cualquier cosa, incluso la más absurda, como el ataque de un jabalí, algo que nunca les ha sucedido y que ahora parece convertirse en una amenaza plausible. Pedalea con fuerza, para no pensar. De repente se dice que Íñigo no ha dado señales de vida, y que eso es raro, y que se ha ido muy temprano, lo cual tampoco es normal. No quiere parar para llamarlo, no ahora, y sin poder evitarlo dirige su enfado hacia él, quizá para librar a

Ander de convertirse en objeto de su malhumor o al menos para que comparta el castigo con un progenitor despreocupado y ausente. Y es justo al abandonar el sendero e incorporarse a la carretera que cruza el pueblo cuando cae en la cuenta de que es miércoles, y de que los miércoles eran el día en que Teresa iba a su casa. Se le antoja una coincidencia extraña que ese sea el nombre que ha pronunciado Ander, porque él ni siquiera conoció a esa chica, pero no tiene tiempo de pensar en ello ahora. Está llegando a casa y, al hacerlo, vuelve de nuevo el enfado.

La bicicleta tirada en la calle le indica que Ander ha llegado sano y salvo y ha saltado por encima de la valla, algo que hace a menudo porque le encanta encaramarse a todo, como los monos. Mireia lanza su bicicleta contra la de su hijo, abre la puerta con firmeza y avanza con paso recio por el caminito de piedra que cruza el jardín. Ander está en el porche, claro, porque, a pesar de sus prisas, no tiene llave y no ha podido entrar en casa. Quizá si lo viera compungido, si él supiera fingir ese arrepentimiento mínimo que se espera de un crío que acaba de desobedecer de una manera tan obvia, ella se habría calmado porque, en el fondo, lo importante es que está bien. Pero él la mira con desdén, totalmente ajeno a su preocupación, y repite en el mismo tono frío y adulto su sentencia anterior: «Eres lenta». Eso termina de encenderla, y, sin hacer caso a sus protestas, lo arrastra del hombro hacia el interior y lo lleva escaleras arriba hasta su habitación mientras pronuncia todas las frases que siempre juró que nunca diría. Frases de madre antigua y furiosa, una madre que desentona en aquel entorno y que ella, como hija, no oyó jamás. Lo mete en su cuarto de un empujón y le dice que no saldrá de allí hasta que reflexione sobre lo que ha hecho y pida perdón; luego sale y cierra la puerta sintiéndose una especie de madrastra de cuento.

Baja al salón, agotada por la carrera y por el enfado, y es

entonces cuando saca su móvil personal de la mochila, porque de hecho necesita hablar con Íñigo, desahogarse, incluso gritarle a alguien más, y en el fondo está segura de que él habrá llamado. Encuentra solo un mensaje de Olga, que le pregunta si le apetece merendar con ella en la plaza, cerca de su piso, o en la cafetería del club. Más que merendar, me apetece emborracharme, se dice ella, y no contesta. Tampoco llama a su marido; pospone el momento para cuando esté más tranquila, porque empieza a sentirse avergonzada de esta última escena, tan impropia de alguien con su experiencia y su currículum. Recuerda la botella de vino blanco que había en la nevera; sabe que todavía queda el suficiente para un vasito y decide tomárselo y volver arriba, para hablar con Ander con calma. Como siempre ha hecho.

Cuando lo ve bajar la escalera apenas puede creerlo, no porque la esté desobedeciendo de nuevo, sino porque el niño se ríe, como si alguien acabara de contarle un chiste. Es una risa infantil, pero de algún modo suena extraña viniendo de un crío solo que ni siquiera se detiene a mirar si ella está allí, sino que sigue bajando hacia el sótano. «Te voy a enseñar a los gatitos», dice en voz alta, como si estuviera hablando con alguien.

Mireia piensa en los amigos imaginarios, ese tópico que siempre le pareció de telefilme barato, y se dice que tal vez Teresa fuera alguna niña del orfanato donde él vivía antes de que lo adoptaran. Una compañera de juegos a la que echa de menos y con la que se entretiene en su cabeza. De nuevo, mientras se mueve en silencio hacia el sótano, la asaltan todas esas dudas que la acosaron cuando Íñigo sugirió el tema de la adopción. La idea de introducir en su casa a un extraño, por pequeño que fuera, alguien que no compartía ni su ADN ni sus costumbres, alguien que, de manera natural, habría seguido su vida en otro sitio y con otra gente, siempre le generó una prudencia instintiva, vencida por los razonamientos de su marido y por sus propias ganas de convencerse de lo contrario.

Ahora tarda un poco en descender del todo, como si quisiera darle a tiempo a él para concluir su fantasía, para terminar ese juego y volver a la realidad. No le oye decir nada más, y después de esperar unos largos minutos, Mireia termina de bajar. Ander no ha encendido la luz y ella duda en si hacerlo o no, por miedo a sobresaltarlo. No tiene ganas de otro berrinche y permanece en la puerta, asediada por un frío súbito, hasta que un maullido rabioso seguido de un grito infantil la obligan a buscar el interruptor a toda prisa y a entrar corriendo.

La gata tiene el vello erizado y emite ese bufido sibilino de los felinos enojados, seguido de un gruñido ronco y amenazante. Ander se ha levantado y retrocede hacia ella mientras se acaricia el brazo derecho, donde el animal lo ha arañado. Y, en el suelo, Mireia distingue a los gatitos. Tres cositas diminutas, inmóviles y rígidas.

Coge a Ander, lo abraza y él la mira con un pánico absoluto, irracional, un miedo contagioso porque ella misma lo siente mientras lo tiene en brazos y contempla la figura de la gata madre, colérica, que emite de nuevo el mismo bufido aterrador. Los dos retroceden hacia la puerta, aunque Mireia no puede dejar de sentir el frío ambiental y de ver a esos gatitos con los ojos y las bocas abiertas, como si la muerte los hubiera acariciado a los tres a la vez.

—Ella no quería hacerlo —dice Ander—. No quería tocarlos...

—¿Quién es ella, Ander? ¡Aquí no hay nadie más! Estamos solos tú y yo.

Aún no ha terminado de decirlo cuando la luz se apaga de golpe y por la puerta entra una corriente de viento helado. Mireia corre con Ander hacia la puerta porque los bufidos de la gata resultan más estremecedores ahora que están a oscuras, pero de alguna manera el pestillo se ha corrido y tarda unos segundos angustiosos en hallarlo. Palpa la madera a tientas, poseída por un pánico irracional, hasta tocar por fin el reborde metálico y duro, tan oxidado por los años que apenas puede abrirse. Los ojos de la gata brillan al fondo y Mireia cierra los suyos; se concentra y desecha ese miedo loco que le impide realizar una tarea tan sencilla como la de desatrancar una puerta. Respira hondo, siente el aire frío que se le cuela por la garganta y, por fin, tira del pestillo con fuerza y logra abrir.

Ella y Ander suben la escalera, corren como si el salón fuera un refugio, un espacio donde estar a salvo. Al llegar, ambos se quedan mirando sin saber qué decirse. Mireia se agacha un poco, para ponerse a su altura y enfrentarse a esa expresión hosca y asustada.

—Ander, cariño, ¿qué ha pasado? —pregunta por fin, muy flojito, como si fuera más fácil susurrar la verdad—. ¿Estabas enfadado con mamá porque te encerró en tu cuarto?

—¡Yo no hice nada! —protesta él.

—A ver, saliste de tu cuarto y bajaste al sótano, ¿no es verdad? Fuiste a ver a los gatitos… —murmura ella mientras lo acaricia con suavidad.

Pero Ander no quiere hablar del tema y le aparta la mano de un manotazo. Mireia conoce los signos, sabe que en cualquier momento él empezará a dar patadas al suelo o a gritar como un poseído, y entrará en uno de esos estados en que no hay razonamiento posible. Aun así, el tema la inquieta lo bastante para insistir:

—¿Qué pasó ahí abajo, Ander?

El niño la mira fijamente, sin decir palabra. Con más fuerza que nunca, Mireia siente que entre ambos se levanta un muro invisible de incomprensión. Ella aún intenta procesar la escena que ha presenciado, porque hay algo en lo que no quiere pensar. Algo que la asusta incluso ahora, mientras contempla a su hijo cuando la tarde va cayendo y su hogar se vacía de luz. El silencio se adueña de la casa, pero no es un silencio acogedor, sino algo más espeso, más perturbador. Tanto que, cuando por fin suena el teléfono, Mireia se sobresalta como si fuera una alarma.

La voz del diablo

Debería haberla llamado antes. Íñigo lo sabe y se plantea si una parte de él no ha estado buscando que lo descubran; no ahora, no hoy, sino ya desde hace días. Quizá desde que era un niño. Por suerte, se trata de una parte mínima; la mayoritaria, en cambio, se siente satisfecha de su aplomo a la hora de mentir. Tampoco ha sido tan difícil, pues Mireia estaba más pendiente de lo que ella tenía que contarle que de averiguar nada de él. La verdad es que no ha terminado de entender esa macabra historia de los gatos y de la excursión en bicicleta que Mireia le ha contado de una manera atropellada, impropia de ella. En este momento Íñigo no se siente capaz de pensar en gatitos muertos, ni siquiera en las rarezas de Ander; ahora mismo se encuentra lejos de casa, tumbado en la cama de un hotel, intentando centrar sus ideas después de un día largo y asfixiante. Nunca habría creído que visitar una cárcel fuera tan agotador. Quizá lo sea más para él, poco acostumbrado a los sitios cerrados; incluso su lugar de residencia lo ahoga a veces y, sin poder evitarlo, traza en su cabeza planes de fuga que luego, claro, nunca lleva a cabo.

Se descalza con los pies y cierra los ojos porque lo primero que necesita para pensar con claridad es dormir un rato, aunque sea una hora. El sueño es el lujo de los que tienen la conciencia tranquila, piensa. De los que no se inventan un viaje rutinario a San Sebastián para tapar la visita obligada a una prisión madrileña. De los que no tienen nada que ver con tipos como Álvaro Torné.

Sería fácil echarle la culpa a Torné, señalarlo como el causante de todos sus problemas, odiarlo incluso. Sería tan simple como falso, e Íñigo no está ahora dispuesto a abordar lo que le pasa con paños calientes. La autocompasión puede ser una buena muleta y, al mismo tiempo, el peor apoyo. Si hay alguien responsable de todo esto es él mismo. Ni siquiera puede achacarle nada a su mujer o a su situación económica, acaso solo a un exceso de tiempo libre que, como excusa, funciona a medias. Tiempo libre y esa tendencia que su padre siempre subrayaba: «Si hay algún inútil en la clase, no os preocupéis: Íñigo lo hará su amigo».

Claro que su padre nunca habría calificado de inútil a Álvaro Torné. Al contrario, está seguro de que habría admirado su don de gentes, su buen ojo para el negocio, su intuición para estar siempre en el momento y el lugar adecuados. Incluso en la cárcel, piensa Íñigo: los otros internos lo respetan, hasta se diría que lo admiran. Álvaro tiene esa capacidad, la de hacer amistades hasta en el infierno. Íñigo está seguro de que, el día que salga, habrá añadido una buena lista de colegas a una agenda telefónica ya muy extensa.

Le impresionó verlo en la sala de visitas, aunque es verdad que él ya estaba nervioso después de todo el control previo. No podía evitar la sensación de estar metiéndose en una trampa, que se mezclaba con el miedo irracional a que se produjera un error y terminara confundido con uno de los internos y enfrentado a una burocracia despiadada, absurda, sorda a sus reclamaciones. Por suerte, Torné había conseguido un rincón bastante discreto que los mantenía relativamente a salvo de miradas curiosas. Íñigo logró relajarse un poco durante los primeros minutos, no demasiado porque resultaba ridículo intercambiar saludos más o menos de rigor con alguien en la situación de Álvaro. «¿Cómo va todo?» pasaba de ser un comentario cordial a convertirse en una pregunta casi insultante. Íñigo nunca había sido un gran conversador. Lo suyo era la cámara: observar, estar a la zaga, buscar el momento para inmortalizarlo, para retenerlo; nada que ver con dialogar con él. Tampoco importó mucho; no había tiempo para sutilezas, y Torné tenía mucho más interés en hablar que en escuchar.

—Me alegro de que hayas venido. No es que esté recibiendo muchas visitas, la verdad —le dijo después de un par de minutos de charla banal.

—Prefería…, prefiero hablar contigo en persona. Odio hacerlo por teléfono.

—Es mucho mejor así. Ahora mismo mi teléfono no es muy seguro. —Lo dijo con sarcasmo, como si entendiera que su vida se había convertido en un juego, en un yo contra ellos; en una partida que sus adversarios dominaban por la fuerza de la ley y cuyo triunfo tan solo podía disputarles a base de trucos, de ir sacando ases de la manga, como un tahúr profesional—. Necesito tu colaboración. Y es importante.

Durante los años de trato mutuo, Íñigo había oído rumores sobre la firmeza de Torné en el mundo de los negocios. Hasta entonces no la había visto en acción: su relación seguía coordenadas más lúdicas en ambientes muy alejados de cualquier despacho. Desde el mismo día de la fiesta de inauguración de su casa, Álvaro había intuido que alguno de sus nuevos vecinos podía ser un buen compañero de juergas. Un día le dijo que, en el fondo, todos los hombres deseaban lo mismo; la diferencia estaba en que algunos tenían los medios, la posibilidad y, sobre todo, el atrevimiento. «La vida es un viaje, tío. Un viaje de mierda con dirección al cementerio. ¿Por qué no hacer paradas agradables por el camino? ¿Por qué no aprovechar mientras dura el trayecto? Algunos no podrán nunca: les falta la pasta y, sobre todo, les faltan los huevos para hacerlo, así que cuando lo hagas, cuando se la estés metiendo a esa chica por todos los agujeros de su cuerpo, piensa en que solo estás compensando a un puñetero montón de tíos tristes que solo pueden follar con su vieja y gorda mujer cuando ella está de buen humor.» Íñigo no compartía su ideario, ni mucho menos; en realidad, lo incomodaba esa coartada de solidaridad masculina. Pero el sexo era su punto débil. Siempre lo había sido. Álvaro era sugerente sin mostrarse pesado, provocador sin pasarse de la raya. Él y Román Ivars, la pareja de Xenia, se limitaban a contar sus fiestas, a poner ante él un anzuelo que estaba deseoso por morder. En el fondo sabía que tras ese anzuelo estaba la condena, pero tampoco podía dejar de darle la razón a Álvaro. ¿Qué es la vida sin un poco de riesgo, sin un buen rato de diversión?

—Me lo dijo tu abogado por email. Y tú por teléfono. La verdad es que no sé qué puedo hacer por ti, pero...

—Yo te lo explico. No creas que me gusta pedir ayuda. Te aseguro que si estuviera fuera, me encargaría en persona. Claro que, si no me encontrara aquí, toda esa mierda no estaría pasando.

Íñigo lo miró con atención. Se acercaba el momento de la verdad, y él intuía, por los escasos datos que le habían llegado, que Álvaro estaba preocupado por su esposa.

—Iré al grano —le dijo, e Íñigo comprobó que había algo magnético en la energía contenida en aquel hombre después de varios meses de encierro; había perdido seis o siete kilos y se mantenía en forma, se le veía tenso, listo para el ataque—. No voy a entonar el cuento del pobre de mí, ni a declarar mi inocencia. Pese a todo, no era el único que metía sobres bajo mano o que amañaba concursos para los amigos, con la entusiasta colaboración de algunos políticos. Nadie veía nada malo en ello: dinero a cambio de negocio, favor con favor se paga. El mundo ha girado en ese sentido desde que es mundo, por mucho que ahora digan lo contrario. Al menos, nuestro mundo. —Hizo una pausa y carraspeó—. Joder, lo que daría por una *clencha*. A ratos es lo único que pido: una raya, un whisky y una mamada. Con eso soy capaz de mandar a la mierda a quien haga falta.

—¿No hay drogas por aquí?

—¿Que no hay? Dios, esto a días parece un *after* chungo. Pero no lo es lo mismo, ¿sabes? Necesito el lote completo, no un sucedáneo esnifado sobre un lavamanos sucio. Y luego un cigarro. Un purazo de los de verdad... Perdona, he dicho que iría al grano y estoy divagando. En lugar de ir al grano, me he pasado al gramo —añadió con una risa irónica.

Íñigo también sonrió y empezó a relajarse un poco más. Quizá lo que Álvaro necesitaba fuera algo que estuviera en su mano. Él no tenía por qué juzgarlo, su relación había sido personal y no profesional, a pesar de que en algún momento Torné le había pedido el contacto de su hermano mayor. Que él supiera, nunca habían llegado a hacer negocios juntos, y se alegraba por ello.

—Quiero que hagas algo por mí. No puedo pedírselo a Coral porque la tienen vigilada, igual que a mi abogado. Y no me fío de nadie más. —Álvaro apoyó los codos sobre la mesa y se le acercó, ya no olía a *aftershave* carísimo, sino a nerviosismo—. Mi única opción para salir de aquí en un tiempo razonable es alcanzar un pacto con los cabrones esos. Hay un pez muy gordo al que le tienen ganas y yo puedo servírselo en bandeja. Él lo sabe, yo lo sé, todos lo sabemos... No voy a contarte más, será mejor para ti, créeme.

—No sé qué quieres que haga. Yo no tengo ni idea de...

—Te lo explico. Es muy sencillo. Hay unos documentos que me serán muy útiles para alcanzar ese pacto. Están a buen recaudo, en un apartado de correos. Solo tienes que ir a buscarlos y llevárselos a mi abogado. Ya está.

Íñigo suspiró, relativamente aliviado, aunque parte de él sospechaba que el tema no sería tan sencillo. No se equivocó.

—Y luego —prosiguió Álvaro— es posible que necesite que ayudes a Coral. Las cosas pueden ponerse feas, y aunque, si te digo la verdad, preferiría no volver a verla, tampoco quiero que le pase nada. En cuanto llegue a ese acuerdo podré negociar protección para ella, pero por ahora no me conceden ni una mierda, para presionarme. Eso sí, he conseguido que no la acusen de nada, así que aún es libre de marcharse. Necesitará dinero, aunque eso para ti no debería ser un problema.

—Un momento, un momento. Lo que me estás pidiendo no es un simple favor. Si las cosas pueden ponerse feas para Coral, tal y como has dicho, ¿no es arriesgado meterme en este lío? Podría ser peligroso.

Álvaro se rio. Su risa no era en absoluto contagiosa ni demostraba la menor felicidad.

—Íñigo, Íñigo, qué mariconcete eres... Uy, podría ser peligroso... La vida es peligro, tío. Mira que te lo dije veces.

—Prefiero elegir mis riesgos, si no te importa.

—Ay, chaval. El problema es que ya lo hiciste. ¿Has oído hablar de lo que les pasa a los que frecuentan al diablo?

Íñigo empezó a pensar que, detrás de aquella aparente y socarrona lucidez, se ocultaba un tipo desesperado que había perdido la cordura. Se planteó la posibilidad de levantarse y dar por concluida la cita.

—Los que salen con el diablo acaban quemándose —murmuró Torné con una media sonrisa en la cara—. Y tú tienes los huevos churruscaditos de tanto salir conmigo, chavalote.

—¡No te pases! Nos corrimos algunas juergas, pero no soy tu amigo del alma.

—Por eso recurro a ti, ¿te crees que soy tonto? Es posible

que no te tengan controlado. Supongo que no le has dicho a nadie que venías a verme, ¿no?

Íñigo negó con la cabeza. De repente tuvo la sensación de que otros internos lo observaban, de que uno de los guardias no le quitaba la vista de encima. Tal vez solo con estar allí ya estuviera poniéndose en peligro.

—Acabas de entrar en mi realidad, Íñigo Agirre. Ahora ya no sabrás si te siguen o te estás volviendo majara. Hay ojos por todas partes.

—Razón de más para alejarme de ti y de tus problemas. Lo siento, Álvaro.

—¿Me vas a obligar a retorcerte los huevos?

—No te pases. A lo mejor, cuando estabas fuera, podías llegar a dar miedo. Ahora no. Si tuvieras a alguien que fuera lo bastante amigo para hacerme daño, ya no me necesitarías para nada.

En ese momento Íñigo apoyó ambas manos sobre la mesa, listo para incorporarse y salir de allí antes de que terminara la hora de visita.

—No necesito a nadie para retorcerte los huevos, chavalote. ¿Quieres que hablemos de tu mujercita y su futuro político? ¿O prefieres que pase al tema de la adopción de ese crío morenito que tenéis?

La postura de Íñigo atrajo la atención del guardia, que se les acercó, despacio.

—Siéntate, anda —le dijo Álvaro.

—¡No metas a Ander en esto!

—A mí el niño me la suda, idiota. Me la suda el niño y me la sudáis tú y los planes de tu mujer. Pero si me tocas los cojones, muerdo. Y te advierto que tengo muchas ganas de morder atrasadas. Así que escucha: os vino de puta madre mi ayuda para agilizar los trámites de adopción, os iba genial que fuera en verano y así lo montabais en plenas vacaciones y volvíais con el crío a casa a finales de agosto.

—Era todo legal. Solo te pagamos para acelerar un poco el proceso.

Álvaro se rio, abiertamente, a carcajada limpia.

—No visteis ni el orfanato, apenas tuvisteis trato con un funcionario... ¿De verdad te tragaste que aquello era del todo legal?

—Tú dijiste que era un niño huérfano. Que te habías ocupado de eso otras veces, para otras parejas.

—¡Y no te mentí! Pero hay unos cauces establecidos y otros que son más rápidos. Ese niño se levantó una mañana en el orfanato y se acostó por la noche en vuestro hotel. Es posible que lo buscaran un par de días y luego se les olvidó. El dinero es muy bueno para la mala memoria. Es un tema apasionante este de las adopciones, ¿verdad? Dependiendo de cómo se cuente, da la impresión de haber comprado a un niño.

—¡Era una agencia legal y una adopción que cumplía las normas!

—Ya. Y la pasta que me diste de propina te permitió escoger a un niño de una edad determinada, sano y disponible para cuando os fuera bien ir a recogerlo. ¿De verdad quieres entrar en más detalles? ¿De verdad os apetece, a ti y a Mireia, que aireemos cómo fue el tema exactamente?

—Eres un hijo de puta.

—No. En su momento fui un amigo y os hice un favor. Ni siquiera me quedé un euro: fue todo para que en el orfanato no hicieran más preguntas. Nunca he cobrado a mis amigos por los favores. Solo les exijo un poco de lealtad para conmigo. No me parece pedir tanto.

«No me parece pedir tanto.» Tumbado en la cama del hotel, Íñigo sigue con los ojos cerrados mientras la voz de Álvaro Torné, su maldita sonrisa de hiena, le martillea en las sienes. Cierra los ojos, se abraza a la almohada y, sin darse cuenta, su memoria viaja a cuando era un niño y se refugiaba así de los castigos de su padre, como si unas simples sábanas pudieran protegerlo de los golpes. Siempre merecidos, decían en su casa, como si algún niño pudiera merecer eso de verdad. Era otra época, piensa, y es cierto que no puede achacarle a su padre un trato distinto al que les dio a sus hermanos mayores. Estos no parecían guardarle ningún rencor, ni siquiera entonces, y consideraban sus palizas como la consecuencia lógica de sus travesuras. Él, en cambio, lo odiaba. Lo odiaba y lo temía hasta tal punto que, cuando desapareció de su casa, cuando ETA lo secuestró y lo retuvo durante varios meses, no hubo noche en la que Íñigo no rezara para que nunca volviera. Se arrepintió de ello cuando lo vio llegar, maltrecho y ojeroso, después de muchos días de cautiverio temiendo por su vida, y, a pesar de que era un niño, se juró que en cuanto pudiera se iría de esa casa, de esa ciudad, porque no soportaba la idea de pensar que, mientras su padre sufría en un zulo infame, aterrado y en manos de unos asesinos sin escrúpulos, él se había aliado con ellos.

Solo tenía ocho años, piensa, como si eso fuera una disculpa, como si existiera una manera de borrar ese pasado que nadie conoce porque jamás ha sido capaz de confesarlo en voz alta. Y otra vocecilla, más débil aunque cobrando fuerza, empieza a susurrarle que lo que necesita para superar el día y para abatir los recuerdos es una noche de juerga. Unas rayas. Una chica. O, mejor, dos. Siempre le ha gustado mirar, excitarse con la visión de dos mujeres desnudas, juntas, o de una pareja haciendo el amor. Recuerda a Simón y a Teresa, entregándose al sexo en la habitación de invitados de su casa, ignorantes de que él los observaba y gozaba con ellos. Sí, eso es lo que necesita hoy: un espectáculo que apele a su lado más impúdico. Y luego una mamada. Solo para darse el gusto de joder a Torné y de disfrutar, por una noche, de algo que ese hijo de puta no tiene a su alcance.

Planes turbios

—¿Me das otra bolsa? ¡Esta está rota! Las cobráis y encima se rompen en nada.

Deisy mira a la última clienta del día, que siempre suele ser la más conchuda, y se muerde los labios para no mandarla al carajo. La muy torpe rasgó una de las bolsas con esas uñas que podrían arañar un cristal y ahora pretende que le dé otra gratis. Podría hacerlo, el supermercado no se arruinará por diez céntimos, y además a ella la ruina del supermercado le importa bien poco. Es el tono estridente, unido a la lentitud con que la señora en cuestión ha ido sacando todos los artículos del carro a pesar de que la persiana del establecimiento ya estaba a medio bajar, señal inequívoca de que era la hora del cierre. Aun así, por no discutir y prolongar la espera, separa otra bolsa del montón y se la deja sobre los productos acumulados en el mostrador de la caja. Es mala suerte que, al hacerlo rápido y con la energía que confiere la impaciencia, golpee sin querer el envase de plástico de los huevos y uno de ellos se rompa, provocando que la señora en cuestión ponga el grito en el cielo. Mejor dicho, lance esos gritos, afilados como sus uñas, hacia la cajera. Y no. A Deisy no le grita nadie. Al menos no a esas horas y después de un día en que ha tenido los nervios a flor de piel.

Nadie diría que está enojada cuando no responde a los insultos y, en su lugar, llama por el telefonillo a alguien del interior de la tienda para que le traiga un envase de huevos de repuesto. La señora, satisfecha ante el éxito de su reclamación, prosigue con su retahíla de imprecaciones, dirigiéndose a un público invisible porque a esas horas del miércoles por la noche ya solo quedan los empleados y estos solo desean una cosa: cerrar la tienda y marcharse a casa.

En cuanto llega el mozo con el encargo, Deisy sonríe con más dulzura de la que suele ser habitual en ella. Menudo genio gasta la Deisy, piensa él, recordando un sopapo que casi le salta una muela un día en que se atrevió a acariciarle ese trasero redondo y respingón, una provocación ambulante a la que él no había sabido resistirse después de verlo durante ocho horas balanceándose por la tienda, destacando del resto como un melocotón sabroso. El mozo tarda un par de segundos en asociar esa sonrisa con la misma que adornaba la cara de Deisy antes de propinarle el cachetazo que deshinchó sus sueños y, al mismo tiempo, enardeció otras zonas de su anatomía, en una conexión indescifrable que unía el calor de la mejilla con el de sus partes más íntimas. En ese par de segundos, sin embargo, sucede todo. En cuanto Deisy ha escaneado el nuevo producto, agarra el envase anterior, lo abre, como si quisiera examinarlo, y se dedica a lanzar, uno tras otro, los cinco huevos restantes sobre la cara y la ropa de la horrorizada clienta. Luego, antes de que la agredida consiga reaccionar, abrumada por aquella sustancia pegajosa que ella misma está ayudando a extender con su ataque de histeria, Deisy sale de detrás de la caja y, a voz en grito, proclama:

—La próxima vez le vas a chillar a tu abuela, perra del carajo. Y aprovecha para lavarte ese pelo guarro que tienes. Mira por dónde, te salió la mascarilla de huevo gratis.

No se queda para oír el alboroto, y el encargado la conoce demasiado bien para interponerse en su camino cuando va a buscar el abrigo y el bolso. Solo le dice un «mañana hablamos» que quiere sonar amenazante aunque los dos saben bien que no tendrá grandes consecuencias. Por alguna razón, Deisy suele caer bien a los jefes, bastante mejor que a sus compañeras.

Sale a la calle por la puerta trasera, porque ahora es ella la que no quiere presenciar los efectos del estropicio y porque, como le pasa siempre una vez completado el estallido, le sobrevienen un temblor intenso, casi infantil, y unas incontenibles ganas de llorar. «¿Por qué eres tan mala?», le preguntaba su madre después de castigarla; ella no tenía la respuesta entonces, ni la tiene ahora. Y en cuanto se le pase la ansiedad, también se desvanecerá el remordimiento. Pero ahora mismo camina, deshecha en llanto, hacia su domicilio.

—Eh, ¿te encuentras bien?

Lo último que a Deisy le apetece ahora es detenerse a dar explicaciones, así que aprieta el paso, una medida inútil porque ha reconocido la voz y sabe que aquella mujer no cejará en su empeño.

—¡Está claro que no! ¿Acaso no lo ve? ¿Por qué no me dejan todos en paz?

Olga Serna la observa con un interés exento de severidad, y poco a poco, de pie en la acera, Deisy va tranquilizándose.

—Te esperaba —le dice Olga—. Ya sé que es tarde. Quería hablar contigo.

—No es un buen día —responde Deisy—. Vuelva mañana. O la semana que viene.

—Sabes qué día es el viernes, ¿verdad? —insiste Olga—. Se cumple un año de...

—De la muerte de Teresa, sí. ¿Y qué? ¿Qué se le ocurre? ¿Que hagamos una sesión de espiritismo?

—No creo en los espíritus, Deisy. Y no es solo de Teresa de quien quería hablar contigo. Me gustaría preguntarte algo sobre Jimmy Nelson.

Ahí Deisy sí pone atención. Porque, para empezar, necesita a Jimmy para mañana, y no quiere que nadie le entorpezca la alianza. Y sobre todo porque, muy a su pesar, todo lo que tiene que ver con él le interesa demasiado.

Hace meses que Olga no sube al piso de Teresa. Al piso de Deisy. Por alguna razón, esta última no ha buscado a otra persona con quien compartirlo y la habitación vacía sigue libre, tal y como la dejó su última ocupante. Olga no se atreve a entrar, no sin pedir permiso para abrir la puerta cerrada. Debe de notársele la intención porque, tan solo unos minutos después de su llegada, Deisy le dice:

—¿Quiere volver a verla? No me importa. Está tal cual ella la dejó.

Olga asiente. No es la primera vez que la ve, estuvo en ella poco después de la muerte de Teresa, y de nuevo, después del verano, cuando retomó el contacto con la gente de Las Torres. El cuarto está impoluto, la cama hecha, y en el escritorio donde pasó su última tarde Teresa Lanza, Deisy ha colocado los libros y el ordenador portátil, uno antiguo de Simón que este le regaló cuando se decidió a estudiar por internet. Olga avanza hacia la ventana, atraída por el magnetismo morboso que le provoca pensar que esos fueron los últimos pasos de la chica que dormía allí. De la cama a la ventana, que es bastante grande, en realidad. Hallaron un taburete junto a ella, el mismo que en teoría usó Teresa para encaramarse al alféizar antes de saltar.

—La dueña por fin puso una reja —comenta Deisy desde la puerta, y Olga maldice en ese momento el pedazo de hierro que le dificulta la visión—. A buenas horas.

Olga percibe que su anfitriona aguarda, expectante, a que ella le cuente el motivo de su visita. Deisy es bastante transparente y ella nota su impaciencia ante aquel circuito morboso. Lo respeta sin decir nada y acaba abandonando su puesto de vigilancia, apostada en la puerta. Olga la oye trastear en la otra habitación mientras ella echa un último vistazo, que no aporta nada. Cuando por fin sale, Deisy lleva ropa de andar por casa, parece una niña que ha estado jugando con el maquillaje de su madre.

—Has cambiado cosas —comenta Olga.

—El sofá y el televisor —dice Deisy con una nota de orgullo en la voz—. Y alguna bobada más.

La verdad es que es un espacio funcional e impecable, y su arrendataria lo mantiene pulcro, sin una mota de polvo. Ni siquiera en aquella pantalla inmensa, negra y reluciente, que ahora cuelga de la pared en sustitución de otro aparato mucho más antiguo.

—Solo fumo en la cocina —le dice Deisy, y Olga la sigue.

Está claro que también ha renovado alguna cosa allí, aunque las baldosas viejas deslucen el efecto. El microondas destaca como una flamante nave espacial plateada, lo mismo que la nevera.

—Veo que te van bien las cosas.

—No me quejo. —Deisy tira con fuerza del manubrio de la ventana, que cede después de un quejido ronco, y enciende un cigarrillo. Sus labios rojísimos tiñen la boquilla de un leve color sonrosado—. Tengo cerveza y algo de vino. Lo siento, no bebo mucho.

—No quiero nada, gracias.

—¿Qué pasa con Jimmy? —pregunta Deisy directamente, porque su curiosidad ya ha llegado al límite que puede soportar.

—No estoy segura —responde Olga—. El padre Rodrigo está preocupado por él.

—Ese curita se apura por todo el mundo. —Deisy agita el cigarrillo en el aire con cierto desdén—. Se pasa el día de acá para allá con los pendejos moritos. Cualquier día uno le raja el cuello y se acabó.

—Bueno, el padre no me habló de ellos, sino de Jimmy. ¿Tú sabes en qué anda metido?

—¿Yo? ¿Por qué voy a saberlo yo, pobre de mí? ¿Acaso soy su novia?

—¿Te gustaría serlo? Disculpa —añade enseguida al ver el ceño fruncido de Deisy—. No quería sonar cotilla.

—Si usted siempre viene a eso, ¿no cree? —pregunta Deisy. La agitación anterior ha dado paso al sarcasmo—. A curiosear. Y si no, ¿por qué está aquí? ¿Para qué vino las veces anteriores? ¿Le da gusto asomarse a la ventana? Me va a perdonar a mí ahora, pero muy normal no es.

—Tienes razón. No es muy normal.

—Por eso. Ahora me para por la calle con el cuento de Jimmy, como si le importara algo, cuando lo único que le interesa es Teresa. ¿O no? Todos andan siempre con la cabeza puesta en esa chica, como si hubiera sido alguien especial. Teresa, Teresa, Teresa… Ella se quitó de en medio para estar tranquila, ¡déjenla en paz de una vez!

—Cuando dices «todos», hablas también de Jimmy, ¿verdad? Él tampoco se ha olvidado. Más que eso, no solo piensa en ella: quiere vengarla.

—Los machos siempre andan con sus machadas, oiga. ¿Yo qué quiere que le diga? Igual sí, igual no. Cualquiera sabe lo que llevan en la cabeza los tíos.

—El padre Rodrigo está bastante seguro de eso. Me dijo que Jimmy tenía una pistola, que pensaba usarla contra Simón Esteve si este vuelve algún día.

—¿Y qué? Eso es asunto de Jimmy, no mío.

—Pero tú le aprecias. Al menos eso. Estuvisteis juntos.

—¡Ja! —Deisy va a decir algo y en el último momento no se atreve—. Hay gente que prefiere vivir sumergida en su propia pesadilla. Se ahogan en ella.

—¿Como Teresa?

—¡Ya estamos otra vez! —Deisy da una palmada fuerte sobre el mármol viejo y blanquecino—. Mire, ya vale. Estoy harta de oír ese nombre. No he podido conseguir otra compañera de piso porque nadie quiere dormir en ese cuarto. Y ya empiezo a estar harta.

—Lo entiendo.

—¡No! ¡No entiende nada! —estalla Deisy—. ¿Quiere las cosas de Teresa? ¡Están en su armario! Sus vestidos, sus zapatos, sus libros, su ordenador. ¿Por qué no lo agarra todo y se monta un Teresa Show en su casa? ¿Quiere una foto de la ventana también? Seguro que ya tiene algunas de Teresa muerta. Venga, ¡sígame!

Deisy camina con paso ligero y vuelve al cuarto cerrado. Lo abre de par en par y grita:

—Todo suyo. Registre el armario, huela sus medias, ¡haga lo que le dé la gana!

—No quería molestarte.

—¿Sabe lo que me molesta? Me molesta todo esto. Acabo de darme cuenta. Me molesta este cuarto que parece un pinche santuario porque no sé qué hacer con sus malditas cosas.

Deisy abre el armario y la toma con las prendas dobladas en los estantes, arrojándolas sobre la cama.

—Antes me dijo que el viernes se cumplía un año, ¿no es verdad? Pues ya es hora de ventilar esto. Si nadie vino a buscarlo en este tiempo, ya no lo harán. Puede llevárselo, o mañana lo dejaré en la parroquia. O lo tiraré al contenedor. ¡Ya enterraron a Teresa! Déjenla en paz.

—No quiero nada de todo esto. —Olga titubea un momento y dirige la mirada hacia el escritorio.

Sabe que los Mossos se llevaron el portátil y analizaron su contenido. Rafa se lo dijo, pero los secretos que ocultan las máquinas siempre le han parecido fascinantes.

—¿Me lo prestas? —pregunta, señalándolo—. Te lo devolveré en unos días. Siempre puedes venderlo.

—¡No necesito vender sus cosas! —protesta Deisy, ofendida—. Me las apaño muy bien sin ayuda de nadie, ¿me oye? Y voy a ganar más dinero, y con él me llevaré a Jimmy de aquí. ¿Lo oye? ¡A ver si todos se olvidan de Teresa de una puta vez!

Un aliado imposible

Desde hace casi una semana, en realidad, desde que abandonó la cena de aquellas a las que consideraba amigas, Coral ha pasado de la desolación a la esperanza y de esta de nuevo al pánico, en un torbellino intenso que apenas la deja conciliar el sueño, al menos a las horas habituales. Deambula por el piso de su madre por las noches, desvelada, encadenando los cigarrillos y los sobresaltos ante cualquier ruido, porque el menor rumor se le antoja una amenaza (y no una fantasmagórica, sino una fundamentada y real, tan asfixiante como la bolsa de plástico en la que creyó morir). Luego dormita por las mañanas, incapaz de arrastrarse fuera de la cama, con el teléfono móvil en la mano por si aquellos cabrones vuelven a llamarla. Lo han hecho una sola vez, y Luis Talión la trató con la educación y el respeto que ella merece, como si lamentara de verdad el exabrupto violento de su jefe. De hecho, Coral prolongó la conversación solo para escuchar su voz amable y educada, su timbre ligeramente servil. Fue él quien la acompañó de nuevo a casa después de aquella infausta reunión, y se tomó la molestia de tranquilizarla. No había nada personal contra ella, le dijo; tan solo se encontraba en la incómoda posición de poder serles útil.

Buscaban los papeles de Álvaro, por supuesto. El viejo sarnoso se lo dejó claro cuando ella recuperó el aliento, aunque Coral no llegaba a discernir si los querían porque temían su contenido o para usarlos contra terceras personas. Tal vez para ambas cosas. De todos modos, a ella le daba lo mismo, y las palabras amables de Talión la habían persuadido de que lo mejor, al menos para ella, era convencer a Álvaro de que le dijera dónde estaban, y que luego ella los recogiera y se los entregara sin dilación. Lástima que esa posibilidad, la de que su marido confiara en ella o pensara en su beneficio en lugar de en el propio, se reveló tan remota y anclada en el pasado como el recuerdo de su cara sin arrugas. Por eso, en un primer impulso histérico, Coral pensó en huir. Escapar fuera del país ahora que todavía era posible, ya que, como no constaba acusación alguna contra ella, mantenía su pasaporte y su libertad de movimientos. Para eso necesitaba algo fundamental: *cash*. Un dinero que no poseía y por el que ya no le importaba humillarse, esa vez delante de Lourdes, Mireia, Xenia y Olga.

En su fuero interno, Coral nunca había creído que fueran sus amigas de verdad, entre otras cosas porque ella no creía demasiado en la amistad femenina. En su mundo las mujeres siempre habían sido competidoras o anodinas, rivales o prescindibles, aunque en los últimos años, en los que creyó vivir en el nirvana soñado (el paraíso en la tierra que ofrecía una fortuna en apariencia ilimitada y la libertad para gastarla a su antojo), se permitió el lujo de cultivar relaciones amistosas con mujeres a las que admiraba y a quienes, en cierto sentido, intentó emular. Tiempo perdido, se ha repetido con insistencia desde el viernes pasado. La vida es como es, y sus amigas la habían dejado en la estacada (o sola en la mesa) sin un atisbo de remordimiento. Mireia incluso tuvo la desfachatez de llamarla para darle consejos sobre su representación legal, como si ella no hubiera expresado lo que necesitaba con claridad diáfana. Coral no le colgó el teléfono ya que esperaba que en el último momento, con la condescendencia de una pija de raza, la otra le ofreciera al menos parte del efectivo que necesitaba. Una esperanza tan vana como su plan posterior, el que la animó un poco a principios de semana y que resultó ser un fracaso aún más estrepitoso y humillante.

La idea le vino el sábado. A solas en aquel piso viejo de un barrio al que había jurado no volver, repasó en su cabeza las posibilidades que tenía de conseguir esos papeles si Álvaro, como era el caso, no pensaba decirle dónde estaban. El viejo había afirmado que tenían a su abogado bajo vigilancia, así que él no podía ir a buscarlos. Lo que no podían asumir, según le explicó Talión más tarde, lo que era humanamente imposible, era controlar las idas y venidas de todos los amigos y conocidos de Torné que pudieran estar dispuestos a hacerle ese favor. Coral se devanó los sesos pensando en quién podía ser el escogido por la hiena de su esposo. Por supuesto, ella no conocía sus contactos empresariales, si bien le rondaba por la cabeza la queja de Álvaro sobre cómo la mayoría le habían dado la espalda. De repente se le ocurrió un nombre, un tiro al aire, alguien a quien su marido había considerado su amigo, quizá el único que a la vez se hallaba alejado de su mundo de los negocios. Alguien a quien podía tentar con una compensación económica por mínima que fuera porque se hallaba en la cuerda floja desde hacía tiempo. Alguien, en definitiva, como Román Ivars.

Coral se preparó para la cita con el esmero que la había caracterizado siempre. El nerviosismo, así como la sensación de estar haciendo algo constructivo, contribuyeron a darle una vivacidad que se había esfumado de su persona en los últimos tiempos. A Álvaro y a Román los había unido la afición por la juerga y las mujeres; pues bien, ella se veía aún lo bastante atractiva para seducir a un tipo como Ivars, que había accedido a verla con un lacónico mensaje —«Claro, ¿por qué no?»— y una dirección del estudio del barrio de

Gracia donde residía después de que la zorra de Xenia lo mandara al cuerno. Cuando terminó de acicalarse se sintió satisfecha: el espejo le devolvía a una Coral que ella prácticamente había olvidado. Casi se excitó al pensar en el reto que tenía delante, no debido a un interés sexual por el hombre en cuestión, sino por la propia misión que se había impuesto. Al menos estoy tomando la iniciativa, se dijo, en lugar de esperar sentada a que diversos hombres (por un lado, Álvaro y, por otro, los secuaces del viejo) manejen mi vida a su antojo.

La velada fue tan desastrosa que supo que no podría olvidarla jamás. Román la recibió en aquel pisito estudiantil, incongruente en un individuo de su edad y su estatus, y se estuvo burlando de ella casi desde su llegada; como si adivinara que existía un propósito oculto y, a la vez, se divirtiera cediendo y reculando ante sus avances seductores. «Eres una actriz pésima», le dijo en un momento de la noche, cuando ella, entre pregunta y pregunta, se atrevió a deslizar la mano por la entrepierna masculina, feliz de notar en él al menos una reacción espontánea. «Podemos follar y luego hablar, o también puedes decirme qué buscas y luego, si no nos da pereza, nos acostamos.» Coral, que pensaba empezar a sonsacarlo después del sexo, se sintió desarmada. Como mínimo sacó algo en claro: Román no había vuelto a hablar con Álvaro desde hacía tiempo y no tenía la menor idea de a qué venían sus insinuaciones. Es más, no albergaba el menor interés por ayudar al que fue su amigo, quien tampoco se había mostrado especialmente compasivo cuando él pasó por su propio juicio sin jurado. «Solo me falta asociarme con corruptos. Una cosa es irme de juerga con ellos y otra, hacerles favores», le dijo Román, antes de dejar que Coral lo masturbara, un acto que ella acometió de manera mecánica porque tenía el cerebro ocupado en otras cosas. Ivars podía mentir, claro (la putada es que todos los hombres mienten, eso ella no lo había dudado nunca; parecen estar genéticamente preparados para hacerlo de una manera mucho más eficaz que las mujeres), pero ella le creyó. Volvió al piso de su madre, de nuevo derrotada y sintiéndose tan vulnerable, tan desamparada, que acabó llamando al único hombre que le había demostrado un mínimo de afecto. Le sorprendió que Luis Talión contestara al teléfono y, más aún, que acudiera a su encuentro un sábado por la noche, como si un joven apuesto como él no tuviera otros planes.

Ella ya no aguantaba más y se lo dijo. Su jefe se había equivocado: había sobrestimado su ascendencia sobre su marido, la había colocado en la diana de un juego en el que apenas si sabía las reglas. Luis la abrazó, la consoló; le aseguró que la ayudaría a salir de ese embrollo y que lamentaba los métodos de Mayoral. «Es un sádico», le confesó. «De vez en cuando necesita hacer daño para seguir adelante. El sufrimiento ajeno lo ayuda a no morirse.» Si pretendía tranquilizarla, con ese dato lo lograba solo a medias, y Coral maldijo de nuevo a Álvaro por haber atraído hacia ella a aquel vejestorio sátiro, capaz de estarse tocando en ese momento al recordar el pánico que le había provocado. «Te ayudaré a salir de esta», murmuró Talión, quien en ningún momento intentó propasarse, a pesar de que la situación (los dos solos, la noche, el desconsuelo de ella y el piso vacío) invitaba a ello. Es un caballero, piensa Coral ahora, aunque la vida le ha enseñado a desconfiar hasta de los tipos más educados. El propio Álvaro, con ella de feliz acompañante, había sido recibido en la Moncloa en un encuentro anual con prósperos empresarios. Incluso asistieron juntos una vez a una recepción de la familia real. Pensarlo la deprime aún más, porque se da cuenta del abismo que separa su momento actual de cualquiera vivido en ese pasado reciente y a la vez remoto, imposible de olvidar.

Es media tarde. Coral se ha fumado ya más de un paque-te de cigarrillos y nota la garganta seca y el pecho cargado. Decide controlar el tiempo: no más tabaco hasta dentro de una hora, al menos, porque tiene la sensación de encadenar-los, de vivir con uno en la mano, de irse ahogando despacio con cada calada sin hacer nada por evitarlo. El timbre del telefonillo la sobresalta, a pesar de que Lourdes le dijo que pasaría a verla a la salida del trabajo. No son ni las seis, y ella la esperaba para más tarde. Pensaba arreglarse un poco, lo justo para no parecer una loca. Mejor, piensa. Así me verá tal y como estoy de verdad. Si la dignidad no la ha llevado a ninguna parte, tal vez lo consiga la compasión. Una voz femenina le dice: «¿Coral, me abres?», y ella lo hace sin pensar, aunque apenas un segundo después empieza a dudar de que la persona que está subiendo por la escalera sea Lou.

—Perdona que haya venido sin avisar —le dice Olga cuan-do asoma la cabeza desde el último rellano—. Quería hablar contigo.

—¡Eres tú! Creía que era Lou. Ayer me dijo que vendría.

—Lo siento, Coral. Ha sido un impulso. Tendría que ha-berte llamado...

—¡Por favor! No seas majadera. Bienvenida al piso del terror. Es como el de una película de Almodóvar.

Olga se ríe.

—¡No seas exagerada!

Aunque es verdad que tiene algo de la sordidez del Almo-dóvar de hace tiempo, piensa Olga mientras intenta asumir esa imagen de Coral, vestida con una bata que debe de per-tenecer a su madre.

—Deja que me cambie. Será un minuto —le dice en cuan-to entran, y, a pesar de sus protestas, se mete en su habitación.

A la salida su aspecto no es muy distinto, pero al menos no parece la protagonista de *¿Qué he hecho yo para merecer* *esto?* Un título que, para colmo, le va como anillo al dedo en su situación actual.

—Me sabe mal molestarte, en serio —insiste Olga—. Debería haber avisado.

—No digas bobadas. No sé si tengo mucho que ofrecerte. ¿Un café? Sé que tengo té, y como es lo que toma Lou, no he bajado a comprar nada más. De hecho, no he salido de casa.

—Coral..., yo no soy muy buena organizando vidas, ni siquiera la mía. Pero tienes que moverte. Hacer algo. No puedes dejar que el mundo se te vaya cayendo a pedazos mientras tú estás sentada en el sillón, fumando...

—Eso me dice todo el mundo. Incluso Álvaro. ¿Sabes una cosa? Diría que se divierte más él en la cárcel que yo aquí. En el fondo nos han encerrado a los dos, ¿no crees?

A lo largo de su vida, Olga ha aprendido a controlar las emociones, a disimular el nerviosismo y la satisfacción. Es un talento natural que ya tenía de pequeña. Con Coral, sin embargo, no consigue hacerlo. Si hay algo que la exaspera es la autocompasión.

—No, Coral. Por mal que te parezca este piso, te aseguro que no es comparable con una cárcel.

Coral la observa con expresión ausente, distraída, y Olga se pregunta si estará tomando tranquilizantes o algo parecido. Nunca la consideró una mujer muy espabilada, pero ahora es la viva estampa de la apatía. Por suerte, no bebe, o al menos no lo hacía; de lo contrario, Olga no duda de que su amiga habría recurrido al alcohol mucho más de lo aconsejable.

—Es posible. ¿Has venido a esto? ¿A regañarme por mi mala actitud? —Coral lo dice con una sonrisa desvaída en los labios, pero Olga se siente mal.

—No, claro que no. He venido a ver cómo estabas. Y a preguntarte algo...

—Ya ves cómo estoy. Pasemos a la pregunta.

—La verdad es que no sé muy bien cómo hacerla, así que

supongo que será mejor ir directa al grano. ¿Sabías que Álvaro usó a Teresa Lanza para sacar dinero del país a través de una cuenta a su nombre?

Olga es hábil captando expresiones y está preparada para evaluar la reacción de la mujer que tiene delante. Podría ser de sorpresa, de frustración, incluso de enojo. La cara de Coral, sin embargo, se mantiene impasible, exactamente igual que antes.

—Los negocios de Álvaro son un pozo sin fondo —le dice sin inmutarse—. Pero, ya que lo preguntas, te diré que sí. Lo supe a principios de año, poco antes de la muerte de esa chica.

—Pero en esos días la causa contra tu marido aún no había empezado...

Coral sonríe y se encoge de hombros.

—Quizá no la causa en sí misma. Había rumores, Álvaro estaba muy nervioso. Por Navidad decidió que Olivia prosiguiera el curso en el extranjero; luego me enteré de que lo hizo para aislarla del escándalo que vendría. Y, también, que él pensaba huir. Había conseguido un pasaporte falso.

—¿Os ibais a fugar los dos?

—He dicho «él». Habían descubierto parte de sus cuentas y no se atrevía a mover capitales grandes, pero una noche me confesó que existía una cuenta de la que, al parecer, nadie sabía nada.

—¿La cuenta a nombre de Teresa?

—Exactamente. No sé cómo funcionan esas cosas. Supongo que pensaba engañar a Teresa para que firmara una cesión o una transferencia a nombre de su nueva identidad.

—¿No llegó a hacerlo?

Coral niega con la cabeza y vuelve a sonreír.

—No tuvo tiempo. Al parecer, quien le facilitó el pasaporte se fue de la lengua. Y, además, Teresa murió. Te aseguro que Álvaro lamentó más su muerte de lo que habría llorado la mía.

Olga asiente despacio, porque ahora su mente está ocupada juntando piezas que, una vez más, no van hacia ningún lado. Si había alguien a quien no benefició en absoluto el suicidio de Teresa, ese fue Álvaro Torné, que vio su dinero perdido, atrapado en un agujero del que era muy difícil sacarlo. Olga, que desconoce por completo el mundo de las altas finanzas, se pregunta si ese es un hecho que haya sucedido alguna vez: el testaferro muerto antes de que el dinero pueda ser reintegrado a su fraudulento pero legítimo propietario.

—¿Y tú? —pregunta de repente—. ¿Qué plan tenía Álvaro para ti?

Coral se ríe mientras apaga el cigarrillo en un cenicero que apesta a colillas.

—¿Para mí? Dejarme aquí, supongo. Sin casa, sin dinero y sin marido. Él no lo dijo, claro. Según Álvaro, con el tiempo, cuando pasara el tsunami, me haría llegar el dinero para reunirme con él dondequiera que estuviera. ¡Ni siquiera yo fui tan ingenua para creerme eso! ¿Sabes una cosa? Lamento que esa chica muriera, ella no tenía ninguna culpa de nada, pero la noticia fue una alegría. Tendrías que haber visto la cara de Álvaro cuando se enteró.

Olga puede imaginarla, de la misma manera que puede visualizar sin problema alguno la satisfacción de Coral. Y llega a la conclusión de que ni el uno ni la otra le merecen ni una pizca de simpatía.

—¿Ya te vas? —pregunta Coral al verla levantarse—. Lou está a punto de llegar…

—Tengo prisa. Dile que la veré el sábado.

—¿El sábado? ¿Tenéis otra cena?

—No. Una fiesta en casa de Mire, el cumpleaños del niño. Ah, creo que lo hablamos antes de que llegaras el viernes.

—Sí, porque no lo recuerdo. Y siempre me han gustado las fiestas.

Son las once de la noche cuando el teléfono de Coral suena de nuevo. Hace bastante que Lourdes se ha marchado, tan apurada como siempre, después de haber estado un rato intentando disculparse. Le ha hablado del retorno de Simón, de sus dificultades en la editorial, de lo mal que le supo que se marchara de su cena dando la impresión de que sus problemas no le interesaban. Ninguna de las dos ha mencionado el dinero, porque ambas sabían que en ese sentido la conversación quedaría abocada a un callejón sin salida. Lourdes se ha marchado sobre las nueve, después de repetirle la invitación a la fiesta del niño de su hermana, y Coral ha permanecido sentada en el sofá, a oscuras, contando los minutos para el siguiente cigarrillo, hasta que la llamada de Luis Talión la ha sacado de su letargo.

—Esta tarde hemos recibido información desde la cárcel —le confiesa él—. Tu marido ha tenido visita hoy, pero nuestro contacto allí no ha podido averiguar su nombre. Es raro porque solo tú y su abogado habéis ido a verlo hasta ahora. Podría ser solo un amigo, claro. Por ahora no dispongo de más información.

—¿Cómo era? —pregunta ella, y la noche empieza a despejarse en su cabeza al oír la descripción de un tipo grandote, con barba y un acento peculiar, vasco quizá. Porque, cuando la boba de Mireia la llamó el domingo, le comentó de pasada que Íñigo salía de viaje esa semana, aunque, según ella, iba en dirección a San Sebastián, como era habitual.

—Debemos pensar las cosas bien. Te juegas mucho en esto. Si le entregas al viejo esos papeles, o le dices cómo conseguirlos, serás libre —le confirma él.

Y Coral cree percibir en ese deseo una nota de alegría que, de alguna manera, le hace encarar la noche con la ilusión de que, dentro del desastre, aún existe un pequeño hueco para la esperanza.

Chantaje

Agarrada con fuerza a la cintura de Jimmy, que conduce una moto prestada, Deisy cierra los ojos y deja que la velocidad se mezcle con la sensación de tocar aquel cuerpo delgado y fuerte, esos abdominales tensos que imagina desnudos. Recostada sobre su espalda, ella desearía que el viaje en moto durara mucho más para poder pasar horas disfrutando de esa cercanía silenciosa y excitante, de ese viento que la hace sentir viva, de ese contacto con un mundo rápido y sensual en el que no hay necesidad de hablar. Porque en cuanto abren la boca, ella y Jimmy están condenados a pelear. Deisy lo sabe.

Al principio dudó sobre si debía o no meterlo en este *business*, uno que, hasta el momento, ha manejado en solitario sin muchos problemas. Con la respuesta a su llamada, recibida el sábado pasado, empezó a asaltarla un temor pertinaz que la mantuvo en vela durante dos noches consecutivas. Un temor que podía centrarse en un viejo refrán que ya nadie usaba y que a ella se le repetía en la cabeza como una letanía. Tanto va el cántaro a la fuente que al final se rompe. Deisy se crio entre expresiones como esa, y aunque con los años ha ido renegando de muchas de sus enseñanzas, no puede evitar que algunas frases se le hayan quedado grabadas a fuego.

Ella no quiere ser un cántaro roto. Tampoco tiene muchos amigos en los que confíe de verdad, tipos que no hagan muchas preguntas y que estén dispuestos a escoltarla y quedarse a un lado, a mantenerse alerta por si ella los necesita y no intervenir a menos que sea necesario. De hecho, un rápido repaso a sus contactos le indicó el domingo por la noche, ya de madrugada, que el único capaz de desempeñar ese papel era el tipo que ahora maneja la moto, con rapidez y seguridad, como si hubiera nacido encima de una. Ella sonríe: hay otra cosa que Jimmy hace muy bien, algo que ella ha probado y que por un par de meses resultó ser casi una droga. Cabalgar con Jimmy, cabalgar sobre Jimmy, era tan excitante como ese trayecto en moto y, por suerte, más duradero. Era el final lo que la ponía furiosa, la mirada muda que indicaba que ella, Deisy, no era más que un desahogo, una sustituta de esa especie de virgen eterna y adorada que él se había construido. El reemplazo barato de Teresa Lanza.

En la pelea final, ella estalló, le soltó un montón de groserías sobre Teresa, sobre las cosas que hacía con su novio, con la intención de entrar en la cabeza de Jimmy, agarrar la imagen de la virgencita y romperla en mil pedazos. Teresa era de carne y hueso, como Deisy, como todas, no un ser de luz. «¡Teresa cagaba y sangraba!», le chilló en pleno ataque de rabia, «¡y se corría encima de la polla de ese blanquito hasta volverse loca, huevón!» Él no contestó, rodeó a su virgen imaginaria con una barrera de silencio y dejó de responder a los mensajes que ella le envió, primero en tono de disculpa y luego plagados de insultos. Deisy, que en los primeros días se culpó a sí misma por el arrebato, tampoco dio la guerra por perdida. Se dijo que no siempre se podía romper una imagen idealizada a la primera, había que conformarse con hacerle una pequeña brecha y dejar que el tiempo la fuera pudriendo desde dentro. Y algo en ella le decía que la visión de Teresa culeándole a su novio rubio no era algo que Jimmy hubiera podido quitarse de la cabeza del todo. Igual que ella no dejaba de pensar que algo en la cita acordada no sonaba del todo bien. Hasta ahora ella había marcado los puntos y las horas de encuentro, y desde luego no habría escogido nunca la zona de los almacenes, al otro lado de la autopista, a las diez de la noche de un jueves frío de invierno. Un área tan aislada y solitaria que podían romperse en ella cien cántaros sin que nadie se enterara del estropicio.

Deisy no suele tener miedo, pero tampoco es tan tonta como para asumir riesgos innecesarios. Perdió la ingenuidad mucho antes que el virgo, y eso que este último se quedó en el miembro de uno de los muchos novios de su madre cuando ella tenía catorce años. No le importó: era el único que la trataba bien, y en la cama fue tan considerado como cariñoso. A veces aún lo recuerda y piensa que, de todas las posibilidades, la suya fue una primera vez bastante decente. No vio la luna en colores ni fuegos artificiales, ni esas pavadas que cuentan muchas y que ella no creyó nunca, hasta que, pocas semanas después del entierro de Teresa, se encamó con Jimmy Nelson.

El mismo que ahora detiene la moto en un callejón desierto, junto a la carcasa de un camión abandonado. Deisy se resiste a abandonar el contacto, se demora solo un poco, lo justo para que él se dé cuenta. Desmonta y se quita el casco, que deja en el suelo.

—Quédate aquí —le dice ella, disfrutando de ser la que manda—. Si me oyes gritar, vienes. Como un *cowboy*.

Él se encoge de hombros. Deisy no había querido contarle casi nada: solo que necesitaba un transporte para zanjar un *business* el jueves por la noche, y que le pagaría quinientos euros por el viaje. Pero hoy mismo, antes de salir, le comentó que tal vez las cosas se pusieran feas y que también requeriría su ayuda.

—¿Por el mismo precio? —preguntó él.

—¿Vas a cobrar a una hembra por sacarla de un lío? —repuso ella—. Creía que los hombres de verdad se la jugaban por sus chicas.

Jimmy no quiso aclararle que ella no era «su» chica porque eso habría significado otra discusión.

—Si tengo que partirle la jeta a uno, son trescientos más, ¿lo tomas o lo dejas?

Deisy aceptó.

Y ahora se aleja hacia una zona más iluminada, con el bolso en la mano y meneando las caderas como si cada vaivén fuera un cachetazo contra la cara de Jimmy. Lleva unos tacones altísimos, absurdos en caso de una huida precipitada, y a medio camino se vuelve como si quisiera cerciorarse de que él sigue en su puesto. Jimmy respira hondo: el lugar no le gusta y sabe que, si la persona con quien Deisy se ha citado se pone violenta de verdad, él apenas llegará a tiempo. Por eso mantiene la moto en marcha y deja que la sensación de peligro e incertidumbre le aguce los reflejos. Es algo que echa de menos en su vida cotidiana, el temor de que cada instante puede ser el último es tan adictivo como la droga más potente. Te hace sentir alerta, te hace sentir vivo. Te hace sentir hombre.

Hay un coche aparcado no muy lejos de una de las farolas y Deisy se dirige hacia él. Dos minutos, piensa ella. Dos minutos y seis mil euros; ella había pedido más, pero después del regateo tuvo que conformarse con eso. La última vez fueron tres mil, y la anterior, dos mil quinientos. Tanto va el cántaro a la fuente que al final se rompe. Deisy visualiza un cántaro lleno de dinero y se dice que, si todo sale bien, dejará en paz el tema por una temporada. Quizá se tome unas vacaciones aunque el tiempo no acompañe: el supermercado la agobia cada vez más, e intuye que acabarán echándola de todos modos. Sonríe al recordar el incidente con los huevos rotos. Todo puede romperse, piensa. Los huevos, el cántaro...

Deisy se detiene a unos pasos del vehículo y se queda parada, sin decir nada, y Jimmy piensa que esa ha sido una buena medida. Por un momento ha temido que ella fuera hasta el coche, lo cual habría sido una estupidez: nada más fácil que arrollar a alguien y salir a toda prisa, o incluso dispararle a través de la ventanilla abierta. Jimmy piensa en su pistola, y maldice a Deisy por no haberle dado toda la información de entrada. Se sentiría mucho más tranquilo con el arma en el bolsillo del anorak. Le daría calor en esta noche fría.

El ruido de la portezuela del copiloto al abrirse suena como un chasquido y Jimmy se pone en tensión porque eso significa que son al menos dos los que viajan en el vehículo. Desde el coche no pueden verlo, el camión desgajado lo oculta, aunque es posible que quienquiera que sea el que ahora camina hacia la chica intuya que no ha llegado hasta allí sola.

Deisy respira hondo al ver el sobre en la mano y la cara asustada del chico. Por mucho aplomo que aparente, sabe que no es más que un pipiolo, un aprendiz de tipo duro. Un alfeñique.

—Hola, Dante Montfort —le dice, y él camina hacia ella, solo, tal y como habían quedado.

La atención de Deisy está fija en el sobre, tanto que, cuando percibe el ruido de pasos que salen de la nada, ya no tiene tiempo de gritar. Un brazo le rodea el cuello y una voz joven, masculina, grita:

—¡Dale una hostia, joder!

Pero Dante está paralizado. Por mucho que lo hubieran acordado antes, es incapaz de golpear a esa chica, de propinarle un par de puñetazos en el estómago mientras su amigo Mat la sujeta. En realidad, es muy probable que no lo hubiera hecho de todos modos, pero aún menos ahora, cuando ve una luz cegadora y el rugido de una moto que avanza a toda velocidad hacia ellos.

Dante tira el sobre al suelo y sale pitando para meterse en el coche, y su compañero, que también ha oído ya el peligro, solo se entretiene para susurrarle a Deisy al oído:

—Es la última vez, puta zorra. A la próxima no te salva ni Dios.

Luego la suelta e intenta correr, aunque tropieza con el cuerpo de Deisy, que se ha lanzado al suelo para agarrar ese sobre abierto y rebosante de billetes antes de que se los lleve un viento inexistente.

—¡Jimmy, déjalos! —grita ella.

Pero Jimmy no tiene la menor intención de dejar a nadie, y menos ahora que se ha plantado ante ese chaval que intenta incorporarse para cubrir los escasos metros que lo separan del coche. Le propina una patada en el costado que lo hace rodar por el suelo, y luego otra, en la barbilla, que resuena como un cántaro roto.

—¡Jimmy, basta! —insiste Deisy—. Tenemos la plata. ¡Arranca la puta moto y vámonos!

No sin verle la boca roja de sangre, piensa Jimmy antes de arrodillarse y agarrar del cabello a un cuerpo que ya no opone resistencia. Es eso lo que le frena, lo que le impulsa a dejar el escarmiento tal como está. Por un instante piensa en el tipo del coche, que no ha dado ni un paso para ayudar a su amigo, y se plantea la posibilidad de acercarse a él. Lo entrevé desde donde está aunque no llega a reconocerlo y se queda con las ganas de verle la cara de miedo. Deisy, que tira de él con fuerza, se lo impide.

Salen los dos montados en la moto, dejando que la adrenalina les recorra las venas y se acople al ruido del motor, a la velocidad y al ánimo efervescente que provoca el éxito. A su espalda queda un callejón vacío, el camión impertérrito, un coche oscuro y el chico tirado en el suelo, más humillado que malherido, a quien su amigo Dante, por fin, acude a rescatar. Dante, que ha tardado unos segundos en reconocer al chico que trabaja en su jardín los viernes alternos, y que ahora está más preocupado por si Jimmy lo habrá identificado que por el estado, aparentemente lamentable pero no grave, de Mateo Solar.

La noche es nuestra, piensa Deisy, y se da cuenta de que el casco se quedó atrás cuando siente el fuerte azote del viento en la cara y aspira el olor de Jimmy. Huele a triunfo, a vida. Huele a dinero y a hombre. Huele a futuro.

Un futuro que no dura más allá del viaje, porque para ella la felicidad es siempre una dama esquiva que solo se deja ver a pedazos, y por mucho que insiste, por muy evidentes que sean sus ganas de arrastrar a Jimmy arriba, de arrancarle la ropa a mordiscos y derribarlo sobre el piso para montarlo hasta la madrugada, él se despide de ella en la puerta del bloque de Las Torres donde vive. Le exige el dinero acordado y ella se lo lanza, rabiosa.

—Algún día me buscarás y no estaré —lo amenaza, y tiene que aguantar que Jimmy se encoja de hombros.

—Si un día quiero buscarte, ya te encontraré.

Deisy está tentada de decirle de dónde procede el dinero, de herirlo con la verdad de que el origen de esta pasta que él se guarda en el anorak, después de contar los billetes uno a uno, está en la noche del 1 de febrero de hace un año. La noche en que ella volvió y se asombró al ver el barullo de ambulancias y vecinos frente a la puerta de su casa. La misma en que, después de enterarse, horrorizada, de que aquella manta roja cubría el cuerpo muerto de Teresa, vio salir de la escalera a un chico desconocido, ajeno al barrio, al que tuvo la suerte de identificar más tarde, el día del entierro, como a Dante Montfort: el hijo de la actriz de la que su compañera de piso le había hablado a veces.

No dice nada porque, a pesar de su furia, esta no es tan

poderosa como para borrarle de la memoria la expresión de la cara de Jimmy cuando pateaba al chico en el suelo. Porque por una vez la prudencia se impone a la rabia. Y también porque —de esto está segura— significaría el final amargo y definitivo de una historia que ella no quiere ver terminada. Al menos no esta noche.

Jimmy aparca la moto cerca de su domicilio. Todavía nota los músculos en tensión cuando acaricia el fajo de billetes que lleva en el bolsillo. También él está excitado, y le habría costado poco subirse a casa de Deisy y rematar la noche con un rato de sexo. No lo ha hecho, sin saber siquiera muy bien por qué, y ahora camina, tenso, poseído por una especie de hambre voraz que, bien lo sabe, no pide exactamente comida. Sus sentidos están aún lo bastante alerta para percibir que alguien anda detrás de él, y se vuelve justo cuando la persona en cuestión iba a alcanzarlo.

—Hace mucho que no nos veíamos, Jimmy Nelson —le dice Olga.

—Es usted como un gato. Se mueve de noche y sin hacer ruido.

—¿Eso no lo hacen los vampiros?

Él se ríe.

—Gatos, vampiros… Seres nocturnos.

—Llevaba un rato esperándote, la verdad. El padre Rodrigo me dijo que estarías en casa.

Jimmy se pone en guardia al oír ese nombre. A pesar de la oscuridad, su expresión se ensombrece de manera palpable.

—¿Han estado comadreando sobre mí?

Ella se detiene y le agarra del brazo.

—Está preocupado por ti, Jimmy.

—¿Y usted?

—Yo no. No he venido a echarte un sermón. Estoy aquí por pura curiosidad.

—¿Curiosidad sobre qué? Nos vimos una vez, tampoco nos conocemos tanto —dice él, sonriente.

—Tú crees saber por qué se mató Teresa Lanza, y a mí me interesaría conocer tus argumentos.

—¿Para qué? ¿Va a hacer algo si lo sabe?

Olga se encoge de hombros porque está segura de que ese chico no entendería su urgencia, su absoluta y completa necesidad de alcanzar la verdad.

—Si tan seguro estás, no te importará decírmelo.

—¿Para luego ir a la policía?

—Ya sé que te cuesta fiarte de mí, tal vez yo en tu lugar tampoco lo haría, pero creo que también te sentará bien desahogarte. Al menos esta noche… Estamos a 31 de enero. A esta hora, el año pasado, Teresa aún estaba viva. —Mira el reloj y la muñeca le tiembla un poco al pensarlo—. Un día más tarde, saltó.

Si la evocación de esa noche pretendía actuar de estímulo, ella no habría podido encontrar otro mejor. Porque a partir de ese momento todos los Jimmys —el cortaflores, el matón de barrio, el niño soldado, el falso nieto, el preferido del padre Rodrigo, el ídolo de Ander y el adulto que acababa de vivir una aventura nocturna— se convirtieron en uno solo. Un joven de veintiún años que lloraba de rabia mientras contaba su propia verdad.

El cementerio

Hay pocos lugares más silenciosos en una mañana de viernes de febrero, poco después de que el guarda abra las puertas. A esas horas, como casi siempre, los muertos están solos. Tal vez noten en el ambiente la diferencia del día y la noche, tal vez se filtren entre las rendijas de los nichos algunos rayos de sol perezoso que les recuerden que al otro lado, no muy lejos, existe un mundo que tiene movimiento, luz, contraste y color. Sin saber muy bien por qué, Simón Esteve siempre ha imaginado a los muertos en blanco y negro. Quizá sea por las fotos antiguas que decoran las tumbas más viejas, o por la influencia inconsciente de algún sueño, de alguna película vista años atrás; lo cierto es que no logra quitarse de encima esa sensación, la misma que tuvo cuando falleció su abuela y acudió a este mismo cementerio. La muerte era una dama vestida de negro que se llevaba a la gente a un mundo de sombras. La muerte era la negación de todo lo que disfrutábamos en vida: te condenaba a la soledad, al frío, a la penumbra.

Mientras camina por los pasillos, con una simple mochila al hombro, se detiene de vez en cuando a mirar los nombres de los que allí descansan. No es un cementerio bonito, ni tiene grandes estatuas funerarias; apenas algún ángel rollizo, oscurecido por el tiempo, heraldos grisáceos de ese mundo opaco. Distingue también algún ramo de flores ya secas, probablemente depositadas allí por obligación en noviembre, en el día de Todos los Santos.

Se pregunta si se cruzará con alguien más a pesar de lo temprano de la hora. Si alguno de los fallecidos el 1 de febrero de cualquier año estará enterrado aquí y recibirá hoy la visita de un padre, una hija, un hermano o una amante. De momento, él parece ser el único ser vivo en ese laberinto sepulcral, y son sus pasos los que hacen crujir las hojas caídas, las ramitas rotas.

No es un lugar muy grande, y eso lo tranquiliza, porque es consciente de que avanza un poco a ciegas, intentando recordar el lugar donde está enterrada su abuela, ya que sabe, porque se lo dijeron hace un año, que sus padres donaron un nicho que tenían vacío para dar sepultura a Teresa. Él pensó que la acogían muerta en la familia con más cariño de lo que la habían aceptado viva. Lo pensó y se lo calló, porque ya entonces supuso que cualquier cosa que dijera no sería justa y que hacer daño de manera gratuita no iba a servirle más que para agriarse por dentro. Por eso se fue. No soportaba la idea de compartir los días con quienes había vivido hasta entonces. Los detestaba, y se odiaba a sí mismo por la misma razón: ellos seguían vivos mientras que Teresa estaba muerta. Sabía que sus padres temían que él la imitara, que pusiera fin a su vida, algo que jamás estuvo en sus planes. Si de algo había servido el salto a la muerte de Teresa era para demostrarle la absurdidad de una decisión de esa índole. Al principio incluso se enfadó con ella; luego fue entendiendo que si Teresa había decidido morir, y con eso castigarlo, lo menos que podía hacer era soportar la penitencia hasta el final, aunque ese final fuera eterno, aunque el dolor durase toda la vida.

No resulta sencillo hallar una tumba entre muchas iguales. La muerte tiene eso también: a menos que el fallecido tuviera aspiraciones faraónicas y destacara la suya con esculturas que, en sí mismas, suponían un homenaje a la dama negra que los tenía secuestrados allí, había en ella algo igualitario, una uniformidad cruel que recordaba a los vivos que todos, cualquiera de nosotros, terminará en sus manos. La meta inexorable de este viaje. Tal vez el principio de otro. Esa era la esperanza, ¿no? La misma por la que se habían construido pirámides y catedrales que intentan arañar el cielo con sus extremos puntiagudos, en un vano esfuerzo por hacernos creer que el otro mundo se encuentra arriba, en un cielo azulado, y no en la tierra oscura que pisamos, poblada de gusanos.

Simón da un par de vueltas, toma un camino equivocado sin que le importe mucho, porque, si algo le sobra, es tiempo. Debería estar cansado, y está seguro de que la fatiga resurgirá a lo largo del día, que lo atacará a traición en cualquier momento de la tarde y lo sumirá en un sueño que, como todos, tiene algo de muerte. En el último año han sido muchas las madrugadas en que ha despertado con un sobresalto, como si hacerlo supusiera una huida voluntaria del mundo de los que duermen para siempre. Por fin reconoce la tumba que busca, y a partir de ver los nombres de sus abuelos paternos, el de la abuela a la que quiso con devoción y el del marido de esta, al que nunca llegó a conocer porque falleció cuando su padre era un niño, mira a su alrededor en busca del nicho correcto. No tarda mucho en encontrarlo: en la segunda fila, entre dos vecinos desconocidos que se han convertido en sus compañeros eternos, ve las letras que forman el nombre de Teresa Lanza.

Se pregunta si debería sentir algo especial al visitar ese nicho por primera vez porque se da cuenta de que se le antoja exactamente igual que el contiguo o que los de tres filas atrás. Un nombre, una lápida, un jarrito pequeño donde alguien dejó una florecilla amarillenta, triste y seca. Este detalle es el único que lo conmueve de verdad: él se marchó, escapó al lugar de donde ella había venido sin pensar que la abandonaba en un país extraño. Le gusta pensar que alguien se ha tomado la molestia de ofrecerle esa flor. Una amiga, quizá, alguien que tampoco se hace a la idea de que Teresa esté muerta.

Muerta. Teresa. Atrapada en un mundo en blanco y negro. Hay poco que yo pueda hacer aquí, piensa él. Quizá solo romper ese hechizo oscuro con una nota de color.

Hay pocos lugares más silenciosos en una tarde de febrero, justo antes de que el guarda cierre las puertas. A esas horas, como casi siempre, los muertos están solos. Quizá se preparen para la noche, que en el fondo les resulta una atmósfera más amable, más propia. Jimmy nunca ha creído en el más allá, porque ha visto demasiados muertos para imaginar que exista el alma, la reencarnación o ninguna otra vida posterior a esta, pero eso no le quita la idea de que sus restos descansan mejor con la oscuridad que bajo el brillo intenso del sol.

Jimmy no necesita deambular por el cementerio, ni siente el menor interés por nada que no sea su lugar de peregrinación mensual. Ha ido ya once veces, el primer día de cada mes, consciente de que es el único que acude a visitarla. A veces ha pensado que lo hace más por él que por ella, para recordarse a sí mismo que esa cita conlleva implícita otra que tendrá lugar algún día.

La rosa roja estalla ante sus ojos como una llamarada. Tan fresca, tan limpia, tan insultantemente hermosa que no puede competir con la que él pone de vez en cuando, arrancada de unos matorrales cercanos, solo por llenar ese jarrito que, vacío, se le antoja una afrenta, una muestra patente de olvido. Deja que el color le tiña la mirada, que el rojo de la flor evoque el de la sangre y el de la furia.

El ansiado y fragante rojo de la venganza.

Los amantes prohibidos

Xenia finaliza la llamada, pero el gesto no le parece lo bastante potente, lo bastante indignado, y echa de menos los antiguos teléfonos donde una podía colgar con fuerza y desahogar parte de su rabia contra un aparato indefenso. Con el teléfono móvil en la mano, se contiene a tiempo antes de arrojarlo contra la mesita y se permite solo el gesto de lanzarlo con ira sobre el mullido sofá. Solo le falta tener que invertir dinero en uno nuevo.

No puede creerlo, de verdad que no, y por mucho que Román se haya mostrado irónico, incluso hiriente, todavía le cuesta hacerlo ahora. Dos mil euros sustraídos de su tarjeta de crédito tres días consecutivos. «Sé que soy un gran amante, pero nunca te cobraría eso por follar conmigo», le acaba de decir él, antes de enfadarse, de hacerse el príncipe ofendido, como todos los hombres cuando los pillas en un renuncio evidente. Xenia recuerda la cocaína, la tarjeta; piensa en sí misma en la cama y en Román bajando al salón para salir. Durante días no le dio más vueltas: era lo bastante caótica para haberla dejado en cualquier sitio, y ni siquiera pensó en anularla. Es más, tenía tantas por culpa de los malditos bancos que las ofrecían a todas horas que al principio pensó que estaría en el otro bolso o en algún rincón de la casa. Seis mil euros, piensa ahora, y le duele tanto el dinero como la humillación. Has acabado pagando por un polvo, se dice, y la idea la enfurece hasta las lágrimas. Ya se sentía patética recurriendo a Román, solo le faltaba que este la robase para que la vergüenza fuera absoluta. Quieres interpretar a Margo y solo eres una tipa grotesca, chuleada por su exmarido a cambio de un desahogo de mierda. Odiaría más a Román si le quedara la cantidad suficiente de odio libre después de detestarse a sí misma. Debería dedicar el día a castigarse: a poner por escrito todos sus errores, empezando por el de haber salido en defensa de ese hijo de puta ladrón que la está arruinando, ahora de manera literal.

No espera visitas ni se siente con ganas de recibirlas, así que cuando suena el timbre de la puerta finge ignorarlo. Los chicos están en el instituto a esas horas de la mañana y, además, tienen llave. Pero, sea quien sea, se muestra insistente y sigue pulsando el timbre hasta que una Xenia exasperada acude a abrir. La impresión es tan grande que en un segundo olvida su rabia, el dinero y los reproches hacia sí misma, y solo puede decir, con voz entrecortada:

—Creía... creía que llegabas esta tarde. Tu madre me dijo...

—Eso piensan todos. Les dije que llegaría después de comer para así disponer de esta mañana para mis cosas. ¿Puedo pasar? Creo que tenemos una conversación pendiente.

Es imposible saber por qué empiezan los romances clandestinos, las relaciones ilícitas, los encuentros ocultos al mundo, pero tanto Xenia como Simón son bastante capaces de responder otras preguntas, las que se refieren al cómo, al dónde y al cuándo, aunque las respuestas, vistas con el filtro del tiempo, no sean bonitas ni mucho menos románticas. Ni siquiera moralmente aceptables, si es que el sexo puede medirse por esas coordenadas, decididas de manera arbitraria por personas ajenas a nosotros.

Simón puede responder al cuándo, establecerlo sin la menor duda, porque no había cumplido aún los quince años la primera vez que Xenia lo metió en su cama, después de semanas de insinuaciones más o menos veladas, pistas que él ignoraba porque en realidad no llegaba a entenderlas en toda su amplitud. Ella también ha pensado muchas veces en ese día, con una mezcla de culpabilidad y añoranza; ha pensado en la piscina, donde Simón se bañaba con los mellizos y les enseñaba a nadar en diferentes estilos, en las gotitas de agua que brillaban sobre su espalda bronceada, en su cabello rubio y sus piernas fuertes, ya cubiertas de vello; piernas de hombre que dejaban intuir que el chico de Lourdes, el profesor particular de su propio hijo, era ya capaz de reaccionar al sexo como lo haría un adulto. Ella tenía diez años menos que ahora, cuarenta y tres, y estaba en la cima del éxito profesional y personal. Se sentía exultante, capaz de comerse el mundo, orgullosa y voraz. Aun así, Román la engañaba con cualquier actriz más joven, con cualquier principiante rendida a los encantos maduros de un señor que bien podía ser su padre.

Al principio Xenia se lo tomó como un juego, una apuesta consigo misma, un desafío a esa norma que establecía que el sexo entre un tipo adulto y una jovencita era algo lógico, relativamente habitual, y hasta provechoso para ambos, porque ella se beneficiaba de un amante experto en lugar de tener que aguantar a un torpe de su edad. Pues si de algo sabía Xenia era de sexo, y sus lecciones podían ser igual de beneficiosas para un muchacho que diera sus primeros pasos en esas aguas de corrientes traicioneras. Así empezó todo, ese día, al salir de la piscina, mientras los niños seguían bañándose abajo, y Simón se metía en casa para ir al cuarto de baño.

Ella fue tras él. Se había pasado la mañana tomando el sol sin el sujetador, fingiendo hacer caso omiso de alguna mirada curiosa y apreciativa del que horas más tarde sería su amante. Dejó que esas miradas, el sol y los efectos de un par de vermuts fueran poseyéndola y derribando las barreras, disolviendo los escrúpulos en esa mezcla de alcohol con ganas de aventura. Le pidió que le echara crema en la espalda y él obedeció, y el contacto de esa mano fresca del agua contra sus hombros calientes le hizo olvidar que había celebrado el nacimiento de ese chico con su madre, y que esta era su mejor amiga; que había estado en alguno de sus cumpleaños y lo había visto llorar a moco tendido cuando era un niño. Todo eso se disipó, junto con los chillidos de los mellizos jugando en el agua, y en su lugar quedó la caricia insólita, la piel joven, el leve mareo del sol y los martinis, unidos a la sensación de travesura, de atisbar lo prohibido, la misma que tuvo la primera vez que se asomó al cuarto de sus padres para ver qué hacían en las tardes de verano, cuando se suponía que la casa entera dormía la siesta, provocándole una euforia irreflexiva. Por eso lo siguió al baño. Por eso le dijo: «Ahora que has enseñado a los niños a nadar en estilo mariposa, yo también puedo enseñarte algo», antes de cogerlo de la mano y llevarlo hasta su habitación.

—Me moría de vergüenza —le dice él, y ella reconoce en su voz por primera vez el tono adulto, la madurez de alguien que, pese a su juventud, ha dedicado tiempo a reflexionar sobre ello y ha sacado sus propias conclusiones—. Solo tenía catorce años. No pude negarme.

Xenia quiere rebatirlo, escudarse en las mismas palabras que se repitió muchas veces a lo largo de los primeros meses.

—Querías hacerlo. Quisiste repetirlo. No vengas ahora a decirme que abusé de ti. Tu cuerpo indicaba otra cosa.

—El cuerpo de un hombre y la mente de un niño.

—Lo acepto si hablamos de ese día. Pero volviste a por

más. Y no una vez. Yo asumo la culpa a la hora de empezar, no me achaques también lo que pasó después, Simón. Si estamos hablando como adultos, hagámoslo del todo y seamos justos.

No existe la justicia, piensa él, no en esos temas. El recuerdo de ese día en la piscina es algo borroso, compuesto de fragmentos sueltos; se ve en la cama, con Xenia, mientras ella desliza la mano entre sus piernas, se asombra ante el fuego de su propia reacción, mucho más potente que cuando hablaba de «eso» con sus amigos o durante los escarceos tímidos con otras adolescentes. Xenia lo dirige, le da órdenes suaves, le susurra obscenidades, lo toca en lugares donde nunca ha sentido otra mano que la suya, y ni siquiera demasiado a menudo. Lo avergüenza y a la vez lo fascina, porque jamás habría imaginado que algunos rincones recónditos de su cuerpo pudieran provocarle tantas sensaciones. Y luego, a pesar del pudor, se inició la adicción. Se tocaba pensando en ella cada noche, intentaba borrarla de sus fantasías y sustituirla por otras chicas más jóvenes. El esfuerzo era inútil. Necesitaba más. Necesitaba volver.

—Volví porque tenía miedo a no sentir de nuevo lo mismo. Porque me invadió la sensación de que esa primera vez había sido solo un preámbulo, el primer capítulo de un libro donde pasaban cosas extrañas y adictivas. Volví porque quería saber más.

Ella lo mira y se encoge de hombros.

—La vida es mucho más simple, Simón. No le des tantas vueltas. Volviste porque te gustó.

Ella se juró no caer otra vez en ese juego. Se lo juró el mismo día en que se inició la partida, justo al final, cuando el llanto de uno de los mellizos en la piscina, que oyó desde el dormitorio, le hizo pensar que existía el castigo divino, que su pecado tendría como penitencia una desgracia. Que uno de sus hijos se habría ahogado mientras ella follaba con un joven de casi quince años, quien además era el hijo de su mejor amiga. Se asomó a la ventana con celeridad y soltó un suspiro al ver que lo que había confundido con llanto eran las voces felices de Dante y Greta, sus chillidos de emoción al saltar al agua desde el pequeño trampolín. Dios te ha perdonado esta vez, se dijo, antes de jurarse y hacer jurar a Simón que eso quedaría alojado entre las cuatro paredes de su habitación. «Es nuestro secreto», le susurró, odiándose a sí misma, porque si había algo que no soportaba en un guion eran las frases manidas, y pronunciar esta la llenó de vergüenza y le hizo ver la gravedad del acto cometido. Pero Simón regresó, apenas unos días después, poco antes de que él y sus padres se fueran de vacaciones a la Costa Brava. «¿Has venido a bañarte en la piscina?», le preguntó ella, y él se sonrojó, negó con la cabeza y permaneció allí, con la mirada baja, mientras Xenia comprendía que había ido hasta su casa para bañarse en su cama.

—Debimos haberlo frenado ahí —admite ella.

—Debiste haberlo frenado ahí —insiste Simón—. Yo no sabía lo que quería. Tú eras la adulta.

—Y tú, un pobre niñito. De acuerdo, si es así como quieres contarte la película, adelante. Pero cada vez que lo hagas piensa en esto: siempre que pasó algo fue porque tú viniste a esta casa a por ello. Nunca volví a buscarte, nunca; ni entonces ni luego. Tampoco te eché en cara que aparecieras o dejaras de hacerlo.

Simón se sonroja, incluso ahora.

—No era necesario —le dice—. Había… había cosas que solo me atrevía a hacer contigo.

—Y te gustaban —afirma ella con una sonrisa.

—¡Claro que me gustaban! No juegues conmigo, Xenia. ¡Me gustaban cosas que un crío de instituto solo ha visto en una peli porno!

—Al menos eso podrías agradecérmelo…

—Si quieres, lo hago. Gracias, Xenia. Ahora contéstame a una cosa. Si miro hacia atrás puedo entender por qué un chaval de catorce años se deja seducir por una mujer adulta. Entiendo su curiosidad, la emoción del descubrimiento, la novedad, el descontrol… Lo que no entiendo es qué sacabas tú.

Ni ella tampoco. Nunca lo ha entendido, más allá del primer arrebato. Durante años se preguntó por qué accedía cada vez que Simón llamaba a su puerta, ya no con quince ni dieciséis años, sino más tarde. Celebraron juntos su mayoría de edad, después de la fiesta en casa de sus padres. Celebraron sus excelentes notas en la carrera, año tras año, su triunfo en un torneo de tenis de segunda fila. A veces transcurrían meses sin que él pasara por allí, pero cuando lo hacía, ella no conseguía resistirse. El baño en la piscina, en una tarde de verano, se convirtió en un ritual que repetían todos los años, y en cada aniversario ella pensaba que sería el último.

Ahora piensa en la que de verdad fue la última vez, hace ahora poco más de un año, y en la sensación que tuvo al verlo llegar a su casa, el día 1 de enero por la tarde, cuando ella aún se recuperaba de la ligera resaca de un fin de año anodino, una cena en casa de Lourdes y Max, con otras parejas, que la aburrió hasta la desesperación. Había brindado por un año mejor, con la seguridad de que, al menos en temas profesionales, no podría ser peor que el que terminaba.

Simón no estaba, había salido a cenar con Teresa, los dos solos. La noticia de su noviazgo y sus planes de futuro ya era un hecho conocido por todos, y aunque nadie comentaba el tema, era obvio que ni Lourdes ni Max estaban precisamente encantados. Se mostraban resignados, sí, y jamás lo habrían criticado de manera abierta, pero Xenia estaba segura de que, cuando habían pensado en la eventual pareja de su hijo, nunca les había pasado por la imaginación que fuera una chica como Teresa Lanza. La misma que le había limpiado el culo a la abuela y que ahora fregaba sus suelos.

Por primera vez desde que todo empezó, ese verano no había existido un encuentro en la piscina. Fue por eso que le extrañó mucho verlo aparecer la tarde del 1 de enero. Dante y Greta habían ido a pasar el fin de año en la nieve y podían volver en cualquier momento de la tarde. «¿Qué haces aquí?», le preguntó ella en voz baja, a pesar de que estaban solos. «Pensaba que esto se había terminado.» Simón se encogió de hombros, como si tampoco lo supiera. No llegó a contestar, seguramente porque no tenía respuesta. Fue un polvo rápido, casi sórdido, en el gran sofá del salón, que los dejó insatisfechos a los dos. Mientras se vestía, temerosa de que sus hijos regresaran justo entonces y encontraran a Simón medio desnudo, Xenia se dijo que la historia tenía que terminar así, sin encanto alguno, e intuyó en los ojos de él que también necesitaba ese colofón. Algo que lo desilusionara lo suficiente para dejar de pensar en ella.

—Durante mucho tiempo tuve miedo de que un día llegaras y me vieras vieja. Tenía miedo de que algún día dejaras de aparecer. Cuando lo hacías, me decía que aún era lo bastante apetecible, lo bastante atractiva... Pero el último día ya todo fue distinto.

—¿Eso era yo? —pregunta él, como si ese desenlace no

hubiera existido o no quisiera hablar de él—. ¿Un elixir que te hacía sentir joven?

—Fuiste algo más. Te enseñé todo lo que sabía sin guardarme el menor secreto, el menor detalle. Al final, solo tú eras capaz de satisfacerme de una manera completa.

—Me alegra haber sido un buen alumno.

—Estoy segura de que mis clases te fueron útiles fuera de esta casa. ¿O eso también vas a negármelo?

—No. ¿Tengo que seguir dándote las gracias? —pregunta él con ironía.

—Ese tono agrio no debería salir de alguien de tu edad.

—Quizá es que me hicieron madurar antes de tiempo.

—¿En todo este año no has tenido otra cosa que hacer que aprender a despreciarme?

Por primera vez en la charla, Simón se le acerca, no con agresividad, pero sí con la intención de dejar patente su superioridad física.

—Aún no sé si te desprecio, Xenia. Sé que lo que empezaste estuvo mal, que no deberías haberlo hecho. También sé que luego me encargué de mantenerlo a lo largo del tiempo porque de vez en cuando, de repente, echaba de menos esos ratos contigo, ese juego en el que tú eras una maestra capaz de hacerme sentir vergüenza y placer. Era como una adicción... —Calla un instante antes de decir lo que, en definitiva, le ha llevado hasta allí—: Lo que no sé es si alguna vez se lo contaste a alguien más.

Xenia niega con la cabeza, vacilante. Hasta ella misma, si se viera, pensaría que ha tenido actuaciones mejores.

—¿Estás segura? Necesito que me digas la verdad. ¿Seguro que no le contaste nada a Teresa?

Xenia desvía la mirada, mientras se dice que en la vida han podido acusarla de muchas cosas, pero nunca de cobarde.

—Sí —admite—. A ella se lo dije. Y no sabes cuánto lamento haberlo hecho.

La noche

A pesar de que no suele tener problemas para dormir, esta noche Lourdes se ve obligada a levantarse de la cama; en principio para no despertar a Max, y, de hecho, también para no verlo y envidiar su sueño profundo mientras ella da vueltas, insomne, desvelada sin otro motivo que el de sentirse poseída por una felicidad extraña y distinta. Estuvo a punto de caer rendida hace un rato, hasta que un chasquido seco, como de vidrios rotos, la ha expulsado del mundo inconsciente y la ha devuelto a una noche que se está eternizando. Ahora camina por el pasillo a oscuras, sin encender la luz, y se detiene un momento junto a la puerta de la habitación de su hijo. Está cerrada, y ella se acerca a la madera blanca e intenta oír la respiración de Simón, algún movimiento indicativo de que su hijo, que ha llegado esta tarde, poco antes de la hora de comer, todavía sigue bajo su techo, encerrado en esas cuatro paredes, sano y salvo.

Lourdes no oye nada y se reprocha esa tendencia absurda al melodrama que parece poseerla en los últimos tiempos. Ella, que siempre desdeñó el sentimentalismo y los gestos vacuos, y que en los últimos tiempos ha despotricado contra toda la cursilería asociada a la maternidad, está ahora acechando a tientas, en mitad de la noche, como una *mater amatissima*, o como aquella loca que asesinó a su pobre hija

288

Hildegart porque no se ajustaba a la idea que ella tenía de la mujer del futuro. Lourdes publicó el año pasado una obra sobre aquel crimen, y durante el proceso de edición, que fue largo porque su autor tenía mejor voluntad que hechuras literarias, se descubrió en más de una ocasión pensando en las decepciones que nos regalan los hijos en su edad adulta solo por no ser quienes nosotros querríamos que fueran. Solo por devenir seres autónomos, independientes, felices o desgraciados, sin tener en cuenta nuestra voluntad y los años dedicados a su crianza y educación; sin tener en cuenta nuestros planes de futuro, que pasan necesariamente por su éxito personal y profesional. Una decepción que no se basaba en cosas en el fondo banales, como la elección de carrera o de pareja, sino en algo más importante, más amplio, y que tenía que ver con su plan de vida y con las oportunidades que ellos, en su juventud, veían como obstáculos, y que una madre, en la madurez, consideraba trenes únicos unidireccionales. Viajes hacia un futuro pleno en lugar de la permanencia en una estación cómoda, agradable y, en realidad, mediocre.

La noche te hace delirar, se dice, y abandona el puesto de vigilancia para bajar a la cocina a prepararse una taza de té. Mientras desciende, piensa que debería haberse puesto algo encima de la camisa vieja de Max y el pantalón de algodón ancho que usa para dormir. Una corriente de aire inesperada pasa por su lado en la estrecha escalera; ella se estremece al notar el roce gélido con la nada y se aparta hacia la barandilla como si estuviera dejando pasar a un ente frío que intentara avanzar en dirección contraria. La sensación es tan poderosa, tan real, que Lourdes baja un escalón más y se vuelve hacia atrás, por puro instinto: escudriña la oscuridad para cerciorarse de que ningún ser de hielo ha subido a turbar el sueño de quienes descansan arriba. No ve nada, claro, aunque, cuando llega finalmente al descansillo que separa la cocina del salón, no puede evitar pararse a encender la luz.

Se sobresalta al ver la telaraña de vidrios que parte el espejo de la pared que separa ambas estancias. Es un espejo pequeño y antiguo que Max y ella compraron hace años, cuando les dio por llenar la casa de piezas adquiridas en los *brocantes*. Lo raro no es que esté roto, sino la impresión de que alguien lo ha golpeado justo en el centro y ahora su superficie quebrada por cien hilos le muestra a una Lourdes fragmentada, incompleta, el retrato surrealista de un rostro hecho trizas.

Existe una hora propicia para las confesiones, se dice Xenia después de haberse tomado una pastilla para dormir, porque preveía que la noche sería larga. A conjunto con el día, se dice, agotada después de la conversación telefónica con Román y, sobre todo, de la que mantuvo en persona con Simón. Ni siquiera ha visto a los mellizos; en cuanto él se fue, Xenia se encerró en su habitación y, como si estuviera en un hotel, colgó en el picaporte un cartelito que decía: NO MOLESTEN. En algún momento de la tarde se preguntó si alguno de los dos entraría a ver qué le sucedía o a interesarse por si necesitaba algo. Nadie lo hizo.

«A ella se lo dije», repite Xenia en voz baja, consciente del significado de esas palabras. Y un año después, aún no sabe bien por qué descargó su amargura sobre aquella chica inocente cuyo único pecado era ser joven, guapa y estar tan enamorada que la felicidad parecía envolverla como un halo brillante y luminoso. Insultante para una mujer que se había sumergido en sus horas más bajas. El linchamiento mediático, los insultos, la reunión con los productores de la serie. La cancelación. Y mientras tanto, al mismo tiempo que ella veía cómo su vida se caía a pedazos, Teresa cantaba por la casa, ignorante, ingenua y feliz. Demasiado feliz para que ella pudiera soportarlo sin tomar medidas.

Fue una conversación rápida, una semana antes de que la chica se matara. Xenia llevaba un rato en el comedor, tumbada en el sofá, mientras Teresa limpiaba la cocina. En algún momento sonó el móvil y la chica contestó, apresuradamente, como si no quisiera ser molestada. Era Simón, claro; Simón, que la llamaba a todas horas, o le mandaba mensajes o le regalaba flores.

Tal vez si Teresa no se hubiera puesto a entonar una melodía ñoña e insufrible, ella habría hecho caso omiso a su presencia o se habría refugiado en su habitación, a salvo de aquella demostración audible de felicidad ajena que duraba desde el verano pasado, para sorpresa de propios y extraños. Las cosas no se pueden deshacer, piensa Xenia ahora mientras la pastilla empieza a cumplir su misión. Se ve a sí misma, inquieta y algo borracha a pesar de que eran solo las doce y media de la mañana, caminando hacia la cocina, con la intención de pedirle a esa chica que se calle. Que se vaya. Que no vuelva. Y Teresa la miró, sorprendida, con esos ojos castaños e ingenuos que parecían no entender nada. No entender el mundo, ni lo que le esperaba con los años; no entender lo que era el dolor de ver tu mundo derrumbarse…

Entonces se lo soltó. Ni siquiera recuerda muy bien cómo lo hizo. Seguramente mal, porque su intención era usar esas palabras como si fueran cuchillos. No le habló del principio, claro, sino de la relación sostenida a lo largo de los años. Y de la despedida, la última tarde que pasaron juntos, el 1 de enero. Año nuevo, vida nueva.

Se avergonzó de lo que había hecho apenas unos segundos después, porque, en realidad, Xenia, que había usado el sarcasmo y la ironía en escena y fuera de ella, nunca se había considerado una mujer cruel.

Ahora, a punto de dormirse, recuerda también las palabras

de Teresa. El súbito aplomo que demostró antes de darse la vuelta y seguir colocando los platos en la alacena. «Usted misma lo dijo. Año nuevo, vida nueva. Y la vida nueva soy yo.»

Todas las parejas guardan secretos. Íñigo lo sabe y no se siente especialmente mal por no confiarle a Mireia sus preocupaciones más recientes. La llave que guarda en el bolsillo de la chaqueta, la contraseña para un apartado de correos situado a cincuenta kilómetros, el riesgo que todo ello puede suponer.

Esto me corresponde resolverlo a mí solo, se dice, y lamenta no haberlo hecho hoy mismo, pero fue la propia Mireia la que se lo impidió. Ella debía volver al despacho, y él tenía que ocuparse de la fiesta de Ander en el colegio. Además, Mireia estaba rara: el jueves por la noche, cuando llegó de su viaje, lo esperaba con una historia extraña, impropia de ella, el relato de lo sucedido en el sótano y de los gatitos muertos. Tuvo que ser él quien bajara de nuevo, quien sacara los cuerpecillos secos y los enterrara en el jardín, a última hora de la noche, para que los niños no lo vieran. No había ni rastro de la gata, pero, por alguna razón, él no había dejado de oír un maullido lejano durante todo el tiempo que duró el improvisado entierro. La imaginó al acecho, despidiéndose de lejos de unos hijos a los que no había sabido proteger.

Íñigo se levanta de la cama para cerciorarse una vez más de que la llave está en su sitio. El favor tendrá que esperar al lunes, Álvaro, dice para sus adentros, dándose cuenta de que se trata de una desobediencia falsa. La de un adolescente que quiere desafiar a sus padres y sabe que no tiene valor para ello.

El coraje es algo que a veces crece cuando menos lo esperas. Semitumbada en el incómodo sillón de su madre, Coral repasa en su cabeza la charla que ha tenido hace un rato con Luis Talión. Él se tomó la molestia de acercarse a verla y ella deseó una vez más que se quedara, que le hiciera compañía, sin atreverse a pedírselo.

El coraje es el único antídoto contra la vergüenza, se dice ella, levemente consciente de que exagera porque, en realidad, lo que le ha pedido Luis no es una hazaña tan imposible. Contempla el teléfono móvil barato que él le ha dado y recuerda sus instrucciones. Ese hombre le había hablado como a una niña, explicándole con detalle los qués, los cómos y los porqués. Había algo ligeramente ridículo en ese tono, pero a ella la divertía. Le recordaba una época en que era lo bastante inocente para confiar en los hombres. «Solo tienes que dejar este teléfono móvil en un lugar donde solo él pueda verlo», le había dicho. «¿Serás capaz de hacerlo?» Ella había asentido, como una niña buena. Y él le dio un beso en la frente y le repitió, satisfecho: «Así me gusta. Entre los dos te sacaremos de esta».

Esta no es noche de versos. Ni siquiera de música. Es noche de silencio, de concentración máxima. Jimmy se encerró en su cuarto en cuanto llegó a casa, después de la visita al cementerio, y en todo este tiempo no ha dejado de imaginar el fruto de su odio, que está a punto de florecer.

En realidad, el odio no es más que una planta cualquiera, una simple semilla arrojada al azar sobre un suelo fértil que solo crece si se la mima, si se la abona con esmero. El suyo germinó hace tiempo, mucho antes de que Teresa muriera, y se alimentó de los primeros rayos del sol de los celos. Ese calor seco y contundente que se apoderaba de él cada vez que ella mencionaba el nombre, Saimon, o cuando lo veía saliendo del bloque, con el casco en la mano y la sonrisa feliz del hombre bien follado. Se nutrió también de una lluvia de ideas preconcebidas: el pendejo rubio, de buena familia, universitario y jugador de tenis, que exudaba dinero con cada paso. La tierra, su propia tierra, iba haciendo su labor acompañada de esos incentivos de los que él ni siquiera era consciente, y de ella asomó una plantita, apenas un brote, que tal vez con el tiempo se habría extinguido.

Pero Teresa saltó al vacío, y el recuerdo de su cuerpo roto, tirado en el suelo después de un vuelo imposible, fue el abono necesario para que aquel simple tallo se fortaleciera, creciera sin tregua, extendiera sus raíces y se hiciera grande, fuerte, alto y poderoso. Cada vez que alguien intentaba aplastarlo, personas como el padre Rodrigo que decían preocuparse por él, Jimmy solo tenía que recordar una conversación que mantuvo con Teresa, un par de semanas antes de su muerte. La encontró en el supermercado, tan cargada que apenas podía sostener las bolsas, y se ofreció a echarle una mano porque era lo que siempre hacía para tenerla cerca y no conformarse con observarla de lejos. Estaba tan guapa, era tan feliz, que no perdió la sonrisa durante todo el camino.

—Te echaré de menos cuando me vaya, Jimmy —le dijo al llegar a la puerta del bloque.

—¿Te marchas? —preguntó él, y habría añadido la absurda cuestión de si se iba con Saimon, pero le costaba tanto decir ese nombre que pensó que no merecía la pena.

Por supuesto, Teresa lo dijo por él. No una vez, sino decenas, porque iban a vivir al piso de la abuela de Saimon, con Saimon, y ella y Saimon iniciarían una vida juntos, y tendrían hijos, hijos de Saimon, rubios, listos e iguales a él, y Jimmy pensó que si Teresa pudiera, les pondría a todos el mismo puto nombre. Saimon. Saimon. Saimon.

—¿Y si un día te deja? —preguntó él, más para cortar aquella cascada de felicidad dolorosa que por obtener una respuesta.

Le sorprendió, por eso mismo, que ella se tomara ese

tema en serio. Por un instante cambió su voz, y los ojos castaños parecieron imaginar un abismo negro del que no había vuelta atrás.

—Si un día me deja, yo me mataré, Jimmy —susurró ella, y él la vio tan segura, tan concienciada, que se arrepintió de haberlo dicho—. Vivir sin Saimon no merecería la pena.

—Eso sería un pecado —rebatió él.

—En el amor no hay pecados, Jimmy Nelson. Algún día lo descubrirás —le dijo ella, y le dio un beso rápido; un beso de hermana, de amiga. Un beso de despedida.

Ahora ese odio, abonado y cuidado desde hace un año, está a punto de florecer. Una rosa roja, tan bella como la del cementerio, saldrá del pecho de Simón Esteve cuando él apriete el gatillo de la pistola que esta noche acaricia, casi sin darse cuenta, mientras piensa que todo su pasado, su vida entera, no ha sido más que una preparación para mantener el pulso firme y la mirada impasible a la hora de recoger el fruto hermoso y merecido de la muerte.

La muerte no es el antónimo de la vida, se dice Olga, mientras, por una vez, se acerca al murete de la azotea sin el menor ánimo suicida. Es lo contrario de la satisfacción, del conocimiento, de la sabiduría. La muerte es oscura y necia. Respira hondo, a pesar del frío, porque sabe que el temblor que la agita no tiene nada que ver con la temperatura de esa madrugada, sino que es algo distinto, mejor. Es el temblor que debió de sentir un astrólogo antiguo al descubrir el porqué del día y la noche, el mismo que tuvo que agitar a cualquier médico al alcanzar el resultado que llevaba años persiguiendo. Es el temblor de la verdad. Porque la verdad casi siempre es excitante, maravillosa, pero también asusta. Como el salto al vacío.

Con la mirada puesta en la tranquila plaza del pueblo,

que a esas horas está desierta hasta de fantasmas, Olga se cuenta a sí misma, en voz muy baja, un cuento que, a diferencia de los clásicos, terminó de manera trágica. La triste historia de Teresa Lanza, que a esas horas, el año pasado, ya había dado al mundo su adiós más definitivo, su despedida más oscura. Y sabe que, en el fondo, lo que se está contando bien podría ser un relato de ficción, al menos en parte, porque es imposible saber a ciencia cierta qué sintió, qué dijo, qué temió... Por otro lado, sin embargo, le consta que es rigurosamente cierto, y quizá su propia emoción sea la prueba más fehaciente de que las cosas sucedieron tal y como ella ha deducido ahora. Tampoco tiene por qué convencer a nadie, ni siquiera a Jimmy, aunque eso significara desviar el objeto de su venganza. Quizá ni siquiera eso. El ser humano es capaz de negar lo evidente con tal de que la realidad se ajuste a sus propios deseos. Debería hacer yo lo mismo, piensa Olga. Engañarme y disfrutar de esto que llaman vida y que, en la mayoría de las ocasiones, es apenas un sucedáneo de la plenitud que siento ahora mismo. De todos modos, la venganza de Jimmy queda tan lejos que ni siquiera es un problema a considerar ahora mismo. Hasta donde ella sabe, Simón lleva un año fuera y no ha dado ninguna señal de querer volver.

Por un momento cierra los ojos e intenta evocar a Teresa, en esa noche. Sigue los pasos que la llevan a deambular por el cuarto, a leer y a intentar conciliar el sueño. Hace años que Olga no llora, no porque le parezca una muestra de debilidad ni nada parecido, sino porque simplemente no ha sentido esa necesidad, y ahora, de repente, nota que los ojos se le llenan de unas lágrimas amargas al pensar en ese mensaje nunca contestado, en esa conversación aplazada, en su propia culpa por suponer, de manera inconsciente, que la petición de ayuda de Teresa podía esperar. Y ese llanto le recuerda a otro, más rabioso y más desesperado, uno en el que nunca quiere pensar porque es siempre una llave que abre sus cajas más oscuras, aquellas donde almacena los peores recuerdos. Su mente viaja hacia su adolescencia, a unos dieciocho años que se le antojan tan remotos como si hubiera vivido cien vidas en medio. A la noche en que estaba sola en casa y recibió la visita de una patrulla de la policía que la informó de que sus padres habían fallecido en un accidente de automóvil, en la autopista, no muy lejos de casa. Un accidente inexplicable, dijeron, porque no había manera humana de justificar que el vehículo donde viajaban hubiera cruzado los tres carriles de la vía y hubiese terminado embestido por un camión que no fue capaz de frenar a tiempo. Esperaban que la autopsia revelara algo, un infarto, un ictus, algo que pudiera hacerlos entender cómo había sucedido. Pero no hubo nada, ningún dato al que aferrarse, ningún indicio que diera contexto a ese accidente tan salvaje como absurdo. Y ya entonces, mientras intentaba apaciguar su dolor, Olga pensó que no estaba dispuesta a que el azar marcara su final de una manera imprevista y trágica. También decidió a qué dedicaría su futuro, económicamente resuelto por los seguros de vida de ambos y la posibilidad de seguir viviendo, sola, en una casa vacía. Olga no tenía mucha familia, solo un hermano de su madre que residía en Estados Unidos y que no tenía la menor intención de alterar su vida por una sobrina a la que no conocía, algo que ella tampoco habría soportado. Era mayor de edad, y, como tal, pudo seguir adelante, sin más compañía que la de sí misma, negándose a admitir que el misterio de la muerte había empezado a fascinarla de una manera morbosa y que ese era un influjo difícil de resistir.

Y ahora, justo al notar la sorprendente humedad en sus mejillas, decide que su labor no ha terminado. No porque quiera presentar sus conclusiones ante un tribunal, ni porque crea que su cometido es hacer justicia. Lo único que sí puede hacer es poner por escrito la historia de Teresa, la que ha descubierto, casi por azar, en el ordenador portátil que le dio Deisy. Al menos esta muerte sí tiene explicación, se dice, antes de entrar de nuevo en su estudio.

Las máquinas siempre esconden secretos, se repite. Pero será su propia mano la que ponga la historia en palabras.

Sigue a oscuras, como si no quisiera que la luz terminase de desvelarla y se sintiera cómoda allí, sentada a la pequeña mesa de la vieja cocina que, al menos en penumbra, no se ve tan necesitada de una reforma urgente. En parte le gusta así, tal y como ha sido siempre, pero en el último año se ha percatado de que el lugar había dejado de ofrecer el encanto de la nostalgia para pasar a verse simplemente viejo. Durante la mayor parte de los días, Lourdes no piensa en las finanzas, bloquea esa preocupación porque sabe que no por meditar sobre ello conseguirá equilibrar sus cuentas. También le parece casi un insulto, dada la situación general, quejarse del dinero. Está claro que Max se gana bien la vida, sin excesos pero de manera holgada, y que ella ha logrado mantener a flote Pérgamo gracias a la reducción de gastos y a la renuncia de su propio sueldo. A veces piensa que todo se resolvería con un solo título de éxito: un *El nombre de la rosa*, por ejemplo. Pérgamo había tenido sus dosis de suerte en el pasado y ella no duda de que volverá a alcanzarla. El problema es cuándo, el problema es con qué.

La gente no lee, repiten los medios, los libreros, los colegas de otros sellos y los autores. Lourdes, en cambio, no se engaña: hay libros que se venden, novelas que se mantienen en las listas reales durante semanas. Ya sabe que la mayoría de estos títulos pertenecen a lo que se llama literatura comercial, pero existe siempre uno, un trébol dorado, una joyita que se abre paso entre la crítica seria y el gusto de la gente. Encontrarla es el problema; equivocarse en la elección parece ser su lema en los últimos tiempos. Necesita algo nuevo, algo potente, algo irreverente, que encima vaya acompañado de un autor —o mejor autora— capaz de indignar, epatar, sorprender y gustar. Ayer mismo observaba sus siguientes novedades, enfadada consigo misma porque sabía a ciencia cierta que ninguna de ellas sería ese libro. Son buenas novelas, sí, algunas incluso excelentes, pero no son lo que ella busca en este momento, porque si de algo está convencida es de que el público ya no lee el libro, sino que lee al autor.

No desea seguir pensando en eso, no cuando debería estar contenta por el retorno de Simón. Es la primera noche en un año que su pequeña familia duerme bajo el mismo techo, y ese hecho en sí mismo debería llenarla de paz y de sosiego. Simón está bien, piensa. Lo ha visto cansado, más flaco y más serio, pero durante la comida y a lo largo de la tarde ella ha encontrado en él restos del Simón de siempre. Responsable, callado, divertido a ráfagas... Sí, su hijo está aquí, y no solo en cuerpo, sino también en espíritu. Les ha hablado a medias de sus viajes porque ¿cómo se puede resumir un año entero en apenas unas horas? Al menos, se dice Lourdes, ha desaparecido de sus ojos esa tristeza inhumana, poderosa, que lo asaltó el año pasado, cuando sucedió lo de Teresa.

Tampoco quiere pensar en ella. Han evitado el tema con tacto durante el día entero. Es de las pocas cosas que acordaron con Max por la mañana y en los días previos. Max, por Dios, qué contento estaba hoy... Llevaba un par de días de un humor inquieto, impaciente; se enfadó como pocas veces antes cuando ella le contó que Mireia sabía dónde había estado Simón todo este tiempo, que había mantenido el contacto con él. «Para colmo», comentó Max el jueves, «hoy ha tenido la desfachatez de llamarme para consultarme no sé qué de Ander. He sido educado porque es tu hermana, pero ¿puedes hacerle el favor de pedirle que se busque otro médico de confianza? ¡Además, no soy pediatra!» Lourdes había aguantado el chaparrón, breve e intenso, como todos los de su marido, convencida de que la había aconsejado con su mejor criterio y sin echarle nada en cara. Siempre se podía confiar en Max, el hijo único de una madre culta y moderna que lo había educado sin los lastres varoniles que arrastran muchos hombres de su generación, imbuidos por ejemplos paternos poco edificantes. La propia madre de Lourdes se lo dijo hace muchos años, cuando se casó: los mejores maridos son los que proceden de una familia estable, y sin duda Max fue, antes de buen marido, un hijo perfecto. Era y es un hombre de familia, y ella está segura de que, aunque sea a regañadientes, mañana acudirá a la fiesta de cumpleaños del niño de su hermana sin protestar demasiado. Al contrario que Jérôme, que despotricaba de sus parientes y era famoso por sus enfados temperamentales incluso entre su círculo de amistades...

No, esta no es noche para recordar a Jérôme, ni a Teresa, ni a ningún muerto. Envejecer es, en parte, obligarse a borrar recuerdos, elegir los que no duelen, ignorar los que abren heridas. Por eso se dice que la vejez es sabia, no porque haya aprendido más cosas, sino porque ha desarrollado la capacidad selectiva de la memoria. Los años van añadiendo cajones vacíos donde acumular eventos del pasado y la verdadera sabiduría consiste en cerrar con llave aquellos que nos perturban.

Es hora de dormir, se dice de repente, y sin pensarlo más, abandona la silla de la cocina y vuelve a la escalera. A oscuras no ve el espejo, y es mejor así, porque si lo viera tendría que plantearse de nuevo cómo diablos se ha roto. Sube la escalera con premura, esta vez sin percibir alientos helados ni manos de escarcha, y se dirige hacia su habitación.

Al principio le parece un crujido, el lamento nocturno de la madera vieja del suelo. Luego, cuando se detiene, comprende que no es eso. Se acerca a la puerta de la habitación de Simón con el instinto materno alerta, el mismo que la advertía de cualquier problema cuando él era un niño y que ahora le dice, de manera inequívoca, que algo sucede allí dentro. Porque esos jadeos, esa respiración agitada, no son los propios de un sueño tranquilo, sino de alguien que está siendo castigado con una pesadilla horrible. Lourdes resiste la tentación de abrir la puerta y encender la luz, porque se le antoja un gesto demasiado intrusivo, y permanece atenta a la espera de que el mal sueño amaine, con la mano en el pomo de la puerta, lista para intervenir.

No llega a hacerlo, no hace falta. La respiración de su hijo se serena apenas un par de minutos después, al mismo tiempo que, de manera incomprensible, de la puerta emerge un olor penetrante y suave a la vez, una fragancia densa como terciopelo que huele a lavanda y a menta fresca.

TERESA

Saimon duerme. Y a su lado recuerdo las noches que estuve así, despierta, preguntándome en qué momento el destino había dispuesto que nuestros caminos se cruzaran. Porque no estaba de Dios, no podía estarlo, que yo, la muchacha que nació en un rincón perdido de Honduras, terminase admirando el rostro dormido de un joven barcelonés, universitario, noble y hermoso. Esa tuvo que ser una jugarreta de algún diablillo travieso, el mismo que me mandó al otro lado del océano. Tal vez el mismo que me retiene ahora detrás de este cristal invisible.

No está bien. No es normal. Yo no debería estar acá, sin atreverme a tocarlo. Debería estar viva y abrazada a él. O muerta y sepultada, ajena a todo, más allá de la añoranza, del amor y del deseo. Lo que nadie escribió nunca es que existía este estado intermedio, este mundo paralelo donde una solo habla consigo misma, como si estuviera encerrada en una cueva y el eco de su voz restallara contra el fondo. Eso soy. Un eco. Una sombra. Un espectro.

Creía que me había acostumbrado a ello. Hasta había llegado a divertirme un poco, a emocionarme como una necia cada vez que alguien citaba mi nombre o a juguetear con la posibilidad de tocar ciertas cosas, de moverme algo más a mi antojo. Está claro que no sabía que los tormentos de este infierno frío solo pueden crecer, hacerse más fuertes para atormentarme aún más. Hoy pude comprobarlo. Hoy descubrí lo que es desear la caricia y encontrarme solo con el vacío.

Saimon no me vio, por supuesto, ni tampoco me intuyó ni presintió mi presencia como a veces hacen otros. Me coloqué a su lado, le susurré al oído, le oí hablar de mi país, que después de un año era ahora también un poco el suyo. Fue a todos los sitios que yo quería enseñarle; se bañó en las lagunas de las que le hablé, visitó las ruinas que yo anhelaba volver a ver y que ya jamás pisaré de vuelta. Fue incluso a lugares que yo no conozco, rincones que en su voz sonaban maravillosos. Y eso me despertó una añoranza salvaje, un sentimiento raro porque los muertos estamos acostumbrados a echarlo todo de menos. Su voz me llevó hacia mi pasado, hacia ese país del que salí porque no me ofrecía ni vida ni futuro. Mi hermano mayor había hecho lo mismo, años atrás, junto con algunos amigos suyos: se fue a Estados Unidos cuando la entrada en ese país aún era posible, y me esperaba allí. Pero algo en mí quería alejarme de todos, viajar lejos y no tener que rendir cuentas a familiares ni a conocidos. Quería empezar de nuevo y no me asustaba estar sola; es más, lo deseaba después de compartir una casita pequeña con tanta gente. Por eso me vine a España en un acto de rebeldía, sin saber lo dura que es la vida cuando no existe una red de apoyo a la que acudir cuando la soledad te muerde. Suerte que existía la iglesia. Al poco de llegar, antes de entrar a trabajar en la casa de la señora Cecilia, viví un tiempo en Rubí, no muy lejos de donde pasé mi último año, compartiendo el espacio con una familia hondureña que tenía un cuarto libre y necesitaba el dinero. Ellos me llevaron a la iglesia, me presentaron al padre Rodrigo, y ya cuando encontré trabajo y me mudé con la viejita, seguí yendo a esa parroquia todos los domingos, que era mi día de fiesta. A muchos les extrañaba que una chica joven decidiera pasar su único día libre en la parroquia, pero para mí, más allá del culto y de la oración, era también un lugar donde me encontraba con gente como yo. Personas venidas de muchos lugares, como Deisy, Jimmy o tantos otros, perdidos en un mundo que nos aceptaba como trabajadores y nos ignoraba para todo lo demás. O quizá éramos nosotros los que nos relacionábamos solo con nuestros iguales porque nos era más fácil. Entendíamos los problemas de los otros porque habían sido o serían los nuestros, sabíamos lo que era andar con miedo a que nos pidieran los papeles, esquivar a la policía como si fuéramos delincuentes, pasar horas en un locutorio que apestaba a curry hablando con una familia a la que cada vez sentíamos más lejos... Pero ahora pienso que, durante esos dos años y medio, fui feliz, o, cuando menos, creía serlo. Me gustaba ir a la parroquia, enseñar a cantar a los niños, pasar el día con gente amiga y escuchar al padre Rodrigo. Claro que entonces yo no sabía lo que era la felicidad completa, la que solo sientes cuando amas y te aman, la que solo alcancé con Saimon. Sin quererlo, él borró casi toda mi vida. Seguía yendo a la iglesia los domingos, claro, pero en cuanto terminaba el oficio desaparecía porque él venía a buscarme con la moto y yo solo quería apretarme contra él. Entonces empezaron las críticas y las envidias. Incluso el padre Rodrigo me dijo un día que estaba descuidando a los míos y a mí se me escapó la risa. Porque ya solo había alguien que fuera mío y me importara, al que ansiaba dedicar todo mi tiempo y todo mi espacio... Y esta tarde, al oírlo hablar de los catrachos, de los paisajes de mi infancia, de ese lugar al que ya sé que no voy a volver jamás, no pude evitar ponerme triste, más triste que nunca; necesitaba sentir su abrazo o simplemente comerle los labios, allí, delante de sus padres, pero tuve que conformarme con verlo. Tengo que resignarme a lo que soy. O, mejor dicho, a lo que ya dejé de ser.

Les dije antes que ahorita entendía por qué los fantasmas se vuelven malvados, y empiezo a pensar que no es tanto una elección como un destino. Nadie podría mantener la bondad eternamente en un universo inmóvil y aislado mientras contempla cómo los demás siguen adelante: viajan, se ríen, pelean, se abrazan. No hay generosidad humana ni divina que resista esto, y aunque el padre Rodrigo dijera en el funeral que yo fui un ángel, les aseguro que ahora mismo no hay en mí un solo pensamiento puro ni inocente. Me hiere su indiferencia, y me hiere más aún no poder echarles la culpa; me hiere verlos vivir, y cada día que pasa empiezo a disfrutar más cuando algo de mí los inquieta o los sorprende. A veces siento la urgencia de llenar sus vidas de detalles inexplicables, de compartir con ellos el manto frío que me rodea y de atraerlos, aunque sea un poquito, a mi mundo de sombras. Ya que no puedo despertar compasión, lo único que me queda es sembrar el desconcierto. Aprovecharme del manto mágico que me hace inmune a las miradas, a las broncas y a los castigos. No quise hacerles ningún mal a los gatitos, eso solo pasó porque Ander se empeñó en que me acercara a ellos y yo no supe negarme. Tampoco pensé que mi simple caricia los dejara helados, convertidos en tres cuerpecillos rígidos, como si mis dedos fueran agujas que inyectaran veneno. Quizá, a medida que paso más tiempo acá, la muerte que llevo dentro se vuelve más contagiosa, más arriesgada para los otros. Ese día, el miércoles, comprendí que yo no era más que eso. Me enojé tanto que quise que ellos también lo sintieran, y por eso apagué la luz y cerré la puerta. Lo único que noté, en cambio, fue su miedo, el pánico de la señora Mireia e incluso del niño. Y una parte de mí disfrutó con ello.

No siempre soy así. Hoy mismo vi cómo la señora Lourdes abrazaba a su hijo, las lágrimas de emoción que el señor Max contenía a duras penas, y me alegré por ambos. Fue recién ahora, al acostarse todos, cuando pensé que no tenía por qué privarme de ver a Saimon después de tanto tiempo. Cuando sentí la rabia de seguir sola, de ser invisible, y golpeé el espejo antes de subir, para no verme. Y aquí estoy, acostada en la cama, rozando su piel cálida con mi cuerpo invisible. Al fin y al cabo, es el aniversario de mi muerte, ¿no? También eso se merece algún regalo.

Tal vez porque en sus sueños también él duerme acompañado, de repente su mano se extiende hacia mí; me busca sin hallarme y sus labios se entreabren como si anhelara el beso de alguien. No me atrevo a hacerlo, no después de lo que sucedió con los gatitos. Por nada del mundo quisiera llevarlo hacia mi mundo, y sin embargo no logro resistir el impulso y le acerco la boca, bebo su aliento caliente y vivo con mi boca seca. Saimon se excita, a pesar de estar dormido, como un adolescente que tiene sueños húmedos, y yo me obligo a tocarme por no tocarlo, mientras añoro sus dedos hábiles; contemplo su erección involuntaria y deseo sentirlo dentro con más fuerza que nunca. Jamás la rabia y el placer estuvieron tan juntos, porque el cuerpo también tiene memoria y extraña el contacto. Me revuelvo en la cama y gimo aunque nadie pueda oírme. Descubro que el sexo es más poderoso que la vida, más poderoso aún que la muerte. No puedo evitarlo, en cuanto alcanzo el clímax me aferro a él en busca de su abrazo y mi lengua lame sus labios. Y entonces él se despierta, sobresaltado, y grita como si en lugar de un buen sueño hubiera tenido una pesadilla horrenda, monstruosa e insoportable. Su grito me espanta.

Salta de la cama, huye de ella. Respira hondo como si le faltara el aire; se lleva la mano al pecho, jadeante y tembloroso, aterido como si tuviera fiebre, y yo sé que eso no es más que mi frío, la caricia helada de mis labios muertos.

Esto es lo que soy. En esto me he convertido. Lo observo en silencio mientras pienso que debo marcharme para siempre, al menos de esta casa, y empiezo a intuir cuál será mi auténtica condena a partir de ahora.

Saimon ha encontrado una manta y, aún envuelto en ella,

sigue tiritando durante un buen rato. Me espero a que se calme, a que la lana le devuelva el calor que yo le robé, y contemplo que poco a poco, casi sin darse cuenta, su corazón se serena y sus ojos asustados se cierran de nuevo.

Se duerme sentado en la silla del escritorio, con las piernas dobladas para que el abrigo de la frazada llegue hasta ellos, y yo solo puedo mantenerme lejos. Huir para que mi presencia no vuelva a despertarlo y jurarme que, por mucho que desee hacerlo, nunca jamás debo volver a yacer a su lado.

LOS VIVOS

El principio del fin

Si acudimos al lenguaje que se utilizó para tratar el caso, podríamos decir que la tarde del sábado 2 de febrero se quedará grabada en los anales de la crónica de sucesos reciente como el inicio de un caso que atrajo la atención de propios y extraños, un misterio que se convirtió en cita obligada de informativos y programas varios porque aunaba el morbo de la búsqueda de un niño perdido con el misterio que envolvía el disparo en el bosque.

A lo largo de las semanas siguientes, el nombre de Ander Agirre fue con seguridad el más pronunciado en muchos lugares aparte de Castellverd. Decenas de tertulias trataron el caso y analizaron con minuciosidad todos los detalles que rodeaban a su enigmática desaparición. Las unidades móviles aguardaban los datos de las patrullas de reconocimiento que se dedicaron a realizar un registro exhaustivo del parque, sin perder la esperanza de que, en algún momento, la suerte les viniera de cara y hallaran un rastro, por pequeño que fuera, que sirviera para deducir el paradero del pobre niño perdido. Durante todos esos días hubo otro protagonista inesperado, cuyo rostro comparecía puntualmente para los partes de noticias que la prensa esperaba con avidez. El subinspector Carles Asens, de cuarenta años de edad, fue objeto de elogios y de críticas, estas últimas más por su aversión natural a los medios que porque su trabajo las mereciera. Incluso los más recalcitrantes, sin embargo, tuvieron que admitir que era un hombre cabal y fotogénico, datos ambos importantes para una audiencia entregada a aquella búsqueda angustiosa. Porque cada día que pasaba, cada noche que Ander dormía fuera de su casa, era un clavo en el ataúd de las esperanzas de toda la gente que seguía el caso.

Castellverd se conmocionó por la noticia ya desde la primera noche. En realidad, la inquietud cundió ya el sábado por la tarde, antes de las ocho, cuando un vecino que paseaba al perro vio salir en estampida a los asistentes a esa fiesta de cumpleaños que había tenido un desenlace inexplicable. Pese a que la discreción era la norma, un niño perdido rebasaba los límites de lo que los residentes podían mantener callado, y el mismo señor, cuando se detuvo a tomar una cerveza en El Patio, comentó a los que estaban en la barra que un grupo de vecinos había salido a buscar a un crío extraviado.

Los dueños del local, ambos presentes, expresaron su simpatía al instante, entre otras cosas porque habían preparado el catering para la fiesta y la tarta de cumpleaños que —después lo sabrían— nadie llegó a probar. Uno de ellos intentó ponerse en contacto por teléfono con Íñigo Agirre, sin obtener respuesta. No insistió, porque de repente se dijo que una llamada suya tal vez sería malinterpretada, pero su preocupación aumentó cuando, pasadas las ocho y media, vio un par de coches de policía con las luces encendidas que iban en dirección al parque natural. No era un hombre creyente, y pese a ello, casi avergonzado por el gesto instintivo, pidió a un Dios en el que nunca había confiado que ayudara a ese niño moreno y adusto, que no le había resultado especialmente simpático. Recordó alguno de sus berrinches y se reprendió por haber pensado, en más de una ocasión, que aquel crío, como muchos por allí, era un insolente que necesitaba menos discursos y más escarmientos.

Poco a poco, los clientes fueron llegando al local, algunos porque solían hacerlo los sábados por la tarde-noche desde que los dueños habían incorporado pizzas a la carta habitual y otros porque suponían que allí encontrarían la respuesta a las luces azules que, desde hacía ya un rato, surcaban el pueblo inundándolo de un brillo inquietante. No se equivocaban, y así la noticia fue propagándose. Uno de los congregados llamó a una amiga, periodista, y le pasó el dato por si le interesaba acercarse. Otro intentó reunir a un grupo de voluntarios, pero la gente, con bastante sentido práctico, no estuvo por la labor.

Fue ya un buen rato después, cuando el número de coches de policía aumentó y con ellos llegó una ambulancia, que la segunda noticia llegó a la barra de El Patio. Habían encontrado un cadáver, víctima de un disparo. Todos los reunidos pensaron en el niño; acudieron a sus mentes historias de menores jugando con armas prohibidas con resultados trágicos, hasta que un recién llegado, que había pasado cerca de los coches de los Mossos cuando bajaba hacia allí, les dijo que el cuerpo pertenecía a un adulto. A uno de los que se habían internado en los senderos del parque natural en busca del chaval perdido.

La tensión se hizo palpable mientras, desde la barra, en contra de lo que era habitual, se lanzaban conjeturas que atribuían aquel muerto a cazadores furtivos, a un tiro desviado que había hecho blanco en el cuerpo de un inocente. Sin saber por qué, tal vez porque las armas de fuego parecen propias de hombres, todo el mundo dio por sentado que la víctima era un varón. Algunos se acostaron con esa idea, pero los propietarios del local, que recibieron la súbita visita de dos agentes de los Mossos en busca de algo de cenar, supieron ya esa noche que el cadáver hallado no era el de un hombre, sino el de una mujer. Tuvieron que esperar hasta el día siguiente, el domingo, para saber que el cuerpo pertenecía a una residente de Castellverd, no exactamente parroquiana suya, pero que sí les había llamado la atención alguna vez por sus trajes masculinos y sus camisetas blancas.

Poco después, el panadero que les llevaba las baguettes para los desayunos les confirmó la identidad. Se equivocó de apellido, solo por una letra, cuando les informó de que la muerta era una tal Olga Serra.

Fragmento de *Los vivos y los muertos*

Las declaraciones

Martes 5 de febrero
Comisaría de Sant Cugat del Vallès
Despacho del subinspector Carles Asens

—¿Puede decir su nombre completo, por favor?

—Claro. Lourdes Ros Samaniego.

—Gracias. Hábleme de la fiesta de cumpleaños, por favor. Cuénteme todo lo que recuerde. A su aire.

—No sé... no sé por dónde empezar.

—¿A qué hora llegaron, por ejemplo?

—Después de comer. Habíamos quedado en ir sobre las cuatro. Estos días anochece enseguida y Mire, mi hermana, quería que el espectáculo fuera en el jardín.

—Cuando habla de «el espectáculo», ¿se refiere a la actuación del mago?

—El mago clown, sí.

—¿Lo conocían?

—No tengo ni la menor idea. Yo no, desde luego. No tengo hijos de esa edad, ni mis amigas tampoco. Creo que Íñigo y Mire lo habían visto en el cumpleaños de algún amiguito de Eneko, pero tampoco estoy segura. ¿Por qué? ¿Cree que tuvo algo que ver con...?

—No saque conclusiones, señora Ros, por favor. Intente concentrarse. ¿Quiénes llegaron sobre las cuatro, entonces? ¿Usted, su marido y su hijo?

—Sí. Fuimos juntos. Nos daba un poco de pereza, la verdad. Simón había llegado el día anterior de un largo viaje y estaba cansado. Creo que habríamos preferido quedarnos en casa, los tres.

—Sin embargo, acudieron. Incluido su hijo.

—Bueno, era una fiesta familiar... Y mis padres estaban allí, habían comido en casa de mi hermana. Ellos también llevaban mucho tiempo sin ver a Simón. Mi padre se habría molestado mucho si no nos hubiéramos presentado.

—Sus padres ya no viven aquí, ¿verdad?

—Hace unos cuatro años vendieron el piso de Barcelona y se mudaron al apartamento que tienen en la Costa Brava. La ciudad los agobiaba.

—Entiendo. Sigamos con la fiesta. ¿Quiénes estaban cuando llegaron ustedes?

—Los de la casa, claro. ¿Tengo que decir sus nombres? Mi hermana y mi cuñado, los niños, mis padres. No sé si Xenia y los chicos ya estaban allí... Me refiero a mi amiga, Xenia Montfort, y a sus mellizos. No, ahora que lo pienso, llegaron un poco más tarde: no mucho, en realidad.

—¿Y Olga Serna?

—No... no lo sé. No sabría decirle. Diría que sí, porque suele... solía ser muy puntual. Me cuesta..., disculpe, es todo muy reciente. Me cuesta hablar de ella en pasado. Perdón.

—¿Quiere parar un momento?

—No. No. No hace falta.

(Bebe agua por primera vez.)

—Tómese su tiempo. Me consta que son momentos difíciles.

—Es un horror. No puedo más que pensar en Ander.

318

Solo..., tan pequeño. Y luego en Olga. Es una locura, la verdad.

—Intentemos centrarnos en la fiesta primero, ¿le parece?

—Claro. Pero no me pregunte en qué orden llegaron todos, no lo sé. No me fijé.

—De acuerdo. Solo dígame si recuerda la llegada del jardinero. De Nelson Santiago, al que ustedes llamaban Jimmy Nelson.

—Ya estaba allí cuando llegamos. Se me olvidó citarlo antes. Ahora que lo pienso, en un momento en que fuimos a la cocina, Mire me comentó que había aparecido mucho antes, sobre las tres y media. Había estado una media hora jugando con Ander en el jardín.

—Es raro, ¿no? ¿Suelen invitar a los jardineros o al personal de servicio?

—*(Sonríe.)* Disculpe, pero eso que acaba de decir ha sonado más propio de mi padre que de alguien más joven. Esto no es *Downton Abbey*, no existe el personal de servicio.

—Era una forma de hablar.

—Ya... Bueno, por lo que sé, Ander se lleva muy bien con Jimmy. No es fácil para un niño recién llegado adaptarse a un mundo distinto. Supongo que conectó con él, pero eso deberían preguntárselo a mi hermana. O a mi cuñado, en realidad. Íñigo es el que pasa más tiempo con los niños.

—Hemos hablado con ellos, claro. Lo que le pido ahora es su opinión.

—¿Sobre qué? ¿Sobre si es raro invitar al personal de servicio? No estamos en el siglo diecinueve, subinspector. Si el chico que los ayuda en el jardín se ha hecho amigo de Ander, no le veo la rareza por ningún sitio. Al fin y al cabo, para eso estábamos todos allí, para hacerlo sentir bien.

—¿No se sentía bien? ¿Había problemas?

(Pausa.)

—Yo no lo llamaría «problemas». Le está costando adaptarse, eso es todo.

—¿Serían problemas de adaptación, entonces?

—Es posible. Pero no me gusta la palabra «problema».

—Ya. Sin embargo, fueron todos, un grupo de diez adultos, a una fiesta de cumpleaños infantil. ¿Es lo habitual?

—No sé si es habitual o no, subinspector. Mireia nos dijo que celebraban otra fiesta, con los niños, el viernes en el colegio. Y que la psicóloga le había aconsejado que organizaran algo también en casa, con parientes y amigos. Dijo algo sobre las redes familiares, el apoyo... No sé, subinspector. No acabo de entender a qué vienen estas preguntas.

—Tenemos que hacernos una composición de lugar, señora Ros. Seguro que lo comprende. Después de esa fiesta el niño desapareció...

—El niño se fue, subinspector. ¡No se lo llevaron unos hombres enmascarados!

—Ya. Le decía que después de esa fiesta tenemos un niño que lleva sesenta horas desaparecido. Y el cadáver de Olga Serna, una de las invitadas que había salido a buscarlo. Cualquier detalle de lo que pasara durante y después de la celebración es de vital importancia. ¿Lo comprende ahora?

(Pausa.)

—Sí, claro. Perdone, subinspector. Esto es demasiado nuevo para mí. Para todos. Demasiado horrible.

—Estábamos hablando de Ander. Usted es su tía, ¿cómo lo definiría?

—Casi me da vergüenza, pero no sabría decirle. Tampoco nos hemos visto tanto...

—Por lo que usted sabe, el enfado que sufrió en plena fiesta, ¿era algo frecuente?

(Duda.)

—Mireia e Íñigo habían comentado más episodios de ese estilo, sí. Aunque no sé si «frecuente» es la palabra exacta.

—¿A usted le pareció normal la reacción del niño? Era su fiesta de cumpleaños, los críos suelen estar contentos.

—Él parecía ausente. Como si nada le importara mucho.

—¿Ni siquiera se emocionó con el mago?

—Creo que más bien le dio miedo. A mí también, si le digo la verdad. Los payasos y sus voces me causan escalofríos. Me levanté discretamente y entré en la casa. *(Pausa.)* Ahí fue cuando los oí discutir.

—¿A quiénes?

—A Olga y a ese chico, el jardinero. Al principio me extrañó, y luego caí en que fue ella quien se lo recomendó a mi hermana. Y a Xenia. De hecho, también a mí, aunque mi jardín es muy pequeño. Prefiero ocuparme yo. Me relaja.

—¿Se enteró de qué hablaban?

—No tengo costumbre de espiar a la gente, subinspector. Los oí hablar y, por no interrumpir, subí la escalera hacia el baño de arriba. Me crucé con Coral, que bajaba de allí, supongo que por la misma razón.

—Antes ha dicho que discutían…

—Esa fue mi impresión, sí. Oiga, yo no quiero meter en líos a ese chico. Y, por lo que sabemos, Olga se… se pegó un tiro, ¿no?

—No se preocupe de lo que sabemos, señora Ros. Me está contando lo que pasó en la fiesta. Nada más. La rabieta de Ander sucedió después, ¿no?

—Después de la actuación, sí. Cuando sacaron la tarta.

—No quiero ser indiscreto, pero me temo que no me queda otro remedio.

—Lo entiendo.

—¿Había visto a su hermana golpear a sus hijos alguna vez?

—¡No!

—¿Nunca? ¿Está segura?

—Desde luego. Y yo no lo llamaría «golpear», subinspector. Las palabras importan, los matices importan. Mireia no golpeó a Ander.

—¿No?

—Yo no usaría ese verbo para definir lo que pasó.

—Pero le pegó. Delante de todos y en su propia fiesta de cumpleaños. Eso fue así, ¿verdad?

—Doctor Esteve, ¿podría contarnos lo que recuerda del incidente en la fiesta?

—Llámeme Max, por favor, lo de «doctor Esteve» me hace sentir como si estuviera en la consulta. ¿Se refiere a lo que pasó después de la actuación?

—Sí.

—*(Suspiro.)* El dichoso clown terminó sus trucos de una vez y luego hizo unas cuantas tonterías más. Unos juegos malabares de lo más torpes, si le digo la verdad. Incluso Ander se reía de él a carcajadas. No con él, sino de lo mal que le salían los trucos. No sé qué pintaba allí. Una cosa es llamarlo para una fiesta con niños, y otra tener a un puñado de adultos pendientes de un numerito infantil.

—¿No le gustó?

—*(Sonríe.)* Con sinceridad, los payasos me gustaban más a los seis años. A los cincuenta y tres, prefiero pasar los sábados por la tarde haciendo otras cosas.

—Ya. Pero se trataba de una fiesta para un niño, en realidad.

—No, subinspector. La verdad es que no. Fue más bien una reunión para tomar el postre con la familia y algunos amigos. Por mucho que mis cuñados se empeñaran en lo contrario. Da igual, eso es cosa de ellos.

—¿Qué pasó luego?

—Mireia y Eneko fueron a por la tarta, a la cocina, y

salieron con las velas encendidas. Todos aplaudimos y cantamos el cumpleaños feliz, como está mandado.

—¿Y el niño?

—¿Ander? Él lo miraba todo como si fuéramos idiotas. Como si se diera cuenta de que todo era…

—¿Era qué?

—(Bufido.) No me haga caso. Estoy mayor ya para fiestas de críos. Mi hijo acababa de llegar después de estar un año fuera y no me apetecía nada pasar la tarde con tanta gente. Habría preferido estar a solas con él.

—Antes no terminó la frase. «Como si se diera cuenta de que todo era…»

—(Bufido.) ¿Qué quiere que le diga? Un poco una pantomima, subinspector. Apenas conocemos al niño, al menos yo. Simón, mi hijo, ni siquiera lo había visto nunca, y sus abuelos, en contadas ocasiones. Por lo poco que lo he tratado, Ander es un crío listo y sensible. Con una especie de comprensión instintiva. Tuve la honesta impresión de que me miraba pensando que nuestro numerito era tan artificial como el del payaso. A los niños no se les puede engañar fácilmente, aunque muchos adultos piensen que sí.

—Ya veo. Por cierto, antes de seguir con la fiesta y el incidente, su esposa, Lourdes Ros, nos ha dicho que su hermana Mireia lo llamó a usted a lo largo de la semana.

—Sí. ¿Y qué?

—Quería hablarle de Ander, ¿no es verdad?

—(Bufido.) Oiga, subinspector, mi cuñada y yo no somos los mejores amigos del mundo, pero le diré algo: Mireia es una mujer muy inteligente y una madre sensata. Estaba preocupada por algunas conductas de su hijo y me llamó pidiendo consejo. Yo no me dedico a las terapias infantiles, así que me limité a pasarle el contacto de una colega muy buena en esto.

—¿Puede decirme de qué conductas se trataba?

(Pausa.)

—En realidad, no, subinspector. Tendrá que hablar con su madre.

—Su madre adoptiva...

—¡Su madre a todos los efectos! *(Pausa.)* Disculpe, no quería levantar la voz. Estamos todos muy tensos.

—Ya. ¿No puede o no quiere decírmelo, señor Esteve?

—Con sinceridad, no creo que deba hacerlo.

—No estamos hablando de un paciente suyo...

—Aun así, subinspector. Mire, se trata de un menor y de una consulta que yo califico como profesional. Mi relación de parentesco es secundaria. Mireia me llamó porque era el psiquiatra que tenía más cerca, no en calidad de cuñado. Es a ella a quien deben preguntarle.

—Muy bien. Sigamos con la fiesta. O la pantomima, como usted la ha llamado.

—Dicho así suena mucho peor. Como si no nos importara el niño.

—Ha sido usted quien ha usado este término, doctor Esteve. Su esposa dijo que «las palabras importan».

—*(Sonríe.)* Mi esposa vive, trabaja y hasta sueña con palabras. Yo prefiero centrarme en las intenciones que nos mueven a decirlas.

—Es un buen apunte, doctor. Retornemos, pues, a la fiesta. Nos habíamos quedado en el momento de la tarta.

—Pues eso. La tarta, las velas, la cancioncita de rigor... Lo típico.

—¿Y luego?

—Luego pasó lo que usted ya sabe.

—Quiero que me lo cuente.

—*(Suspiro.)* Mi suegro se empecinó en hacerse una foto con sus nietos.

—No es un capricho tan raro.

—No, supongo que no. Quería que se la sacara Íñigo, mi

cuñado, que es fotógrafo. Él odia esa clase de fotos, pero tenía la cámara a mano para inmortalizar el momento del apagado de las velas. En realidad, todo podría haberse resuelto en medio minuto.

—No fue así.

—*(Suspiro.)* Para nada. Mi hijo y Eneko rodearon la mesa y fueron hacia su abuelo, que seguía sentado frente a Ander. La idea era que los dos más pequeños se pusieran a su lado y Simón, detrás. Sin embargo, Ander se negó en redondo a salir en la foto. Podrían haberlo dejado en paz, pero mi suegro es un hombre muy insistente. Íñigo intentó persuadir a su hijo, sin el menor éxito, mientras todos esperábamos. Mireia también, aunque ella fue más directa. Le ordenó que fuera con su abuelo, en un tono más alto.

—¿Quiere decir que le gritó?

—Quiero decir que le dio una orden, sí.

—¿Y entonces?

(Pausa.)

—No sé ni cómo pasó. Ander golpeaba la mesa con las manos, negándose a moverse. Supongo que empujó la tarta, y esta cayó encima de mi suegro.

—Tuvo que empujarla con fuerza.

—Pues sí. Era un pastel grande. *(Sonríe.)* Esto no debería constar en acta, pero fue un momento divertido. Mucho mejor que el numerito del clown. Hasta él parecía impresionado. La cara de mi suegro era un poema, y no precisamente uno de amor.

—Y entonces su cuñada...

—No. Entonces mi suegro empezó a despotricar como el viejo rancio que es, diciendo que llevaban el día entero aguantando a un pequeño salvaje y que no pensaba quedarse en una casa donde los niños se portaban como fieras sin que nadie hiciera nada por evitarlo. Interpeló a su hija directamente, acusándola de reírle las gracias a un «monito asilvestrado». *(Pausa.)* Y fue ahí cuando Mireia cogió a Ander por los hombros, le dio la vuelta y le propinó una bofetada.

—Su esposa lo calificó de «cachete».

—Me da lo mismo. Como le he dicho antes, me interesan menos las palabras que las intenciones. Y le diré algo: no era a Ander a quien Mireia estaba castigando; ese bofetón iba más contra su padre que contra el niño. Por eso, en cuanto lo hizo, se marchó de la mesa.

—¿Ander?

—No. Él se quedó allí, tan sorprendido como nosotros. Fue Mireia la que se fue. No volvimos a verla hasta bastante más tarde, cuando empezábamos a buscar a Ander.

—¿Y eso fue sobre qué hora? ¿Las siete, más o menos?

—Ni idea. Había transcurrido un buen rato, eso seguro. Como nos habíamos quedado sin pastel, y sin foto, los demás pasamos a algo mucho más adulto y agradable: unos gin-tonics. Lourdes acompañó a su padre al cuarto de baño, para limpiarle los restos de chocolate del traje y calmarlo un poco, y mi cuñado les dijo a los críos que subieran a sus cuartos. La situación fue bastante embarazosa, la verdad, pero tampoco trágica.

—¿Y los regalos? Debía de haber regalos para el niño.

—Bueno, en ese momento no parecía muy oportuno. Supongo que Íñigo pensó que ya se los daría luego, cuando la cosa se hubiera tranquilizado un poco. Y con Mireia delante, claro.

—Así que todos se quedaron en el porche, menos los niños, que subieron a sus habitaciones, y Mireia, que se había ido...

—A despejarse un poco. Lo dijo luego, al regresar. Pero coincidió con que Eneko salía entonces de la casa, preguntando por Ander. Todos pensábamos que estaba arriba.

—Y no era así.

—No. Según Eneko, Ander subió con él y se encerró en

su cuarto. Él se puso a jugar con la videoconsola y un rato después fue a buscar a su hermano. Ander ya no estaba.

—Ahí empezó la búsqueda.

—Más o menos, sí. Vimos que se había llevado la bicicleta de su hermano mayor, así que al principio no nos preocupamos demasiado.

—Un niño de seis años que se larga en una tarde de invierno cuando ya es noche cerrada…

—Un niño con tendencia a los berrinches y las escapadas, subinspector. Y, a pesar de la edad, bastante experto en cuidar de sí mismo. No puede comparar a un crío de aquí, criado entre algodones, con otro que ha crecido en un orfanato en Colombia. No son iguales.

—¿Ah, no? ¿Por qué está tan seguro de eso?

Los datos

El subinspector Asens cierra la puerta de su despacho, aunque a esas horas el silencio en la comisaría es más que evidente, así que el gesto supone más un ritual que una necesidad real. Cerrar la puerta, para él, implica quedarse un rato a solas con el caso que le espera en la mesa. O quizá debería decir «los casos». Ni siquiera de eso puede estar seguro.

En todo el tiempo que llevaba destinado allí, lo único que había investigado en las inmediaciones de Castellverd fue un asalto con robo en uno de los chalets aislados de la zona. Uno situado no muy lejos, por cierto, de la casa de Íñigo Agirre y Mireia Ros. De eso hace más de tres años, y los culpables, una banda especializada en desvalijar casas vacías, fueron detenidos unos meses más tarde. En Castellverd nunca pasa nada. Esa era la frase. Y de repente, en un sábado de febrero, se encontraba con un homicidio y la desaparición de un menor. A estas alturas, setenta y dos horas después, quizá un secuestro o algo peor. Todo en la misma tarde-noche, todo entre personas que se conocían. Todo enmarañado porque, y de eso estaba seguro, casi nadie le decía la verdad. Empezando por los padres de Ander Agirre, y así hasta llegar a Máximo Esteve, el último testigo al que ha conseguido tomar declaración en el día de hoy.

Ander Agirre. Sacó una foto que le habían facilitado sus

padres adoptivos y la estuvo observando con atención. Tenía la mirada triste ese crío. O tal vez ese no fuera el adjetivo apropiado. Como le había dicho Lourdes Ros, las palabras importan. No, no era exactamente tristeza lo que veía en aquellos ojos oscuros, sino más bien desconcierto, y un poso profundo. No era la expresión de un niño ingenuo ni inocente, sino más bien de un adolescente desengañado o de un adulto harto ya de las injusticias del mundo. La había visto en la mirada de otros menores que habían vivido una guerra o una pandemia letal, nunca en los ojos de uno que viviera por aquí.

No imagines. No supongas. Comprueba. Asens se recuerda unas reglas simples antes de que su imaginación, siempre vívida y con ganas de actuar por cuenta propia, le enrede los pasos y lo dirija hacia un laberinto que parte de premisas aún no probadas. Ander tenía problemas de adaptación, eso es lo único que han conseguido sacar en claro hoy por hoy. Según su maestra, con la que sus agentes habían hablado ayer por la mañana, era inteligente, independiente y arisco. Propenso a la frustración y, de manera recurrente, a ataques de cólera. Agredía a sus compañeros para resolver conflictos. En realidad, y en resumen, era un alumno difícil, aunque no incontrolable. Ni mucho menos.

Asens, que no está casado y cuyo contacto con menores se basa únicamente en encuentros esporádicos con sus sobrinos, está convencido de que actualmente todos los niños parecen ser difíciles en mayor o menor grado. En el caso de Ander existe al menos una justificación: un pasado del que apenas saben nada en un orfanato de Cali, una nueva familia en un país distinto, hábitos que por fuerza se han visto modificados por el traslado.

Hay algo más, y la cabeza del subinspector no puede dejar de anotar el dato porque ese no es fruto de su mente sino algo lógico y real. No solo Ander Agirre ha tenido que adaptarse a una vida nueva, también sus padres y su hermano. Por supuesto que los adultos están más preparados para ello, deberían estarlo, pero él puede ponerse en la piel de Íñigo Agirre y Mireia Ros. Viajas al otro extremo del mundo con el objetivo de aumentar la familia, de dar a un niño vulnerable un futuro mejor. Cuentas para ello con tantos activos —una casa inmensa con jardín y piscina, una posición económica envidiable, una cultura superior a la media— que la posibilidad de que el niño no se adapte debe de antojársete remota, casi imposible. Y luego, a la hora de la verdad, resulta que el niño no está tan cómodo como preveías, ni tan satisfecho como habías imaginado; incluso —sí, Asens es humano y lo entiende— no se muestra tan agradecido como esperabas, no porque tus acciones fueran realizadas con ese fin ni mucho menos, sino porque es algo que casi se daba por descontado. ¿Cómo no va a ser más feliz aquí que en un orfanato donde debía de escasear hasta lo más básico? ¿Cómo no va a estar mejor con una familia que lo quiere? ¿Cómo no va a estar bien?

El doctor Esteve había calificado la fiesta de pantomima y Asens entendió lo que quería decir. Y, a pesar de que podría parecer lo contrario, no le concede más importancia a la discusión familiar y al incidente de la tarta; ni siquiera al sopapo en sí mismo. Lo que sí le resulta revelador es que en una familia donde se esforzaban por matizar que un golpe no era lo mismo que un cachete, en un entorno lleno de adultos amigos, Mireia Ros hubiera abofeteado a su hijo delante de todos, exponiéndose a las miradas críticas de un grupo de personas que, al menos de cara a la galería, desaprobarían su acto. Para Asens, y ahí se ve obligado a encender una lucecita roja ante su deducción, porque esta se adentra de nuevo en terrenos especulativos, el hecho le indica a una mujer que, o bien ha perdido el control, o bien ha abandonado ya la esperanza de mantener sus propios principios. Mireia Ros no daba la impresión de ser propensa a actuar de manera irreflexiva, así que es mucho más probable (otra lucecita de alarma) que estemos hablando de la segunda opción. Que ya no le importe nada, que empiece a estar francamente harta de un niño que les ha complicado la vida mucho más de lo que preveían y que haya optado por tomar medidas excepcionales con un crío que, hoy por hoy, es un problema sobrevenido. Una molestia. Un incordio capaz de dejarla en evidencia delante de cualquiera.

Basta. No más elucubraciones. Datos, solo datos. Ander Agirre cogió la bicicleta de su hermano en algún momento entre las 18.15 y las 19.00. Con ella tuvo que salir de la casa, por la puerta trasera del jardín, sin que ninguno de los allí reunidos se diera cuenta. En ese mismo rato, la única que estuvo separada del grupo fue Mireia Ros, que salió a dar una vuelta para despejarse. Según su primera declaración, no se cruzó con casi nadie, y, desde luego, no con su hijo montado en una bicicleta. Cuando ella volvió, el niño mayor anunció que Ander no estaba y salieron a buscarlo.

Antes de pasar al otro caso, el disparo que acabó con la vida de Olga Serna, Asens se detiene a pensar en las posibilidades en las que centrarse en el caso Ander. La primera, la más razonable: el niño se fue por voluntad propia, se internó en el bosque, la rueda de la bici sufrió un pinchazo y prosiguió a pie. Era de noche y se extravió. Esa es la hipótesis más lógica, la que seguirían sin duda de no haberse encontrado el cadáver de una de las invitadas a la fiesta. Por eso Asens ha desplegado a todo un equipo de rastreadores, a las órdenes de la sargento Alicia Ramis, por un parque que es más grande de lo que muchos imaginan. No puede descartarse la posibilidad de que, después de desmontar de la bici, el niño sufriera un accidente a pie, y en ese caso la urgencia de encontrarlo es primordial. Setenta y dos horas después no hay ni rastro, según el último informe recibido a las ocho de esta tarde. Para colmo, la lluvia ha estado cayendo de manera intermitente desde el domingo a primera hora, complicando aún más las tareas de reconocimiento del terreno. Pero Asens tiene algo claro: si el niño está en algún lugar del parque, terminarán encontrándolo.

La segunda posibilidad es la del secuestro, a pesar de que Asens se resiste a creerla por varias razones. Para empezar, porque implicaría que alguien estaba atento, al acecho, rondando por las inmediaciones de la casa de los Agirre y que aprovechó la escapada del niño para llevárselo. Algo bastante improbable, pero no imposible. En ese caso, si ha sido así, los padres deberían recibir noticias de los secuestradores en un plazo mínimo de tiempo. Nadie ha llamado a Íñigo ni a Mireia, las líneas de sus teléfonos móviles y del fijo están pinchadas desde ayer. Y ellos declaran que no han recibido noticia alguna. Claro que esta puede producirse en cualquier momento: hay suficiente dinero en esa familia para pensar en un móvil económico, ese es otro hecho cierto.

La tercera es la que más aterra a Asens, porque conectaría ese caso de manera irremediable con la muerte de Olga Serna. La imaginación del subinspector no tiene problemas en trabajar con esa hipótesis: Ander caminando por el bosque después del pinchazo; Ander acercándose a Olga al mismo tiempo que alguien le disparaba en el corazón. Ander huyendo de un asesino que bien pudo acabar con él, ya no de un tiro, porque no se oyeron más disparos, sino con sus propias manos.

Eso, claro, si Olga Serna había sido asesinada, algo que tampoco estaba precisamente claro si uno atendía a las evidencias halladas.

Con un suspiro, Asens aparta a un lado los informes de Ander y toma el expediente del caso de Olga Serna. Intenta distanciarse, tomarla como a una víctima desconocida, aunque lo cierto es que no lo es. Está seguro de que ha coincidido con ella en algún momento y sabe que la gente del departamento de patología forense, que ella dirigía, está estupefacta. Sí, esa es la palabra. Al hablar con sus colegas, los ha notado extrañados, sorprendidos, pero no realmente afectados. Según parece, Olga Serna no se relacionaba demasiado más allá del trabajo: era muy competente, justa y apreciada, pero no ha percibido auténtico dolor entre quienes compartían el día a día con ella. Olga Serna Colomer, treinta y nueve años, directora del departamento de patología forense, con una cuenta bancaria saneadísima y sin relaciones sentimentales conocidas. Una mujer que esa noche estaba colaborando en la búsqueda del niño. Una mujer que discutió con el jardinero, con ese tal Jimmy Nelson, y que fue con él hacia el bosque. Según la escueta declaración de Jimmy, tomada pocas horas después de que se encontrara el cadáver, ambos recorrieron juntos parte del camino que habían escogido, el que entraba en el parque por la zona más alejada de las casas. Luego, simplemente, la perdió de vista. Estaba oscuro y ella se rezagó, o tal vez tomó un desvío del sendero principal. El caso es que, según declaró Jimmy, él la esperó un rato, desanduvo el camino y, finalmente, regresó a la carretera porque, como dijeron también otros, aquella búsqueda en plena oscuridad empezaba a parecerles a todos un absurdo.

Asens mira las fotos que muestran el cuerpo de Olga, con la pistola en la mano. Por la herida resultaba obvio que el disparo se había efectuado a una distancia mínima, directamente al corazón. ¿Era posible que esa mujer hubiera decidido matarse allí, en pleno bosque? Asens había leído algo de un lugar en Japón que se había convertido en el bosque favorito para los suicidas. Pero ¿por qué? Y, sobre todo, ¿por qué esa noche? A menos… a menos que poco antes Olga Serna hubiera averiguado algo terrible de una persona a la que consideraba su mejor amiga. Y así, elucubraciones aparte, una línea —débil, sí, aunque no invisible— parecía trazarse de nuevo en dirección al mismo nombre: Mireia Ros.

Un golpe en la puerta, seco, respetuoso, sobresalta al subinspector. Casi no queda nadie en comisaría y sus subalternos saben bien que, a esas horas y con la puerta cerrada, lo mejor es no interrumpirle. No es ninguno de ellos, de hecho, no es nadie de esa comisaría, sino un buen amigo, también del cuerpo.

—Rafa Lagos…, ¿a qué debo el honor?

—Asens, debes de ser el subinspector más popular del momento. Te he visto en la tele.

Carles Asens, que odia aparecer incluso en las fotos, no tiene redes sociales ni la menor facilidad a la hora de atender a los medios, pone cara de pocos amigos.

—Lo único que no necesito hoy son bromitas, te lo advierto. Solo me faltaba el lío de la prensa.

Y es que los periodistas han visto un filón en ese misterio que conjuga dos de los temas que más atraen a los buitres: los niños desaparecidos y las mujeres muertas. El domingo fue aún bastante tranquilo a ese respecto, pero el lunes llegaron a Castellverd furgonetas con unidades móviles, dispuestas a meterse hasta en el bosque con tal de sacar las imágenes de donde se halló el cadáver, y, sobre todo, de contar, una por una, las «horas que han pasado desde la desaparición de Ander», como si todo eso fuera una serie de Netflix y el final los esperara un buen número de horas después. Uno de los programas matutinos de mayor audiencia ha seguido con ejemplar dedicación los resultados de la búsqueda mientras diseccionaba a los invitados a la fiesta. «La fiesta trágica», la llamaban, como si en lugar de un cumpleaños infantil hubieran celebrado un aquelarre con una cabra virgen. El cómo el reportero se entera de los detalles es algo a lo que Asens piensa dedicar toda su atención y el lado más inflexible de su carácter en cuanto tenga un minuto libre para ello, pero los detalles de la fuga del crío y de la rabieta anterior son ya de dominio público. Asens está seguro de que dosifican la información, y de que mañana revelarán al mundo el incidente de la tarta y del bofetón, lo cual les dará tema para debatir el día entero sobre qué efecto pudo tener todo eso en un niño de seis años. Todo barnizado de un buenismo sensacionalista que a él le repugna. Por si fuera poco, la desaparición y búsqueda del niño se complementan con la muerte de Olga Serna, aunque de ese tema han obtenido menos información. La buscan con un encono envidiable, eso debe reconocérselo, y con la secreta esperanza de que al final no resulte ser un suicidio. Los suicidios deprimen a la audiencia, venden peor que los crímenes y, sobre todo, carecen de un culpable vivo al que perseguir. De momento les parece mucho más atractiva la familia Agirre: el niño adoptado, un adjetivo que no cesan de repetir y enfatizar porque, como dijo Lourdes Ros, las palabras importan; el padre moderno perteneciente a una gran familia vasca del mundo de la siderurgia que fue víctima del terrorismo; la guapísima y exitosa madre, directiva de una multinacional farmacéutica, que sale perfecta incluso sin maquillaje en las escasas imágenes que han conseguido de ella, y la foto de Ander, la misma que tiene él en su mesa, el reclamo constante de la atención de una audiencia que sufre a distancia por la suerte del crío perdido.

—Me lo suponía —dice Rafa—. Más bien vengo a facilitarte un dato, y a pedirte un favor.

—Siéntate y empieza por el dato. De lo otro ya hablaremos. —Asens sonríe. Lagos siempre le ha caído bien, como a todo el mundo. Piensa que debería ser él quien saliera en televisión, los medios lo adorarían.

—Yo conocía a Olga Serna. La conocía bien.

Y Rafa Lagos le cuenta, con la camaradería propia de viejos compañeros, su historia con Olga. Lo hace por enci-

335

ma, sin dar detalles, porque en el fondo es un tipo de ideas anticuadas y no desea sacar a la luz las prácticas sexuales de una mujer, esté viva o muerta. Deja entrever la verdad: que mantuvieron una historia breve, intensa, desacomplejada y sin ataduras, a raíz de la primera visita de Olga a comisaría, cuando él se ocupaba del suicidio de Teresa Lanza.

Es este nombre el que llama la atención del subinspector Carles Asens, porque da sentido a un hallazgo encontrado en el domicilio de Olga Serna. Un montón de fotocopias donde aparece ese nombre, una fecha, una cruz negra y una pregunta.

—A ver, ¿me estás diciendo que Olga Serna estaba interesada en el suicidio de esa chica, que sucedió hace un año? —pregunta Asens, intentando sumar la pieza a las pocas que tiene en ese momento.

—Eso es. Aunque yo no diría interesada, más bien… obsesionada. No sé explicarte por qué, Carles. Olga era una mujer fuera de lo común.

—Ya. Eso dice todo el mundo —afirma Asens en un tono mucho más dubitativo de lo que querría.

—¿Crees que se suicidó ella también?

—No tenemos aún el informe de la autopsia. A primera vista, eso parece, sí.

—Obsesionarse con un caso de suicidio es ya un indicio, ¿no te parece? —apunta Rafa—. Los que quieren matarse buscan esos casos, se enganchan a ellos… Disculpa, eso ya lo sabes. Yo venía a otra cosa, y aquí llega la parte del favor.

—Adelante. Aunque sabes que en estos temas los favores tienen límites claros. —Mientras lo afirma, Asens sabe que hará cuanto esté en su mano para ayudar a su colega. Lo haría casi por todos, pero, sin duda, Rafa Lagos posee un magnetismo personal que hace difícil negarle cualquier cosa. Hasta las heladeras debían de regalarle los cucuruchos cuando era niño.

—La semana pasada volví a ver a Olga. La verdad es que la echaba de menos. El nombre de Teresa Lanza surgió de nuevo, relacionado con otro caso, y me dije que era una buena excusa para quedar con ella.

—Habría dicho que los tipos como tú no necesitáis trucos para ligar.

Rafa Lagos se encoge de hombros.

—Todos aprovechamos lo que tenemos. Todos hacemos el tonto alguna vez… Bueno, allá va: le pasé a Olga la información. Tampoco era nada que cambiara el suicidio de aquella chica, solo un detalle jugoso. ¿Has oído hablar del caso Torné? ¿El enésimo empresario corrupto?

Segundo día de declaraciones

Miércoles, 6 de febrero
Comisaría de Sant Cugat del Vallès
Despacho del subinspector Carles Asens

—Simón, según su padre, unos cuantos fueron al parque en busca de Ander. Él, Íñigo Agirre, Dante y Greta Montfort, Olga Serna, Jimmy y usted mismo. Su madre se quedó un rato en la casa de los Agirre y luego se fue a la suya, a la de ustedes, con sus abuelos, tal y como estaba previsto.

—Sí... Supongo. *(Pausa.)* La verdad es que yo estaba muerto. El cansancio me asaltó de repente, en plena fiesta, a media tarde. Luego me activé con la búsqueda, claro, pero si lo pienso ahora, no recuerdo gran cosa. Caminamos y nos dividimos, y unos fueron hacia el interior del parque y otros optaron por rodear la carretera.

—¿En coche?

—Creo que mi padre fue a por el coche de Íñigo, sí. Íñigo se adentró solo por el camino que acostumbraban a tomar, según dijo. Yo iba con Dante y Greta, aunque luego también los perdí. Ellos andaban más deprisa, y era... era bastante absurdo buscar a ciegas. Entiendo la histeria colectiva, pero no tenía mucho sentido. Por suerte, al no encontrar a Ander

338

donde creía que estaría, Íñigo volvió hacia atrás para llamar a los Mossos.

—Eso fue poco después de las ocho, más o menos.

—¿Sí? Ya le digo, creo que el jet lag me la jugó. Tengo la impresión de que todo sucedió más deprisa y, al mismo tiempo, de que la tarde fue muy muy larga. La noche anterior no conseguí descansar: me desperté muy temprano, por los cambios de hora.

—Llegó usted el viernes, en el vuelo que aterrizaba en El Prat a las siete y media de la mañana desde Miami, ¿es así?

—Sí.

—¿Y a su casa?

(Duda.)

—Por la tarde. Tenía cosas que hacer.

—¿No tenía ganas de ver a sus padres, después de casi un año fuera?

—Claro que sí. Subinspector, ¿eso qué tiene que ver con lo de Ander? ¿Con la muerte de Olga?

—Nada, nada. Simple curiosidad.

(Silencio.)

—¿Conocía bien a Olga Serna?

—Bien no, desde luego. La había visto por casa alguna vez. Era básicamente amiga de Mire. De mi madre también, claro.

—¿De su tía, Mireia Ros?

—Sí, claro. Ah, ya… No nos llevamos tantos años. Nunca he pensado en ella como en una tía. Más bien como en una canguro o una hermana mayor.

—Así que no sabe gran cosa de Olga.

—No mucho, no. Me intrigaba su profesión. Creo que era forense o algo así. No es un trabajo común y me despertaba curiosidad. Ya sabe, por las series y las novelas policíacas…, pero nunca llegué a hablar de eso con ella. No puedo decirle más.

—Olga fue con todos ustedes al bosque.

—Sí.

—¿La vio hablando con Jimmy Nelson antes de separarse?

—Creo que sí. Iban andando juntos, un poco rezagados. Hablaron un momento con Dante y decidieron tomar uno de los senderos laterales.

—Por cierto, ¿a Jimmy sí lo conocía?

(Silencio.)

—Solo de vista. Era amigo de una antigua amiga, sí. Hacía más de un año que no lo veía. De hecho, hace un año que no veo a nadie, subinspector. No creo que pueda ayudarle mucho.

—Yo decidiré eso. Pero volvamos al bosque. ¿Ha dicho que usted, Dante y Greta Montfort iban juntos?

—Sí... Me hizo mucha ilusión volver a verlo. Le di clases de tenis hace años. Y de repaso. A Dante le costaba concentrarse.

—Mire el mapa: ¿entraron por este sendero?

(Pausa.)

—Soy un poco desastre en esto. Diría que Greta tomó la iniciativa. A mí caminar por el bosque nunca me gustó. Llevaba años sin meterme ahí.

—¿No había ido de excursión por allí? ¿O a correr, en bicicleta...?

—*(Sonríe.)* Igual le parezco un soso. No lo frecuentaba mucho, subinspector. Prefería otros deportes. Además, los bosques...

—¿Sí?

—*(Risa.)* Debe de ser un trauma infantil. No se lo cuente a nadie. Me dan un poco de miedo. Los cuentos que me contaron de niño me marcaron. Tanto silencio, tanto árbol. Y más aún de noche.

—Entiendo. Pues debió de pasarlo mal cuando se separó de los mellizos, ¿no?

—Un poco. Aunque suene fatal, estaba agotadísimo. De

repente me dije que no podía más y me senté un rato. Tenían que volver por el mismo sitio y yo pensé que ya me recogerían a la vuelta.

—¿Prefirió quedarse solo?

—(Sonríe.) Hay que enfrentarse a los miedos, ¿no le parece?

—Eso dicen, sí. Y entonces, ¿qué pasó?

—Entonces oímos el disparo.

—¿«Oímos»? Creí que estaba solo.

—Es una forma de hablar. Supongo que todos lo oímos.

—¿Se alarmó?

—No sé. Pensé que quizá era una señal. Que así anunciaban que lo habían encontrado o algo parecido. ¿No suelen hacerlo?

—No. No solemos disparar al aire. Al menos, no balas de verdad.

—Ya. Claro. Igual lo vi en alguna película. Tampoco sabía si era una bala de verdad o un simple perdigón. En mi vida he empuñado un arma.

—¿Permaneció sentado esperando?

—Un rato, sí. No sé cuánto. Ya le digo que lo tengo todo un poco confuso en la cabeza.

—Ya. Por el jet lag.

—Estuve ahí un rato más y luego, como ellos no aparecían, decidí volver atrás.

—¿Ya no tenía miedo?

—En realidad, sí. De repente aquel silencio me sobrecogió. Quería llegar a casa. Me da un poco de vergüenza admitirlo: a veces tengo ataques de pánico. Los controlo bastante bien, en general. Me levanté, respiré hondo y decidí alejarme de allí. Anduve a buen paso, con la mirada fija, y al salir a la carretera vi los coches de policía y alguien, creo que fue Xenia, me dijo que habían encontrado un cadáver en el bosque.

—¿Qué pensó en ese momento?

—No sé. No pensé en el disparo. Más bien creí que era el niño. Que se había caído o algo parecido. Pero no lo sé, de verdad. Cuando pienso en esa noche tengo la sensación de haber estado flotando. Como si lo hubiera visto todo entre una espesa niebla. En realidad, lo que recuerdo con más claridad es el último tramo del camino. Lo hice casi corriendo, como si huyera de algo.

—Entiendo. Por cierto, esa amiga que usted y Jimmy Nelson tenían en común, la que mencionó antes, ¿por casualidad se llamaba Teresa Lanza?

—Señora Montfort, ya sé que usted se fue a casa después de la fiesta.

—Me temo que sí. Bueno, me quedé un rato con Mireia, Lourdes y sus padres.

—¿Mucho rato?

—No sabría decirle. No iba mirando el reloj. Una media hora desde que salieron todos a buscar al niño.

—¿No le supo mal dejar sola a Mireia Ros?

—¡No la dejé sola! Estaban su hermana y sus padres. De hecho, por eso me fui. Tanta familia me agobia y pensé que lo más delicado era marcharme con discreción. Son momentos íntimos, ¿no le parece? Además, de repente los abuelos cambiaron de planes y decidieron ir a pasar la noche a casa de Lourdes, para no molestar. Aproveché la oportunidad y me marché yo también.

—¿Fue hacia su casa directamente?

—Sí y no... Supongo que tenía la esperanza absurda de encontrar a Ander. Pasé por casa, me cambié de ropa y me puse la que uso para andar. Lo hago todos los días, por las mañanas. Luego recorrí el pueblo, pensando que todos rondarían por el parque y que tal vez el crío estuviera paseando tranquilamente por cualquier rincón.

—¿A esas horas?

—Bueno, no era tan tarde. Los niños son un misterio, subinspector. ¿Usted tiene hijos?

—No.

—Ya. Pues entonces no sabe de lo que hablo. Los críos son capaces de cualquier cosa. A cualquier edad.

—¿Vio a alguien a lo largo de ese paseo?

—Debí de cruzarme con un par de personas, sí. No me fijé mucho. No se me ocurrió que tuviera que hacerlo… *(Sonrisa.)*

—No tenía por qué. Es solo una pregunta de rigor.

—*(Sonrisa.)* ¡Puro formulismo! Siempre había querido decirlo. Perdone, subinspector. A veces me sale la vena dramática.

—Solo por zanjar el tema. ¿Paseó por el pueblo y volvió a su casa?

—Exactamente. Y no, no sé qué hora era. En realidad, tampoco lo sé ahora mismo. *(Risa.)* Me imagino que ustedes siempre van con el reloj en la mano, pero el resto del mundo no. Y yo menos que nadie… Volvía a casa cuando vi que los coches de policía subían a toda prisa por la carretera. Las luces me alarmaron. Tuve la impresión de que había pasado algo malo.

—¿Y en lugar de entrar en su casa, tomó la carretera que sube hacia el parque?

—Sí. Mis hijos estaban allí, buscando a Ander, y me asaltó una especie de presagio oscuro. *(Sonríe.)* Igual le parezco muy trágica, subinspector. Le aseguro que no soy de esas actrices que convierten cualquier evento insignificante en una escena cumbre, pero esa noche estaba alterada. *(Sonríe.)* Lo mío es más la comedia, de todos modos. La tragedia me resulta agotadora. ¡Grandes personajes declarando sus luchas contra los dioses! Ya basta. La dejé hace años, tanto monólogo desgarrado me ponía nerviosa.

(Pausa.)

—¿Conocía bien a Olga Serna?

—Vaya, subinspector, eso ha sido todo un cambio de registro. Tengo la impresión de que me está castigando por mostrarme frívola.

—En absoluto. Tengo un caso muy complejo entre manos, no el guion de una obra de teatro.

—*(Suspiro.)* ¡Xenia, nunca serás una señora como Dios manda! *(Pausa.)* Le diré algo, subinspector Asens. A veces la frivolidad no es más que una máscara.

—Estoy seguro de ello. Le repito la pregunta: ¿conocía bien a Olga Serna?

—¿Qué significa conocer bien a alguien? La trataba desde hacía tiempo.

—Eran amigas…

—*(Suspiro.)* Sí. No precisamente íntimas. No como ella y Mireia.

—Sí, eso nos dijo también Lourdes Ros.

—Si lo dijo Lourdes, no puedo menos que suscribirlo. Lou siempre tiene razón. *(Pausa.)* A ver, si lo que me está pidiendo es mi opinión sobre Olga, se la daré, aunque eso no significa que la conociera bien. Era una mujer intrigante: amable y cercana por el lado más superficial; distante y complicada por dentro. Y ese trabajo suyo, siempre con cadáveres… Tiene que acabar deprimiendo, ¿no cree? En alguna ocasión tuve la sensación de que era una eterna insatisfecha, alguien que buscaba en este mundo cosas que los demás nos inventamos…

—No sé si la entiendo.

—Ya… ¿No cree usted que la vida requiere de un alto grado de conformidad? Una se conforma con el trabajo que tiene, con la pareja, con los hijos que le han tocado… Olga aspiraba a algo inexistente; supongo que por eso no tenía pareja, porque ninguna daba la talla. *(Sonríe.)* Pero es una mera opinión: no soy psicóloga, solo actriz.

—¿Alguna vez advirtió en Olga Serna tendencias suicidas?

—*(Risa.)* Perdone, de verdad. ¿Quiere decirme cómo se advierten las tendencias suicidas de alguien? ¿Llevan un cartelito en la frente o les brilla más el ojo izquierdo?

—Le formularé la pregunta de otro modo. ¿Le pareció deprimida alguna vez?

—¿Olga? No. En absoluto. Era una mujer libre, cabal y atractiva que se ganaba muy bien la vida. Al menos eso proyectaba hacia fuera. Ya le he dicho que intuí alguna vez una procesión por dentro, pero no del tipo melancólico. Más bien frustración, sí, como si la vida fuera una estafa. Por cierto, ahora recuerdo que Olga solía tener detalles muy bonitos: hace tiempo, cuando yo estaba pasando por una mala racha, me escribió una carta preciosa. No conozco a mucha gente que escriba cartas, subinspector, ¿y usted?

(Silencio.)

—Si se hubiera enterado de su suicidio, ¿se habría extrañado?

—Con sinceridad, sí. ¿Lou le dijo lo mismo?

—Me temo que soy yo quien formula las preguntas.

(Risa.)

—¿Le ha hecho gracia, señora Montfort? ¿Sabía que iba a decir eso?

—Lo intuía. Perdone. Las situaciones tensas y formales sacan lo peor de mí.

—¿Está usted nerviosa, señora Montfort?

—¿Usted no lo estaría? En pocas horas, el hijo de una buena amiga ha desaparecido y otra amiga ha sido encontrada muerta de un disparo. Creo que son motivos suficientes para alterar a cualquiera.

—Yo diría que son motivos también para estar triste.

—¿Ahora es usted el psicólogo, subinspector? ¿Pretende decirme lo que debo sentir? ¿No estar llorando por los rincones es un delito?

—*(Suspiro.)* No, señora Montfort. Si no le importa, seguiremos en otro momento. Hemos empezado tarde y no quiero retenerla más.

—*(Sonríe.)* Como usted quiera. Estoy a su disposición. Para lo que necesite.

—Una última pregunta, señora Montfort. Encontramos una considerable cantidad de hojas de papel como estas entre las cosas de Olga Serna. ¿Por casualidad le dicen algo?

(Silencio.)

—Olga... No... ¿Quiere decir que Olga hizo esos carteles? No puedo creerlo. ¿Para qué?

—Parece ser que los hizo y, según lo que me han contado esta mañana en el ayuntamiento, luego aparecieron colgados por todo el pueblo. Por lo que sabemos, la señora Serna se obsesionó bastante con este caso. Con el suicidio de Teresa Lanza. ¿Usted la conocía? A la chica, quiero decir.

—Sí, claro. Venía a limpiar a mi casa. Y a las de Olga, Lourdes y Mireia.

—¿También a la de los señores Torné? No asienta con la cabeza, conteste sí o no, por favor.

—Sí, sí. También.

—El cartel formula una pregunta: «¿Quién mató a Teresa Lanza?».

—*(Bufido. Sonrisa.)* «¿Quién mató al comendador? Fuenteveojuna, señor. Y ¿quién es Fuenteovejuna?»

—¿Debo contestar a esa pregunta, señora Montfort?

—*(Sonríe.)* Veo que no está muy puesto en el teatro del Siglo de Oro, subinspector. Yo que usted buscaría el texto. La gente ya no lee a los clásicos y es una pena. En ellos siempre constan las mejores respuestas.

—Ya nos ha dicho que se marchó pronto de la fiesta, señora Alonso.

—Me dolía muchísimo la cabeza. Las discusiones familiares me crispan los nervios. Y fue todo de lo más embarazoso: el niño colérico, la tarta por los suelos, Mireia...

—Ya. Así que se marchó entonces y no se enteró de nada de lo que sucedió después.

—Exactamente. Lo vi al día siguiente en la televisión. ¡Qué horror! *(Bebe agua.)* Ah...

—¿Se encuentra usted bien, señora Alonso?

—Coral, por favor. Soy una patosa, subinspector. El domingo me caí por la escalera de casa... de casa de mi madre, donde vivo ahora. El hombro todavía me duele un poco.

—Lo lamento. ¿Ha ido al médico?

—No... no es nada, de verdad. Solo se me resiente cuando hago un gesto brusco.

—De acuerdo. Solo para que conste en el acta, ¿usted se marchó sobre las seis de la tarde?

—Más o menos. Íñigo propuso tomar unos gin-tonics y pensé que era lo último que necesitaba para la jaqueca.

—¿Fue a coger el tren?

—Sí. Antes di una vuelta... Ese había sido mi barrio, ¿sabe?

—Sí. Lo sé. ¿No se encontró con Mireia Ros? Según sabemos, también ella fue a pasear un rato.

—No. Le parecerá una majadería, pero subí hasta mi antigua casa. Hay un buen trecho, cuesta arriba.

—Debe de ser duro verla vacía...

—*(Suspiro.)* No había vuelto desde que tuvimos que marcharnos. Fue... brutal.

—Claro. ¿Cuánto tardó, más o menos?

—Hay unos veinte minutos, quizá solo quince de bajada. No estuve mucho rato allí, no podía soportarlo... Antes de las siete cogía el tren. No me enteré de nada de lo que estaba pasando.

—Muy bien. Otra cosa, señora Alonso.

—Llámeme Coral, por favor. Cada vez que dice «señora Alonso» pienso que está hablando con mi madre.

—Me temo que es el procedimiento.

—Lo sé. Nunca habría pensado que diría esto, pero tengo bastante experiencia en interrogatorios. ¿Quién lo iba a pensar?

—Ya. Al hilo de esto, señora Alonso, ¿fue a verla Olga Serna el... jueves de la semana pasada?

—Sí. ¿Cómo lo sabe?

—Se cruzó en la casa donde vive ahora con Lourdes Ros.

—¡Ah, claro! No me acordaba.

—No pasa nada. ¿Qué motivó esa visita?

—No le entiendo. Vino a verme, a saber cómo estaba.

—¿No le habló de una de las cuentas de su marido? Una abierta en un banco extranjero a nombre de Teresa Lanza.

—*(Sonríe.)* Mi marido tenía múltiples cuentas y un pequeño equipo de representantes... He aprendido que en realidad no se llaman testaferros, a pesar de lo que dicen en todos los medios.

—Los temas fiscales no son mi especialidad. Las muertes violentas, sí. Y Olga Serna murió de un disparo la noche del 2 de febrero. Dos días antes fue a verla. ¿Le habló de esa cuenta bancaria?

—*(Suspiro.)* Sí. Parecía sentir mucho interés por ella. No entiendo el porqué.

—¿Usted sabía de la existencia de ese depósito?

—No. Como le he dicho antes, los negocios y cuentas de mi marido son... diversos. Demasiados para mí, me temo.

—¿Así que se enteró el jueves?

—Si lo que dijo Olga era cierto, sí. Pero no importa mucho, ¿no cree? Ese dinero está ahora en un limbo. Como todos nosotros, en realidad. Flotando en el limbo de los pobres.

(Golpes en la puerta.)

—Discúlpeme, señora Alonso.

El subinspector Asens abandona la sala de interrogatorios al ver a Alicia Ramis, y por un breve instante se apodera de él la esperanza de que hayan encontrado al niño. La expresión victoriosa de la sargento parece indicar algo en ese sentido.

—Ali, ¿qué pasa? ¿Alguna novedad?

—No, señor. La búsqueda sigue adelante...

—¡Mierda! Lleva ya demasiadas horas desaparecido. Si está allí...

—Es mejor no pensarlo —conviene Alicia—. Aunque, con sinceridad, me parece que estamos perdiendo el tiempo.

Asens ha aprendido a fiarse de su equipo, sobre todo de Alicia Ramis. Y ella lo conoce bien, así que debe de existir una buena razón para que lo haya sacado de la sala de interrogatorios y ahora señale su despacho con la mirada, como sugiriendo una conversación a puerta cerrada que el subinspector acepta a regañadientes. Odia dejar una entrevista a medias.

—Ya sabe que tengo a un agente con la familia —dice Ramis en cuanto Asens cierra la puerta—. Joel Rubio. Es un chico joven, muy paciente. Y se le dan fenomenal los niños.

—¡Qué bien! Si un día necesito un canguro, se lo diré. ¿Y?

Alicia Ramis ignora el tono sarcástico del subinspector y prosigue, a su ritmo. Hace mucho que su jefe ha dejado de impresionarla en ese sentido.

—Rubio ha estado jugando con Eneko, el mayor de los Agirre. Los padres no salen de casa. Tienen a un par de periodistas fijos apostados por los alrededores, así que apenas se mueven. Y el niño está muchas horas en su cuarto, con la videoconsola.

—Ya. Todo normal, ¿no?

—Más o menos. Rubio estuvo revisando los ordenadores de la casa. Hay dos, uno para cada adulto. ¿Quiere saber cuál fue una de las últimas búsquedas en Google del portátil de Mireia Ros? Le va a encantar: «¿Puede devolverse a un niño adoptado?» A lo largo de la noche del miércoles al jueves visitó varias páginas sobre el tema. «Cuando la adopción no funciona» y similares.

—¡Mierda!

—Hay algo más. Como le decía, Rubio es muy bueno con los críos. Ha estado varios ratos jugando con Eneko. Bueno, jugando para ganarse su confianza, claro. Me ha llamado ahora mismo. Yendo al grano, el niño era un coñazo.

—¿Ander?

—Ajá. Violento, rebelde… Eneko le enseñó al agente Rubio las marcas de un par de mordiscos de su hermanito.

—¿Estás pensando lo que creo que estás pensando?

—Yo no pienso. El imaginativo es usted, jefe. Hay algo más.

—¿Más?

—Rubio no ha acabado de entender a qué se refería Eneko, pero esta misma mañana el crío le ha dicho: «No quiero que vuelva Ander. A veces me hace daño». Rubio le dijo que todos los hermanos se pelean alguna vez, y Eneko insistió: «Él es malo. Mató a los gatitos. Es malo, en serio. Me lo ha dicho mamá».

Asens cierra los ojos y, ahí sí, da rienda suelta a sus peores temores, a esa posibilidad trágica que lleva horas intentando sepultar. «Me lo ha dicho mamá.» Las palabras se le graban en el cerebro con la fuerza de un mantra. Trata de serenarse antes de decir:

—No saquemos conclusiones precipitadas. Tenemos que hablar con Mireia Ros y con Íñigo Agirre. Por separado. Esto pinta muy feo.

—Eso mismo he pensado yo.

—Dile a Rubio que no insista de momento. Que deje al niño tranquilo. No queremos que se pongan en guardia. Ni una palabra a nadie más. Y, por el amor de Dios, Ali, si algo de esto se filtra a la prensa, rodarán cabezas. Te lo juro.

—Yo soy una tumba. A esos buitres no les daría ni la hora.

—Todos decimos lo mismo y luego se enteran hasta de cuándo cag... Perdón. Amenaza a ese Rubio con todas las torturas del séptimo círculo del infierno si se le ocurre abrir la boca. Sabes la que pueden liar los medios si intuyen la mínima sospecha de algo así.

—Entendido, jefe. Hablaré con él.

—Gracias. Es importante mantener esto oculto hasta que interroguemos de verdad a los Agirre. Si alguno de ellos es culpable, me importa un rábano lo que digan, pero si no...

—Si no, solo les falta que la prensa los acuse de parricidio. Está claro, Carles. ¿Quiere que le acompañe a verlos? Los he tratado estos días.

—Sí. Iremos tú y yo solos. —Calla un momento y mira a su agente favorita fijamente, con una expresión que ella ya ha aprendido a reconocer—. Ali, ¿qué te parecen los Agirre? No como policía, te estoy pidiendo una opinión más personal.

Alicia Ramis se encoge de hombros.

—Pijos. Educados. No especialmente simpáticos. Muy nerviosos, sobre todo él. Salta con facilidad, como si estuviera harto de vernos por allí. Está como... impaciente.

—¿Y Mireia Ros?

—En apariencia, se la ve más tranquila. Es más fría. Y triste. Sí..., mantiene la compostura en todo momento, pero está más triste que nerviosa. O eso me ha parecido. Ya sabes que las emociones ajenas no son mi punto fuerte.

El teléfono del despacho de Asens interrumpe la conversación cuando él iba a decirle que es más sagaz de lo que ella misma cree.

—¿Sí? ¿La autopsia de Olga Serna? ¡Perfecto! ¿Y qué?

Alicia lo observa expectante, mientras piensa que debe ser duro analizar el cadáver de alguien que trabajaba contigo, que en realidad era tu jefa. No quiere imaginar verse en una situación parecida. Asens sigue al teléfono:

—Ya. Sí, sí, me imagino los porcentajes de certeza del forense. Está bastante claro, por lo que se ve. La trayectoria de la bala, el disparo a quemarropa… Sí. Parece obvio. ¿Algo más?

Alicia ha visto cómo la expresión de su jefe pasaba de la aquiescencia al desconcierto después de colgar.

—Ha llegado el informe de la autopsia de Olga Serna. Para el forense está claro: fue suicidio. Apoyó la pistola en el corazón y disparó.

—Eso me pareció a mí también cuando la encontramos. ¿Por qué me parece que hay algo más?

—Los del laboratorio han analizado las huellas del arma. Estaban las de ella, por supuesto; una muy pequeña imposible de identificar y otras bastante claras. Pertenecen a Nelson Santiago, alias Jimmy Nelson. El jardinero.

—Está citado esta tarde para el interrogatorio con usted. Él, Dante y Greta Montfort.

—¿Te apuestas algo a que no viene?

—Nunca apostaría contra usted, jefe. Ganarle sería casi insubordinación.

Asens sonríe a su pesar, solo un instante, porque la siguiente intervención de la sargento vuelve a ensombrecerle las facciones:

—Por cierto, no la tome con la mensajera de las malas noticias. Mi deber es recordarle que a última hora de la tarde tiene una reunión con la prensa.

Como era de esperar, Jimmy Nelson no se ha presentado a la cita. Sí lo han hecho, nerviosos y algo aturdidos, los hijos de Xenia Montfort. Asens no esperaba gran cosa de ellos, y hacía bien, pues en realidad se limitaron a confirmar el relato que habían expuesto todos los demás. Solo al final, cuando ya se iban, el chico, Dante, se decidió a confiarle un detalle. Lo hizo de manera algo atropellada y poco clara, al menos al principio. Según él, Jimmy Nelson no era el jardinero amable y amante de los niños, sino un tipo violento, un chico de «hostia fácil», había dicho, violento y sin control. No quiso dar muchos detalles, tan solo que habían coincidido en una discoteca de Rubí alguna vez y lo había visto ponerse como una bestia sin mayor motivo.

Asens anota el dato junto a la orden de búsqueda de Nelson Santiago, alias Jimmy Nelson, y se prepara para enfrentarse al peor momento del día.

La conferencia de prensa

El número de periodistas ha crecido con relación al día anterior, lo cual no es una buena noticia para el subinspector Asens, quien contiene la respiración por un instante antes de tomar asiento a la mesa que han reservado para él. Se acomoda frente a un auditorio y piensa, para tranquilizarse, que gran parte de esos hombres y mujeres, una docena más o menos, no se han congregado allí para juzgarlo, sino para recabar información. Están haciendo su trabajo, piensa, igual que nosotros. No es eso lo que le preocupa. En su cabeza está clara la línea entre lo que debe y puede decir, una barrera recta y sólida que separa los datos de las suposiciones, los hechos de las conjeturas. El problema es que una parte de esos profesionales, pequeña pero ruidosa, necesita precisamente lo contrario para alimentar a su medio y, por extensión, a su público. Asens intenta no pensar en ellos, pero es difícil soslayarlos, sobre todo cuando empiecen las preguntas.

Durante menos de diez minutos Asens ofrece un relato riguroso de los hechos y los escasos progresos referidos al caso Ander. La búsqueda continúa: es una tarea laboriosa y lenta porque requiere cubrir una cantidad de terreno considerable. Se han recorrido los principales senderos de paseo del parque, los más habituales, pero nada impedía que el niño se alejara de ellos y se internara en la zona más boscosa. La hipótesis de una mala caída flota en el aire, pero el subinspector se esfuerza por mantener un tono positivo. Existen antecedentes de personas perdidas y encontradas con vida, y esa es su máxima: poner todos los recursos humanos y materiales en la búsqueda, hasta el final.

El caso de Olga Serna requiere menor tiempo, porque la teoría del suicidio ha ido ganando fuerza también entre la prensa, a pesar de que los periodistas avezados, y, de hecho, cualquiera que se tome la molestia de detenerse a pensarlo, llegan rápidamente a la conclusión de que resulta extraño que un suicida en potencia escogiera precisamente ese momento, en mitad de la búsqueda de un niño perdido, para llevar a cabo su despedida del mundo. Asens no entra en esto: subraya los hallazgos del informe de la autopsia, omitiendo el dato de las huellas de Jimmy Nelson en el arma. En realidad no hay grandes novedades, y los periodistas se remueven inquietos porque ya llevan dos días empezando sus crónicas con el manido «prosiguen las tareas de rastreo del parque» y sus jefes deben de apretarlos. Por eso, en el turno de preguntas, un joven con gafas, que anuncia en tono casual el medio para el que trabaja, intenta indagar más allá de lo que se ha ofrecido en la comparecencia oficial.

—¿Barajan la posibilidad de que el caso de Ander esconda algo distinto?

Asens trata de imprimir la máxima contundencia a su tono al responder:

—De momento, la investigación sigue centrada en el parque. Sabemos que Ander tenía la costumbre de ir por allí en bicicleta, y de hecho la hallamos en uno de los senderos habituales. No existe ninguna razón para buscarlo por otro lado, aunque, por supuesto, tampoco podemos descartar del todo otras opciones.

—¿Se refiere a un secuestro? —pregunta Ana Costa, una

de las periodistas veteranas, de las pocas que Asens conoce por su nombre.

—Por el momento, y subrayo, por el momento, no ha habido el menor indicio que nos lleve en esa dirección. Nadie puede prever el futuro.

—¿Había problemas en la familia, subinspector? —pregunta una chica muy delgada, casi rayando la anorexia, a quien Asens ha visto en televisión dando una crónica dramática de los hechos. Planos picados del bosque contrapuestos a las bonitas casas, y frases del estilo «el drama acechaba a este hogar elegante y tranquilo».

—No especialmente, señora...

—Perdón, Ainhoa Márquez, de *El mundo a primera hora*. Lo pregunto porque ha corrido el rumor de que los padres adoptivos de Ander no estaban muy contentos con cómo iba el proceso de adaptación del niño.

—No tengo nada que decir sobre eso, señora Márquez. Los rumores no son mi espacio de trabajo.

—Ya, subinspector. Pero no son solo habladurías: en la crónica que se emitirá en unos cinco minutos cuento las declaraciones de una vecina que ha preferido no dar la cara.

Un rumor se extiende entre los asistentes: conseguir testimonios en Castellverd es comparable a extraer plutonio de una mina inaccesible. La periodista prosigue, satisfecha del efecto logrado:

—La citada vecina anónima me ha contado esta misma mañana que la semana pasada, concretamente el miércoles, la señora Ros y su hijo salieron en bicicleta, de picnic. Horas después regresó él en primer lugar, y luego, unos veinte minutos más tarde, lo hizo su madre. Estaba obviamente enfadada, tanto que tiró su bicicleta al suelo y entró en el jardín dando voces. La vecina la oyó abroncar al niño.

—Mire, no sé de qué me está hablando —la interrumpe Asens.

—Le hablo de una excursión al mismo parque que tuvo lugar el miércoles, tres días antes de la desaparición, en una jornada escolar en la que Ander debía estar en el colegio. La señora Ros llamó al centro para decir que el niño no se encontraba bien y se lo llevó al bosque, aprovechando que su marido, Íñigo Agirre, estaba de viaje. No sabemos lo que pasó allí, pero, según el relato de esta vecina, el niño regresó muy alterado y Mireia Ros apareció en el jardín, «furiosa», según palabras textuales de la testigo, y lo metió dentro de la casa a empujones. Por supuesto, la vecina ignora lo que pasó luego, pero ¿de verdad no le parece significativo, subinspector? ¿O es que usted y su gente no tienen ni idea de lo que le estoy contando?

TERESA

Querida Teresa:

Me temo que esta carta se está escribiendo muy tarde. Tan tarde que ya no podrá llegar a tus manos. Te fuiste antes de tiempo y ahora estas letras solo sirven para decirte que, dondequiera que estés, alguien desde aquí por fin te entiende.

Leo el inicio de la carta que escribió Olga sin atreverme a seguir. Lo releo una y otra vez, porque desde que la encontré ha estado conmigo. Es mi única posesión en este mundo, el único objeto que puedo señalar como mío. Estaba en un sobre, a mi nombre, entre los papeles de su cuarto, y pensé que tenía derecho a llevármela. Los agentes de policía lo miraron todo mientras yo estaba allí, a mi hora, como todos los lunes. Entonces me enteré de que Olga estaba muerta y de que al niño nuevo de los Agirre no lo encontraban por ningún lado. Pobre Ander… No puedo imaginar que exista en el mundo alguien capaz de hacerle daño a un niño. Tal vez se haya perdido, pero me inquieta imaginarlo solo, en ese inmenso bosque.

No había mucho que yo pudiera hacer, así que nomás agarré la carta y me volví a mi sitio, al mismo donde estoy desde la madrugada del sábado. El único que me permite estar tranquila y a salvo.

Ahora entiendo la predilección de los fantasmas por las casas vacías. Los vivos molestan, los vivos meten ruido y discuten. Claro que son ellos los que tienen derecho a seguir en el mundo y no yo, o eso nos han dicho siempre. Yo debería haberme ido, pero estoy acá, con esta carta en la mano, sin atreverme a dar el siguiente paso porque intuyo que en ella están las respuestas a todas mis preguntas. Y pienso que tal vez, cuando las tenga, deberé enfrentarme a toda la verdad, y el círculo de mi vida y de mi muerte quedará cerrado para siempre. ¿Qué haré entonces? Seguir aquí, sin un cielo o un infierno que me acoja, sin dudas que me alienten a seguir adelante. Seguir aquí, sin Saimon, porque ahora sé que no puedo acercarme a él. Contemplar cómo me olvida, enterarme de lejos de que se ha enamorado de vuelta, de que goza con otra mujer; verlo envejecer mientras yo sigo siendo la muchacha que se despidió del mundo demasiado pronto… Creo que esa es una condena mayor de la que merezco, de la que se merece nadie. Y pienso que, si Dios existe tal y como yo he creído siempre, debe haber alguna razón para que consienta en mantenerme presa aquí, una misión que en algún momento se revelará y dará sentido a todo esto.

A esta casa no viene nadie, ya lo descubrí hace tiempo, y eso al menos me da la paz que necesito y que esta muerte extraña me niega. Jamás pensé que la mansión de la señora Coral se convertiría en mi refugio, el lugar adonde acudiría en mis momentos de mayor inquietud. Es tan grande que puedo perderme en sus cuartos, y quienes la embargaron la dejaron amueblada, así que me entretengo abriendo las puertas de los armarios e imaginando lo que contenían. Es un poco como mi vida ahora: no soy más que eso, un mueble vacío que nunca volverá a llenarse y que solo puede recordar lo que tuvo alguna vez.

A ratos pienso en Ander, y miro desde el balcón que da al castillo, deseando tener los poderes necesarios para adivinar o para ver lo que los otros pasan por alto. Pero no es así, al menos no del todo. El lunes por la noche, cuando ya sabía lo de la desaparición del niño, me senté en uno de los cuartos vacíos de la casa, a oscuras. Cerré los ojos e intenté ver la carita de Ander. «¿Dónde estás, mi niño?», susurré, y, sin saber muy bien por qué, le conté un cuento. Uno que le gustaba sobre un cachorrillo y que me había hecho leerle tantas veces que al final lo aprendí de memoria. La historia de un lobito que se extraviaba de su familia y se internaba en el bosque; al principio estaba feliz, contento de que nadie lo regañara, pero cuando caía la noche el paisaje se convertía en un mundo siniestro, poblado de susurros amenazantes. Solo una lechuza le enseñaba a perder el miedo a la oscuridad y le mostraba la belleza que se esconde en las sombras.

No sé si sirvió de algo. Me gustaría creer que, esté donde esté, oyó mi voz, y que ese cuento le ayudó a no tener miedo si se hallaba solo, en mitad de la noche. Poco más puedo hacer, solo rezar, y me doy cuenta de que si hay algo que he olvidado en todo este tiempo es precisamente eso. Antes me daba consuelo, lo hacía por costumbre, casi sin pensar, y sin embargo, desde que estoy muerta no he encontrado el momento. Tal vez no tenía ninguna razón para ello. Pues bien, ahora la tengo, así que cruzo las manos y le pido al mismo Dios que me ha condenado a esto que vele por el bienestar de ese niño.

Al menos escúchame en eso, le ruego, intentando recuperar esa fe que era capaz de convencerme y de hacerme sentir que había alguien al otro lado de mi voz, alguien a quien yo le importaba lo suficiente para dedicarme unos segundos de su tiempo.

No creo que lo que está pasando ahora sea su respuesta. Más bien otro castigo a mi insolencia. Si al menos me quedaba el consuelo de estar sola, también ese ha terminado ya. Hay alguien en la casa; entró rompiendo una ventana y deambula por los cuartos como hago yo. Al fin y al cabo, los muertos quizá no seamos los únicos fantasmas.

LOS VIVOS

Arena fría

—Te dije que algún día me buscarías, Jimmy Nelson.

—También dijiste que no te iba a encontrar...

Deisy se ríe con un aire entre coqueto y malicioso, y luego le mordisquea la oreja a Jimmy, que yace a su lado, desnudo y, a juzgar por su ausencia de reacción, saciado. Él se aparta, con más cuidado del que le gustaría para no ofenderla, y ella se acurruca a su lado sin hacer nada porque, en realidad, también está cansada. Es el tercer hotel en el que han dormido en los últimos cinco días, después de empalmar un tren con otro, pasando de un pueblo costero al siguiente. Hay algo triste en esas urbanizaciones desiertas en invierno, como si solo merecieran atención cuando brilla el sol. Deisy intenta no dejarse impregnar de esa melancolía cada vez que se acuesta con Jimmy. Intenta no pensar que ella también es un simple refugio barato y anónimo que ha tenido días mejores.

Se fueron el domingo pasado, sin decir nada a nadie. Sobre la mesa del comedor de la abuela, Jimmy dejó el sobre con el dinero ganado con Deisy y avisó al padre Rodrigo de que debía partir cuando ambos estaban ya en Calafell, buscando alojamiento entre los hotelitos vacíos de la zona. Ella debería haberle hecho más preguntas, haberle lanzado más reproches, pero por una vez aceptó lo que le daba la vida sin objeciones. Jimmy quería irse y ella también lo había pensado, así que no quiso darle más vueltas. No es tonta y sabe que las noticias de esa fiesta, de ese niño perdido y de esa mujer muerta son la causa de que los dos anden ahora como funambulistas, guardando el equilibrio sobre una cuerda floja formada por noches de sexo en hoteles vacíos y comidas rápidas en restaurantes yermos. Para colmo, la llamó el padre Rodrigo, quien le hizo prometer que lo mantendría al tanto de sus idas y venidas. A ella no le gusta ocultarle las cosas a Jimmy, le parece una deslealtad, pero el padre insistió mucho y ella terminó pensando que engañar a su hombre con un cura no debía de ser tan grave. Ahora mismo eso no importa, se dice ella antes de dormirse con la nariz pegada a su hombro y la mano acariciándole la panza tensa de boxeador.

Jimmy contempla esa mano de uñas largas, pintadas de un blanco brillante que las hace parecer triangulitos de porcelana, y se pregunta por qué diantre recurrió a ella. La primera respuesta, la más obvia, no le sirve del todo, porque él podría haberse quedado el dinero que ella misma le pagó por sus servicios, o incluso pedirle más. A pesar de sus gritos, Deisy se lo habría dado. No fue solo la pasta, se dice, y contempla el ventilador parado que cuelga del techo. Por una vez no quería estar solo.

Supo que lo buscarían en cuanto hallaron el cuerpo de Olga con su pistola en la mano. Ellos entonces no sabían de quién era, pero un análisis de las huellas los pondría sobre su pista de inmediato. Jimmy aún no se explica cómo aquella pija cuarentona lo desarmó en mitad del bosque. Debió de intuir que llevaba el arma oculta bajo el anorak, dispuesta para la venganza contra Simón que pensaba perpetrar en cuanto terminase la fiesta. Él no tenía un plan definido, solo una idea: matarlo antes de que el día terminase. Sin embargo, la huida de Ander lo estropeó todo, y de repente se vio atrapado en el torbellino de la búsqueda, con una Olga que no había dejado de vigilarlo durante toda la tarde. En cuanto la vio llegar comprendió que la última noche en que hablaron ella no sabía nada de la vuelta de Simón, y por un momento temió que lo delatase. No lo hizo; aguantó el tipo como un soldado y solo se lo llevó adentro cuando todos andaban distraídos con el mago payaso. Allí intentó convencerlo, le exigió que esperase, le rogó que le diera la oportunidad de explicarle algo que lo persuadiría, de una vez por todas, de que Simón no merecía castigo alguno. Él la miró sin decir nada. Y más tarde, en medio del sendero, donde nadie más podía verlos, cuando él pensaba que por fin iba a contarle esa verdad que había descubierto, ella se paró de golpe y le hizo una llave humillante que lo dejó tendido en el suelo, desarmado y más atónito que rabioso. «No voy a dejar que mates a Simón, ni a nadie», le espetó antes de internarse en el bosque, abandonando el sendero, y él, con el tobillo dolorido de la caída y el orgullo magullado, cojeó tras ella sin llegar a encontrarla. Más tarde pensó que se había perdido y tardó bastante en dar de nuevo con el camino señalado. Entonces oyó el disparo.

Tenía que huir, y hacerlo rápido… Necesitaba dinero y, también, a alguien que le reparase el amor propio. Deisy reunía ambas condiciones, así que ese mismo domingo fue a por ella. Ahora está tan dormida que por fin él se atreve a moverse, a escapar de ese brazo que lo aprisionaba como si fuera una serpiente extendida sobre su cuerpo. La habitación no es muy grande, así que solo puede caminar hacia la ventana y mirar la playa ventosa de febrero a través de unos cristales sucios. De vez en cuando vuela alguna ráfaga de arena y él piensa en su objetivo no cumplido, en una venganza que se le está escurriendo entre los dedos. Si lo atrapan, Simón seguirá vivo, y por mucho que Olga defendiera su inocencia, él no la cree ahora igual que no la creyó entonces.

Tanto ella como el padre Rodrigo solo quieren evitar que lleve a cabo su misión. El cura intentó llamarlo, le ha dejado mensajes en el buzón de voz, y Jimmy sabe que, a estas alturas, lo más probable es que la policía lo haya interrogado ya. No sabe si puede confiar en el sacerdote, ya no. Y si de verdad habló con la policía y les contó todo lo que sabe, los puntos de la historia se unen tan fácilmente que hasta el más torpe podría hacerlo: Jimmy llevó la pistola a la fiesta con intención de matar a Simón, Olga lo sabía e intentó quitársela en el bosque; forcejearon y él la mató. Cabe la posibilidad de que el padre Rodrigo haya callado, le haya concedido el beneficio de la duda que siempre pregona en su púlpito, pero Jimmy no puede confiar en eso: los sermones, como las promesas, suelen salir volando cuando sopla un vendaval de verdad. Como la arena de la playa.

Se vuelve hacia el interior y conecta la tele, sin sonido. La fotografía de Ander ocupa la pantalla, «9 días sin Ander», reza el titular, y por detrás de la imagen él adivina el jardín donde ambos jugaron. Va hacia la ropa y busca, en el bolsillo del pantalón, la medalla que el niño le dio de parte de Teresa, y al sostenerla ante sus ojos se dice que todas las personas a las que quiere acaban teniendo problemas. En la pantalla, la imagen de Ander ha sido sustituida por la cara de Íñigo Agirre, que grita enojado a los periodistas unos insultos que Jimmy no puede oír.

Íñigo entra en casa y el golpe de la puerta hace retumbar los vidrios de la ventana. Sabe que no debería perder los estribos, y aun así se siente extrañamente satisfecho de haberles dicho a esos buitres que no son más que eso, aves carroñeras a la caza de noticias. Quizá sean las frases más honestas que ha pronunciado desde el día de la fiesta. Desde que perdieron a Ander.

Mireia finge trabajar en la cocina, y ni siquiera levanta la vista del ordenador con el portazo. Su marido la siente lejana, más distante de lo que ha estado nunca, a pesar de que, en honor a la verdad, es él quien rehúye sus acercamientos tímidos, sus leves peticiones de afecto. Le incomoda tener a un agente en la casa, solo amable en apariencia; le incomodan las pocas cosas que se permite escuchar en las noticias. Mireia apagó un día el televisor cuando, después del informe diario sobre la búsqueda de Ander, la cadena emitió un reportaje titulado «Madres asesinas». Él habría roto la pantalla de una patada, pero no tuvo ni fuerzas para hacerlo. Nadie le había dicho nunca que la mentira fuera algo tan abrumador, tan desgastante… Te corroe por dentro como un ejército de termitas y te deja exhausto, sangrando por dentro, alejado de todos para no contagiarlos.

Por quinta vez ese día, sube al cuarto de baño privado que tiene en su habitación y cierra la puerta. Al menos ahí el agente no lo sigue con esa mirada que quiere ser bobalicona y es tan despiadada como la de las hienas de fuera. Íñigo sabe que debe controlar la impaciencia o el asunto se complicará aún más, y todo este esfuerzo, su silencio ante las preguntas capciosas, ante los comentarios maliciosos que oye a su paso, no habrá servido de nada. Es lo único que le pidieron quienes de verdad importan ahora, los tipos que tienen a Ander. Autocontrol y paciencia.

Íñigo encontró el teléfono móvil debajo de su almohada, ya muy tarde, la noche del sábado. Durante varias horas había caminado, gritado, corrido y hasta llorado mientras buscaba a su hijo, y por fin Mireia lo convenció de que se tumbara un rato. El móvil estaba ahí, y en su pantalla se leía un único mensaje de un número privado:

No diga nada a nadie o Ander morirá. No muestre a nadie este móvil o Ander morirá. Tenemos algo que usted quiere y usted tiene algo que nosotros necesitamos. El trato es simple. Quid pro quo. Si habla, le repito, si le dice algo a alguien, aunque sea a su esposa, lo primero que recibirá será una mano del niño. Lo siguiente, su cabeza. Pronto recibirá más noticias

Íñigo empezó a temblar, sentado en la cama, tan abrumado por el secreto que sostenía entre las manos que tuvo la impresión de que el corazón se le paraba. No que latía más despacio, sino que frenaba en seco. Su habitación se volvió negra, como si en lugar de haber entrado en un entorno conocido, lo hubiera hecho en un túnel sin salida visible. Y, sin embargo, ahí empezó a pensar que el pasado lo atrapaba por fin. Había huido de él a rincones remotos, se había escondido en una casa y con una familia propia, pero al final sus deseos de cuando era un niño volvían para castigarlo. Para golpearlo de manera cruel e inesperada.

Ahí empezaron también las mentiras.

Al principio creyó que todo se resolvería enseguida. Que él les entregaría lo que le pidieron en el siguiente mensaje, los documentos que contenía el apartado de correos de Álvaro, y esos tipos, fueran quienes fuesen, le devolverían a su hijo. Pero el portavoz le hizo ver algo evidente: los pasos de Íñigo estaban vigilados, los Mossos lo seguirían en cuanto cogiera el coche, porque la policía siempre piensa en atrapar a los malos en lugar de llegar a acuerdos con ellos, así que, lamentablemente para todos, debían esperar unos días. «Autocontrol y paciencia, señor Agirre», le recomendó una voz educada en la única ocasión en que ambos pudieron hablar. «No tenemos ninguna intención de hacer daño a su hijo. De momento puedo asegurarle que está perfectamente. Y si usted mantiene su palabra, así seguirá. A ninguno de los dos nos interesa que esto se demore demasiado, pero ambos debemos tomarnos las cosas con calma por ahora. Cuando llegue el momento adecuado, yo le avisaré y el intercambio se realizará en veinticuatro horas. No se preocupe por Ander, él estará bien… a menos que usted se ponga nervioso.» Calma, piensa Íñigo mientras comprueba que el móvil sigue tan silencioso como lo ha estado en los últimos tres días, y contiene las ganas de estrellarlo contra el suelo. Justo en ese momento, cuando comprende que, si de verdad llevara a cabo ese acto de ira, el resultado podría ser catastrófico, se le ocurre algo en lo que no había pensado hasta entonces. Algo que acelere las cosas, algo que le dé alguna baza para zanjar el tema cuanto antes. Por primera vez se da cuenta de que no es que esté solo en esta aventura, sino que lo está también en otros aspectos de su vida. Lleva desde la adolescencia alejándose de una familia con la que nunca congenió pero que en un momento como este le resultaría útil. Cualquiera de sus hermanos le haría ese favor, y, en cambio, aquí no puede pensar en nadie en quien pueda confiar. Piensa en Max y lo descarta después de unos segundos de reflexión, no porque su cuñado no esté dispuesto a ayudarlo, sino porque es demasiado sensato, demasiado cabal. Íñigo no puede fiarse de que Max se limite a seguir sus instrucciones y recoger esos malditos papeles para entregárselos sin formular preguntas ni tomar decisiones por cuenta propia.

No sabe cuánto tiempo pasa antes de que se decida a hacerlo, antes de que busque en su móvil el número de Jimmy Nelson y efectúe la llamada desde el otro dispositivo para que nadie más pueda escucharlo.

Jimmy responde antes de que el zumbido despierte a Deisy, que sigue dormida como un bebé. Se la ve tan inocente que cuesta reconocer en ella a la misma que le grita, lo besa y, a ratos, lo saca de quicio. Quizá el amor empiece cuando ves a alguien dormido, se dice, justo antes de atender a la llamada.

—Jimmy. Soy Íñigo, el papá de Ander. Mira, no sé dónde estás, pero necesito pedirte un favor. No lo haría si no fuera estrictamente necesario. Estoy desesperado y... y creo que eres el único al que puedo recurrir.

Jimmy escucha y piensa, dudando entre si comprometerse o seguir huyendo, persistir en esa escapada con Deisy hasta que las cosas se aclaren o hasta que se les acabe la plata. Íñigo insiste. «Hazlo por Ander», le dice, y algo en Jimmy se indigna al pensar en ese niño en manos de unos tipos sin escrúpulos. Él sabe bien lo que el cautiverio puede hacerle. Recuerda el miedo, la oscuridad, la desolación... Y también, por qué negarlo, piensa en su otra misión, una que se ha ido postergando demasiado tiempo, antes por motivos ajenos a él, pero ahora por simple cobardía propia.

—De acuerdo —le dice—. Nos vemos esta madrugada, en las ruinas del castillo.

Y cuando cuelga, quizá por primera vez en su vida, piensa que le va a costar explicárselo a Deisy, y que ella se merece a alguien mejor. A un tipo sin cuentas pendientes que pueda quererla sin marear el pasado.

Confesiones

Nadie es capaz de sentir el dolor de los otros. Podemos llorar para acompañarlos, afligirnos en señal de solidaridad, enmudecer como muestra de respeto. Nada más. El dolor real, ese que invade todo tu espacio, devora la energía y consume tus fuerzas, es una experiencia personal, un viaje terrible en el que tus acompañantes solo pueden mantenerse cerca y cogerte de la mano al verte flaquear.

Lourdes lleva diez días entregada a ese duelo que no llega a ser duelo, a esa espera interminable y maquiavélica que se ceba en su hermana y su cuñado, intentando estar sin molestar y apoyar sin demostrar ese falso optimismo que resultaría insufrible. Pasa cada día por la casa de Mireia, a primera hora de la mañana y luego por la tarde; le envía algún mensaje durante la jornada sin importarle que sea o no respondido. Aunque Mire está mostrando una entereza que ya se adivinaba en su carácter, ella percibe que de alguna manera le agradece los detalles, aunque luego deje intactos los *tuppers* con comida que ella se empeña en prepararle por las noches. Lourdes está segura de que Mireia no está comiendo nada, de que se alimenta de cafés y algún té, tal vez de un sándwich cuando realmente se siente desfallecer, pero ella insiste porque supone que en algún momento el cuerpo de su hermana reclamará alimento de verdad con independencia de que su cerebro se lo niegue. Lo más irónico de todo, si es que esa palabra puede usarse en un contexto tan terrible, es que tan solo dos semanas antes ambas discutían por Simón y ahora sufrían las dos, en distintas medidas, por el paradero de Ander.

Lourdes acaba de llegar a su casa, después de la visita ritual vespertina a la de su hermana, y se siente tan agotada que solo alcanza a descalzarse y dejarse caer en su butaca favorita. No sabe si Simón está en casa y no ha tenido ánimos para subir a la planta de arriba a comprobarlo. Intenta serenarse, pero cada vez que ve a Mireia adivina sus pensamientos más fúnebres y su cabeza se llena de imágenes que luego no puede quitarse de encima. Ander en el bosque, Ander caído en cualquier lugar, Ander pidiendo ayuda a gritos hasta que el hambre lo debilita. Ander...

Alguien enciende la luz de la cocina y, minutos después, sale con una taza de té humeante que le deja en la mesita.

—Gracias, hijo —dice ella, aunque no suele llamarlo así.

Él sonríe y se sienta en el suelo, frente a ella. Hace mucho tiempo desde la última vez que lo hizo y Lourdes no puede evitar ver al Simón niño, que le pedía compartir el libro que ella leía, en lugar de al adulto que ha estado un año fuera de casa.

Si hay algo que Greta aún no ha asumido de su madre es la capacidad que tiene para moverse sin hacer ruido, deslizándose como un felino, y por ello, siempre que eso sucede, el hecho le provoca unos sobresaltos intensos seguidos de un ataque de franca irritación. En circunstancias normales no tienen más importancia, pero precisamente hoy el impacto la asusta de verdad, no tanto por la sorpresa súbita en sí misma como por la cara seria de Xenia cuando se materializa en la cocina mientras ella se prepara uno de esos batidos de hortalizas de un color verde repugnante que luego se obliga a beber.

Xenia no les había dicho nada a los chicos de la tarjeta perdida ni del dinero sustraído. En el fondo de su corazón se mostraba convencida de que Román mentía, y le daba vergüenza admitir ante ellos que había sido víctima de un robo por parte de su expareja, a la que había invitado para pegar un polvo porque en estos días no tenía un candidato mejor. Eso fue hasta que estudió el extracto bancario con atención, yendo más allá de los seis mil euros sustraídos, y se encontró con una compra en Amazon realizada con la tarjeta después de que Román se hubiera ido. Un paquete que ha encontrado hoy mismo, aún sin desembalar, en el armario de su hija, y que ahora tira al suelo con gran estrépito.

—¡Mamá, joder! —exclama Greta ahora, y con el sobresalto casi se le vuelca la batidora—. ¿Se puede saber qué haces?

—¿Me dices qué es esto?

Greta resopla, exasperada.

—Por Dios, no te pongas trágica. Si lo abres, verás lo que es.

—¡No me vengas con historias, Greta! Esto lo compraste con mi tarjeta.

Su hija la mira con expresión de incredulidad.

—Me la quedé un momento para comprarme algo. A cambio del favor de guardar lo que tú ya sabes antes de que lo viera quien tú también sabes. No te salió tan caro...

—¿Dónde está la tarjeta? —pregunta Xenia, inflexible, haciendo caso omiso a la expresión de desconcierto de su hija.

—No lo sé. Estaba en mi cuarto y luego se perdió.

—¿Se perdió? ¿Sola, como un perrito? ¿O quizá la usaste para desvalijarme?

—¿Estás loca? Compré unos cascos inalámbricos, algo

que te había pedido cien veces. Valían ciento veinte euros, ¡no creo que a eso pueda llamársele «desvalijar»!

—¿Quieres ver mi extracto bancario, mona? ¿Quieres ver a lo que yo llamo «desvalijar»?

Y Greta contempla, asombrada, los cargos efectuados en esa cuenta y se dice que, por mucho que quiera a su mellizo, o precisamente por eso, esta vez no va a guardar silencio.

—Te juro que nunca se me ocurriría hacer eso. La tarjeta estaba en mi habitación, la busqué por todas partes para devolvértela... y no la encontré. No ha sido cosa mía, mamá, te lo prometo.

Xenia respira hondo porque comprende que su hija no miente, y que eso solo deja una posibilidad real.

Lourdes y Simón llevan un rato hablando, tal vez porque no han llegado a hacerlo estos días. No los dos solos, no realmente. Y durante esa media hora se olvidan, o fingen hacerlo, de Ander, de Mireia, del desconcierto que los envuelve, de las acusaciones solapadas de los medios y de la tensión de todas las preguntas que se han acumulado en los últimos días en torno a ellos.

—Fui al pueblo de Teresa —dice él, casi como si estuviera confesándose—. Vi a su madre... Al principio no me atreví a darme a conocer, me daba miedo. Luego me di cuenta de que ella me reconoció. Supongo que Teresa le enviaría una foto.

—Pobre mujer —susurra Lourdes, y aunque tal vez lo había pensado antes, de repente es consciente del dolor que debe de sentir una madre al perder a una hija, tan lejos. Se pregunta quién se lo diría, qué le habrían contado, y siente la impotencia de una mujer que ni siquiera había podido despedirse de una hija muerta—. ¿Qué te dijo?

Simón se encoge de hombros.

—Al principio, nada. Me miró como si yo fuera el diablo. Luego, poco a poco, a medida que fui contándole cosas de Teresa, sus ojos se volvieron más dulces. Y se echó a llorar. ¿Sabes una cosa? Yo no había llorado hasta entonces, y de repente ya tampoco podía parar. Creo que nos dimos algo de consuelo. —Sonríe y se echa el cabello a un lado, como cuando era un niño y estaba concentrado en algo—. Me quedé unos días por ahí, no en su casa, y nos veíamos a media mañana. Me contó cosas de Teresa cuando era niña, de su familia, de una hermana de su marido que también se mató, años atrás, por problemas de amores. Me dijo que Teresa siempre había sido muy seria, incluso de niña, que se reía poco. Me dijo que a veces se reprochaba el no haber sabido enseñar a su hija lo bello que tiene la vida, en cualquier circunstancia, y que otros días culpaba a la sangre de su marido, porque tenía el suicidio impreso en ella. Yo intenté decirle que, al menos en los últimos meses, Teresa fue feliz.

—Claro que lo fue —responde Lourdes de manera automática, aunque después de una pausa se da cuenta de que no es mentira, de que Teresa fue, desde el verano hasta su muerte, abrumadoramente feliz. Y al pensarlo no puede evitar cerrar los ojos para que no se le escapen las lágrimas. Lo que empieza como un sollozo suave se transforma poco a poco en un llanto convulso que la sacude entera sin la menor piedad.

—Mamá… —Simón no está acostumbrado a ver llorar a su madre, y ella se da cuenta, incluso en un momento como este, de que las demostraciones físicas de afecto no son algo que su familia sepa hacer de manera natural o espontánea.

Tampoco sabemos recibirlas, piensa mientras un torpe Simón intenta abrazarla y ella es incapaz de dejar que lo haga porque está muerta de vergüenza y no soporta que nadie la toque, ni siquiera su hijo. No merece su consuelo, al menos ahora. No hasta que le haya dicho toda la verdad.

Dante rebate, discute, se enoja e insulta, pero por una vez Xenia avanza de manera implacable. Deja de ser una madre para convertirse en un fiscal duro, en el policía malo dispuesto a todo para obtener una confesión. Él intenta escabullirse con argumentos de niño, con reproches que se remontan a sus tiernos años de infancia, hasta que, en mitad de la pelea, con la voz tomada por un tono agudo que tiene más de rabieta infantil que de enfado de adulto, suelta:

—¡La culpa fue tuya, mamá! Como siempre. Tenías que robármelo todo, ¿no? A un padre, una familia normal… Y también a Simón.

Están en la habitación del chico y Xenia empuja la puerta para cerrarla y aislar a Greta, al menos a ella, de lo que se avecina; unos segundos después, respira aliviada cuando comprende que Dante descubrió su historia con Simón más tarde, cuando ya su profesor particular era un adulto. Mucho más joven que ella, sí, pero mayor de edad. La revelación la tranquiliza lo bastante para proseguir su pesquisa con más calma:

—¿Qué tiene que ver eso con el dinero que me has robado, Dante? No puede ser una venganza por eso, ahora, cuando ha pasado tanto tiempo. No me lo trago.

Él se encoge de hombros, abatido después del exabrupto, aún lo bastante arrogante para creer que puede sacudirse esta culpa de encima con acusaciones que, ambos lo saben, son simples disparos de fogueo, tiros al aire para que el ruido sepulte la verdad.

—Tú tuviste la culpa. Tú y tu estúpida manía de hacer limpieza de los armarios cada año, a finales de enero. Tú metiste una de mis chaquetas en la bolsa de la ropa que se llevaba Teresa sin mirar lo que había dentro.

Y, por fin, ante una asombrada Xenia, Dante cuenta su

historia. Sus trapicheos con Mateo Solar, la confianza de este, el alijo de pastillas para Carnaval que le entregó porque en su casa empezaban a sospechar, y que él guardó en una chaqueta vieja; la misma que Xenia decidió tirar sin revisarla ni encomendarse a nadie, y que acabó, ese jueves, con el resto de las prendas descartadas, en una bolsa de plástico, en el piso de Teresa.

—Tenía que recuperarla antes de que ella la entregara en la puta parroquia, ¿no lo ves? ¡No podía fallarle a Mat! Esa noche abrí el armario para asegurarme de que seguía allí. ¡Y no estaba! Vi que faltaban otras piezas de ropa y recordé la bolsa que Teresa tenía preparada para llevarse. Eran más de las once, pero estaba tan histérico que cogí la moto y fui a su casa.

—Dante, ¿llegaste a verla? —pregunta Xenia con un hilo de voz.

—Cuando llegué, me di cuenta de que no tenía ni idea de en qué piso vivía. Pensé en esperar allí hasta que entrara alguien y pudiera colarme a mirar los buzones, lo que fuera antes de perder la chaqueta… Y entonces alguien saltó.

—¿La viste caer?

Dante asiente con la cabeza, sin decir nada, y se queda tan paralizado como aquella noche.

—Estaba junto a la puerta, muerto de frío, cuando vi caer algo y oí un crujido espantoso. Enseguida salió un vecino, tan alterado que ni se fijó en mí. Yo ni siquiera sabía entonces que era Teresa… Solo vi la posibilidad de entrar en la portería. Se empezaron a abrir puertas, la gente salía a los rellanos, y yo me escondí abajo, junto a los contadores, esperando oír la voz de Teresa. Alguien dijo su nombre, alguien dijo que era ella la que se había tirado por la ventana, y entonces me asusté. Me asusté tanto que salí corriendo justo cuando llegaba la ambulancia, cogí la moto y me vine a casa. Creí que no me había visto nadie, pero me equivoqué. Su compañera de piso me vio y me reconoció después, en el entierro. No sé cómo consiguió mi número, pero terminó llamando y pidiéndome dinero. Me dijo que iría a la policía, que les diría que me había visto salir del edificio la noche en que murió Teresa. —Hace una pausa en busca de un argumento desesperado—. ¡Yo no quería ir a ese puto entierro, mamá, y tú me obligaste!

—¿Así que esto también es culpa mía? —dice Xenia, y sin poder evitarlo se echa a reír.

Sus carcajadas sorprenden a Dante, y también a Greta, que por supuesto se halla junto a la puerta, escuchando la conversación.

—Todo... todo es culpa mía —dice Xenia con la voz entrecortada por la risa—. Todas tus ridículas decisiones, todos tus malditos errores, tus ganas de quedar bien con ese imbécil de Solar. Hasta el hecho de que me hayas robado dinero para pagar a esa chantajista de mierda. ¡Todo, todo es responsabilidad de Xenia!

Dante la ve reír sin saber si eso es un buen augurio o el peor de todos.

—Claro que lo es —le dice, porque justo entonces ve la oportunidad de rematar su tesis de manera inapelable—. Para eso eres mi madre, ¿no?

—Hablé con ella. No, no me interrumpas. El viernes anterior, cuando vino a limpiar, hablé con Teresa. Le pedí que se fuera.

La semipenumbra hace que la sinceridad sea más fácil. Por eso los confesionarios están a oscuras, piensa Lourdes, porque le resultaría insoportable decir lo que tiene que decir en un entorno lleno de luz.

—Al principio no le di más importancia a lo vuestro. Más bien me preocupé por ella, pensando que tú te cansarías y acabarías dejándola y haciéndole daño. Pensé que era un amor de verano. Ni siquiera eso..., un ligue, un enamoramiento fugaz que no podría seguir adelante por razones que a mí se me antojaban obvias. Tú, un chico universitario a punto de empezar un máster becado en Inglaterra, y Teresa, la chica que cuidaba a la abuela y que ahora me hacía la cama. Era... demasiado absurdo, erais demasiado distintos. Pero la cosa siguió, y un buen día llegaste a casa diciendo que os iríais a vivir juntos en primavera. Que renunciarías a la beca y buscarías trabajo, que de momento podrías volver a dar clases de tenis hasta encontrar un empleo de verdad... Que en cuanto se vaciara el piso de la abuela viviríais los dos allí. Para ti era el final perfecto del cuento; para mí, con el tiempo, fue volviéndose el peor desenlace posible. No, déjame terminar, por favor. Hablé con ella el viernes anterior a que se matara y ya no volví a verla viva. La hice sentarse, en la cocina, y yo permanecí de pie, desgranando todos los motivos por los que vuestra historia estaba condenada al fracaso. Ella me miraba con la seguridad en sí misma de quien se sabe enamorada y feliz. Luego... luego le ofrecí dinero. «Ya no para ti», le dije, «sino para tu familia». «Hazlo por ellos», le rogué. «Hazlo por mí y, sobre todo, hazlo por Simón y por ti misma, porque lo que ahora es amor con el tiempo será tedio, y luego rencor por todas las oportunidades perdidas.»

—¿Qué dijo ella?

—Nada. Su silencio me obligaba a hablar aún más y ya no consigo recordar todo lo que le dije, todos los argumentos que saqué a colación para convencerla. La llamé inconsciente, la insulté acusándola de arrogancia... porque en ese momento de verdad pensé que lo era. Me miraba con un aire de superioridad insoportable. Ahora pienso que no era nada más que orgullo, el orgullo de saberse querida por ti, pero aquel día consiguió sacarme de quicio. Le eché en cara lo mucho que la habíamos ayudado, la llamé desagradecida...

No sé, no sé ni qué llegué a decirle. Ella no se inmutó. Cuando se cansó de escucharme, se limitó a levantarse y a salir discretamente, sin decir nada, como hacía siempre. Creo que habría preferido que discutiera, que me plantara cara, que me soltara cualquier barbaridad antes que vencerme con ese silencio para el que no existía respuesta. Lo último que le dije fue que no volviera a esta casa, ni como empleada ni como amiga, ni mucho menos como novia de mi hijo. Y nunca regresó.

—No me contó nada —murmura Simón.

Y, amparada en unos instantes de silencio, ella ve ahora su estallido contra esa chica bajo otra luz. Cae en la cuenta de que, más allá de sus inquietudes de madre, se agazapaba otro sentimiento, bastante menos noble. Simón había renunciado a parte de su futuro por Teresa, había doblegado sus propios planes, los había alterado para estar cerca de ella. Jérôme, en su día, había querido arrastrarla hacia su mundo, hacia su país, ofreciendo solo amor a cambio… Ni siquiera se planteó lo contrario. Sí, no fue solo el bienestar de su hijo lo que la empujó a hablar, aunque eso es algo que únicamente es capaz de admitir para sí misma.

—Llevo un año pensando que lo último que le solté fue que no quería verla más, y preguntándome si tal vez…

—¡No! —protesta su hijo—. No fue por ti, mamá. No fue por ti. O, al menos, no solo por eso. —Simón toma aire y siente que la sinceridad es un virus contagioso al que no puede permanecer inmune—. Hay algo que debo contarte, supongo que debería haberlo hecho hace años, pero me daba vergüenza. Creo que ahora ha llegado el momento.

La casa vacía

No hay mejor refugio que una casa abandonada, pensó Coral antes de convertirse en una okupa de la que había sido suya e ir hasta ella, en mitad de la noche, el miércoles de la semana pasada, hace ahora siete días. Ya ni siquiera sintió la humillación de tener que saltar una verja y forzar una de las ventanas traseras para entrar en un espacio que no hacía tanto le pertenecía, porque existía otra emoción más potente, capaz de borrar cualquier resabio de vergüenza. Existía el miedo. Y, también, el dolor.

Ella nunca imaginó que el dolor puramente físico pudiera ser tan agudo, tan insoportable, ni que un hombre como Luis Talión fuera un experto en provocarlo. En golpear donde no se ve, en dirigir el puño cerrado y certero contra la parte blanda de su abdomen o en la cara interna de sus muslos. Cuando él terminó, cuando la lluvia violenta dejó paso a una agonía en cada gesto, en cada postura, ella permaneció acurrucada en el suelo del piso de su madre, pensando en que no podría levantarse para acudir a la cita en la comisaría que tenía al día siguiente. Pero lo hizo. Se arrastró hacia su cuarto, se miró en el espejo y vio las marcas que habían convertido la piel de su cuerpo en un lienzo con manchas moradas. Se vistió, agradeciendo al invierno que le permitía cubrirse entera, y fue a entrevistarse con el subinspector

Asens. Cada palabra que decía, cada respiración, le recordaba la paliza y, en consecuencia, las órdenes de Talión. «Ni una palabra del móvil, ni una palabra de nada.»

Coral ignoraba el plan, y en realidad, ahora que había tenido tiempo de pensarlo, estaba casi segura de que el secuestro de Ander había sido una improvisación, un añadido espontáneo a la presión que pensaban ejercer, a través del teléfono, para que Íñigo les diera lo que querían. Luis le dijo que serviría para eso, para asustarlo... O tal vez no: tal vez acecharan la casa el día de la fiesta precisamente con ese ánimo. En cualquier caso, el teléfono que ella había dejado debajo de la almohada de Íñigo la vinculaba de manera directa con un delito horrendo, y cuando ella se enteró de todo, el domingo viendo las noticias, entró en pánico y llamó a Luis, amenazándolo con contarlo todo. Los golpes fueron su respuesta y supusieron el aviso —otro más— de que ella no era nada, un simple peón que podía sacrificarse a voluntad en una guerra más extensa. Al salir de la comisaría, Coral pensó en el piso de su madre y sintió un pánico atroz al imaginar que Luis podía volver.

Por eso está aquí ahora, deambulando como un fantasma por una casa a oscuras, sin atreverse a salir. Había comprado comida y tabaco, sin pensar que en la casa no tiene ni agua corriente ni luz eléctrica porque los servicios fueron desconectados cuando se produjo el embargo. Pero al menos se siente segura, inmune a las noticias y a las amenazas, a salvo de visitas intempestivas y hombres violentos. El hambre no es tan mala si se tienen cigarrillos suficientes para paliarla, y algo de pan de molde.

Desde las ventanas de arriba Coral disfruta de una vista privilegiada. Alcanza a ver el castillo y la ermita, pero también parte del parque natural. Ve los coches de policía y se esconde cada vez que oye el helicóptero como si este la estuviera buscando a ella. Duerme en la que era su antigua cama y no contesta al teléfono. Solo lo ha hecho una vez, ya desde aquí; el cerdo de Talión quería saber cómo había ido la entrevista y ella se lo dijo. Hablaba en voz baja, como si alguien pudiera oírla, y volvió a pedirle que liberaran al niño, que no le hicieran daño, por el amor de Dios. No ha vuelto a contestar desde entonces. No quiere saber ni escuchar, no quiere enterarse de que tal vez han encontrado al crío muerto, y ella es ahora no solo cómplice de un secuestro, sino de algo peor. Se siente tan culpable que a veces se asusta al pasar por delante de un espejo, como si detrás de ella hubiera alguien, una sombra que la sigue y la acusa. Una sombra que la detesta.

Si tuviera valor habría dicho la verdad en comisaría, se repite, aunque sabe que el coraje le queda tan lejos como el pico de la montaña que distingue desde la ventana de su habitación. Luis se lo dijo con claridad cuando ella aún estaba en el suelo, intentando concentrarse para oír su voz educada y formal entre las oleadas de dolor: «Solo hay que esperar un poco. El padre del niño nos dará lo que queremos y nosotros se lo devolveremos. Entonces todo se acabará y nos perderemos de vista para siempre. No lo estropees, porque, si lo haces, lo de hoy apenas será un aperitivo. ¿Lo has entendido?».

Cae la noche. El paisaje se va apagando, y Coral, tendida en su cama, siente un extraño alivio al pensar que la oscuridad los invade a todos y no solo a ella. Como la muerte, piensa mientras ve cómo el pueblo se convierte en una mancha negra, una especie de aldea alumbrada solo con la luz de las farolas. Piensa que también la ermita desaparecerá de su vista, y el castillo, pero la luna le lleva la contraria y se los muestra como dos edificios fantasmagóricos y solitarios que, como ella, desafían inmóviles el paso del tiempo.

Se aleja de la ventana y se refugia en la cama. Al menos nadie ha vaciado la casa de muebles, y, en realidad, tanto el comedor como las habitaciones están más o menos como ella las dejó. Incluso las encontró extrañamente limpias, como si alguien se hubiera ocupado de quitar el polvo de vez en cuando. Está ya acostada y nota un dolor en el estómago que ya no sabe identificar porque podría ser tanto fruto de los golpes como del hambre, cuando un ruido la alerta. Hay alguien abajo, piensa, asustada, y conecta la linterna del teléfono móvil, la única luz que tiene a mano antes de atreverse a bajar.

Es entonces cuando, como si obedecieran a una orden inaudible, las puertas de las habitaciones empiezan a cerrarse, con estruendo, una tras otra. Se abren y se cierran y a través de ellas entra una corriente gélida que va invadiendo el espacio. Coral vuelve a meterse en la cama y se cubre la cabeza con la almohada para no oír el estrépito que no cesa. Intenta entrar en calor, pero alguien empuja el edredón hacia abajo, destapándola, dejándola a merced de un frío aterrador. La casa parece querer echarme, piensa ella. La casa me dice que ya no soy la dueña, que solo soy una maldita intrusa que perturba su paz.

El odio ajeno

Ella lleva días esperándolos, y lo que no entiende es por qué han tardado tanto, más de una semana, desde que en la rueda de prensa una periodista hizo referencia al testimonio de aquella vecina y se puso a contar una historia sesgada que a ojos de la gente la convirtió automáticamente en una culpable de libro. En la madrastra mala de los cuentos que abandona a sus hijos en el bosque, tal y como insinuó un psiquiatra que había sido invitado a una de las tertulias televisivas que desmenuzan los detalles del caso desde su inicio. También lo indican las miradas de reojo, los susurros que ha oído en las contadas ocasiones en que se ha atrevido a salir de casa, entre ellas el día que asistió al servicio funerario de Olga Serna, que fue incinerada el jueves de la semana anterior. Y los correos electrónicos de su jefe, a través de los cuales se le concedió de manera oficial una baja hasta que se resolvieran las cosas. Lo peor es que incluso Íñigo parece pensarlo, y se aleja de ella ante el menor intento suyo de buscar consuelo. La visita de los dos agentes de los Mossos, a primera hora de la mañana, supone para Mireia más el final de un capítulo que el inicio de otro, y reconoce en sus caras la gravedad de lo que están haciendo. Hasta les agradece la consideración de haberse presentado a primera hora de la mañana, cuando los periodistas aún están desayunando, para ahorrarle el trago de entrar en el coche oficial rodeada de flashes. «Serán solo unas preguntas», han dicho ante un asombrado Íñigo, que no parece entender lo que está pasando y que ve con impotencia cómo su esposa, ya vestida, coge el abrigo y el bolso y sale por la puerta sin despedirse, escoltada por dos agentes que se mantienen insultantemente pegados a ella, eliminando esa distancia cortés de una manera que él percibe como amenazante.

Los agentes tenían buena voluntad, pero nadie puede evitar que, a la llegada a la comisaría, haya ya varios periodistas y, lo que es más sorprendente, un nutrido grupo de personas anónimas que parecen haberse congregado allí para insultarla. Mireia oye sus gritos y está a punto de pararse, de hacerles frente y de preguntarles qué diablos hacen allí, qué mierda les importa todo esto. No tiene tiempo de hacerlo, porque la pareja de *mossos* aprieta el paso y ella hace lo mismo. Solo capta durante un instante fugaz la mirada de una mujer, que la observa sin decir nada. Los ojos de esa extraña destilan tanto desprecio que ella baja la cabeza, avergonzada, mientras comprende de manera instintiva que los rumores maledicentes han hallado eco porque, para mucha gente, ella representa un ideal envidiado e inalcanzable. Rica, bien parecida, profesional exitosa, propietaria de una casa grande y cara, felizmente casada. Entiende que algunos la odian no solo porque creen que es una madre monstruosa, capaz de hacer desaparecer a un hijo, sino por sí misma. Por ser como es.

Los agentes la acompañan a una sala vacía y la dejan sola. Ella busca en la pared el clásico espejo unidireccional y casi se decepciona al no verlo. La silla es incómoda, de respaldo demasiado recto, y los minutos pesan. Mireia se pregunta qué estará pensando Íñigo, qué le habrá dicho a Eneko, y por primera vez desde que se levantó de la cama esta mañana se pregunta si habrán encontrado a Ander. Intenta sosegarse pensando que, si ese fuera el caso, si alguien hubiera hallado al niño, vivo o muerto, tendrían que comunicárselo a ella y a su marido. De todos modos, la duda se le hace insoportable, y tras varios minutos de tensa espera, empieza a impacientarse. Se levanta decidida a exigir una explicación, y justo en ese momento, como si alguien la estuviera observando, la puerta se abre y entran el subinspector Asens y la sargento Ramis.

—¿Iba a alguna parte, señora Ros? —pregunta él.

—Llevo un rato aquí, sin saber nada —dice ella a modo de respuesta—. Solo iba a preguntar si esto se prolongaría mucho más.

La sargento le sonríe. Es la misma policía que ha coordinado los equipos de rastreo y Mireia la ha visto todos los días, al atardecer, cuando pasaba a darles cuenta de los resultados, o mejor dicho, de la ausencia de ellos.

—Lamento la espera —dice Asens—. Siéntese, por favor.

Hay algo peor que la tensión, piensa Íñigo, y ese algo es la impotencia. Ha tenido que ver cómo Mireia salía de casa, escoltada por dos agentes, y la imagina ahora respondiendo a las preguntas capciosas de ese subinspector que, en lugar de ser un aliado, se ha convertido en otro de sus enemigos. Y mientras tanto él no puede hacer nada más que permanecer sentado, aguardando noticias.

La noche anterior consiguió ver a Jimmy: salió de madrugada, como habían acordado, sin que nadie lo oyera. El agente que tenían en casa, ese infiltrado al que al principio habían considerado amigo y que los observaba a todas horas, como un perro de presa, se hallaba en el coche, pero Íñigo abandonó su casa por una de las ventanas traseras, como un ladrón o un Romeo adolescente que se escapa para encontrarse con su amada en el bosque, a unas horas en las que incluso los agentes más eficaces echan una cabezada. Ese tal Rubio no era su principal obstáculo, y él lo sabía. Un día en que, desobedeciendo las órdenes del tipo del teléfono, cogió el coche para «despejarse un rato», se percató de que un vehículo lo seguía, no de manera ostentosa pero sí eficiente. Acabó regresando a casa sin haber hecho lo que quería, frustrado ante la sensación de que quienes debían protegerlo a él y a su familia no solo eran incapaces de hacerlo, sino que *de facto* se convertían en un incordio, un ejército de moscardones camuflados que no lo dejaba en paz.

Por suerte, Jimmy había acudido a la cita, y en estos momentos debería estar en un tren, con la llave en la mano, dispuesto a rescatar esos documentos y llevárselos de vuelta esta noche, al mismo lugar, a la misma hora. Íñigo se repetía que podía confiar en él, ya que había corrido el riesgo de asistir a la reunión. La policía no le ha dado muchos datos, pero Íñigo sabe que Jimmy no se presentó al interrogatorio y que, desde entonces, ha andado en paradero desconocido. Sin embargo, ante él reaccionó como esperaba y no tardó mucho en aceptar el encargo. Tal vez porque era uno de los pocos que quería a Ander tanto como él. Tanto o quizá más que la propia Mireia.

—¿De quién fue la idea de la adopción, señora Ros?

El subinspector ha realizado un breve preámbulo, lleno de datos que Mireia ya sabe, antes de lanzar esa pregunta, y ella comprende que, de alguna manera, la partida de verdad empieza ahora.

—Fue una decisión conjunta, de mi marido y mía.

—Sí, eso lo suponía. Le preguntaba a quién se le ocurrió esa posibilidad. Ustedes son fértiles, podían tener más hijos naturales.

—Hubo muchos problemas con el embarazo de Eneko.

Lo pasé bastante mal, la verdad. No tenía ánimos para pasar por otro.

—Así pues, ¿fue idea suya?

Mireia comprende que durante todo este tiempo se han dedicado a hurgar en su vida. Han hablado con sus amigos y colegas, tal vez incluso con su médico.

—No. Mi marido fue el primero en sugerirlo. Ha viajado mucho a países de América del Sur y de África en calidad de fotógrafo. Siempre fue algo que tuvo en la cabeza…, dar un hogar a un niño que lo necesitase.

—¿Y usted accedió? ¿Le pareció buena idea?

—Creo que la respuesta es obvia. Adoptamos a Ander.

—¿A usted también le atraía esa opción? ¿Había pensado antes en dar un hogar a un niño de fuera?

—Sí. Pensé que también sería beneficioso para Eneko, que le haría comprender que no todos los niños han nacido con su misma suerte.

—Claro. Y además le convenía, ¿no? Ya que no quería pasar por un nuevo embarazo y su marido insistía en tener más hijos…

—No sé qué pretende insinuar, subinspector. Tomamos una decisión de mutuo acuerdo porque creímos que era lo más apropiado dadas las circunstancias.

—¿Las circunstancias también incluían su carrera profesional?

—¿Acaso no es algo a tener en cuenta? Claro que pensamos en eso. Diría que es bastante lógico, ¿no cree? ¿No lo haría usted?

—No estamos hablando de mí, señora Ros.

Mireia dirige la mirada a Alicia Ramis, que hasta el momento ha permanecido en silencio, actuando como mera observadora.

—No sé por qué tengo la impresión de que esta pregunta no se la harían a mi marido. A un hombre, en general. —Lo dice y busca la aquiescencia de la otra mujer presente en la sala—. ¿Debo justificarme por tener una carrera profesional propia y por tomar decisiones familiares que la favorecen?

La sargento no responde; se mantiene impávida, tan inexpresiva que Mireia se cansa enseguida y dirige de nuevo su atención al subinspector Asens.

—Nadie le pide explicaciones. Solo intentamos hacernos una composición de lugar. Entender a su familia…

—No hay nada que entender. Íñigo y yo queríamos tener otro hijo para que Eneko no fuera el único niño de la casa, y, después de meditarlo, decidimos que la adopción era la opción que más se adecuaba a los intereses de todos.

—Entendido. Pero la idea no salió exactamente como esperaban, ¿verdad? A Ander le ha costado adaptarse.

—Tampoco pensamos que sería un camino de rosas.

—Ya. Tuvo que ser bastante frustrante, ¿no? Después de la adopción, el viaje, la ilusión… y encontrarse con un niño que, pese a todos sus esfuerzos, no era feliz.

Mireia se encoge de hombros.

—Ander tiene seis años, subinspector. Hay mucho tiempo por delante para conseguir que sea un niño feliz… si logran encontrarlo.

—Lo encontraremos, señora Ros. Estamos haciendo todo lo posible.

—¿Sus denodados esfuerzos incluyen esta conversación? Porque, si le digo la verdad, a mí me parece una pérdida de tiempo bastante evidente.

Asens asiente, se lo ve incómodo; luego sacude la cabeza y dispara de nuevo:

—Acaba de decirme que hay mucho tiempo por delante para que Ander se adapte, y es cierto. ¿Por eso estuvo buscando en internet páginas en las que se informa de qué pasos dar cuando una adopción sale realmente mal? Lo hizo el miércoles por la noche, de madrugada, después de haber pasado un día entero con Ander. No está acostumbrada a eso, ¿verdad, Mireia? Un día completo aguantando a un niño que no la obedece a pesar de que usted le dedica lo más valioso que tiene: su tiempo.

A ella no le pasa por alto el cambio de tono, el acercamiento que se busca con esto.

—Todas las madres se enfadan alguna vez con sus hijos, subinspector.

—Pero, hasta donde yo sé, casi ninguna busca en internet cómo devolverlos.

Mireia desvía la mirada.

—Fue un día difícil, ¿no? Los niños tienen días así, eso lo sabemos todos. Trazas los mejores planes para que estén contentos y, en lugar de agradecértelo, acaban sacándote de tus casillas. ¿Quiere decirme qué pasó exactamente? ¿Quiere contarme qué les hizo Ander a los gatitos?

Ante la mirada bovina del agente Rubio, Íñigo lee un cuento con su hijo mayor en el comedor. El niño ya se ha acostumbrado a la presencia del policía, incluso juega con él a veces. Los primeros días intentaron fingir una suerte de normalidad llevándolo al colegio, pero cuando Íñigo descubrió a un periodista merodeando por la escuela, decidió que permaneciera en casa. Al menos así lo ve a todas horas y tiene la sensación de que hay alguien en su familia a quien puede proteger.

Eneko se cansa, porque en realidad ya es demasiado mayor para un librito que ya heredó Ander, y pide permiso para jugar con la Play. Íñigo está demasiado cansado para discutir por eso. Dirige un comentario informal sobre el tema al agente Rubio y este asiente; siempre parece tener ganas de entablar conversación, incluso con el niño. «Nos espía», había dicho Mireia días atrás. «Nos espía también a través de Eneko.»

Íñigo sube al cuarto de baño de arriba, su madriguera, y comprueba que nadie ha llamado al segundo móvil. Este aparato se ha convertido en una parte oculta de él de la que no soporta despegarse, como si teniéndolo cerca le diera la mano a Ander.

El mensaje de Jimmy llega minutos después e Íñigo teme abrirlo, porque por su cabeza han pasado todas las posibilidades existentes. Que Jimmy no encontrara el lugar, que cogiera el dinero que le dio y se esfumara, que el apartado de correos estuviera vacío, que alguien los hubiera visto la noche anterior, cuando se encontraron, y esta mañana hubiera seguido a Jimmy. En todo este tiempo no ha recibido ninguna llamada de Álvaro Torné, al que supone al corriente de la desaparición del niño. Quizá piense que ha sido solo eso, el caso de un niño perdido en el bosque. O quizá intuya la verdad, que su encargo ha colocado a Íñigo y a su familia en una situación insostenible.

Todo ok. Tengo los papeles. Se los doy esta noche, tal y como acordamos

Los minutos pasan y se hacen horas, y Mireia siente de repente un vacío en el estómago, un mareo que se debe a la tensión y también a lo poco que ha comido en los últimos días. Su rostro, ya de por sí pálido, se vuelve de cera, y la sargento Ramis le trae un bocadillo y un refresco con azúcar. Mireia consigue dar un sorbo y cortar un trozo de pan con la mano para llevárselo a la boca. Se obliga a masticarlo y a seguir comiendo porque sabe que la debilidad propia será la fuerza de un oponente que solo finge haberse retirado.

Ha hablado del miércoles, de la excursión, del empeño de Ander por volver a casa; de su enfado, de la escena del sótano. Y a medida que lo relataba era consciente de que todo, cada detalle, cada comentario espontáneo, podía ser retorcido hasta convertirse en otra cosa. Hasta convertirla en una madre egoísta, en una madrastra harta de ese niño que no solo no le hace caso, sino que es capaz de agredir al otro crío de la casa, su hijo natural; un niño que se venga de un castigo justo bajando al sótano y matando a tres animalitos inocentes. El subinspector Asens demuestra su comprensión, incluso su compasión, y ella sabe que cada vez que él asiente, en realidad está hincando un clavo en su ataúd.

Luego han pasado a la fiesta, al berrinche de Ander, al bofetón. Al disgusto de Mireia, perfectamente lógico, y a su necesidad de alejarse un rato, de estar sola. Y ha sido justo entonces cuando ha comprendido que su batalla no estaba perdida porque, la creyeran o no, en ese punto se acababa el rastro de lo que sabían y empezaba el brumoso mundo de las especulaciones. Ellos podían pensar que tal vez Mireia se había encontrado con Ander en algún momento del paseo, que habían vuelto a discutir, que ella había vuelto a perder los estribos... Podían intuir y elucubrar, pero no poseían la menor evidencia de ello simplemente porque no había sucedido.

El subinspector Asens entra de nuevo y le pregunta si se encuentra mejor. Mireia ha perdido la noción del tiempo y, cuando él le dice que son las tres de la tarde, ella casi no puede creerlo. Llegaron antes de las nueve, ha estado seis horas allí sentada. La cabeza le da vueltas.

—En realidad, ya casi hemos terminado, Mireia. La acompañarán a casa dentro de unos minutos.

Ella asiente con la cabeza, aliviada, y por un instante aún cree que los ha convencido, que ha sido una batalla dura pero que ha merecido la pena librarla.

—¿En serio...? ¿En serio creen que yo sería capaz de hacerle algo a un niño? Ya no a mi hijo, sino a cualquiera...

El subinspector Asens la observa con atención. Sus ojos

son como picos que intentan penetrar en su cabeza, taladrarle el cerebro, extraer de él la verdad, esa piedra preciosa que, según él, yace enterrada allí.

—Pero ¿por qué iba a hacerlo? —pregunta ella en un arranque de auténtica curiosidad—. Incluso contando con que hubiera pensado en devolver a Ander, algo que solo pasó por mi cabeza durante quince minutos, dicha posibilidad existe. No habríamos sido los primeros padres en hacer uso de ella. Nadie habla de esto, pero es una realidad.

—No todos los padres planean entrar en política, señora Ros —dice él, como si hubiera estado reservándose este dato para una pregunta como esa—. Sí, eso también lo sabemos, y no la imagino justificando algo así a quienes se lo han propuesto, ni a la prensa, si llegara el caso. Daría la imagen de una mujer fría, irresponsable, incluso caprichosa… Una mujer pija y rica que se ha cansado de un niño problemático y lo ha metido en un orfanato porque no puede soportarlo. No, por muchas ganas que tuviera, a usted esa solución no le convenía, y tal vez se vio obligada a buscar otra en la que pasara a hacer el papel de víctima de cara a la galería.

Mireia está tan sorprendida por el razonamiento, tan abrumada por la firmeza del subinspector, que casi se ve tentada a asentir, como si ese hombre no hablara de ella, sino de otra persona.

—En cualquier caso, puedo asegurarle que lo descubriré, señora Ros, y cuando lo haga, me temo que no podrá irse a casa porque se sienta indispuesta. Si se diera el caso, ya nos ocuparíamos de cuidarla aquí.

La misión

Jimmy nunca había subido al castillo hasta la noche anterior, cuando acudió a la cita con el padre de Ander, y ha vuelto ahora, pasadas las dos de la madrugada, cargado con los papeles que le pidió y que él ha obtenido por la mañana, sin problema alguno. Temió que cualquiera lo reconociese, que alguien diera la voz de alarma, pero, en realidad, nadie le había prestado la menor atención, ni siquiera el tipo barrigón que atendía las oficinas de ese lugar lleno de casilleros idénticos. Se limitó a pedirle la firma, que Jimmy trazó con descuido. Ni siquiera le dijo adiós cuando salió.

Él nunca se había fijado mucho en estas ruinas, y, ahora que acaricia las piedras, disfruta de su tacto rugoso y áspero. El dolor también es adictivo. Piensa en la pistola perdida. A un compañero suyo lo ahorcaron los de la guerrilla por extraviar parte de la munición. Lo hicieron a pleno sol, como ejemplo para el resto. Los obligaron a estar presentes durante todo el rato. Jimmy recuerda los gritos, el pataleo, el cuerpo balanceándose como un péndulo. No los dejaron descolgarlo hasta la mañana siguiente, y durante la noche, desde los barracones, oyeron los graznidos hambrientos de los pájaros. Él fue el encargado de subirse al árbol y cortar la cuerda con un cuchillo grande. Uno parecido al que sostiene ahora en la mano. Lo compró esta tarde en una tienda y pensó que sería aún mejor que un arma de fuego. Quería ver los ojos de Simón en el momento de morir.

Ha conseguido llegar hasta aquí a pesar de las patrullas que parecen estar concentradas solo en los alrededores del parque. Siguen buscando durante el día, pero, a la que se pone el sol, abandonan enseguida, como si fueran conscientes de lo inútil de esos esfuerzos. Jimmy piensa en Ander, en los papeles que, según le dijo su padre, serán el pasaporte para salvarlo, y se dice que al menos alguien recordará al jardinero con gratitud. No serán sus malos versos los que contarán el lado bueno de Jimmy Nelson, sino la cara del niño que ayudó a salvar.

Oye pasos y se pone en guardia, aunque está seguro de que se trata de Íñigo Agirre. Así es: lo ve desmejorado, incluso desde ayer. La entrega es rápida, y por un momento cree que el hombre va a abrazarlo. No lo hace, pero le da la mano, que él estrecha con solemnidad.

—Gracias, Jimmy Nelson. No olvidaré esto.

Él se encoge de hombros: la lealtad no se le antoja algo tan difícil.

—¿Con esto le devolverán a Ander? —pregunta.

—Eso han dicho. No tengo más remedio que confiar en su palabra.

Y esa es la auténtica diferencia entre él y yo, piensa Jimmy, que Íñigo aún cree en las promesas de los otros con la fe de quien acaba de asomarse al lado oscuro.

Íñigo no le pregunta qué va a hacer ahora, y eso le ahorra la necesidad de mentir. Porque desde que dejó a Deisy con la vaga promesa de que volvería a por ella, sabe que ya no se marchará de Castellverd hasta haber cumplido su auténtica misión. Se palpa el pecho, nota la medalla de Teresa antes de ir hacia uno de los pocos lugares del pueblo donde puede esconderse sin ser visto y, al mismo tiempo, vigilar el entorno: la casa en ruinas.

La pareja de agentes que duerme apostada frente a su puerta ha decidido tomarse un rato libre e Íñigo vuelve a casa sin que, en apariencia, nadie lo haya echado de menos. Mireia se acostó por la tarde, a su llegada de la comisaría, y él no tuvo valor para preguntarle porque temía que si lo hacía, si ella se le hundía en los brazos, él tampoco soportaría la presión de guardar un secreto que está, ahora sí, a punto de llegar a su fin.

Cuando se separó de Jimmy, usó el teléfono para ponerse en contacto con el número desde el que recibía las llamadas y les comunicó que tenía en las manos eso que ellos tanto querían. Por una vez cambió el tono y disimuló el temblor de su voz para que el ultimátum no sonara a lo que era: una bravata, un farol.

—Es mañana o nunca —les ha dicho—. Díganme un lugar y una hora y estaré allí con los putos papeles. Me dan a Ander y se llevan lo que es suyo, y así acabamos de una vez con todo esto.

—No está en condiciones de exigir nada, señor Agirre. ¿De verdad tengo que recordárselo?

E Íñigo suelta el segundo farol, el que más le duele, pensando que nunca una mentira fue tan repugnante ni le dejó a nadie un sabor de boca tan amargo:

—¿Ustedes no ven la televisión? ¿No han oído que mi mujer y yo no pensábamos quedarnos mucho más tiempo con ese niño? Si querían presionarme de verdad, se confundieron de hijo. Ya no me queda paciencia. O terminamos con esto mañana y me devuelven al niño, o entregaré estos papeles a la policía y lo contaré todo. A mí ya esta historia empieza a importarme una mierda. Solo quiero que unos y otros nos dejen en paz. Así que la decisión es suya. O mañana o no hay trato.

Íñigo está seguro de que no lo creyeron del todo. También lo está de que, fuera por la razón que fuese, tampoco querían arriesgarse a no aceptar el órdago. Y ahora, ya en su casa, el mal sabor de las palabras le revuelve el estómago y a duras penas consigue llegar al baño para vomitar. Cuando levanta la cabeza para tomar aire, se da cuenta de que no está solo.

—No ha sido un buen día para nadie —le dice Mireia desde la puerta.

Él se lava la cara, pone la cabeza bajo el chorro del grifo para refrescarse a pesar de que están a mediados de febrero y el agua sale helada.

—¿Cómo estás tú? —le pregunta él—. ¿Has descansado esta tarde?

Mireia no contesta; se aleja del cuarto de baño y camina hacia el comedor. A Íñigo le parece oír que abre la puerta de la escalera que da al sótano y va detrás de ella.

—El otro día bajé —le dice Mireia cuando lo ve aparecer—. Pensé en las fotos que me haces a veces y me horrorizó la idea de que registraran esto y las encontraran.

—Claro —asiente él—. ¿Qué hiciste con ellas?

—Algunas las rompí. Otras las guardé arriba. Pero encontré más cosas.

—No sé de qué me hablas...

Ella ni siquiera lo mira. La siente tan lejana como si en lugar de unos metros los separara un siglo de distancia.

—¿No? Te hablo de las otras fotos que tienes ahí. De las que le hiciste a Teresa Lanza. Y no solo a ella. También a Simón.

Íñigo siempre ha pensado que algún día sus aficiones más personales saldrían a la luz, y ahora que ha llegado ese momento se siente casi aliviado. Un secreto menos, piensa.

—¿Qué hiciste? ¿Espiarlos cuando ella venía aquí?

—Sucedió por casualidad. No me imaginaba que aprovecharan nuestra casa para acostarse cuando ella venía a limpiar. Yo nunca estaba aquí a esas horas, prefería dejarla trabajar tranquila. Supongo que por eso a Simón se le ocurrió venir. Un día llegué y oí los gemidos que llegaban desde la planta de arriba. Tú sabes cuánto me excitan estas cosas... Creían estar solos, así que ni se habían molestado en cerrar bien la puerta. Me acerqué y seguí mirando, disfrutando de su goce. El sexo es algo contagioso, ¿no crees?

—También es algo íntimo. No tenías ningún derecho a espiarlos.

—Ni ellos a hacerlo en mi casa. Todos los miércoles, en la habitación que teníamos vacía, la misma donde ahora duerme Ander. Verlos juntos era algo maravilloso, Mireia. No... no puedes imaginarlo.

—Espiarlos ya me parece repugnante, Íñigo. Lo que no puedo entender es por qué diablos te pusiste a hacerles fotos.

—Necesitaba captar ese momento. No espero que lo entiendas. Es... es algo superior a mí. Parecían trasladarse a otro mundo cuando estaban juntos, aislarse de todo. Nunca se dieron cuenta de que yo los observaba. Una tarde les saqué esas fotos con la intención de trabajarlas luego. Captar los movimientos de los cuerpos, el instante que antecede al orgasmo, el grito de placer... No pienso enseñárselas nunca a nadie, pero no me arrepiento de haberlas hecho. Son magníficas.

—En todo caso, lo eran, Íñigo. Las destruí junto con las mías.

Él la agarra del brazo. Es el primer contacto que tienen desde hace días y su apretón no tiene nada de afectuoso.

—¿Cómo te atreviste a hacerlo? No te pertenecían.

—Ni a ti tampoco. —Mireia se suelta y da media vuelta, dándole la espalda—. En todo caso, eran de ellos. Era su momento. Era su vida.

—¡Era mi casa! —protesta él, aunque sabe que, en el fondo, Mireia tiene razón, y eso le enfurece aún más.

—Quizá no por mucho tiempo —concluye ella sin volverse a mirarlo, antes de salir del sótano y subir, muy despacio, los escalones que conducen arriba.

Hablar con Dios

Vivir es siempre elegir un camino, piensa el padre Rodrigo, a solas en su cuarto, durante el tiempo que dedica todas las noches a su diálogo interior con Dios. Si es sincero consigo mismo, sabe que hace ya tiempo que el rezo formal es tan solo un rito, una preparación mental para la auténtica conversación con el Creador que tiene lugar más tarde, cuando ya está acostado y la figura divina aparece en su cabeza con los rasgos de un amigo bondadoso y no de una deidad a la que venerar.

Vivir es siempre elegir un camino y luego intentar mantenerse fiel a él, se dice en un intento de aliviar su conciencia, cuando repasa los acontecimientos de los últimos días. No hace mucho que la sargento Alicia Ramis se entrevistó con él para interrogarlo sobre el posible paradero de Jimmy, y también sobre su pasado y su presente. El sacerdote no le ofreció demasiada información, al menos poca que no supiera ya. Se extendió sobre la infancia del joven y defendió su honestidad, su conducta intachable de los últimos años. Adujo ignorar por qué las huellas de Jimmy podían estar en el arma que acabó con la vida de Olga Serna, aunque certificó que ambos se habían conocido por mediación suya. Él mismo los puso en contacto cuando Jimmy buscaba trabajo de jardinero, y ella, a su vez, habló del chico a sus amistades.

La sargento Ramis sacó a colación los carteles y el nombre de Teresa Lanza, y él no dudó en explayarse sobre ella, admitiendo que había sido amiga de Jimmy, y también que Olga Serna, turbada por el mensaje que le envió Teresa la última noche, había entrado en una espiral obsesiva por averiguar las causas de su suicidio. Hablaron entonces de Olga, y ahí el padre Rodrigo fue absolutamente sincero, corroborando lo que, por otro lado, Ramis y Asens habían averiguado en conversaciones con un psiquiatra al que Olga había visitado hacía años.

La obsesión por la muerte. El impulso voraz que la poseía de acabar con todo. Sus intentos previos y fallidos... Todo conformaba un retrato que concordaba de manera exacta con su trágico final y con las conclusiones de la autopsia. Y al final del interrogatorio, él se atrevió a sugerir algo que no se le antojaba del todo descabellado, dados los perfiles de Olga y de Jimmy. Insinuó que tal vez, creyendo que el chico tenía contactos dudosos por el barrio, ella le pidió que le consiguiera un arma. Como favor o como encargo, a cambio de dinero. Y que Jimmy simplemente lo hizo. Porque, de no ser así, hay algo que el padre Rodrigo no termina de entender, y menos proviniendo de un antiguo niño soldado. «¿Por qué dejo allí el arma, sargento Ramis? ¿Por qué dejarla en el escenario del crimen en lugar de llevársela consigo?» E intuyó, orgulloso de su perspicacia, que esa era una pregunta que ella se había formulado a sí misma con anterioridad.

Ese fue el camino que elegí, se dice ahora, consciente de que ese Dios amable con el que conversa todas las noches no se muestra completamente satisfecho ni le concede su aprobación absoluta, como suele hacer ante la mayoría de sus decisiones importantes. El Dios en quien él confía no es un ser justiciero ni fanático, sino alguien consciente de que el hombre, a pesar de que fue creado a su imagen y semejanza, se ve obligado a lidiar con unas limitaciones de inteligencia y voluntad. Y que lo máximo que puede pedir a quienes han adoptado la fe como carrera es que sean coherentes y le comuniquen sus decisiones de una manera razonada y sincera. El padre Rodrigo lleva noches haciéndolo, intentando persuadir a ese amigo de que ocultar la parte más oscura de las intenciones de Jimmy Nelson no es un acto reprochable, sino una muestra de generosidad, un voto a la esperanza. Él está seguro de que Olga Serna se suicidó —hablaron sobre ello muchísimas veces, en conversaciones que parecían partidas de ajedrez donde Olga siempre llevaba las piezas negras, y pese a que él echaba mano de todos sus argumentos, religiosos y profanos, la lógica autodestructiva de ella siempre acababa derrotándolo—, y relatar a la policía los planes de venganza de Jimmy tan solo serviría para que el caso de ella tomara otro cariz, más complejo y, a la postre, totalmente erróneo.

Pero no lo has hecho solo por eso, le reconviene el dios amigo. *No es en Olga en quien pensabas ni en quien piensas ahora, sino en Jimmy.* Porque Olga ya está más allá de mi ayuda, replica él: ella ya está en tu terreno. El chico, en cambio, sigue jugando en mi campo. *Por eso mismo, eres tú quien debe preocuparse de los jugadores que quieren ver ese campo manchado de sangre.*

Ajá, ¿así que ahora este es el plan, señor Dios? ¿Castigar a los humanos por los pecados que puedan cometer en el futuro? Creía que eso eran películas de ciencia ficción. *Existe el pecado de pensamiento, Rodrigo, y tú lo sabes. No me hagas trampas, porque yo creé las reglas. Y, en realidad, tú tampoco estás del todo convencido o te habrías dormido hace ya rato en lugar de andar debatiendo conmigo a estas horas. Tú sabes lo que quería hacer Jimmy y sabes que no se ha dado por vencido. Tú sabes que Jimmy libre es una amenaza para Simón Esteve.*

Él lo sabe, sí, y está casi seguro de que puede controlarlo, al menos de momento, porque Jimmy está lejos, con Deisy, y tal vez esa sea la mejor opción. El sexo, como la música, amansa a las fieras, y hasta él es capaz de reconocer los encantos que la chica puede aportar en esa lid. Cuando las aguas se calmen y Jimmy vuelva, él será el primero en saberlo. Deisy se lo ha prometido y él quiere confiar en esa promesa. Hoy mismo le ha confirmado que Jimmy sigue con ella. Si eso cambia, habrá llegado el momento de intervenir.

A Simón Esteve lo protege el mundo entero, se dice como argumento final. Jimmy Nelson solo me tiene a mí. *Eso, querido Rodrigo, no es más que demagogia, y lo sabes. La cuestión es si tú te ves capaz de proteger a Simón precisamente de Jimmy Nelson.* Tendré que intentarlo, ¿no lo crees? Vivir es tomar decisiones y luego avanzar por ese camino, enfrentándose a las consecuencias, eso me lo enseñaste tú hace tiempo. Y espero contar también con tu ayuda...

Pero ahí ya nadie responde. Es lo que tienen los dioses, piensa Rodrigo. Por buenos que sean, siempre se guardan en la manga la opción de retirarse de la partida cuando se les antoja.

El Club de las Malas Madres

Ha sido Xenia la que se ha presentado sin avisar y, pese a la sorpresa inicial, Mireia se da cuenta de que era la persona que necesitaba cerca. Está segura de que la noticia de su interrogatorio en comisaría llenó la tarde de «presuntas» acusaciones televisivas. Ha llegado a odiar esa palabra, porque, colocada al inicio de una frase, parece dar a quien habla patente de corso para lanzar todo el veneno del mundo. A veces la añaden también al final, por si acaso, tal vez algo turbados por la pestilencia de su propio discurso. El ataque contra Xenia por el tema de la serie no puede compararse con lo que de ella se dice ahora, pero Mireia sabe que, en el fondo, su amiga puede entender mejor que muchos otros esa lucha contra ese enemigo tan global como malicioso, y lamenta no haber estado a su lado en su momento con la misma energía que Xenia demuestra ahora.

Ha llegado sobre las cuatro de la tarde, y después de darle un fuerte abrazo, se ha puesto a hablar de los ensayos, de la obra, de una idea genial que ha tenido ella y de que el director no le hace el menor caso. Está claro que intenta distraerla, alejarla por un rato del asedio creciente de periodistas y curiosos que rondan por los alrededores de su casa como un ejército de cucarachas, y también del televisor, de las redes, de las noticias, que hablan del «vuelco importante en el caso Ander» y reproducen la fotografía de una Mireia altiva y hermosa. Por ahí empiezan a llamarla «la madrastra de hielo», y, aunque eso Mireia lo ignora, el hashtag #lohizoella es ya un trending topic. En él ni tan siquiera caben las presunciones de inocencia. La red es más descarnada y menos ambigua. La red es una jauría sin bozal.

Xenia y Mireia se han refugiado en la planta de arriba para huir de la sustituta del agente Rubio, una chica a la que los Agirre han visto hoy por primera vez y que parece sentirse incómoda y algo desorientada. Íñigo las oye hablar desde la planta baja, Xenia está contando un cotilleo sabroso sobre unos amigos del mundo del teatro, y él busca la complicidad de la agente recién llegada con una mirada.

—Salgo un rato —le dice, consciente de que, si se tratase de Rubio, este lo reportaría a la patrulla de fuera o se ofrecería a acompañarlo.

La chica asiente, algo cohibida, y él agradece que, por una vez, los astros se conjuguen a su favor. Lleva los papeles de Torné encima, metidos dentro de una bolsa de deporte, y se ha vestido como si fuera a entrenar al club, a pesar de que hace dos semanas que no lo pisa. En realidad, sí que piensa ir, y así se lo dice a Lourdes, que, inesperadamente, aparece en ese momento en la puerta, justo cuando él iba a salir.

—Mireia está arriba, con Xenia. Yo necesito desconectar un rato. —Le parece percibir un momento de reticencia en su cuñada, pero tampoco le presta más atención porque esta se concentra, de repente, en un par de fotógrafos que viven apostados al otro lado de la verja del jardín. Toma aire y, con él, el valor necesario para enfrentarse al exterior—. Ahí están los buitres.

Por un momento, al llegar a la calle, se para frente a ellos, desafiante, antes de tomar a pie el camino que sube al club. Imagina los titulares de la foto, que dirán algo así como:

«Mientras su hijo está desaparecido, el padre se dedica al deporte». Casi sonríe a las cámaras y ese gesto, en lugar de animarlos, los contiene. La opinión del mundo ya no le importa nada, lo único trascendente son los papeles que lleva en la mochila y la cita que tiene después.

Lourdes sube a la planta superior; ya desde la escalera oye el rumor de conversaciones de su hermana y la que, hasta hace poco, fue su mejor amiga. Ella aún debe de creer que lo es, piensa, al tiempo que respira hondo para contener sus nuevos sentimientos hacia Xenia. Ha venido a apoyar a Mireia, no a sacar trapos tan sucios que su hedor la ha tenido mareada desde la conversación con Simón. No se lo ha contado ni a Max, porque su hijo se lo pidió de manera expresa y vehemente, y la cólera al ver a su supuesta mejor amiga casi está a punto de desbordarla. Xenia y Mireia están sentadas en el balconcito del dormitorio conyugal. Han subido una botella de vino y un par de copas pese a que apenas son las cinco de la tarde. Por un momento piensa que será incapaz de mirarla sin imaginar sus manos sobre el cuerpo adolescente de su hijo.

—¡Lou! —exclama Xenia—. Estábamos pensando en llamarte. El sol se pondrá dentro de poco y entonces empezaremos a beber. Es una regla que tu hermana desconocía, ¿puedes creerlo? Una dama nunca bebe vino hasta la puesta de sol.

Mireia la recibe con algo que recuerda a su sonrisa. Lourdes comprende enseguida que el plan de Xenia es teñir el anochecer de frivolidad. En condiciones normales no sería una mala ocurrencia, pero ahora mismo, la idea de beber y decir tonterías con ella le revuelve el estómago. Se acerca a su hermana y apoya una mano en su hombro.

—El vino es demasiado para mí. ¿De verdad estás bien?

—pregunta en voz baja—. Anoche llamé e Íñigo me dijo que dormías.

—Lo intenté.

—¿Fue muy horrible, Mire?

—Bastante.

Xenia se levanta y, con gesto dramático, anuncia que ha llegado la hora de descorchar la botella, una tarea que acomete con rapidez y destreza.

—Tú aún no lo sabes, Lou —dice mientras escancia un poco en su copa para probarlo—. Ah, delicioso… Los maridos solo sirven para tener buen vino en casa. Te decía que Mireia y yo estábamos a punto de inaugurar el Club de las Malas Madres. Ahora te contamos las reglas.

Le guiña un ojo, aunque no hace falta. La ironía es el fuerte de Xenia, siempre lo ha sido.

—Para ser miembro de este selecto club tienes que haber pensado alguna vez en ti misma antes que en tus adorables retoños. Algunas, como yo, ya iniciamos nuestro camino de maldad antes de que nacieran, decidiendo que era más adecuado para nosotras tenerlos y educarlos sin una figura paterna al lado, privándolos de ese derecho por puro egoísmo. Otras no empezaron a mostrar su egoísmo hasta que el bebé estuvo en el mundo, pero disfrutaron no dándoles el pecho por cualquier motivo. Si no recuerdo mal, tú perteneciste a ese grupo, Lou…

—Me dolía tanto… —dice la aludida—. Era insoportable.

—¡Mal, mal, muy mal! —Xenia retoma su discurso—. Hay que sufrir, parir con dolor y amamantarlos hasta que te hagan sangre con los dientes. Pero no te preocupes, Lou, yo soy mucho peor. Por cierto, ¿de verdad no quieres una copa? El vino es excelente.

Lourdes niega con la cabeza.

—De acuerdo, como prefieras. Si no bebes, no estoy segura de que podamos admitirte en el club. ¡Mireia, hermana de club, brindemos por las malas madres! —anuncia con solemnidad.

Mireia levanta la copa sin tanto ímpetu. Xenia bebe y prosigue:

—Decía que yo fui mucho peor que vosotras. Torturaba a mi pobre hija racionándole la comida para que no se convirtiera en un tonel. Solo le dejaba comer dulces los fines de semana, y en cantidades mínimas, lo cual, no me cabe duda, generó en ella un sinfín de traumas incomparables. Greta berreaba como si la estuvieran degollando cuando no le dabas un trozo de chocolate y me ponía tan nerviosa que acababa encerrándola en su habitación para no oírla. ¿No os parece de una crueldad terrible? ¡Matar a mi hija de hambre para que no engordase como una cerdita!

—Todas hemos hecho cosas de las que nos arrepentimos —dice Lourdes.

—¡Tú no, Lou! —protesta Xenia—. Seamos sinceras, tú siempre lo has llevado todo muy bien, al menos después de la lactancia. Yo no solo convertí a mi hija en una adicta al ejercicio físico y a los batidos de hortalizas, sino que ahora he dejado a su mellizo sin su año sabático: en lugar de irse con su hermana a aprender inglés y a beber cerveza, se quedará aquí y buscará un trabajito para devolverme una cantidad de dinero relativamente elevada que me debe. Sí, chicas, luego os cuento los detalles. Las consecuencias de ser miembro fundador del Club de las Malas Madres.

Mireia sonríe a su pesar.

—Ninguna de vosotras abofeteó a su hijo en la fiesta de su cumpleaños, delante de los invitados. Creo que eso me coloca varios grados por encima de ti, Xenia.

—¡Y las dos siempre por detrás de tu hermana! —añade Xenia en tono jocoso.

—Deja de decir eso, Xenia —replica Lourdes—. Todas

hacemos lo que podemos. Algunas tan solo conseguimos controlar mejor nuestros impulsos.

Xenia quizá percibe algo en la última frase, porque, por un momento, bebe y no dice nada.

—Mire, ¿me traes una copa? —pregunta Lourdes, aprovechando el silencio—. Creo que al final sí que tomaré un poco de vino.

Algo sorprendida, Mireia obedece. Se levanta y entra en su habitación, dejándolas solas. Lourdes no pierde ni un segundo.

—No sé si fuiste una mala madre o no, Xenia. Lo que sí sé es que, como amiga, eres una basura.

—¿Perdón? —Es imposible rehuir el ataque, y Xenia la mira con los ojos muy abiertos, acusando la sorpresa.

—Ya sabes de lo que te hablo. —Lourdes se vuelve para controlar la aparición inminente de Mireia—. Estamos aquí hoy para animar a mi hermana y por eso me voy a callar. En cuanto nos marchemos, no quiero volver a verte nunca.

—¿Así? ¿Sin escuchar lo que yo tengo que decir? —pregunta Xenia, muy despacio.

—Eso mejor se lo cuentas a un médico, no a mí. Tenía catorce años, Xenia. Era un niño. Era mi hijo. El hijo de tu mejor amiga. Por el amor de Dios, ¿cómo pudiste?

—Creo que no es el lugar ni el momento, Lou.

—Pensaba que quienes enarboláis la bandera de la verdad a todas horas no teníais miedo a cosas tan convencionales como esas. ¿No eras tú la que presumía de decir las cosas a la cara, incluso públicamente? Por Dios, Xenia, si existiera un Goya al cinismo, lo ganarías sin competencia.

—¡Ya estoy aquí! —anuncia Mireia desde la puerta de su habitación—. Creo que la nueva agente piensa que estoy celebrando algo...

Se detiene en seco y lleva la mirada a un punto lejano. La copa le resbala de la mano y se hace añicos contra el suelo;

Mireia se agacha a recoger los pedazos, aparentemente calmada, y en el último momento, como si no pudiera evitarlo, apoya las palmas de las manos sobre los cristales rotos.

—¡Mire! —grita Lourdes, y va hacia ella.

Mireia contempla los cortes en las manos.

—Creen que soy un monstruo —susurra sin moverse—. Y quizá sea cierto, ¿no? Una madrastra malvada... ¿Sabéis cuándo me di cuenta de que Ander me importaba más de lo que creía? Cuando me miró después de la bofetada, sus ojos decían: al final he ganado, sabía que harías esto algún día... Y entonces supe que lo que me molestaba no era él, ni sus berrinches, sino no entender por qué diablos quería tanto a ese niño desafiante y rebelde que actuaba como si yo le importara un bledo. Por qué diablos lo quería más que al niño que tuve dentro. Eso me convierte en un auténtico monstruo, ¿verdad?

Lourdes se acerca a su hermana y la ayuda a ponerse de pie.

—Aquí no hay ningún monstruo, Mire.

—¿Ni siquiera yo? —pregunta Xenia en tono irónico desde el balcón.

Lourdes no se molesta en contestar.

—Ven —le dice a su hermana—. Vamos a lavarte esto.

—Hablando de monstruos... —comenta Xenia, y se levanta de repente para ver mejor el jardín—. No os lo vais a creer. ¡Ahí llega Coral!

Los lobos

La habitación siempre está oscura y apesta. La única luz se cuela por la rendija estrecha que separa la puerta del suelo. A él le basta. Después de casi dos semanas, Ander ha aprendido a ver en la penumbra, a distinguir los pasos que se acercan o se alejan; incluso ha perdido un poco el miedo al momento en que la puerta se abre y alguien le tira un bocadillo, como si alimentara a las fieras del zoológico, o le deja un botellín de agua. Nadie retira las botellas vacías, así que a ratos Ander se entretiene en construir puentes y castillos, usando esos envases blandos, fáciles de aplastar. De vez en cuando sí le cambian el cubo donde debe hacer sus necesidades, y entonces el hedor del cuarto se mezcla con un agrio olor a lejía.

En realidad, ahora ya solo teme a las voces. Los gritos de unos hombres que a veces discuten. Las órdenes de alguien, más viejo, que suele zanjar las peleas. Oye que hablan de él, hablan de entregar al niño, o de devolver al niño o preguntan si el niño ya ha comido hoy. En algún momento uno dijo: «El niño es cosa mía», y él se acurrucó en un rincón del cuarto, detrás de una barrera de botellas de plástico. Pero no fue nadie.

Durante todo este tiempo Ander ha pensado en muchas cosas. En su casa de antes de subir al avión, donde vivía con muchos otros niños. En su casa de después, con *aita* Íñigo, y Mireia y Eneko. En el jardín, donde ayuda a Jimmy. En la chica que aparece los miércoles y que siempre le dice que él es el único que puede verla. Ninguno de ellos ha venido a buscarlo, a pesar de que al principio lloró y gritó más que nunca, y pateó la puerta hasta hacerse daño en el pie. Solo entró un hombre y lo mandó callar, y luego lo amenazó con echarle encima un cubo de agua fría. Tampoco lo hizo, porque al final él se cansó, y empezó a contarse a sí mismo el cuento del lobito y la lechuza. Recordaba la voz de Teresa, leyéndoselo, y por un rato se sintió acompañado mientras imaginaba las ilustraciones y se repetía que el bosque, de noche, puede contener sorpresas maravillosas.

Unos pasos se acercan y Ander se levanta.

Un hombre distinto, uno más pequeño y más viejo al que no ha visto nunca, aparece en el umbral. Este no lleva un bocadillo en la mano, ni se preocupa por el cubo ni el mal olor. Solo entra y se lo queda mirando antes de bajarse los pantalones.

Íñigo ha llegado a su cita con mucho tiempo de antelación, y se dice que a estas horas los agentes que lo siguieron hasta el club ya deben de haberse percatado de que su presa, él, consiguió salir por una puerta que solo usa el personal de servicio del gimnasio, correr hacia la carretera y llamar a un taxi que lo recogió ocho minutos después en el cruce. Los ocho minutos más largos de su vida, al menos hasta el día de hoy. Porque por mucho que mira el teléfono móvil, esperando que llegue la hora, los segundos no avanzan, el tiempo parece haberse congelado y él solo puede cerciorarse, una vez más, de que los papeles no han huido de la bolsa de deporte y de que nadie lo ha seguido hasta este polígono industrial.

En estos últimos minutos en su cabeza se agolpan todos

los miedos. Piensa en la posibilidad de que los otros no cumplan con su promesa de traer a Ander. En su propia impotencia y en su absoluta falta de recursos si eso sucede. Su única baza son los papeles, algo que pueden arrebatarle fácilmente antes de molerlo a golpes. Echa de menos tener a alguien a su lado. A Jimmy, o a su cuñado, o incluso al agente Rubio, pero al mismo tiempo siente que es algo que debe hacer solo. Una manera de ajustar cuentas con lo que pasó cuando secuestraron a su padre. Si entonces era un niño inconsciente, ahora es un adulto, un hombre capaz de salvar a su hijo aunque le cueste la vida. También es verdad que el tono de voz de su contacto con los secuestradores ha sido siempre razonable, casi como si enfocara un trato comercial. «Los papeles a cambio del niño.» «No somos criminales, no queremos hacerle el menor daño.» «Todo depende de usted.»

Pues bien, él está aquí, ha venido solo y ha cumplido su parte del trato, así que espera —o, mejor dicho, ruega— que exista ese honor que los delincuentes se arrogan a veces. Que el intercambio sea limpio y rápido, y que esta noche toda esa locura acabe por fin.

Se acerca un coche. Una furgoneta de cristales opacos.

Íñigo mira hacia delante mientras piensa que, en realidad, su baza principal es la entereza. Ni siquiera se permite pestañear cuando el vehículo frena con brusquedad a apenas unos metros de distancia.

De él desciende un hombre joven y trajeado, la imagen perfecta de la voz del teléfono.

—Encantado de conocerle, señor Agirre —le dice, y por un momento Íñigo piensa que ese imbécil va a estrecharle la mano.

Ander retrocede, como le manda su instinto. El problema es que la habitación es demasiado pequeña y enseguida se encuenta acorralado entre el tipo y la pared. No sabe muy bien qué es lo que piensa hacerle, pero intuye que está en peligro. Sin otra opción a mano, empuja el cubo de los excrementos y el contenido se derrama formando una película pestilente sobre el suelo. El viejo suelta una imprecación. Ander no puede verle la cara, solo oye unos susurros entrecortados. A pesar de que el olor es mareante, Ander aún consigue echar mano de una botella de plástico y arrojársela con todas sus fuerzas. El viejo se ríe, sigue avanzando con los pantalones en los tobillos y, por fin, lo empuja con fuerza contra la pared. Antes de poder reincorporarse, algo aturdido por el golpe, nota una opresión en el cuello y una mano que lo agarra con fuerza de los testículos. El mundo se ha vuelto más negro aún y su boca se abre, intentando gritar.

Entonces suena el disparo.

—¿Dónde está Ander? —pregunta él—. Si no lo veo, no hay trato.

El hombre del traje se encoge de hombros.

—Está en el coche. Me da los papeles y lo hago bajar.

—¿Se cree que soy idiota?

El otro repite el gesto.

—Digamos que no me parece muy listo, no se ofenda. Aunque de verdad que me extrañó su llamada de ayer. Estuvo muy firme, muy contundente… ¡Buen trabajo, señor Agirre! Ahora, remátelo: entrégueme lo que quiero y yo haré lo mismo.

Íñigo no le cree. Retrocede y sujeta la bolsa con fuerza. Entonces se abre otra de las puertas de la furgoneta. Se baja de ella un tipo más fuerte, de rasgos eslavos, y él comprende que ha sido un auténtico imbécil.

—Creía que teníamos un trato —consigue articular.

—Y lo tenemos, señor Agirre. Solo que no nos gustó mucho que usted tomase la iniciativa. Es cuestión de orden, ¿sabe? Nosotros mandamos, usted obedece.

—¿Dónde está Ander? —grita él.

—Lo sabrá a su debido tiempo. Su arranque de ayer nos ha vuelto cautos. Deme lo que quiero y empezaremos a negociar de nuevo.

Íñigo comprende que, llegados a este punto, se trata de huir o de luchar. En realidad, se dice, ya solo puedo perder. Arroja la bolsa contra el tipo más fuerte y corre, consciente de que esos hijos de puta ignoran que parte de los papeles están en el bolsillo interior de su anorak. Corre sin rumbo, y sabe que los otros lo siguen. Corre hasta que ve las luces de varios coches de policía que se acercan a toda velocidad.

TERESA

Ahora sí. Siento que ha llegado el momento y que no tiene sentido demorarlo más. Quizá sea el miedo de los otros el que me da el coraje necesario. La cara de pánico de la señora Coral, su huida de esta casa, me han inyectado la fuerza suficiente para dar el siguiente paso. Si ella debe enfrentarse a lo que hizo, si yo la he forzado a ello convirtiendo la casa vacía en un túnel del terror, creo que es justo que también yo me encare con la verdad y lea la carta de Olga.

Por un momento acaricio la idea de que tal vez sea simplemente una despedida, unas palabras de ánimo escritas la noche antes de su muerte a alguien que también murió hace poco. Solo sé lo que oí ese día en su casa, porque hasta acá no llegan las noticias a no ser que alguien venga a decirlas, pero tendría sentido que, si pensaba suicidarse, le escribiera a la única persona que conocía que había dado ese paso. Quizá lo que tengo en la mano no sea más que eso... Pero en el fondo de mi corazón presiento que no es así. Vi los carteles con mi foto que le sobraron y eso me hace pensar en que ella, como yo, también quería averiguar el porqué de todo. Y que, de algún modo, logró descubrirlo.

Es extraño: en estas páginas está mi pasado, el desenlace de mi vida, uno que yo debería saber y que, sin embargo, aún ignoro. Solo tengo que leerlas para completar mi historia, aunque esto suponga tener que hacer frente a mis rincones más oscuros, a unos secretos tan bien guardados que ni yo misma consigo recordarlos.

Aquí está la verdad y por fin ha llegado la hora de saberla.

Querida Teresa:

Me temo que esta carta se escribe muy tarde. Tan tarde que ya no podrá llegar a tus manos. Te fuiste antes de tiempo y ahora estas letras solo sirven para decirte que, dondequiera que estés, alguien desde aquí por fin te entiende.

No sé si en su momento hubiera podido evitar lo que hiciste, ni si, de haber respondido a tu mensaje, ahora estarías viva. Me temo que eso es algo que ya no podremos saber, ni tú ni yo, pero lamento profundamente no haber estado a tu lado ahora que conozco el motivo que te llevó a pedirme ayuda.

Releo la carta completa de Olga una y otra vez, y con ella, con sus palabras, regresan de golpe todos los recuerdos suprimidos, todas las dudas que me inquietaron. Toda la culpa… Ahora más que nunca daría lo que fuera por haberme marchado cuando me tocaba, para que, como escribió Olga, esta carta nunca hubiera llegado a mis manos. Llevaba un año intentando responder las mismas preguntas y ahora que, gracias a ella, recuerdo las respuestas, solo deseo esconderme, ocultar la verdad. Desaparecer de una condenada vez. Olvidarme de todo y que el mundo me olvide. Es posible que no merezca ni siquiera esto, este silencio que me hace sentir tan bien. Desde luego no merezco esta casa rica y lujosa en la que jamás se oye la voz de un ser vivo, ni disfrutar desde las ventanas de la planta de arriba de cómo el sol se pone por detrás del castillo, vistiendo las piedras de una melancólica capa de fuego.

Fui tan ingenua de pensar que la muerte sería el final, que me libraría del peso que otros pusieron sobre mis hombros. Escogí un camino, para muchos el más fácil, sin contar con que, incluso para los muertos, el pasado siempre regresa. Y esta vez me tiene atrapada, acorralada sin ninguna vía de escape. Hace un año pude saltar, intentar volar hacia la misericordia que suponía el olvido, pero ahora no hay nada que pueda hacer para aliviarlo. No puedo volver a morir, ni tampoco asumir las consecuencias. Solo me queda castigarme a mí misma, aislándome lejos del mundo.

¿Qué habría dicho Olga si aquella tarde hubiera llegado a saber la verdad? Si hubiera respondido a mi mensaje, si yo hubiera podido explicarle lo que pasaba… Ahora, con la cabeza serena, creo que lo sé. Habría insistido en que no fue mi culpa, en que yo no sabía; las mismas cosas que yo me repetía una y otra vez en los últimos días. Las personas que nos quieren siempre nos juzgan con más benevolencia que nosotros mismos. O quizá se hubiera puesto de su lado, porque en este mundo de casas bonitas se juega con otras reglas que yo no conseguí entender.

Anochece. El sol rojo lanza su último abrazo e inflama las piedras, y yo me siento como en esa noche, en esa última noche, cuando las dudas me incendiaban. Ojalá hubiera pensado lo que comprendo hoy: que esa hoguera es solo un efecto óptico, y que al amanecer todo retorna a su estado habitual. Que solo hay que superar el fuego intenso de la desesperación en lugar de dejarse arrastrar por él.

Ahora lo sé. Ahora sé que me dejé abrasar e intenté huir de una conciencia en llamas en lugar de hacerles frente. Quizá lo llevaba en la sangre, quizá era un destino al que, tarde o temprano, debía sucumbir.

Antes de que desaparezca el último atisbo de luz, releo la carta por última vez. Me gusta llegar al final y saborear el consuelo de la despedida. Es bonito que alguien nos entienda de verdad aunque sea tarde. Sus palabras me acompañarán hasta que decida qué hacer con ellas. Quizá me las quede para siempre o quizá las deje en algún lugar, para que alguien sepa cuál fue el verdadero final de Teresa Lanza.

LOS VIVOS

El buen hijo

En las últimas horas el pueblo ha pasado del estallido a la calma, del bullicio a algo parecido al silencio, y por primera vez en muchas noches Simón ha conseguido dormir sin sobresaltos durante seis horas. Cuando despierta son más de las ocho y media. Mira por la ventana y descubre que, a juego con las noticias, la mañana ha amanecido espléndida, tan prometedora como la noche anterior, cuando uno de los coches de policía devolvió a casa a Íñigo Agirre y a su hijo Ander.

Como la mayoría de los residentes, Simón desconoce todos los detalles, aunque en su condición de miembro de la familia posee más información que muchos. Sabe, por ejemplo, que Coral Alonso irrumpió en la casa de Mireia en un estado tan delirante que, al principio, ninguna de las allí reunidas dio crédito a sus desvaríos. Según ella, su antigua casa la había estado martirizando, torturándola para que contara la verdad. Loca o no, lo que contaba sobre Ander y sobre los hombres que, según ella, lo retenían era lo bastante alarmante para llamar al subinspector Asens. Coral les dio la dirección de un piso donde ella se había reunido con aquellos indeseables; no tenía ni idea de si el niño estaba retenido allí, pero era lo único que la policía tenía para empezar. Coral les hablaba también de un teléfono cuando los agentes que vigilaban a los Agirre informaron de que Íñigo había huido del gimnasio sin ser visto. Por suerte, también llevaba el teléfono propio y, mientras unos agentes iban al piso, otros lo localizaban en una zona industrial donde, en principio, no se le había perdido nada, y fueron hacia allí.

Lo importante es que todo ha terminado bien, piensa él. Y quizá por eso, y por las horas de sueño tranquilo e ininterrumpido, se levanta de la cama con la intención de tomar un desayuno rápido y luego dar un paseo. No mintió al subinspector cuando le confesó que el bosque le daba miedo, y, sin embargo, ahora se dice que en un día como este nada puede pasarle. Incluso las nubes, bolas blancas que parecen haber sido dibujadas por un niño, solo hacen que intensificar el azul de un cielo limpio. De una mañana llena de esperanza.

Ve a su padre al bajar, y este le ofrece un café. Simón acepta y se sienta a su lado en la vieja cocina. Sabe que su padre ha añorado estos ratos y, siendo muy sincero, también lo ha hecho él. Momentos intrascendentes de los que puede disfrutar de nuevo antes de pensar en qué hará de ahora en adelante. No hay prisa, él lo sabe. Lo que sucedió hace un año le enseñó que los planes solo sirven para hacernos creer que tenemos el mundo bajo control. Para darnos la impresión falsa de que decidimos, actuamos y nos movemos en un entorno ordenado e inmutable.

Simón ya es consciente de que no es así y eso le ha borrado de la cabeza conceptos como carrera, prisas o futuro. Intuye que Max lo entiende mejor que su madre, aunque eso no es del todo nuevo. Tal vez siempre haya sido así.

—Si ves a tu madre, dile que vendré a comer —le dice Max—. Estaba profundamente dormida y no he querido despertarla.

—Creo que hoy se quedará por aquí. Seguro que quiere ir a casa de Mire.

Max asiente.

—Yo tengo una clase en la facultad a la que no puedo faltar, pero volveré en cuanto la termine. ¿Tú qué piensas hacer?

Simón se despereza, duda entre si tomarse o no otro café.

—De momento saldré a dar un paseo. Luego ya veremos. No te preocupes, ya aviso a mamá.

En realidad, Lourdes no está ya tan dormida, pero ha decidido no levantarse hasta tener la casa para ella sola. Se pregunta cómo puede estar tan agotada y tan contenta a la vez. La noche de ayer fue interminable. Feliz y eterna al mismo tiempo, y ella no puede olvidar la cara de su hermana cuando Ander corrió hacia ella. A nadie le importaron las cámaras, que de repente querían inmortalizar el instante del reencuentro y las lágrimas de la que, horas atrás, era considerada como la principal sospechosa, la mala del cuento.

Lourdes oye la puerta de la calle, y luego a Simón, que sube a su habitación y vuelve a salir. Ya no tienes excusa para seguir remoloneando, se dice, y pone los pies en el suelo. Mira por la ventana y se regala unos minutos más de contemplación perezosa, solo turbada por el recuerdo de una Coral transformada en una sombra de lo que fue. «Eso son los remordimientos», apuntó Xenia, y ella estuvo a punto de asentir antes de recordar que no deseaba volver a hablar con ella. La amistad se apoya también en la costumbre, y Lourdes está decidida a romper ambas, cueste lo que cueste.

Se vuelve porque habría jurado que alguien llamaba a la puerta de su habitación, algo imposible ya que, según sus cálculos, está sola en casa. Camina hacia ella, descalza, y su pie derecho pisa algo blando que no reconoce.

El sobre está en el suelo, como si alguien acabara de deslizarlo por debajo de la puerta. Lourdes tarda un momento en reconocer la letra, y de hecho no está del todo segura de quién ha escrito ese «Teresa» hasta que saca el contenido del sobre y empieza a leerlo. Se sienta en la cama y casi nota una mano en el hombro. Le parece oír una voz que dice «lo siento» y tiene la sensación de que la habitación se enfría de repente, de que el sol que luce fuera ha decidido darle la espalda, condenándola a vivir en un mundo sin calor.

El frío ha sido también el compañero de Jimmy durante la noche porque las ventanas sin cristales no son las mejores aliadas en las noches de invierno. Durante un rato, desde el patio de la casa abandonada, Jimmy presenció cómo los coches de policía, y algunos otros de la prensa, se retiraban del pueblo en una especie de procesión feliz. Apostado al otro lado de la verja, oyó a gente que hablaba en voz alta y se enteró de la noticia. Supo que habían salvado a Ander, que la familia estaba reunida. Supo también que ahora empezaba su partida personal. Si las calles volvían a la calma habitual, si la zona se vaciaba de policías, su trabajo sería mucho más fácil.

Con el cuchillo en la mano, tumbado bajo un techo que amenaza con derrumbarse, Jimmy se dice que pocas cosas en la vida te otorgan la misma sensación de poder que el saber que la vida de alguien está en tus manos. Que puedes cortar los hilos que lo unen a este mundo. Que eres, en definitiva, una especie de delegado de Dios.

Como si hubiera oído la blasfemia a distancia, el móvil de Jimmy anuncia una llamada del padre Rodrigo. Y luego otra. Y una más. El cura no se da por vencido. Tal vez se enteró ya de que él se había marchado, o tal vez no; él quiere pensar que Deisy le guardará el secreto. La echa un poco de menos después de los días juntos en hoteles baratos. Piensa en ella mientras prueba la hoja del cuchillo y constata, una vez más, que está lo bastante afilada para cumplir con su tarea. Besa la medalla de Teresa y, por un instante, la recuerda viva. A Teresa no le gustaría lo que él va a hacer, eso lo sabe. Puede recordar sus ojos y su sonrisa, puede recordar sus palabras.

También recuerda su cuerpo roto cubierto con una manta roja en mitad de la noche. El teléfono vibra de nuevo.

¿Por qué no contestas, muchacho?, se lamenta el padre Rodrigo, buscando una respuesta que, en el fondo, le aterraría saber. La buena noticia del día, que la televisión proclama con el tono animoso de los finales felices, le ha hecho encarar la jornada con optimismo. Jimmy debe volver ya, ahora que el secuestro del niño ha quedado zanjado. Él intuye que la policía solo necesitará una conversación con Jimmy para cerrar también el caso del suicidio de Olga Serna. De hecho, hace días que ni tan siquiera los medios le han prestado atención. No puedes huir eternamente, Jimmy, quiere decirle, y en vista de que el chico sigue empeñado en no atenderlo, el cura opta por llegar a él a través de Deisy. Una voz somnolienta y huraña le contesta y le informa de que Jimmy se fue hace días. Sus exigencias, el recuerdo de la promesa que ella le hizo, solo obtienen un par de insultos y un «déjenme en paz todos ya» que le hace echar mano de toda su fe para no mentar a Dios a gritos.

El grito, «¡Simón!», lo sobresalta cuando se acercaba al sendero que se interna en el parque. «¿Ahora te ha dado por pasear?», dice Xenia. Va vestida con la ropa que usa para caminar y él habría deseado llegar un minuto antes o después para no coincidir con ella. No sabe muy bien qué decirle ni cómo tratarla, y una parte de él se siente avergonzada por haber revelado el secreto que los unía. Al verla se pregunta de nuevo por qué ambos se metieron en ese juego y cómo funcionan los mecanismos de la seducción. Xenia es mayor, tiene la edad de su madre, por el amor de Dios, y, sin embargo, encontrarse con ella a solas sigue lanzándole un aguijón de deseo al que no quiere ceder. Ella parece darse cuenta y niega con la cabeza. Simón piensa que los dos se dijeron a menudo que aquella vez sería la última, como si una despedida más fuera el antídoto perfecto a esa fiebre del sexo a escondidas. Xenia se acerca un poco y solo pregunta: «¿Me perdonas?». Simón no sabe si esa petición se refiere a lo que pasó hace años o al hecho de habérselo contado todo a Teresa. Lo primero puede perdonarlo; lo segundo aún no, pero el hábito de acceder es casi irrompible, así que, pese a sus dudas, le dice que sí y se aleja, se mete en el bosque con paso rápido como si quisiera huir del mundo y quedarse allí. Por suerte, ella no lo sigue. Sus caminos se separan y Xenia intenta no mirar la casa de su amiga cuando pasa por delante, a lo largo de su camino de vuelta. Eso es algo que merece haber perdido, piensa, y, obedeciendo a un impulso, se detiene frente a la puerta del jardín porque sabe que siempre la dejan abierta durante el día. La empuja y vuelve a cerrarla. Es demasiado pronto, se dice antes de desistir definitivamente. Este perdón aún no te lo mereces. Y se aleja mientras piensa que tal vez nunca pueda explicarle que lo que empezó como una apuesta sórdida y arrogante fue transformándose con los años en una historia de amor, al menos por su parte: una historia de amor desigual e imposible, casi trágica. Una historia sin final feliz, como los romances verdaderos, porque ninguno resiste al paso del tiempo sin convertirse en otra cosa más rutinaria, menos mágica. Una relación tan compleja y desequilibrada como lo son todas, ya que la verdad es que nunca ha habido nada sencillo a la hora de querer a alguien.

Dentro de la casa, aún en su habitación, las horas pasan para Lourdes sin que ella se dé cuenta. Se ha vestido en algún momento, se percata de ello al mirarse al espejo, y baja a la cocina con la carta en la mano. Ella es capaz de leer entre líneas y rellenar los huecos. Puede imaginar sin temor a equivocarse toda una parte de la historia, pero aun así no logra encajar todas las piezas. Eso no puede hacerlo sola, y, además, para pensar con claridad necesita salir de una casa que parece una tumba. Tomar fuerzas bajo el abrazo del sol del invierno. Sale al pequeño jardín y busca con avidez felina el calor. Intenta no pensar en qué debe hacer ahora, ni en cómo ha llegado esta carta a sus manos. Se imagina a Olga escribiéndola, no para ella precisamente, y casi puede sentir su emoción, la excitación que siempre acompaña a los descubrimientos. Cierra los ojos y ve a Olga sentada ante el ordenador de Teresa, desesperada por encontrar en él las claves de su muerte, tal y como relata la carta. Un repaso a los emails de Teresa, casi inexistentes, a sus ejercicios del curso de enfermería, a sus dudas y preguntas, y a las respuestas de los profesores. Una lectura exhaustiva que solo alguien como Olga estuvo dispuesta a acometer, hasta dar con el dato, con la pregunta, con el momento disonante que le hizo comprender la verdad.

Un ejercicio del curso, un correo de Teresa en el que relataba la medicación que había tomado la señora Ceci en los últimos meses y la respuesta, tajante, que le decía que eso era imposible. Que ningún médico habría prescrito ese tipo de antidepresivos para una paciente con insuficiencia cardíaca severa porque las posibilidades de provocar un infarto eran lo bastante importantes para desaconsejarlos. Y Teresa, la ingenua Teresa, había respondido que eso no era posible porque ella estaba segura, absolutamente segura, de que las pastillas que le había dado el doctor para animar a la viejita eran esas y de que no podían perjudicarla. ¿Cómo iba a hacerle daño el médico si, además, era su hijo y la adoraba?

A partir de aquí, Olga solo podía especular, por supuesto, lo mismo que ella. Intentar ponerse en el lugar de Teresa, sentir sus dudas, acudir a Max en busca de respuestas... Lourdes siente un escalofrío al pensarlo, a pesar del sol. Espera allí hasta que oye el coche de su marido y lo ve entrar por la puerta del jardín. No sabe ni cómo empezar y solo desea disponer del tiempo suficiente para aclararlo todo, para aclararse ella, antes de que Simón vuelva a casa para comer. De hecho, ya debería estar aquí, puede llegar en cualquier momento y ella no quiere interrupciones imprevistas. Lourdes saluda de manera mecánica a Max y lo ve entrar en casa. «Me muero de sed», dice él, con su sonrisa habitual.

Max está en la cocina, sirviéndose un vaso de agua, y levanta la vista al ver a Lourdes. Tarda apenas unos segundos en comprender que a ella le sucede algo. Nadie pasaría por alto su mirada triste y, a la vez, indignada, y menos aún quien ha convivido con ella durante casi treinta años. Lourdes deja unos papeles sobre la mesa y aguarda; él solo necesita leer unas cuantas líneas para acusar el golpe.

—¿Qué le dijiste? ¿Qué le dijiste a Teresa, Max?

—La verdad —responde él—. Le dije la verdad, pero no quiso creerme. O le dio igual.

—¿Qué verdad? —pregunta Lourdes—. ¿Le diste a tu madre algo que la ponía en peligro? ¿Le diste algo que acabó parándole el corazón?

—¡Le di lo que ella me pidió! Se lo había prometido hacía años y no podía fallarle. Ella no quería acabar sus días convertida en una anciana sin recuerdos. Me lo dijo cientos de veces hasta que acabó arrancándome la promesa de que, en cuanto empezara a perder la cabeza, yo haría algo para ayudarla a morir con dignidad.

Max nota que se le humedecen los ojos y busca en su compañera de vida algo parecido a la comprensión.

—Me lo recordó unos meses antes de morir, cuando la cabeza empezaba a fallarle. Me exigió que cumpliera con la palabra que le di antes de que ella dejara de recordar mi promesa. Puedes mirarme como si fuera un monstruo, pero sabes que no lo soy. Solo hice lo que haría un buen hijo: ayudar a su madre.

Ella parece creerlo, pero ese alegato no sirve para todo, y Max es consciente de ello.

—¿También ayudaste a Teresa a saltar por la ventana?

—No digas tonterías. Nunca habría hecho algo así.

Max se sienta, coge la carta con cuidado y sigue hablando. El ritual de la confesión aún importa, se dice él, a pesar de llevarlo a cabo con alguien que no tiene la facultad de absolverte.

—Vino a verme. Me contó lo que había aprendido en el curso de enfermería. Me recordó que yo le había dicho que no le comentara al médico de cabecera de mi madre que ella las tomaba, alegando que ese hombre era demasiado cauteloso con la medicación. Y yo… yo le dije la verdad. Le conté lo que me había pedido mi madre, lo que ella quería… Le dije que no se preocupara, que mi madre había muerto feliz antes de verse convertida en la sombra de lo que fue. Y ella me dijo que ese no era nuestro trabajo, que eso solo le correspondía a Dios. Me temo que ese argumento me sacó de quicio. Esa rectitud, esa suficiencia, la arrogancia de sentirse en posesión de la verdad solo porque la leyó en un catecismo…

—Teresa era joven. Y creyente.

—¿Y qué iba a hacer? Eso fue lo que le pregunté, nada más. ¿Iba a ir al colegio de médicos, a la policía? ¿Pretendía exhumar el cadáver de esa anciana a la que decía querer? ¿Y luego qué? Simón se enteraría y ni Teresa ni yo sabíamos cómo iba a reaccionar. ¿Se iría a vivir con ella después de que me hubiera denunciado? Intenté convencerla de que su vida sería mucho más fácil si asumía que yo le estaba diciendo la verdad, intenté convencerla de que dejase el tema en las manos de ese Dios en quien decía creer. Él ya me castigaría cuando llegara el momento si así lo creía justo. Le dije… le dije que al final sería su palabra contra la mía. Le dije que era ella misma quien le daba las pastillas todos los días y que tal vez Dios se había servido de su ignorancia para hacer su obra. Le dije que lo olvidara todo y aprovechase su vida, que disfrutara del amor con Simón o, si no se veía con fuerzas para hacerlo, que se marchara un tiempo, que se alejara hasta ver las cosas con claridad. No sé cuántas cosas más le dije, pero sí recuerdo que le rogué que lo olvidara todo.

—¿Y ella qué respondió?

—Respondió que no podía vivir lejos de Simón; que no podía soportar la idea de hacerle daño, de que él sufriera por lo que su padre había hecho... Yo seguí hablándole de la eutanasia, de que en unos años esto iba a regularse. Le hablé de países europeos donde la gente puede elegir, le pedí que no estropeara su futuro y el de mi familia por culpa de unos prejuicios religiosos que no incumben a los no creyentes. «Si no consigues entendernos, márchate», le solté al final, «pero no nos jodas la vida a todos.»

—Y ella se fue..., se marchó para siempre —dice Lourdes.

—Ella tomó su decisión. Como Olga...

—¿Olga?

—El sábado por la mañana me crucé con ella a la salida del colmado. Yo había parado a comprar algo especial para Simón y entonces le dije que nuestro hijo había vuelto. Olga se sorprendió mucho al enterarse. Se puso muy nerviosa cuando le dije que lo vería por la tarde, en la fiesta de Ander. Empezó a decirme que tenía que evitar que Simón fuera a esa fiesta, que ella había averiguado la verdad. Que debía contarlo todo antes de que nos ocurriera una desgracia. No la entendí. No podía soportar la idea de que, ahora que mi hijo había regresado, la historia empezara de nuevo. Durante toda la fiesta no paró de mirarme, sentía sus ojos clavados en mí. Con cada gesto parecía advertirme que iba a contárselo a Simón, y esto era lo único que no podía consentirle.

Lourdes retrocede y Max empieza a darse cuenta de que está asustada. Ya le da igual. Nada ni nadie podrán hacerlo callar ahora que ha empezado, y no le importa que no haya vuelta atrás, que cada palabra sea una inculpación y que todo esto acabe con él en la cárcel. Hasta ahora había creído que podría seguir adelante; en cuanto ha visto la carta ha comprendido que el peso sería demasiado grande y se siente aliviado de compartirlo.

—Luego me la encontré en el bosque con Jimmy —prosigue ante la mirada incrédula y aterrada de Lourdes, que lo mira como si no lo conociera, como si la vida le deparara una sorpresa abrupta y dolorosa—. Vi el sendero que ambos tomaban y me alegré de que Olga no hubiera aprovechado el momento para hablar con Simón. Dije que iba a buscar el coche, pero en realidad esperé a que todos se dispersaran y fui tras ellos, manteniéndome a distancia, con la única intención de volver a hablar con ella. De golpe vi que se detenían y que ella lo derribaba y salía corriendo. La seguí. El chico debió de tardar un rato en incorporarse porque le di alcance mucho antes que él. Olga llevaba una pistola en la mano, y cuando me vio, se detuvo en seco. Yo quería asegurarme de que no hablaría con Simón, ni ese día ni nunca. Y entonces me sonrió. Me dijo: «Solo hay una manera de asegurarse el silencio de alguien». Apuntó con la pistola a su corazón y me susurró: «Lo tienes muy fácil, Max. Ayúdame a apretar el gatillo a cambio de mi silencio. Hace mucho que quiero morir, pero ahora comprendo que lo que me aterra es la posibilidad de morir sola. Hazlo, Max, por favor. Hoy he salvado a Simón, creo que merezco pedirte este favor». Ahí ya estaba muy cerca de ella, así que puse la mano encima de la suya, hice presión sobre su dedo y el arma se disparó. Luego salí huyendo e hice lo que había dicho: volver a casa de tu hermana y coger el coche.

Casi siente satisfacción al ver cómo Lourdes se agarra a la mesa de la cocina para no caerse. No porque le desee mal alguno, sino porque así ha vivido él todos estos días: al borde de un abismo en el que ahora disfruta hundiéndose.

—¿Te dijo que había salvado a Simón? —pregunta ella—. ¿De qué tenía que salvarlo?

Simón se ha entretenido más de lo que pensaba, primero en el parque, y luego, de regreso, en casa de Mireia. Al principio dudó, se le antojaba un poco inconveniente entrometerse en el primer día de esa familia que había pasado por tantas cosas en las últimas dos semanas, pero luego, al pasar justo por delante, oyó la voz de Íñigo en el jardín y lo saludó desde allí. Mireia lo invitó a entrar y ha pasado el resto de la mañana con ellos. Ha observado que Ander no se despega ahora de su madre, como si esos días le hubieran abierto los ojos, y que Mireia, aún con el miedo en el cuerpo, tampoco lo pierde de vista. Simón ha rechazado quedarse a comer, porque, entre otras cosas, los Agirre están esperando al subinspector Asens, que se ha citado con ellos para tomarle declaración a Íñigo en su casa. Quizá para muchos lo que hizo Íñigo fuera una estupidez, una imprudencia que podría haber desembocado en una tragedia. Simón observa que para Mireia, sin embargo, la hazaña, por arriesgada que fuera, merece su admiración. Los deja en el porche y se despide de los niños, de Eneko y de Ander. Este último se le acerca y, con los ojos muy abiertos, le pregunta:

—¿Tú sabes si hoy viene Jimmy?

Simón no puede contestarle a eso, y cuando toma por fin el camino hacia su casa, comprende que la duda del niño le ha hecho pensar en Teresa de nuevo, como cuando se cruzó con Xenia, y que hace ya tiempo que recordarla no supone hurgar en una herida abierta. Puede evocar todos los buenos momentos que pasaron juntos sin sentir la misma desolación absoluta que lo dejaba aturdido meses atrás. Nunca entenderá por qué lo hizo, pero se dice que está empezando a aceptarlo, a respetar su decisión de morir o, cuando menos, a conformarse sin dejarse arañar por la decepción y la nostalgia. Camina abstraído, disfrutando de esa sensación de bienestar interior, y cuando llega a su casa, antes de reintegrarse a la dinámica familiar, se detiene unos segundos frente a la verja y se da la vuelta, como si quisiera empaparse de la paz que vuelve a respirarse en el pueblo. Entonces lo ve. Ve a un joven, al que en principio no reconoce, que anda con firmeza hacia él con un aire inconfundible de amenaza. Por eso empuja la verja, para ponerse a salvo. Oye el sonido del hierro y ve cómo tiemblan los barrotes. Se vuelve a medias para ver la cara decidida y ceñuda de Jimmy Nelson, y sin palabras, como si fuera un niño, grita llamando a su madre.

Quizá sea el instinto maternal, el mismo que la despertaba por las noches, años atrás, el que obliga a Lourdes a volver la cabeza hacia la puerta de la calle y a prestar atención a un chasquido que le pareció oír por primera vez hace solo un instante, cuando Max terminaba de contar su historia. Piensa en su hijo, que ya debería estar aquí, y en la verja del jardín que cerró con llave antes de entrar a hablar con su marido, para asegurarse de que Simón no los interrumpiera. Llevada por un impulso incontenible, abandona la cocina, cruza el comedor y sale al exterior, desde donde distingue la silueta de Simón, su rostro asustado y sus manos que sacuden los barrotes de esa verja inesperadamente cerrada mientras alguien se le acerca por la espalda a toda prisa con un cuchillo en la mano.

El chillido de Lourdes se funde con el estruendo de los cristales de una de las ventanas, que saltan por los aires en una especie de explosión rabiosa, mientras el cuerpo de Simón acusa la puñalada, sus ojos buscan los de su madre con una mirada que aúna sorpresa y dolor, y las manos se le aferran a los barrotes de hierro durante unos segundos eternos antes de desplomarse en el suelo y mancharse de su propia sangre.

TERESA

Hace ya más de un año que contemplo el mundo asomada a una ventana invisible.

Hace ya más de un año que me levanté una noche, caminé descalza hacia otra ventana y la abrí para que el aire frío me calmara los nervios.

Hace ya más de un año que estoy muerta y en todo este tiempo nunca pensé que mi historia fuera a acabar aquí, junto a otra ventana distinta, mientras Saimon lucha por su vida en una cama de hospital. Ya nada de lo que pase fuera me importa, ni siquiera lo que alguna vez tuvo que ver conmigo. Sé que la policía detuvo a Jimmy, que ni siquiera intentó escapar, y que el señor Max se entregó voluntariamente cuando su mujer se subió a la ambulancia donde se llevaban a Saimon. Sé que el padre Rodrigo estuvo en el hospital, mientras lo operaban a vida o muerte, que se metió en la capilla y rezó a Dios por que todo saliera bien, aunque yo habría jurado que también rezaba por sí mismo, como hacemos todos.

En realidad, estoy segura de que todo esto es culpa mía, por haberme aferrado a un mundo que ya no me pertenecía, por haber buscado respuestas, por haber enredado en las vidas de los vivos. Algunos de ustedes pensarán que no, que también yo fui una víctima y que me he limitado a aguantar una condena insoportable.

Ya nada importa. Ni siquiera tengo ánimos de justificarme porque, en el fondo, si ahora pudiera retroceder un año, es posible que no hiciera lo mismo. ¿Se arrepienten todos los suicidas o soy solo yo, que ni siquiera en la muerte consigo paz conmigo misma? No se puede volver atrás igual que no se puede desamar; en todo caso, una debe entregarse al odio o a la indiferencia, pero, mientras quieres, nada puede hacerte parar. No pude alejarme de Saimon porque sabía que iría a buscarme y no podía aceptar su oferta de irnos a vivir juntos al piso de una mujer cuya muerte pesaba, en parte, sobre mi conciencia. Pero lo que más miedo me daba, lo que me hacía temblar de pavor, era que, cuanto más lo pensaba, más segura estaba de que Saimon entendería a su padre y se pondría de su lado. La señora Lourdes me lo dijo. «Algún día él se dará cuenta de que no puedes ser su compañera de vida», afirmó aquel día, sin pensar que, en el fondo, sería yo quien primero sería consciente de ello. Podría haber huido, haber intentado vivir sin él, y en eso pensaba cuando me acerqué a la ventana y recordé a la señora Cecilia, que decía quererme mucho, y a su hijo. Ni siquiera se les ocurrió preguntarme si quería participar en ese pacto que habían acordado, si quería ser la mano que dejara la pastilla sobre su mesita o incluso que le recordara que debía tomarla. Porque en el fondo yo no importaba, yo no era una de los suyos y debía acatar sus reglas. El señor Max lo dejó muy claro: «No nos jodas la vida a todos». Y creo que entonces sentí una rabia intensa y miré hacia abajo, hacia la calle, y me dije que sí que iba a joderlos, pero de otra manera, de una en la que él no había pensado.

Dije antes que ya nada importa. Esa noche me equivoqué y he tenido un año para arrepentirme, un año para descubrir que debo irme de acá sin guardar rencor. Creo que lo único bueno que he hecho en este tiempo es evitar que Jimmy rematara su crimen con una segunda puñalada, paralizarlo con mi furia de muerta. Ahora contemplo a Saimon, y a su madre, que no se ha separado de su cama, y sé que, aunque parezca extraño, debo marcharme para que él sobreviva. Es lo que debemos hacer los muertos, desaparecer del mundo de quienes nos quisieron para que puedan seguir adelante. Conformarnos con ser un recuerdo vago, con el regalo ocasional de una flor en nuestra tumba, con una mueca triste cuando alguien pronuncia nuestro nombre. Con legarles algo bonito, un objeto insignificante que les recuerde de vez en cuando a esa persona que partió.

Abro la ventana del cuarto y miro hacia abajo y, cuando estoy a punto de dejarme caer, pienso que nunca sabré si Saimon abrirá los ojos de verdad. Espero que sí, lo deseo con todas mis fuerzas, y es este anhelo el que me llena del valor necesario para volver a saltar al vacío, para abrazar la noche y abandonar de una vez por todas el hermoso y trágico mundo de los vivos.

LOS VIVOS

El apuñalamiento de Simón Esteve supuso un fascinante e inesperado broche de oro para la prensa y un nuevo añadido en la reciente leyenda negra de Castellverd. Los primeros, unos medios que ya se habían resignado a abandonar el lugar tras el feliz reencuentro de Ander con su familia, su «familia» a secas, sin el adjetivo «adoptiva» presente como una velada acusación entre líneas, se encontraron de repente con una venganza amorosa que, más que a las plácidas calles del lugar, remitía a pueblos blancos, noches de luna roja y pasiones lorquianas. Que el joven apuñalado fuera sobrino de los Agirre, y, por tanto, personaje secundario en el drama anterior, no hizo sino aumentar el interés de unos profesionales que por fin llegaron hasta el nombre de Teresa Lanza y desenterraron su historia. Un año más tarde, su vida y su muerte pasaron a ser de dominio público, aunque el relato mayoritario se conformó con transformarla en una figura inocente y misteriosa, en la protagonista muerta de un romance con final trágico. El vértice violento del triángulo, Jimmy Nelson, recibió también su buena dosis de atención mediática, que se nutrió de su pasado para explicar sus actos presentes.

Los segundos, los habitantes anónimos y en su mayoría elegantes de las casas vecinas, contemplaron ese nuevo capítulo trágico con el horror de quien de repente comprende que la violencia no es algo lejano, sino una realidad tangible, y, llevados por su instinto de clase, se esforzaron por borrarlo de sus mentes cuanto antes, matizando que el impulso criminal procedía de alguien que, en definitiva, no pertenecía a su círculo; ni siquiera a su entorno o a su país. Obviaron que el doctor Máximo Esteve sí era uno de los suyos, pero su crimen, si es que lo hubo, tenía un aura más sofisticada y menos sangrienta.

En realidad, para unos y para otros el hecho habría sido mucho más dramático si Simón hubiera muerto, si el subinspector Asens y uno de sus hombres, que se dirigían a casa de los Agirre para oír de nuevo la historia de Íñigo, no hubieran pasado por el escenario del crimen apenas un par de minutos después de que Jimmy Nelson apuñalara a su víctima. Fue el propio Asens quien contuvo la sangre que brotaba de la herida mientras el agente Rubio llamaba a una ambulancia y detenía a un Jimmy Nelson cuyas fuerzas parecían flaquear con cada gota de sangre que perdía su víctima, y cuyos primeros balbuceos eran meros desvaríos y solo mencionaban una medalla que, al parecer, alguien le había arrancado del cuello al tiempo que le helaba el corazón.

Si bien no resultó difícil detener a Jimmy, el subinspector tuvo que hacer acopio de toda su experiencia para comprender la confesión de Max Esteve y su implicación en el (de nuevo presunto) suicidio de Olga Serna. Con el tiempo se presentaron cargos contra él, pero su figura y su defensa del derecho a morir fueron cobrando desde entonces una dimensión más profunda, convirtiéndolo en el símbolo de una causa en la que muchos creían y que, por una razón u otra, ningún gobierno se había atrevido a abordar.

El restablecimiento de Simón Esteve supuso un alivio para su familia, para el abogado defensor de Jimmy Nelson, asignado de oficio, y también para el padre Rodrigo, quien reconoció en ella la generosa mano de la misericordia divina. Quizá el que menos se alegró, porque estaba más allá de toda razón, fue el propio Jimmy, que pasó de la cárcel a un centro mental penitenciario donde, aún hoy, casi un año después, a ratos sigue obsesionado por el frío y por esa mano invisible que le sustrajo el colgante de un tirón certero, que se llevó consigo la medalla y parte de su cordura. El padre Rodrigo sigue visitándolo con frecuencia y Deisy acudió a verlo al principio, cargada de unas buenas intenciones que tardaron poco en desvanecerse cuando comprendió que la mente de su Jimmy navegaba por unas aguas turbias de las que no conseguía salir.

Mientras unos y otros siguen con sus vidas, el paisaje urbano de Castellverd se mantiene impertérrito, inmune a las pasiones y debilidades humanas, transmitiendo a sus ocupantes el mensaje tranquilizador de que, suceda lo que suceda, el entorno apenas acusa los cambios, los árboles se adaptan a las estaciones como cada año y el parque natural aporta el aislamiento y la calma que siempre le han sido propios, al menos en los días laborables. Quizá el único cambio, doce meses después, sean las excursiones de los domingueros. Ahora, a veces, además de visitar el castillo y la ermita, buscan la casa donde Jimmy Nelson se escondió en su última noche. Hacen fotos desde la verja a esa mansión decadente, invadida por las palomas, y se estremecen ante sus ventanas negras que los miran como ojos ciegos.

Fragmento de *Los vivos y los muertos*

La despedida

A veces, cuando echa la vista atrás, Lourdes Ros recuerda esos días como si hubieran estado envueltos por una bruma densa de la que aún quedan retazos sueltos, hilos espesos de los que se resiste a tirar, porque en general su carácter la lleva a agarrarse a las certezas y a relegar las dudas para las ocasionales noches de insomnio. Es en esos raros momentos cuando la soledad se alía con unas preguntas que se empeñan en reaparecer, como luciérnagas brillantes en plena madrugada. Su mente retrocede entonces hacia la carta de Olga que encontró en su cuarto, y se cuestiona cómo llegó hasta allí. Evoca el espejo roto y la sensación de frío que no ha vuelto a percibir, como si su casa se esforzara por acogerla con más calor ahora que se ha quedado sola, sin Max y sin un hijo que se independizó definitivamente al final del verano. Piensa en la explosión de los cristales de la ventana, un estallido inexplicable desde la lógica o la razón, y, con todo eso en la cabeza, da vueltas en la cama sin poder conciliar el sueño.

En cambio, hoy, el primer día de febrero de 2020, a medida que recorre los pasillos del cementerio, siente que todas esas dudas convergen en una única respuesta. Otra cosa es que, de hecho, prefiera no pensar en ella a menudo porque eso supondría cuestionar los cimientos en los que ha basado su vida. Los muertos partieron y los vivos seguimos aquí, se repite a menudo, casi como si necesitara convencerse de algo que hasta hace poco era una verdad profunda, tan enraizada en su mente como los pinos milenarios en el suelo fértil del bosque.

De pie frente al nicho donde reposan los restos de Teresa Lanza, Lourdes le cuenta mentalmente todo lo que ha sucedido en los últimos doce meses. Le habla de Simón, que parece feliz. De Mireia e Íñigo, que justo al día siguiente celebran el séptimo cumpleaños de Ander, esta vez sin familia, solo con los niños del colegio y algunos padres voluntarios. Le habla de Coral, con quien mantiene un contacto lejano. Le dice que intenta recomponer su vida y dejar de equivocarse. Se ha librado de una condena seria por complicidad en el secuestro de Ander porque el tribunal apreció su ausencia de antecedentes y su colaboración decisiva en el rescate final. Lourdes sabe que está intentando recuperar parte del dinero de Álvaro antes de que él salga de la cárcel, incluido el de la famosa cuenta a nombre de Teresa, y es posible que lo consiga, porque todos tenemos claro que el dinero, pese a viajar con facilidad, tiende a comportarse como un bumerán y volver siempre al lado desde el que se lanzó.

Le explica también, no sin un leve rubor, su demorada reconciliación con Xenia, a quien, después de verla llorar en el hospital cuando aún ignoraban si Simón sobreviviría o no, le costó mucho seguir odiando. No se lo dijo entonces, pero un par de meses después acudió a verla al estreno de su obra y aplaudió con sinceridad su enorme talento. Una vez terminada la función, Lourdes comprendió que, a pesar de todos los excesos de su amiga, su propia vida era mucho más aburrida si en ella no figuraba una Xenia Montfort deslumbrante y expansiva que, según los críticos, demostraba en *Eva al desnudo* que no tenía nada que envidiar a las grandes damas del teatro. Esa es Xenia, pensó Lourdes, una gran dama de la vida, y no se sorprendió demasiado cuando, entre quienes acudieron a tomar una copa de cava para celebrar el éxito del estreno, se encontró con el subinspector Carles Asens, algo desubicado en ese ambiente pero con evidentes ganas de celebrar algo más con la actriz protagonista. «Esa noche hablamos de Olga», le dice, y piensa que no necesita añadir nada más porque es posible que Teresa sepa de ella mucho más que ninguno de los que se encuentran a este lado del mundo. Incluso le habla de un libro, un *true crime* titulado *Los vivos y los muertos*, que va a ser publicado en fecha próxima y que ella misma, como editora, rechazó leer. Lo ha escrito una periodista muy conocida, Ana Costa, una profesional muy seria con experiencia en esa clase de libros, y el email de presentación de la agencia prometía «revelaciones nunca leídas» sobre el caso. Ella borró el archivo en cuanto llegó y bloqueó a la agencia, no tanto por haberle enviado el manuscrito, sino por no haber añadido al email ni un par de líneas cordiales que expresaran educadamente un mensaje de simpatía hacia quien era, en teoría, uno de los personajes de esa obra «trepidante como la mejor novela de género negro».

Lourdes debe parar un momento antes de proseguir, porque aun ahora le sigue costando pensar en Max, no tanto por lo que hizo como por lo que no tuvo la valentía de hacer y dejó en manos de una joven hondureña demasiado sensible, demasiado inocente. Tal vez las disculpas de Lourdes no sirvan de nada ya, pero ella se siente en la necesidad de pronunciarlas, y no solo a través de las palabras.

Por eso saca del bolso la medalla que halló en la mesita de noche del hospital la noche en que Simón recuperó el conocimiento, otro de los hechos extraños que acontecieron en esos días. Ella decidió cogerla y guardarla en su joyero, alejarla de un hijo que debía aprender a olvidar. Y hoy, en esta mañana soleada y fría de febrero, Lourdes la sostiene delante del nicho y promete en voz alta que, mientras ella la conserve, alguien en este lado del mundo recordará a Teresa Lanza. Ella no fue solo la novia perdida o la amada inalcanzable; ni la chica que limpiaba su casa los viernes o el símbolo trágico de la inmigración precaria. Teresa era una mujer, con sus defectos y sus virtudes, sus sueños y sus pesadillas. Una joven enamorada, a veces ingenua, idealista, responsable, terca y afectuosa. Alguien igual que ella, con las mismas inquietudes personales que sus amigas o las autoras a quienes publica; alguien cuyo único error fue pensar que la muerte prematura era la mejor salida.

Luego, cuando camina hacia la salida del cementerio, sintiéndose un poco boba y a la vez en paz consigo misma, Lourdes se da cuenta de que aprieta el paso. No es algo voluntario, sino un gesto casi instintivo. Tiene prisa por cruzar la puerta y abandonar esa ciudad de difuntos. Anhela el ruido de la calle y el rumor de las voces. Necesita quitarse de encima el silencio opresivo que envuelve el mundo de los muertos.

Agradecimientos

Como muchos habréis podido comprobar, Castellverd no aparece en los mapas, al menos no con ese nombre. Inventé un espacio inexistente, aunque parecido a muchos otros, para así decorarlo a mi antojo. Debo dar las gracias a Carlos Bassas y a Maite Núñez por hacerme de guías a través de lugares reales.

Gracias también a los lectores y libreros, a quienes trabajan por la lectura desde las bibliotecas, la prensa cultural o los clubes de lectura. Sin todos vosotros escribir sería una tarea mucho más ardua.

Y, sin duda, quiero agradecer también a mi editora, Ana Liarás, su tiempo, su dedicación y su entusiasmo. Ella dirá que ese es su trabajo, pero hay muchas formas de hacerlo, y la suya es de las mejores. Incluyo también aquí a todos los que de alguna manera han contribuido desde Penguin Random House a que esta novela haya llegado a manos de los lectores. Ellos y ellas saben quiénes son.

«Para viajar lejos no hay mejor nave que un libro.»

EMILY DICKINSON

Gracias por tu lectura de este libro.

En **penguinlibros.club** encontrarás las mejores
recomendaciones de lectura.

Únete a nuestra comunidad y viaja con nosotros.

penguinlibros.club